아무도
원하지
않은

YRSA SIGURðARDÓTTIR

아무도 원하지 않은

이르사 시구르다르도티르
박진희 옮김

황소자리

최후

오딘은 기침 소리에 화들짝 정신이 들었다. 얼마 동안이나 잠들었던 걸까? 어쩌면 아주 잠깐 졸았는지도 모른다. 혼자 낄낄거리던 그는 이내 자신의 웃음소리가 얼마나 탁하게 들리는지 깨닫고 당황했지만 실감이 나지 않았다. 밀려오는 졸음을 떨치려고 안간힘을 썼다. 여기가 어디더라? 다시 낄낄 웃어보려던 시도는 측은하게도 입술 경련으로 끝나고, 그렇게 웃음기는 달아났다. 잠시 정적이 흐른다고 생각하던 찰나, 엔진의 진동 소리가 들렸다. 그 소리에 오딘은 아기처럼 노곤해지고 눈꺼풀이 무겁게 내려앉았다.

또다시 들려오는 기침 소리에 오딘은 눈을 반쯤 뜨고 겨우 주변을 둘러보았다. 그는 운전석에 앉아있었다. 옆 좌석에는 딸 룬이 고개를 앞으로 떨군 채 자고 있었다. 짙은 머리칼이 아래로 늘어져 딸의 섬세한 얼굴을 가렸다. 그 모습이 지금껏 본 광경 중에서 가장 웃기는 장면이라도 되는 양 오딘은 웃음을 터뜨렸다. 뭔가 잘못돼 있었다. 술에 취했나? 아니, 그건 아니다. 오히려 그는 행복감을 느꼈다.

룬이 기침을 했다. 기침을 내뱉을 때마다 아이의 고개가 흔들렸다. 룬의 고운 머릿결도 산들바람을 맞은 양 부드럽게 앞뒤로 흔들렸다. 오딘은 다시 웃음을 터뜨릴 뻔했지만 어울리지 않는 유쾌한 기분 한편으로 이 상황이 하나도 웃기지 않다는 걸 그는 자각하고 있었다.

두 사람은 차고 안의 차에 앉아있었다. 오딘의 턱이 가슴 쪽으로 파묻혔다. 머리가 유리로 만들어진 듯, 오딘은 아주 느린 속도로 고개를 들었다. 여기가 누구네 차고지? 분명 익숙한 곳이지만 기억나지 않았다. 여기서 뭘 하고 있는 거야? 대체 왜 이렇게 몽롱한 기분이 들지? 질문에 대한 답이 그의 머릿속 어딘가에서 웅웅거렸지만, 잡힐 듯 말 듯 해답은 자꾸 빠져나가기만 했다. 그 답이 절박하게 중요하다는 걸 알기 때문에 더 기운이 빠졌다.

오딘은 코로 겨우 숨을 쉬고 있었다. 눈을 깜빡이면 잠시 시야가 맑아지는 듯했지만, 눈을 깜빡일 때마다 다시는 뜨지 못할 것만 같은 기분이 들었다. 그러다 갑작스레 찾아온 행복감에 그는 활짝 미소를 지었다. 날아갈 것만 같은 기분이었다. 남아있는 모든 힘을 끌어모아 축 늘어진 딸의 고사리 같은 손을 잡았다. 원인을 알 수 없는 행복감이 잦아들자 오딘은 딸의 축축한 손을 꼭 쥐었다. 룬의 몸은 뒤척임조차 없이 안전벨트에 간신히 걸쳐있었다.

몽롱한 정신으로 히죽거리던 그에게 번쩍, 어떤 생각이 떠올랐다. 뭔가가 아주 잘못 돌아가고 있어. 어째서 익숙한 느낌의 차고 안 차에 앉아있게 된 거지? 이유를 알아야 했다. 오딘은 자초지종을 떠올리기 위해 또다시 머리를 쥐어짰다. 하지만 뭔가 희미하게 떠오르던 기억은 이내 사라져버렸다. 라라. 라라. 라라. 자신의 전 처이자 룬의 엄마. 왜 라라가 생각나는 것일까? 라라는 이미 세상을 떠났다. 오딘은 또다시 키득거렸다.

터져나오는 기침에 그는 가슴이 아려올 때까지 콜록거렸다. 기침이 멈추고 그제야 오딘은 공기 중에서 이상한 맛이 난다는 걸 깨달았다. 시큼하고 독한 맛. 여전히 미소를 머금은 채 그는 에어컨을 최대로 켜보려고 손을 들었지만 팔이 쇳덩이처럼 기어장치 위로 툭 떨어졌다. 아플 법도 하건만 통증이 너무 둔하게 느껴져서 얼굴을 찡그리지도 않았다. 두툼한 스키복이라도 입은 것처럼. 흘긋 아래를 내려다보던 그는 자신이 평소 입던 옷을 걸치고 있다는 사실을 깨달았다. 파카는 입지 않았다. 이상하군. 밖은 얼음이 얼 정도로 춥지 않나? 겨울이 아니었나? 오딘은 헷갈리기 시작했다. 하지만 그게 중요하지는 않았다. 무언가, 혹은 누군가가 그에게 모든게 다 잘될 거라고 속삭이는 듯했다. 라라일지도 몰랐다. 목소리가 꼭 라라처럼 들렸다.

맙소사! 옆 좌석에 앉은 룬의 몸이 벨트에 간신히 걸린 모습은 너무도 우울했다. 그 처량한 모습이 오딘의 들뜬 기분마저 망치고 있었다. 그는 아주 느린 동작으로 고개를 돌렸다. 그의 머리는 여전히 유리로 만들어진 듯 연약했다. 턱이 왼쪽 어깨에 닿은 채, 그는 또다시 나오려는 웃음을 참았다. 한결 기분이 가벼웠다. 그는 운전석 창문이 열려있는 걸 확인했다. 그의 심장이 철렁 내려앉았다. 차 밖의 공기가 회색빛으로 희뿌옇게 보였다. 어째서 이 광경 때문에 기억이 되살아나려는 것일까? 배기가스. 엔진이 뿜어내는 유독한 매연. 그가 잘 알고 있는 무언가. 정확히 알 수는 없지만 배기가스는 분명 그가 하던 일과 관련이 있었다. 오딘이 숨을 참으려고 애쓰자 머릿속이 조금 맑아지는 기분이었다. 입가의 미소는 곧 절망으로 변했고 어디선가 산소 부족으로 죽는 사람들은 사망 직전 아주 잠깐이지만 희열을 경험한다는 기사를 읽은 게 떠올랐다. 행복하게 죽는 것. 불운한 희생자들에게 두뇌가 허락하는 최후의 자비인 셈이다.

대체 누가 이런 짓을 했을까? 누가? 자신의 입가에서 새어나오는 키득거림을 들었지만 오딘의 두 뺨에는 눈물이 흘렀다. 어떻게든 기억을 되살려야만 했다. 이곳으로 오기 전에 마지막으로 갔던 곳은 어디일까? 입 안에서 햄버거 맛이 나는 듯했고, 희미하지만 음식을 포장한 기억이 났다. 룬도 함께 있었다. 그런데 이곳은 대체 어디지? 또다시 안개가 자욱해지는 기분이 들었다. 자신과 딸이 이곳에서 벗어날 방법을 생각해야 할 시간에 그리 중요하지도 않은 문제로 소중한 에너지를 낭비했다는 깨달음만이 아프게 맴돌았다. 사랑하는 딸 룬은 이제 겨우 열한 살이었다. 오딘은 안간힘을 써서 고개 돌려 룬을 바라보았다. 소리라도 지르고 싶었지만 그럴 기운이 없었다. 눈앞에서 딸이 죽어가는 마당에 그는 딸을 향해 손을 뻗을 수도 없었다.

다시 키득거림이 입에서 터져나오고 눈물이 뺨을 타고 흘러내렸다. 이 상황이 끔찍하기만 했다. 어느 누가 죽음을 코앞에 두고 가스에 취해 히죽거리고 싶겠는가? 자식이 죽어가는 상황이라면 말할 것도 없다. 기침과 키득거림이 반쯤 뒤섞인 소리가 그의 목구멍에서 흘러나왔다. 이제 끝이다. 무언가를 바꾸기에는 너무 늦어버렸다. 딸을 지켜주지 못했다. 다른 아빠들이라면 차 문을 열고 조수석으로 기어가 아이를 구했을지도 모른다. 차고 문을 조금이라도 열었다면 둘 다 목숨은 구했을 텐데. 적어도 딸은 구했을 것이다. 딸만 살릴 수 있다면 자기 목숨이야 어찌되든 상관없었다.

다시 한 번 웃어, 오딘의 뇌가 명령했다. 그는 속절없이 명령에 따라 얼마 남지 않은 기운으로 껄껄 웃음을 터뜨렸다. 그러다 불현듯 정신이 들었고, 어지럽기만 하던 머릿속이 맑아졌다. 어떻게 여기로 오게 됐는지 기억나지 않지만, 어디에 있었는지는 떠올랐다. 세상을 떠난 라라가 왜 중요한지도 깨달았다. 아주 오래 전 똑같은 방식으로 목숨을 잃은 두 소년도 생각났다. 무엇보다 누가 이런 상황을 만들었는지 이제 알게 되었다. 실낱같은 분노가 고개를 들었지만 슬픔이 곧 그 자리를 차지했다. 그를 취하게 만들었던 환락마저 슬픔에 자리를 내어주었다.

오딘은 더 이상 숨을 참을 수 없었다. 이제 다 끝났다. 그는 입을 열어 독한 공기를 들이마셨다.

1장 /

오딘 하프스틴손은 손에 쥔 망치의 무게가 그리웠다. 위치를 정조준해 10센티미터짜리 못을 사정없이 내리박는 일이 못 견디게 그리웠다. 학교 다닐 때는 꼭 해야 할 공부만 마치면 1분도 더 앉아있지를 못했다. 학교를 졸업한 이후에는 처음으로 입사한 건설사에 들어가기 무섭게 그만두었다. 매일같이 컴퓨터 화면 앞에 등을 구부리고 앉아있는 게 적성에 맞지 않는다는 걸 깨달았기 때문이다. 대신 그는 형이 운영하는 하도급 건설업체에서 견적서 작성하는 일을 시작했다. 사무직이지만 기회가 생길 때마다 다른 사람의 업무를 가로채 현장으로 나돌아 다닐 수 있었다. 그야말로 꿈의 직장이었다. 하지만 지금은 다시 사무실 신세였다. 사무직으로 돌아온 지 3개월 만에, 그는 창백한 얼굴로 권태에 찌든 좀비가 되고 말았다. 오늘은 특히 나쁜 축에 속했다. 밖에서 강풍이 미친 듯이 불어대는 바람에 창문이란 창문은 모두 닫혀있었다. 안 그래도 무거운 머리는 자신을 찾는 상사의 부름에 더욱 띵해졌다.

헤이미르 트리그바손의 약시인 한쪽 눈은 늘 그렇듯 한 방향을 향해 있었다. 오딘은 그의 시선이 어디를 향하는지 확인하고 싶은 충동에 사로잡혔다. "문제가 생기면 바로 나한테 오라고." 헤이미르가 말했다. "나도 딱히 전후사정을 꿰고 있는 건 아니지만 도움이 될지 모르니까."

같은 제안을 다시 반복하는 상사에게 두 번이나 고맙다고 인사를 한 오딘은 고개만 끄덕였다.

"급선무는 사건의 사이즈부터 파악하는 거야. 시한폭탄 같은 사건은 아닌지 알아보라고. 물론 아니기를 바라지만. 만약 그렇다면 적어도 미디어보다 앞서 움직여야 해. 당연히 동정 여론도 터져나올 거고. 분위기를 전환하기에 좋을 수도 있겠군." 헤이미르는 웃음기 없는 미소를 지었다. 약시인 눈은 한 곳으로 거의 돌아가 있다시피 해서 눈동자가 반 정도밖에 보이지 않았다.

"그럼 당부하실 내용은 이게 전부인 거죠? 저한테 무엇을 기대하시는지 잘 알 것 같습니다. 로베르타가 진행해왔던 업무를 이어받아 보고서를 완성하면 되겠군요."

헤이미르의 얼굴에서 미소가 사라졌다. "솔직히 말해서 로베르타가 지금껏 진행해온 게 우리에게 얼마나 도움이 될지 잘 모르겠네. 직원들이 생각하는 것보다 상태가 더 안 좋았으니 말이야."

오딘은 입을 떼려다가 마음을 고쳐먹었다. 로베르타의 건강이 안 좋았다는 걸 모르는 직원은 하나도 없었다. 로베르타는 쉴새없이 한숨을 쉬어댔고, 고통으로 일그러진 얼굴로 계속해서 왼쪽 팔과 어깨를 부여잡았다. 누구도 입 밖으로 내지는 않았지만 로베르타가 심장마비로 사망했을 때 놀란 사람은 거의 없었다. 사망 장소가 근무시간 이후의 사무실이었다는 사실에도 놀라지 않았다. 가장 늦게 퇴근하는 일이 잦았기 때문이다. 그렇다고 해도, 동료가 사망한 채 밤새 사무실에 방치되었다는 사실은 끔찍했다. 로베르타가 귀가하지 않는다는 이유로 걱정할 가족조차 없었다는 사실 또한 우울하기 짝이 없었다. 그날 아침 가장 먼저 출근해 시신을 발견한 직원 몇몇은 충격으로 나자빠졌고, 오딘은 자신이 그 중 하나가 아니라는 사실에 안도했다. 로베르타는 자기 의자에 대자로 뻗은 채 발견되었다. 두 팔은 양쪽으로 늘어지고, 머리가 뒤로 젖혀진 채 입은 떡 벌어지고, 얼굴은 고통으로 뒤틀려 있었다.

헤이미르가 대체 무슨 생각으로 몇 안 되는 까다로운 프로젝트를 로베르타에게 맡겼는지 아무도 알지 못했다. 확실히 사람 보는 눈은 없는 모양이었다. 어쩌면 지금도 같은 기준으로 오딘에게 업무를 배정했는지 모를 일이다. 단지 엔지니어 출신인 오딘이 객관적으로 사건을 바라보고 민감한 문제들을 다룰 때도 감정을 배제할 수 있는 직원이라는 이유에서였다.

"일단 로베르타가 사건을 어디까지 진척시켰는지 점검하겠습니다. 저희가 생각하는 것보다 더 많이 진행됐을지도 모르니까요."

"뭐, 너무 큰 기대는 갖지 말라고." 헤이미르는 동정이 담긴 듯한 시선으로 오딘을 쳐다보았다.

오딘은 기대감에 부풀어 자리에서 일어났다. 마침내 온 정신을 몰두할 수 있는 업무를 맡은 것이다. 더 이상 지루한 시간을 때우려고 안달하지 않아도 된다. 그가 이제부터 맡게 된 업무는 심각한

사건이었다. 크로쿠르 소년보호소에 대한 보고서를 작성하는 일이
었는데, 이곳은 1970년대 비행소년들을 보호 감호할 목적으로 운
영된 시설이었다. 오딘의 임무는 보호소 내에서 소년들에게 트라우
마나 부작용을 남길 수 있는 학대 및 잔혹행위가 발생하진 않았는
지, 만일 그런 일이 있었다면 감호되었던 소년들이 피해보상을 청
구할 권리가 있는지 밝히는 것이었다. 크로쿠르 보호소는 이상할
정도로 베일에 싸인 시설이었다. 당시 그곳에 수용됐던 소년들 중
어느 누구도 보상을 요구하거나 미디어에 모습을 드러내 고통스러
운 경험을 쏟아내지 않았다. 애초에 그럴 일이 벌어지지 않았다면
다행이겠지만.

"로베르타의 자리에 가면 관련 파일이 있을 거야." 헤이미르가
말했다.

정부감독원 같은 별 볼일 없는 기관 안에도 비공식적인 위계질
서는 있었다. 모든 직원들이 단조로운 사무용 가구 앞에 붙어있기
는 하지만, 그래도 창가에 자리잡은 직원이 있는가 하면 숨 막히는
하얀 페인트 벽과 마주앉은 직원도 있었다. 오딘은 후자에 속했다.
그렇더라도 오가는 사람 하나 없이 구석진 곳에 처박힌 로베르타
보다는 서열이 높다고 생각했다. 업무와 관련해 볼 일이 있는 사람
을 제외하면 아무도 그녀의 자리를 찾지 않았다. 하지만 적어도 조
용한 환경에서 일할 수는 있었을 것이다. 다른 직원들이 책상에 개
인 물품을 두지 말라는 지시를 받은 것과 대조적으로 로베르타의
책상 여기저기에 놓인 사진을 두고 참견하는 사람은 없었다. 로베
르타의 책상에 앉은 오딘은 맥락을 알 수 없는 사진들을 가만히 보

앉다. 사건과 연관이 있어 보이는 사진이라고는 찾을 수 없는, 복잡한 퍼즐 같았다.

"완전 난장판이지?" 옆 자리의 딜리야 다비즈도티르가 반가운 듯 칸막이 너머로 고개를 들이밀며 말했다.

"글쎄, 벽이 텅 빈 것보다는 낫지." 오딘은 몸을 구부리고 사진 하나를 자세히 들여다보았다. 다른 사진들이 복사기로 출력한 사본인 반면 이 사진은 원본이었다. 사진 속 인물들이 입은 옷과 빛바랜 상태로 짐작하건대 꽤 오래된 것이었다. 몇 년만 더 지나도 하얗고 네모난 종이만 남을 듯 흐릿한 상태. "이 사람들 로베르타의 가족인가?" 낡고 지저분한 점퍼에 끝단을 접어올린 청바지 차림의 사진 속 두 10대 소년은 움푹 꺼진 목초지 위에 서있었다. 얼핏 나이가 더 많은 소년에게서 어딘지 익숙한 인상을 받았지만 다시 보니 그런 인상은 흐려졌다. 아이슬란드에서 흔히 볼 수 있는 가장 표준적인 얼굴을 가진 듯했다. 게다가 두 소년은 생김새도 전혀 달라서 가족일 가능성도 없었다.

"나도 모르지. 내가 묻는다고 해서 로베르타가 알려줄 사람도 아니었고, 나도 물고 늘어지는 성향은 아니니까. 그냥 사진을 이리저리 떼었다 붙였다 하는가 보다, 했지."

오딘은 몸을 바로 세웠다. 이 많은 사진들 사이에서 논리적인 인과관계를 찾는 건 무의미했다. 그걸 아는 유일한 사람은 지금 그라바르보구르 공동묘지 관 안에 누워있었다. 오딘은 서류부터 정리하기로 마음먹었다. 그는 곁눈질로 딜리야가 아직도 자기를 보고 있다는 걸 알아챘다. "로베르타한테 문서 정리 시스템 같은 게 있었을까?"

"있고말고. 내가 아는 한 가장 체계적인 사람이었어. 그 시스템을 제대로 파악할 누군가가 있을지는 모르겠지만." 딜리야는 파란 눈을 크게 뜨고 오딘을 쳐다보았다. "보나마나 말도 안 되게 복잡할 거야."

"안 그랬으면 좋겠는데."

"그런데 그런 건 알아서 뭐 하게? 로베르타의 물건을 다 뒤져봐야 하는 거야?" 딜리야가 환하게 웃으며 말을 이었다. "야호! 내가 그 일을 떠맡게 될까봐 조마조마했는데."

"아직 축하하기에는 일러." 오딘이 서류철을 펼쳐 뒤적이며 대꾸했다. "나는 크로쿠르 보호소와 관련된 자료만 찾으면 된다고. 나머지는 다른 사람이 처리할 거야. 아마도 네가 되지 않을까?"

딜리야의 얼굴에서 웃음기가 싹 가셨다. 빨간 입술이 얇은 일자를 그리더니, 그녀는 이를 앙다물었다. "난 그 근처에도 안 갈 거야. 나라면, 어떻게든 그 일에서 손 뗄 거라고."

손에 쥔 서류철이 크로쿠르와 관련된 문서임을 확인한 오딘은 서류철을 책상에 내려놓은 다음 다른 서류철을 집어들었다. "글쎄, 내가 맡은 다른 프로젝트들이 하나같이 지루해서 말이야." 지난 몇 년 간 정부감독원은 속절없이 존재감을 잃어갔다. 다른 기관들이 주어진 사건들을 해결해내며 존재 이유를 맘껏 증명해내는 동안, 정부감독원에 떨어지는 일이라고는 힘 있는 다른 기관들이 가져가고 남은 부스러기거나 헤이미르가 타 부처 기관들과 가지는 월례회의에서 겨우 졸라 얻어낸 임무들이 전부였다.

"그래도 나는 10대 범죄자들을 줄줄이 조사해야 하는 사건은 사양이야." 딜리야가 진저리를 쳤다. "설령 걔들이 학대를 당했다고 해도 말이지. 죄다 옛날에 있었던 일인 데다 걔들은 고아원에 있던 다른 애들처럼 무고한 피해자도 아니잖아."

"걔들을 범죄자로 매도하는 건 좀 너무하지 않나." 오딘은 크로쿠르와 무관한 두 번째 서류철을 내려놓고 다른 서류철을 집었다. "내가 파악한 바로 걔들이 저지른 건 경범죄 수준이야. 10대 초반인 어린애들이잖아."

딜리야가 코웃음을 쳤다. "그게 중요한가? 아이들도 얼마든지 범죄를 저지를 수 있어. 얼마 전 키즈넷 게시판에서 북쪽 지방에 사는 어떤 남자아이가 두 아이를 살해하려고 했다는 글을 읽었는데, 채 열 살도 안 된 아이였어. 크로쿠르에도 그런 아이가 있었는지 알게 뭐야. 강조하지만 난 사양하겠어."

"거기 있었던 아이들 중에 살인범은 없었어. 만약 그랬다면 자료가 남았겠지."

딜리야의 시선이 로베르타의 책상을 맴돌았다. "항상 혼잣말을 중얼거렸어, 로베르타 말이야." 딜리야는 머뭇거리더니 말을 이었다. "혼자서 웅얼거리는 거 같았는데, 어떨 때는 한 마디 한 마디가 너무 또렷하게 들리더라고. 생각해보면 정말 이상한 말이었어."

"그래서?" 오딘은 서류철에 정신이 팔린 채로 무심하게 대꾸했다. 딜리야가 던지는 어두운 암시 따위는 안중에도 없었다. 두 사람은 별로 가까운 동료 사이도 아니었다. 다만 커피머신 앞에서 자신을 열 받게 하는 정치인이나 이름조차 들어본 적 없는 사람들에 대해 쉴새없이 가십을 쏟아내는 딜리야의 행동이 오딘에게는 한 번도 곱게 보이지 않았다. 두 달 전 회식자리를 마치고 딜리야와 함께 집으로 가지 않았던 게 얼마나 큰 행운인지, 그 이후로 여러 번 그는 절감했다. 딜리야는 둘이서 따로 나가자고 분명한 신호를 보냈고, 그때까지만 해도 그게 매력적인 제안처럼 보였다. 하지만 오딘이 잠시 화장실을 다녀온 사이 딜리야는 사무실의 유일한 싱글남에게 관심을 돌린 뒤였다. 그 후로 며칠 간 딜리야와 싱글남 사이에서 날카로운 기류가 흐르다 못해, 둘 중 한 사람이라도 자리를 비우면 모든 직원들이 안도의 한숨을 내쉴 정도였다. 오딘은 여자친구를 사귀더라도 절대 사내 연애는 하지 않겠다고 다짐했다. 물론 어디에서든 오딘이 연애를 하게 될 확률은 아주 낮았다. 열한 살짜리 딸이 있는, 그다지 잘생기지도 돈이 많지도 않은 홀아비가 연애 시장에서 인기 있을 리 만무했다. 그래도 오딘은 별 불만이 없었다. 딸에 대해 지나치듯 언급하기만 해도 원나이트 상대들이 아침식사도 하지 않은 채 집 밖으로 줄행랑을 쳤기 때문이다.

"내가 무슨 생각을 하는지 알아? 내가 보기엔 그 사건이 로베르타의 사망 원인이야. 뭔지 몰라도 그 사건에는 소름끼치는 구석이 있어. 덜컥 맡기 전에 잘 생각해봐."

"이미 맡았어." 오딘은 로베르타의 건강이 크로쿠르 사건을 맡기 전부터 나빴다는 점을 지적해서 굳이 대화를 길게 이어가고 싶지 않았다. 하지만 이 까다로운 사건 덕분에 로베르타의 상태가 결정적으로 악화됐을 가능성은 있었다.

사실 오딘은 그런 문제를 처리하는 데 있어서 어느 정도 자신감이 있었다. 자기 문제로도 충분히 괴로운 상황이었기 때문에 다른 사람들의 고통에 감정적으로 엮일 가능성도 거의 없었다. 하지만 크로쿠르의 소년들과 달리 오딘은 자신의 운명에 책임을 져야 할 입장이었다. 그는 스물네 살에 두 살 연상이자 자기 딸의 엄마가 될 라라를 만났다. 동거를 시작한 두 사람은 결혼을 했고 1년 뒤에 딸을 낳았다. 딸이 태어난 후 오딘은 진작 알아챘어야 할 진실을 깨달았다. 자신과 라라는 가망이 없을 정도로 어울리지 않는다는 것을. 오딘이 라라와 이제 막 세례를 받은 딸을 두고 떠날 때, 라라 역시 그다지 속상해하지 않았다. 두 사람은 변화에 적응했고, 삶은 예전과 다를 것 없이 흘러갔다. 물론 오딘보다 라라가 훨씬 더 힘든 시간을 보낸 것은 틀림없었다.

재앙이 닥친 건 6개월 전쯤이었다. 라라가 아파트 창문 밖으로 추락했다. 그 후로 그의 삶은 완전히 달라졌다. 주말 아빠 오딘은 옛일이 되었다. 격주에 한 번씩 딸과 함께 영화관에 가고 햄버거 팩토리에 가서 패스트푸드를 먹는 것만으로 아빠 노릇을 다할 수 없게 된 것이다. 그는 딸을 제대로 돌보기 위해 직장을 옮겼고, 복잡할 것 없이 수월하던 삶은 더 이상 불가능해졌다. 여전히 완벽하지는 않지만 처음에 비하면 오딘도 서서히 새로운 삶에 익숙해지는 중이었다.

"농담 아니야. 스트레스 때문에 돌겠는지 끙끙거리는 소리를 자주 냈다니까." 오딘이 자기 말에 별로 관심이 없다는 걸 알아챈 딜리야는 이전보다는 기운이 빠진 목소리로 말을 이었다. "어떨 때는 꼭 누군가에게 말을 하는 것 같았지. 장담하는데 나한테 말하는 건 절대 아니었어."

"혼잣말이거나 작은 소리로 중얼거린 거겠지. 특히 건강이 안 좋으면 그럴 수 있는 거 아닌가?" 오딘이 알기로도 환상을 보거나 조울증에 시달리는 건 심장질환의 증상이 아니었다. 하지만 그래봐야 그가 심장병에 대해 뭘 알겠는가? 오딘은 딜리야의 입방아에 휘말린 게 후회스러웠다. 그가 딱 잘라 거절했다면 딜리야는 벌써 자기 볼 일을 봤을 것이다.

딜리야가 다시 입을 열었을 때는 남자들에게 잘 보이고 싶을 때 나오는 특유의 애교 섞인 말투가 완전히 사라져 있었다. 화가 난 목소리였지만 이제야 어른 말처럼 들리기 시작했다. 지금까지 보인 태도에 비하면 큰 발전이었다. "로베르타 옆자리에 2년 넘게 앉았는데 내가 그것도 구분을 못 하겠어? 얼마 전까지만 해도 그런 행동은 보이지 않았다고. 그 사건 때문에 이상해진 거야. 내 말을 믿든 안 믿든 그건 자유지만, 나중에라도 내가 분명 경고했다는 것만 기억해둬." 딜리야는 오딘의 대답을 기다리지도 않고 자리에 앉았다. 엉성한 칸막이 너머로 소리가 들렸지만 오딘은 아무런 대답도 하지 않았다. 여자들과의 대화에서 오딘은 본의 아니게 말실수를 하는 일이 잦았다. 그는 다시 서류 검토에 집중했다.

크로쿠르와 관련된 두 번째 서류철을 찾았을 때는 다시 말을 붙이기에 너무 늦어버린 뒤였다. 이상하게도 오딘은 딜리야의 재잘거림이 그리웠다. 지금 읽고 있는 문서에 비하면 그녀의 목소리는 마음을 편하게 해주는 배경음악처럼 들렸다. 서류의 첫 번째 장에는 로베르타의 책상 칸막이에 붙어있던 사진 사본이 나와있었다. 사

진 아래 로베르타가 쓴 걸로 보이는 이름 두 개가 적히고, 이름 옆
에 각각 십자가가 그려져 있었다.

토르비요른(토비) 요나손 †
에이나르 알렌 †

그제야 오딘은 머리 위 천정에 달린 에어컨에서 찬바람이 불어
오는 걸 알아차렸다. 소름이 두피를 타고 돋자 그는 재빨리 서류철
을 닫아버렸다. 로베르타의 자리보다는 자신의 자리가 덜 추웠기
때문에 오딘은 얼른 돌아가 서류를 마저 검토하기로 했다. 하지만
대충 그린 십자가의 이미지는 여전히 그의 눈앞에 선명히 어른거렸
다. 불안감을 떨쳐내기 위해 오딘은 얼른 로베르타의 자리에서 일
어났다. 사진 속 두 소년이 자신을 바라보던 눈빛 따위는 그리 신
경 쓰이지 않았다. 그를 불편하게 한 건, 로베르타의 숨이 끊어지
던 그 순간에도 사진 속 소년들은 여전이 냉담한 시선으로 그 장면
을 지켜보았을 거라는 인식이었다. 어쩌면 소년들은 저세상에서 로
베르타를 반갑게 맞이했을지도 모른다. 크로쿠르에서 있었던 일을
마침내 누군가에게 털어놓을 수 있다는 사실에 기뻐하며.

2장

1974년 1월

고무장갑 한쪽에서 물이 샜다. 알디스는 이를 갈며 계속해서 그릇을 헹궜다. 몇 개 남지도 않았는데 이제 와서 구정물을 갈 필요는 없었다. 무엇보다 또다시 사치와 낭비에 관해 장황한 설교를 듣는 일만은 피하고 싶었다. 설거지 세제 가격이 얼마인지는 몰라도 그 인간들이 부리는 난리법석을 누군가 봤다면 세제가 금으로 만들어진 줄 알았을 것이다. 세제를 얼마나 조금 넣었는지 더러운 그릇을 싱크대에 담그자마자 거품기가 사라져버렸다. 게다가 한두 명이 먹은 그릇을 씻는 것도 아니지 않은가. 남자애들 일곱에 알디스를 제외한 직원 수만 해도 꽤 많은 인원이었다. 이곳을 운영하는 부부가 제정신이기만 했어도 오래 전에 식기세척기 하나는 장만했을 것이다. 하지만 식기세척기는커녕 새 고무장갑 한 벌만 있어도 감지덕지할 판이었다.

"왜 그렇게 행동이 빌어먹게 굼떠?" 자기들에 대해 생각하는 건 어떻게 알았는지 릴리야가 귀신처럼 나타났다. 릴리야는 알디스 뒤에서 살금살금 나타나 어느새 그녀의 목에 입김을 내뿜고 있었다. "이따 남자애 하나 새로 오기로 했으니까 미리 그 방 침대 정리도 해야 하잖아?"

"아니요." 알디스는 자신의 대답이 오해를 불러일으킬 수 있다는 사실을 잘 알았다. 그럼에도 마치 릴리야가 자신에게 달려들기를 바라는 것처럼 행동했다.

"맙소사! 지금까지 백 번쯤은 말했잖아. 어떻게 그걸 까먹을 수가 있어? 뭐 대단한 머리 쓸 일도 아닌데 말이지." 릴리야의 말투에서 잔소리할 건수를 제대로 잡았다는 기쁨이 배어났다.

싱크대 앞 창문에 알디스의 두 눈이 비쳤다. 평소와 달리 따스한 날씨 때문에 지난번 눈이 녹은 이후 더는 내리지 않은 밖은 칠흑같이 어두웠다. "제 말은 침대 정리를 할 필요가 없다는 뜻이에요. 아까 이미 해뒀거든요." 알디스가 대답하자 침묵이 이어졌다. 릴리야가 다른 잔소리거리를 찾으려고 머리를 굴리는 게 감지되자 알디스가 말을 이었다. "저녁에는 짬이 안 날 거 같아서 애들 나갔을 때 미리 해두는 게 좋겠다고 생각했어요."

새로 올 소년의 자리는 트윈 룸에 있는 2층 침대 위층이었다. 한 달 전 그 자리를 쓰던 아이가 떠난 이후로 침대는 계속 비어있었다. 워낙 말수가 적은 아이였다. 그래서인지 떠난 지 얼마 되지 않았음에도 알디스가 아무리 머리를 쥐어짜도 그 아이의 얼굴이 기억나지 않았다. 아마 그래서 크로쿠르에 오기 전까지 상점 좀도둑으로 이름을 날렸는지도 모른다. 그 업계에서는 눈에 잘 띄지 않는 게 분명 장점이었을 테니.

"무슨 바람이 불어서 통 안 하던 짓을 하고 난리지?" 릴리야는 칭찬이라고는 모르는 인간이었다. 어쩌다 기분이 좋을 때조차 말하는 모양새는 야단을 칠 때와 별반 다르지 않았다. 6개월 전 이곳에서 처음 일을 시작하고 몇 주 간은 참아줄 만했지만, 지난 2개월 동안 릴리야는 천둥번개 구름처럼 죽상을 하고 돌아다녔다. 이곳 상황을 생각하면 그리 놀라운 일도 아니었다. 게다가 릴리야는 남편 베이가르가 지금처럼 보호소를 비우면 더 날카로워지는 경향을 보였는데, 다행히 그가 자리를 비우는 경우는 드물었다.

이상하게 들릴지 몰라도 알디스는 릴리야가 남편을 믿지 못한다는 느낌을 받았다. 베이가르가 보호소를 비우고 하는 일이래야 새로운 소년을 데려오는 것뿐인데도 말이다. 사실 두 사람은 천생연분이었다. 심술 맞고 뒤틀린 릴리야와 항상 뚱한 얼굴을 하고 있는 베이가르. 어떻게 저런 남자에게 호감을 느낄 수 있을까? 게다가 남편이 바람을 피울까 전전긍긍하는 모습이라니. 알디스는 릴리야를 도저히 이해할 수가 없었다. 어쩌면 최근에 일어난 끔찍한 일 때문일지도 모른다. 그 사건 이후로 베이가르는 아내에 대한 애정이 식어버렸는지도 모른다. 알디스는 베이가르가 아내를 볼 때마다 그날 일을 떠올릴 거라는 생각이 들었다. 머릿속에서 지우는 게 불가능할 만큼 공포스러운 이미지로 말이다.

알디스는 설거지를 마저 했다. 그 일을 지금 다시 떠올리고 싶지는 않았다. 이미 차고 넘치게 생각하지 않았나. 그녀는 여전히 뒤에서 무겁게 입김을 내뿜고 있는 릴리야를 떼어놓으려고 그릇을 세게 내려놓았다. 하지만 릴리야는 꿈쩍도 하지 않았다. 다른 직원들은 아직 밖에서 일하는 중이지만, 절대 남자 직원들에게는 다가가지 않았다. 남자가 곁에 있으면 불안감을 느끼는 듯했다.

알디스는 축축한 고무장갑이 부쩍 불편하게 느껴졌다. 릴리야가 자기 곁을 맴도는 건, 어쩌면 베이가르가 알디스에게 추파를 던지기 시작했다는 뜻일지 모른다. 그 생각이 들자 알디스는 견딜 수가 없었다. 소년들만으로 이미 충분했다. 가는 곳마다 따라오는 남자애들의 시선 때문에 알디스는 늑대 무리 앞을 어쩔 수 없이 지나야 하는 암탉이 된 기분이 들었다. 정말 무슨 일이라도 일어날까 걱정할 정도는 아니지만 누군가 자신을 쳐다본다는 느낌은 여전히 불편했다. 보호소에 있는 소년들의 나이는 열세 살에서 열여섯 살이었다. 이에 비해 알디스는 스물두 살이었지만 나이 차는 큰 문제가 되지 않았다. 알디스가 여자라는 사실만으로 충분한 듯했다. 아무리 헐렁한 옷으로 몸을 가리고, 화장기 없는 얼굴에 머리칼을 하나로 질끈 묶은 채 엉망으로 다녀도 남자애들의 시선은 줄곧 그녀를 좇았다. 게다가 이제 머릿수마저 늘어날 참이었다.

더욱 최악인 건 소년들이 쳐다볼 때면 알디스가 나타나기만을 기다렸다는 듯 숨 막히는 정적이 흐른다는 점이었다. 정말 그들이 알디스를 기다린 건지 아닌지는 알고 싶지도 않았다. 일곱 명 소년들이 눈도 깜빡이지 않은 채 말없이 자신을 바라보는 꿈을 꾸다가 소스라치게 놀라 한밤중 잠에서 깬 게 여러 번이었다. 다음날 아침이면 꿈에서 본 이미지들을 되살려내려고 애썼지만 그때마다 심장만 쿵쾅거릴 뿐, 검고 어두운 눈동자 외에 아무것도 떠오르지 않았다. 그런 꿈을 꾸는 이유가 남자애들이 사람의 온기와 상냥함에 목말랐기 때문이라고 적당히 치부하려 했지만 소용없었다. 꿈 때문에 잠에서 깨어 심란한 마음으로 뒤척이는 밤이면, 반대편으로 돌아누워 다른 생각에 집중해야만 했다. 가령 여기를 언제 때려치우는 게 좋을지 같은 문제들 말이다. 매달 모을 수 있는 금액과 지금까지 저축한 금액이 얼마인지 계산하기에 딱 좋은 시간이었다. 계산이 잘못되지만 않았다면 얼마 지나지 않아 레이캬비크로 이사할 수 있을 것이다. 그곳에서 새 직장을 구할 동안 필요한 몇 달치 월세와 생활비 정도는 모은 상태였다. 새 삶을 시작할 수 있는 제대로 된 직장. 그렇게만 된다면 이곳에 다시는 발도 들이지 않으리라. 죽었다 깨어나도 절대 그런 일은 없을 것이다. 이 동네로는 고개도 돌리지 않을 것이다.

마지막 접시까지 건조대에 올린 알디스는 장갑을 벗었다. 손에서 고무 냄새가 진동했다. "고무장갑을 새로 사야겠어요. 이건 물이 새요." 여전히 부엌에 있던 릴리야는 더 이상 알디스의 목에 입김을 뿜지는 않았지만 찬장에 놓인 유리잔에 얼룩은 없는지 검사 중이었다. 그녀는 알디스의 말을 못 들은 척했다. 알디스는 똑같은 말을 반복하는 대신 고무장갑을 내려놓고 잘 자라는 인사를 했다. 어쩌면 더 잘된 일이었다. 릴리야가 알디스의 말을 무시하는 한, 더 이상 일거리를 주지는 않을 것이다. 알디스는 바람막이 점퍼를 집어들고 밖으로 나왔다.

알디스의 방은 작은 숙소 건물에 있었다. 본관에서 엎어지면 코

닿을 거리였다. 보호소는 총 세 개의 주거용 건물과 외양간, 다 무너져가는 두 개의 작은 창고로 이루어져 있었다. 예전 농장 주인은 얼마 안 되는 가축을 키워서 근근이 생계를 이어갔지만, 베이가르와 릴리야가 이곳을 인수했을 때에는 둘 중 하나를 선택해야 했다. 농장을 정리하든가 아니면 다른 활로를 찾든가. 그래서 생각해 낸 것이 소년범들을 위한 보호소였다. 부부는 여기에 소규모 축산업을 겸했다. 레이캬네스반도 남서쪽으로 한참 들어가야 하는 이곳은 작은 목초지에, 척박하고 강풍이 불어닥치는 지형이라 농사에도 적합하지 않았다. 아마도 이곳에 처음 집을 세운 사람들은 용암원을 걷어낸 자리에 건초용 풀을 심을 생각이었겠지만 어떤 것도 실현되지는 못했다. 게다가 해안에서도 멀리 떨어져서 고기잡이로 부수입을 올릴 수도 없었다. 어쩌면 이곳에 처음 자리를 잡은 사람들이 원했던 것은 고요함뿐이었는지도 모른다. 고요함이라면 숨이 막힐 만큼 충분했다.

가장 가까운 마을인 케플라비크까지는 차로 30분, 레이캬비크까지는 한 시간이 넘게 걸렸다. 처음 여기서 일을 시작했을 때만 해도 알디스는 기회가 생길 때마다 시내에 나가려고 마음먹었지만 마땅한 차편이 없어서 그마저 포기했다. 차가 없는 그녀는 릴리야와 베이가르에게 태워달라고 여러 번 부탁해봤지만 돌아온 건 노골적으로 시큰둥한 반응이었다. 차에 짐이 가득 실렸다거나 언제 돌아올지 모른다는 둥 핑계도 갖가지였다. 하늘이 무너질 만큼 중요한 일도 아니었기에 알디스도 더는 조르지 않았다. 돈을 덜 쓰면 그만큼 이곳을 벗어날 날도 앞당겨지는 셈이니까.

숙소에 가까워질수록 하루 종일 그녀의 영혼을 잠식하던 멍한 상태가 잦아드는 느낌이 들었다. 알디스는 남쪽으로 떠나버린 철새 무리에서 낙오해 지난 가을 내내 이곳에 발이 묶인 새를 찾아 두리번거렸다. 그 딱한 새는 다른 새들이 하늘로 날아가는 동안 자신은 너무 늙어 긴 여행은 할 수 없음을 깨달았거나 부상을 입은 것인지 모른다. 외톨이가 된 무력한 새를 불쌍하게 여긴 알디스는 부엌에서 가져온 빵가루나 음식물 찌꺼기를 놓아두곤 했다. 어쩌면 그 덕에 새는 지금껏 살아있는지도 모른다. 새의 앞날이 어떻게 될지 누가 알겠는가? 새의 모습은 어디에서도 보이지 않았지만 알디스는 언제나처럼 말린 빵껍질을 본관 끄트머리 벽 한쪽 틈에 올려두었다. 그곳은 강한 비바람을 피할 수 있어서 폭설이 내리지만 않으면 새가 나중에라도 찾아와 먹이를 먹을 수 있었다. 알디스는 걸음을 재촉했다. 퇴근 후에 딱히 할 일이 있는 건 아니었다. 대부분 침대에 앉아 책을 읽거나 라디오로 연속극을 듣다가 잠드는 게 전부였다. 연속극이 알디스의 취향은 아니었지만 숙소를 같이 쓰는 인부들의 코 고는 소리를 듣는 것보다는 나았다.

담배연기 냄새가 흐릿하게 나더니 주황색 담뱃불에 비친 하콘의 얼굴이 보였다. 숙소에서 지내는 인부 셋은 하나같이 골초였다. 보통 담배연기가 진동할 때까지 숙소 안에서 피워댔지만, 때로는 자기들도 탁한 공기를 참기 힘든지 건물 밖 계단에 앉아 피우기도 했다. 허공을 바라보던 하콘은 알디스의 인기척에도 고개를 돌리지 않았다. 하콘은 워낙 말수가 적은 사내였다. 때문에 알디스는 지난 6개월 간 같은 숙소에서 지냈지만 그에 대해 아는 게 거의 없었다.

하콘과 비슷한 성격의 말리와 스타이니도 '직원 숙소'라는 거창한 이름을 가진 이 시궁창에서 함께 지내고 있었다. 세 남자는 숙소를 그냥 '작은 집'이라고만 불렀다. 숙소에 공용거실이 있었지만 아무도 사용하지 않았다. 거실의 TV는 고장난 지 오래고, 테이블에 놓인 트럼프 한 벌에는 카드 두 장이 빠져있었다. 그러니 각자 방에 앉아 공상이나 하는 게 최선이었다.

"이제 퇴근하는 거야?" 담배연기를 내뿜는 것도 귀찮았는지 하콘의 입에서 말과 연기가 동시에 뿜어져 나왔다.

"네. 애들이 울타리 작업을 하느라 시간이 지체돼서 저녁을 늦게 먹으러 왔거든요." 소년들은 일반적인 농장 일을 무보수로 했다. 하지만 때로 다른 농장으로 파견 나가서 번 돈은 아이들이 챙길 수 있도록 눈감아주기도 했다. 간혹 수두르네스에 있는 생선공장에서 일용직으로 이런저런 잡일도 했다. 그래봤자 아이들이 손에 넣는 돈은 불쌍하리만큼 적었다. 알디스의 처지와 비슷했다.

"이따 남자애 하나가 더 올 거야."

"네." 크로쿠르에는 얘깃거리가 많지 않아서 평소 하콘은 알디스에게 고갯짓을 하거나 잘 자라는 인사나 하는 게 전부였다. 알디스보다 나이를 훨씬 더 먹은 하콘은 릴리야의 말을 그대로 믿자면, 경범죄 전력이 꽤 많은 전과자였다. 무절제한 음주생활을 위해 화폐를 위조하거나 절도를 저질렀던 그는 스스로 인정하듯 이제는 술버릇을 고쳤다. 그러나 그의 시선은 여전히 흐릿했고 두 손은 떨렸다. "새로 온다는 아이에 대해 들은 거라도 있으세요?" 알디스는 퉁명스럽게 보이지 않으려고 물었을 뿐, 새로 올 아이에 대한 관심은 눈곱만큼도 없었다. 이곳으로 오는 아이들은 처음에는 분노로 가득 차서 별별 난리법석을 다 부리지만 시간이 조금만 지나도 건방진 태도는 자취를 감추었다. 아무리 쉽게 흥분하고 폭력성을 보이던 아이라도 이곳의 공허함에 결국 무릎을 꿇고 만다. 아이들을 찾아오는 사람도, 편지도 없었다. 알디스 역시 마찬가지였다.

"내가 알기로는 레이캬비크 출신이야. 크게 사고를 쳐서 이곳으로 쫓겨난 거겠지. 툭하면 시비 붙어서 싸움질이나 하는 애들이랑은 다른 부류인 거 같아."

"정말요? 무슨 짓을 저질렀어요?" 하콘의 담배연기가 어둠속으로 사라지는 걸 지켜보며 알디스가 묻는데 진입로 끝에서 헤드라이트를 켠 차가 들어오는 모습이 보였다.

"나쁜 짓. 그것도 아주 질이 나쁜 짓. 들리는 소문에 의하면 그래." 하콘은 마지막으로 한 모금을 빨아들였다. 하콘은 담배를 직접 말아 피웠는데, 그가 손끝으로 담배를 아슬아슬하게 잡고 피우는 모습을 보며 알디스는 여러 번이나 감탄했다.

두 사람은 아무 말도 없이 낡고 커다란 미국제 차가 농장을 따라 천천히 기어 올라오는 모습을 지켜보았다. 헤드라이트가 꺼지더니 주변이 온통 어두워졌다가 차문이 열리자 내부 조명이 켜졌다. 잘 보이지는 않았지만 차에서 내린 두 사람 중 하나는 베이가르임이 분명했다. 다른 사람은 몸이 좀 더 늘씬했다. 움직이는 모습으로 짐작컨대 나이가 어린 듯했다. 차문이 닫히자 윤곽만 보이는 두 사람이 본관을 향해 걸었다. 어린 남자는 커다란 짐가방 때문에 절름발이처럼 몸을 절룩거리며 앞으로 나아갔다. 하지만 짐 들어줄 생각조차 하지 않고 혼자 걷는 베이가르를 금세 앞지르는 걸로 보아 힘이 센 것만은 분명했다. 어쩌면 남자애가 도움을 거절했을지도 모른다.

"상황이 재밌게 돌아가겠군. 좋게 말하자면 말이야." 하콘은 뻣뻣한 자세로 일어나 담배꽁초를 어두운 곳으로 튕겨버렸다.

알디스는 베이가르와 소년이 건물 안으로 들어가고 난 뒤 닫힌 문을 바라보았다. "다른 애들이랑 다를 게 뭐 있겠어요. 처음에는 골칫덩이처럼 굴다가 나중에는 시키는 대로 하겠죠. 결국에는 다들 부지런히 일하잖아요."

"어쩌면."

"그렇게 생각하지 않으세요?"

"항상 예외는 있는 법이거든. 물론 이 한심한 종자들 대부분은 결국 네 말대로 몽유병 환자처럼 고분고분해지지. 단, 모두가 그렇게 되는 건 아니야." 하콘은 자갈밭에 침을 뱉더니 손등으로 입을 닦았다. "나쁜 놈으로 살다가 더 나쁜 놈이 되기도 해. 여기 오래 있어보니까 그게 보이더라고. 아직 그런 꼴을 보지 않았으니 넌 운이 좋은 거야. 내가 너라면 조심하겠어." 하콘은 잘 자라고 인사한 뒤 알디스를 남겨두고 안으로 들어가 버렸다.

알디스는 하콘의 말을 곱씹으며 앞으로 닥쳐올 일을 두려워해야 할지, 아니면 기대를 해야 할지 갈피를 잡지 못했다. 그녀는 어떤 일이든 생기기라도 했으면 좋겠다고 혼자 중얼거렸지만, 그게 꼭 좋지만은 않다는 걸 알고 있었다.

그날 밤, 알디스는 익숙한 그 꿈을 또 꾸었다. 하지만 이번에는

잔뜩 겁에 질려 땀을 쏟으며 깼다. 뭔가 달라졌다. 알디스를 바라
보는 눈들은 전보다 더 사나워졌고, 그녀를 둘러싼 소년들은 간격
을 더욱 좁혀 들어왔다. 그녀는 꿈 때문에 달아나버린 안정감을 되
찾기 위해 천정을 올려다보았지만 소용이 없었다. 눈을 질끈 감으
며 다른 생각을 하려고 애썼다. 레이캬비크라든가, 그곳에서 새로
얻을 방을 어떻게 꾸밀지, 어떤 스테레오를 사고, 어떤 음반을 들
을지 떠올리려 해봤다. 노력이 거의 먹혀 들어가려는 순간 다시 나
쁜 생각이 찾아들었다. 자신의 음반 컬렉션 자리를 차지할 밴드들
의 이름을 읊조리며 스테레오 이미지를 떠올리려고 했지만 효과가
없었다. 대신 그녀의 머릿속을 비집고 들어온 이미지는 피로 흥건
한 릴리야와 베이가르의 침실 바닥이었다. 하얀 침대시트 위로 검
붉은 피가 웅덩이를 이루고 있었다.

알디스는 비명을 지르고 싶었다. 어째서 그 장면은 잊히지 않는
걸까? 정말 중요한 것들은 잘도 까먹었으면서. 6학년 때 알디스가
역사 시험에서 낙제를 받게 만든 코파보귀르 조약이 체결된 연도
같은 것들 말이다. 연도를 기억하려고 머리를 쥐어짰지만 끝까지
생각나지 않았다. 차라리 까먹으려 노력하는 게 나았을지도 모른
다. 그랬더라면 오히려 생각이 났을 텐데.

알디스는 오른쪽으로 돌아누웠다가 다시 왼쪽으로 돌아누웠다.
어느 쪽으로 누워도 편하지 않자 이번에는 정면을 보고 천장을 응
시했다. 하지만 정면으로 눕자마자 릴리야가 자리에 누워 산통을
겪으며 비명을 지르던 게 떠올랐고, 알디스는 얼른 엎드렸다. 릴리
야가 그렇게까지 비명을 지르지만 않았더라도 그곳을 지나던 알디

스가 부부의 집 밖에서 소리를 엿듣지 않았을 것이다. 그리고 때마침 품에 시트 뭉치를 든 채 새하얀 시트만큼이나 창백한 안색으로 나오는 베이가르와 마주치는 일도 없었을 것이다. 그녀는 단번에 뭔가 잘못 되었다는 걸 직감했다. 릴리야의 비명 소리는 점점 육체적 고통을 넘어 아주 다른 감정을 드러내기 시작했고, 그 누구도 신생아를 베이가르처럼 시트로 둘둘 말아서 옮기지는 않았기 때문이다. 시트에 완전히 가려진 아기는 움직이지도, 소리를 내지도 않았다.

알디스는 아예 몸을 일으켜 앉았다. 그 일이 있은 직후 부부는 그녀에게 침실 청소와 시트 가는 일을 시켰다. 방에서는 여전히 코를 찌르는 피비린내가 났다. 그러나 이렇게까지 그녀를 괴롭히는 건 피 냄새가 아니었다. 냄새 때문이라면 며칠 간 속이 좀 메슥거렸겠지만 곧 다 잊혔을 것이다.

그날 시트를 들고 집에서 나와 걸어가던 베이가르가 발을 헛디디는 바람에 놓친 시트 뭉치가 땅에 펼쳐지고 말았다. 그 광경을 본 알디스는 탄식하며 두 눈을 비비기까지 했다. 그녀의 눈에 들어온 건 기형적인 모양을 한 잿빛 아기의 머리였다. 처음에는 머리 부분이 찌그러진 플라스틱 인형인 줄만 알았다. 하지만 다음 순간 그것이 허연 기름덩어리 같은 물질로 뒤덮인 아기의 머리라는 사실을 알아차렸다. 두상은 형성되다가 만 듯, 아무런 상흔도 없이 눈 바로 윗부분이 텅 빈 채였다. 가느다란 검은 머리칼이 덩굴손처럼 피부를 덮고 뒤통수는 원래 그렇게 생긴 듯 납작하게 찌그러져 있었다. 두 눈은 감겨 있었는데, 알디스가 공포에 질려 숨을 헐떡이는 사이 아기가 두 눈을 떴다. 마치 알디스와 눈이라도 맞추려는 것처럼. 아기의 검은 눈이 꿈속의 소년들처럼 알디스를 똑바로 쏘아보았다. 어쩌면 그녀가 잘못 보았거나 땅에 떨어지면서 눈꺼풀이 열렸던 것인지도 모른다. 적어도 이런 생각은 세 번째 가능성에 비하면 견딜 만했다. 그러니까 어쩌면 아기는 죽은 채로 태어난 게 아닐지도 몰랐다.

알디스는 침대에 엎드린 채 베개로 머리를 덮고 엄마가 뜨개질에 몰두할 때면 부르곤 했던 멜로디를 흥얼거렸다. 엄마를 떠올리는 일도 썩 내키지는 않지만 두상이 기형인 죽은 아기를 생각하는 것보단 나았다. 엄마를 생각하면 분노가 일렁일뿐, 공포스럽지는 않았다.

깜빡 잠이 들려는 순간, 창밖에서 들리는 바스락거림에 알디스는 다시 깼다. 그녀의 신경을 거슬리게 한 건 소음 그 자체가 아니라 밖에 누군가 있을지도 모른다는 생각이었다. 창문이 열려있었나? 커튼이 흔들리지 않는 건 다행스러운 신호였지만 저녁 내내 대기 자체는 바람도 없이 잠잠했다.

불안한 생각에 사로잡힌 알디스는 자기 숨소리에 귀를 기울였다. 베이가르가 아기를 어쨌는지 아는 사람은 아무도 없었다. 그날 이후로 그는 며칠 동안 농장을 비우지 않았고, 목사나 의사가 와서 아기를 매장하기 위해 데려가는 모습을 목격한 사람도 없었다. 하콘의 말을 믿자면, 릴리야와 베이가르는 신을 두려워하는 사람들이었다. 따라서 세례도 받지 않은 아기를 축성된 땅에 묻었을 리가 없었다. 하콘은 아기가 농장 어딘가에 암매장되거나 아니면 쓰레기통 같은 데 버려졌을 거라고 했다. 알디스는 자기 자식의 시신을 쓰레기처럼 다룰 만큼 냉혹한 인간이 존재할 거라고 믿고 싶지 않았다. 그래서 그 후로 며칠 간 작은 무덤이 생기지 않았는지 농장 안팎을 뒤지고 다녔다. 끝까지 땅이 파헤쳐진 흔적을 찾지 못한 그녀는 농장 어딘가 눈에 띄지 않는 곳에 아기가 묻혔을 거라고 결론지었다. 그 어린 것이 어떻게 되었을지 알디스는 상상도 하고 싶지 않았다.

바스락거리는 소리가 다시 낮게 들려오자 알디스는 베개로 귀를 힘껏 감쌌다. 아무리 머리를 쥐어짜내도 자기가 창문을 닫았는지 확신할 수 없었다. 그렇다고 침대에서 일어나 창문이 열렸는지 확인하러 가고픈 마음은 추호도 없었다.

3장

오딘에게는 바꾸고 싶은 과거의 순간들이 너무도 많았다. 당시엔 중요해 보이지 않았던 결정들이 그의 인생을 뒤바꿔놓은 선택이 되었기 때문이다. 오래 전 운명의 밤에 내렸던 선택 역시 그 중 하나였다. 광란의 밤을 보내던 오딘은 재미가 없어지자 다른 친구들처럼 집으로 돌아가는 대신 시내에서 술을 더 마시기로 했다. 밤새도록 술을 마신 게 그날이 처음도, 마지막도 아니었기 때문에 별로 고민할 것도 없었다. 술집에서 밤새 카드를 더 긁다가 다음날 좀 더 강력한 숙취에 시달리다 깨면 그만이었다. 하지만 시내에서 더 길게 어슬렁거리던 그날 때문에 오딘은 머리가 깨질 듯한 두통과는 비교도 되지 않는 대가를 치러야 했다.

그는 택시를 타려고 줄을 섰다가 비슷한 또래의 한 여자와 대화를 나누었다. 그녀의 이름은 라라였고, 오딘만큼이나 취해서 몸을 제대로 못 가눌 정도였다. 그때 무슨 이야기를 나누었는지는 끝끝내 기억나지 않는다. 다만 라라는 술에 취해 불분명하게 내뱉는 그의 작업용 멘트에 빠져들었고 둘은 함께 그의 집으로 향했다. 그날의 섹스 역시 오딘의 기억에는 별 인상을 남기지 못했다. 나중의 섹스들을 바탕으로 판단하건대 그리 나쁘지는 않았을 것이다. 첫 섹스가 유달리 엉망이었던 게 아니라면. 어찌되었든 2주 뒤 오딘은 라라에게 전화를 걸었다. 세탁소 직원이 그의 바지주머니에서 나왔다며 라라의 전화번호가 적힌 꼬깃꼬깃한 쪽지를 건넨 것이다. 세탁소 직원이 그에게 오래된 신용카드 영수증이 아닌 다른 무언가를 건넨 건 그때가 처음이자 마지막이었다.

오딘은 라라에게 전화를 걸어 저녁을 먹자고 했다. 앞으로 일어날 일련의 사건들은 이렇게 첫 발을 떼었다. 이때까지만 해도 두 사람의 관계는 끝이 보이지 않았지만, 라라의 역할은 이미 끝난 셈이었다. 오딘에게는 첫 정식 데이트 이후로도 얼마든지 발을 뺄 기회가 있었다. 하지만 그는 라라와 동거를 시작했다. 모든 신호들이 그와 라라가 인연이 아니라고 말하고 있었음에도, 기어이 그는 결혼까지 하고 말았다. 그가 라라에게 이별을 통보하려 마음먹을 때마다 라라는 능숙하게 오딘의 비위를 맞추며 설득했고 그는 번번이 마음을 돌렸다. 두 사람이 진실에 직면한 것은 결혼식을 올리고 난 이후였다. 이혼 문제에 대해 상의하면서 처음으로 비로소 두 사람의 마음이 일치한다는 걸 깨달았다. 하지만 그즈음 라라가 임신을 하면서 이혼은 실행에 옮겨지지 않았다.

딸이 태어난 후 상황은 더 나빠지기만 했다. 딸은 태어날 때부터 까다로운 아기였다. 산통도 심했을 뿐더러 항상 울었다. 오딘은 어린 딸을 사랑했지만 아기 때문에 수면 부족에 시달릴수록 애정도 희미해졌다. 결혼 직후 부부는 시내에 작은 꼭대기 층 아파트를 구입했는데, 시간이 지날수록 오딘에게는 아파트가 감옥처럼 느껴졌다. 엎친 데 덮친 격으로 라라는 산후우울증을 앓아서, 깨어있을 때조차 말하고 싶어하지 않았다. 그렇게 4개월이 지나자 오딘은 더이상 견딜 수 없을 지경이 되었다. 떠나면서 오딘은 아파트를 아내에게 넘겼고 당연하다는 듯 딸의 양육권마저 라라에게 넘겼다. 라라가 딸을 맡지 않았다면 아마 오딘은 떠날 수 없었을 것이다. 그가 보기에 라라가 훨씬 더 손해 보는 거래를 한 셈이었으므로 차마 아파트의 반을 요구하지 않았다. 라라는 딸과 집을 가졌고, 오딘은 자유를 얻었다.

얼마나 형편없는 인간이었던가. 모든 게 산산조각 난 지금에야 그 사실을 깨달았다. 가족을 떠난 후 오딘은 2주에 한 번, 주말에 딸을 만나거나 라라의 상황이 좋지 않을 때만 딸을 봐주는 게 전부였다. 그나마 오딘은 이 약속조차 제대로 지키지 않았다. 이혼 이후 시간이 흐를수록 라라가 도움을 요청하는 빈도는 점점 줄었고 오딘은 직장 일이 너무 바쁘다는 둥, 주말에는 자기도 쉬어야 한다는 둥, 지금 생각하면 가당치도 않은 핑계를 들이대며 자신의 게으름을 정당화했다. 매달 초, 라라의 통장에는 양육비가 꼬박꼬박 입금되었다. 가장 중요한 문제가 해결되었으니 라라도 더는 문제 삼지 않았다. 사실 양육비는 국가에서 선입금을 한 후 오딘에게 청구하는 방식으로 지급되었지만, 라라에게 순서는 별 의미가 없었다. 오딘은 자신이 아빠로서 얼마나 무책임한 인간이었는지 이제야 깨닫고 있었다.

오딘은 스포츠센터 밖에 차를 대고 딸을 기다렸다. 갑자기 싸늘한 냉기가 느껴져 히터를 틀기 위해 손을 뻗었지만 히터는 이미 최대로 켠 상태였다. 온기가 퍼지도록 온풍기를 최대한 위로 올렸지만 별 효과가 없었다. 짜증스럽게 두 손에 입김을 불며, 그는 지금까지 차가 한 번도 말썽을 부리지 않았던 게 다행이라고 스스로를 위로했다. 일시적으로 문제가 생긴 거겠지. 하지만 오늘처럼 얼어붙을 듯한 날씨에 히터가 고장난 채로 운전하는 건 있을 수 없는 일이었다. 계기판을 두드려보았지만, 역시나 소용이 없었다.

주먹을 들어 다시 계기판을 내려치려는 찰나, 뒷좌석에서 부스럭거리는 소리가 들리자 그는 얼어붙었다. 소리 자체는 소름끼치지 않았으나 그의 심장은 요동쳤다. 마약중독자와 술에 취한 사람들이 늦은 밤 택시 기사들을 공격했다는 뉴스를 본 기억이 뇌리를 스쳤다. 그럴 가능성이 낮다는 걸 알면서도 오딘은 범죄자들이 자신의 차에 숨은 건 아닌지 불안했다. 아까 장을 본 후 물병과 쇼핑백을 뒷좌석에 아무렇게나 던진 게 기억났다. 불청객이 마트 주차장에서 몰래 차 안으로 숨어들었을까. 하지만 그랬다면 그가 쇼핑한 물건을 뒷좌석에 놓으려고 차문을 열었을 때 좌석이 비어있지 않았을 것이다. 당장이라도 차문을 열고 뛰쳐나가고 싶은 충동을 누르며 오딘은 뒤를 흘끔 보았다. 마트 주차장에서 운전석에 앉을 때처럼 뒷좌석은 텅 비어있었다. 쇼핑백에 든 내용물이 살짝 흔들리며 소리가 난 게 분명했다. 그는 안도의 한숨을 내쉬고는 바보처럼 패닉에 빠진 자신을 본 사람이 아무도 없다는 사실에 감사했다.

어쩌면 라라를 생각하던 그가 양심의 가책을 느낀 것인지 몰랐다. 말도 안 되는 얘기지만, 아주 잠시 동안 그는 라라가 뒷자리에 앉아있을 거라는 느낌을 받았다. 추락으로 끔찍한 몰골이 된 그녀가 후회에 찬 자신을 비웃으면서 말이다. 그럴 리 없다고 고개를 저으면서도 그는 뒷좌석에서 들려오는 이상한 소리를 덮기 위해 라디오를 켰다.

잠시 후, 룬의 작은 체구가 스포츠센터 건물 밖으로 모습을 드러내자 오딘은 라디오를 껐다. 순간 룬이라는 이름이 꽤 유치한 발상이라는 생각이 들었다. 하지만 라라와 그가 초음파 검사로 태아의 성별을 안 후 특이하면서도 딱 맞는 이름을 짓기 위해 육아서를 뒤져볼 때만 해도 두 사람의 나이는 그리 많지 않았다. 룬은 이제 열한 살이지만 또래 아이들과 많이 달랐다. 또래 여자애들이 수다를 떨고 깔깔대며 주차장으로 우르르 빠져나오고 나서야 룬은 고개를 숙인 채 혼자 걸어나왔다. 친구들과 다퉈서는 아니었다. 룬은 본래 사교성이 부족하고 내성적인 아이였다. 아빠 차를 발견하자 룬은 환하게 웃으며 손을 흔들고 빠르게 걷기 시작했다.

오딘이 아빠로서 부족한 점이 많았음에도 불구하고 룬은 언제나 아빠를 숭배하듯 따랐다. 아빠와 보내는 주말이 끝나갈 때가 되면 룬은 예외 없이 엄마 대신 아빠와 살면 안 되는지 물었다. 그럴 때마다 오딘은 비겁하게도 엄마가 허락하지 않을 거라고 둘러댔다. 부끄러운 짓을 많이 한 그에게도 이 기억은 유난히 쓰라렸다. 그렇다고 딸에게 그때는 그럴 기분이 아니었다거나 좀 더 솔직히 말해서 자식을 돌보는 게 귀찮았다고 고백할 수는 없었다. 게다가 딸을 키우는 건 더 이상 선택의 문제가 아니었다. 이제 오딘은 룬과 함께 살고 있었고 독립할 때까지는 딸을 책임져야 했다.

"안녕, 우리 딸." 룬의 가느다란 어깨를 잡자 반짝이는 주황색 바람막이 점퍼가 까끌거리며 소리를 냈다. "수업은 어땠어?"

"괜찮았어." 룬은 희미하게 미소를 지을 뿐 이를 드러내지는 않았다. "핸드볼 이제 그만하고 싶어."

오딘은 하고 싶은 말을 꾹 참았다. 둘은 몇 달 간 일주일에 세 번씩 같은 대화를 반복했다. 핸드볼 수업이 있을 때마다 이런 대화가 오간 셈이다. 하지만 오딘은 단호했다. 룬은 겨울 내내 수업을 듣기로 약속했으니 끝까지 약속을 지켜야 했다. 새로 전학 간 학교에서 룬은 아직 친구를 사귀지 못하고 있었다. 때문에 오딘은 핸드볼을 하면서 마음 터놓을 친구를 만나기를 바랐다. 물론 그는 여자들이 어떻게 친구가 되는지 전혀 알지 못했다. 그가 룬만한 나이였을 때는 주변 여자애들은 안중에도 없었다. 같은 반에 여자아이들이 있었지만, 남자아이들은 여자들과 섞여 놀지 않았다. 그가 유일하게 기억하는 건 핸드볼을 하는 여자애들끼리 서로 어울려 다녔다는 사실뿐이었다.

"좀 더 기다려보자. 조금만 지나면 핸드볼을 더 못 하게 한다고 오히려 아빠한테 난리칠 걸." 딸을 강하게 만들어주는 효과라도 있는 양 그는 룬의 어깨를 힘주어 잡았다. "아빠랑 약속한 거 기억하지? 끝까지 수업 들으면 여름에 좋은 데로 휴가 가기로 했잖아."

룬은 윗입술을 깨물며 창밖을 내다보았다. 아이의 눈에서 표현하기 힘든 고통이 비쳤다. 오딘은 이럴 때 어떻게 처신해야 하는지 알지 못했다. 전문가에게 슬픔치유 상담을 받아보라는 지역 보건의의 권유에도 불구하고 오딘은 조언을 따르지 않았고, 이제는 죄책감마저 들었다. 의사의 조언에 따르는 대신 그는 자신의 직감을 믿었지만 결과는 좋지 않았다.

갑자기 룬이 한결 밝아진 표정으로 오딘을 보며 말했다. "집에 가자. 나 배고파." 룬은 아빠와의 약속에 대해서는 아무 말도 하지 않았고 오딘도 더는 묻지 않았다. 그게 무슨 의미가 있겠는가? 어차피 룬은 얌전히 다음 수업에 나갈 테고 두 사람 다 그걸 알고 있었다.

집으로 돌아오는 차 안에서 두 사람은 거의 말이 없었다. 익숙한 일이었다. 둘 다 원래 말수가 적은 편이었다. 이런 점에서 부녀는 닮았지만 외모는 전혀 딴판이었다. 룬은 눈에 띌 정도로 작은 체구에 가녀린 반면, 오딘은 몸집이 크고 체력이 좋았다. 룬은 진갈색 눈에 같은 색 머리칼을 가졌고 새하얀 피부는 햇빛에도 절대 그을리는 법이 없었다. 반대로 오딘은 금발에 파란 눈이었고 야외에 발을 내딛기만 해도 피부가 금방 타곤 했다. 두 사람은 체질부터 완전히 달랐다.

오딘은 곧장 집으로 차를 몰았다. 오딘이 살고 있는 다세대 건물은 그의 형인 발두르가 지은 것이었다. 발두르는 건물의 명칭을 아파트로 바꾸고 싶어했지만 그게 마음처럼 쉽지는 않았다. 1층에 사는 노부인과 3층에 사는 오딘과 룬을 제외하면 건물은 비어있었다. 룬이 예상치 않게 오딘과 살게 되자 발두르는 동생에게 집을 헐값에 팔았고 오딘은 어쩔 수 없이 리다르에 있는 독신자용 아파트를 포기해야 했다. 동시에 일이 많은 형의 회사를 나와 지금의 직장에서 일을 시작했다. 새로운 집에다 새 직장까지, 인생이 완전히 달라져버린 것이다.

오딘은 미소를 지으며 집 건물 앞에 차를 댔다. 새로 이사 온 집의 장점은 주차 걱정이 전혀 없다는 것이었다. 항상 텅 빈 지하주차장은 너무 음울해 보였으므로 대부분의 경우 지상에 주차를 했다. 심지어 1층에 사는 노부인에게는 차가 없었다. 때문에 지하 주차장은 흡사 재난영화의 세트를 방불케 했고, 오딘과 룬은 재앙에서 살아남은 유일한 생존자처럼 보였다. 하지만 지하에 주차하지 않는 진짜 이유는 따로 있었다. 누군가 표면이 까끌거리는 회색 콘크리트 기둥 뒤에 숨어 두 사람을 기다리고 있을지 모른다는 막연한 두려움 때문이었다. 물론 터무니없는 망상이었다.

오딘과 룬은 건물 입구에 쌓여있는 광고지들을 사뿐히 넘어 3층으로 올라갔다. 1층 노부인의 집에서 라디오 소리가 아주 작게 들려오는 것을 제외하면 건물 전체가 고요했다. 엘리베이터는 늘 고장나 있었지만 두 사람은 신경 쓰지 않고 계단으로 올라갔다. 쇼핑백에 든 거라곤 룬의 점심 도시락을 싸는 데 필요한 플랫 케이크와 버터, 치즈가 전부였으므로 가벼웠다. 오딘은 아직도 일주일치 장을 어떻게 한꺼번에 봐야 하는지 감을 잡지 못했다. 수시로 마트를 들락거리며 조금씩 먹거리를 사왔지만 그러고도 깜빡하는 물건들이 더러 있었다. 아직도 배울 게 많은 인생의 다른 부분들처럼 결국에는 그도 요령을 터득할 것이다.

현관문에 열쇠를 끼우고 돌리려던 오딘은 자기도 모르게 머뭇거렸다. 룬이 놀란 얼굴로 아빠를 쳐다보았다. "왜 문 안 열어?" 시간이 좀 걸릴 것을 예상이라도 하는 듯 룬은 가방을 바닥에 내려놓았다.

"글쎄." 오딘은 얼빠진 미소를 지었다. "아빠가 좀 바보 같네." 바보 같다는 건 정확한 표현이었다. 문을 열어서는 안 된다는 불길한 예감이 들었지만 그는 이유를 알지 못했다. 어쩌면 아까 차 안에서 터무니없는 상상을 한 여파가 아직까지 이어지는 것인지도 몰랐다. 하지만 분명 무언가가 달라졌다는 느낌을 받았다. 집 안에 무슨 일이 벌어졌다기보다 그가 여태껏 확실하다고 여겼던 것들이 통째로 뒤집어질 것만 같은 느낌이었다. 1년 전이었다면 웃어 넘겼겠지만 이제는 아니었다. 라라가 죽던 날에도 그는 유사한 불안감을 경험했다. 엄청난 숙취에 시달리며 침대에 누워있는데 휴대폰이 울리며 화면에 모르는 번호가 떴다. 그는 전화를 받고 싶지 않았다.

전화 받지 마. 인생이 완전히 뒤집혀버릴 거야. 받지 마.

같은 번호로 세 번째 전화가 걸려오자 그는 포기하고 전화를 받았다. 주말 아빠나 하던 시절이여, 안녕.

다만 이번에는 불안이 주는 메시지가 분명치 않았다. 마치 그가 문을 열든 열지 않든, 전혀 상관없다고 말하는 듯했다. 아마 이 예감은 문을 여는 것과는 관련이 없는지도 몰랐다. 적어도 그의 머릿속에서 '*열지 마!*'라고 외치는 목소리는 들리지 않았다. 여전히 차 뒷좌석에서 부스럭거리던 쇼핑백 소리에 민감해져있는 게 분명했다. 오딘은 두려움을 떨쳐버리려고 룬을 향해 웃어보였다. 정말 바보 같군. 지금 와서 생각해보면 정체불명의 번호로부터 걸려온 전화 때문에 느꼈던 불길한 예감은 사실 보기 좋게 빗나갔다. 물론 그의 삶은 룬과 함께 살면서 이전과 비교할 수 없을 정도로 복잡하고 제약도 많아졌지만 시간을 이전으로 돌리고 싶은 마음은 눈곱만큼도 들지 않았다. 그는 지금까지 살아온 방식을 바꿀 수 있는 기회를 얻었고, 그 기회가 주어진 것에 감사했다. 그는 현관 열쇠를 돌렸다.

문을 열자 신선한 바람이 불어왔고, 룬이 얼굴을 찡그렸다. 딸의 반응이 무슨 의미인지 이해하지 못하던 오딘은 불현듯 깨달았다.

"누가 창문 열어놨어?" 룬의 목소리가 날카롭게 울렸다. 아이의 얼굴은 공포에 질려있었다. 이 집에는 특별한 사유가 있지 않고서는 창문을 열어두면 안 된다는 불문율이 존재했다. 오딘은 딸이 잠든 게 확실할 때에야 자기 침실의 창문을 아주 살짝 열었고, 그마저도 딸이 아침에 일어나기 전에 항상 닫아두었다. 딸의 이런 행동은 심리 전문가가 아니어도 이해할 수 있었다. 엄마가 창문에서 떨어져 목숨을 잃었기 때문이다. 오딘이 아내에게 넘긴 꼭대기 층 아파트가 결과적으로 그녀의 목숨을 앗아간 셈이다. 룬에게 있어 열려있는 창문은 죽음의 덫이었다. 오딘은 여닫이 창문이 살짝 열린 것과 라라가 떨어져 죽은 아파트의 커다란 미닫이 창문이 활짝 열려있는 것은 전혀 다르다고 설명할 엄두조차 내지 못했다. 그런 설명은 시간이 흐른 뒤에 해도 충분했다. 뿐만 아니라 지금은, 라라가 창문에서 떨어진 건 통제 불가능한 어떤 힘이 그녀를 끌어당겼기 때문이 아니라고 설명할 수도 없었다. 라라는 죽기 전 습관대로 창문에 걸터앉아 몸을 반쯤 밖으로 내민 채 담배를 피우고 있었다. 뾰족한 지붕 끄트머리 홈통에서 작은 화분과 빗자루가 발견되었다. 추정컨대 라라는 창가에 앉아있다가 화분을 넘어뜨렸고, 화분이 굴러떨어져 홈통에 처박히자 빗자루로 화분을 꺼내보려고 하다가 균형을 잃고 추락한 것이었다.

"아빠가 침실 창문 닫는 걸 깜빡했나 봐. 어젯밤에 너무 더워서 창문을 아주 살짝 열어뒀거든. 파리 한 마리도 못 들어올 만큼 정말 살짝만 열었어." 오딘은 심각한 상황을 만들지 않으려고 사실일 리 없는 변명을 늘어놓았다. 그는 창문을 닫았던 걸 똑똑히 기억했지만 어쩌면 그 전날 밤과 헷갈렸을 수도 있었다. 바람이 부는 걸로는 부족했는지 옅은 담배연기 냄새마저 나기 시작했다. 오딘은 흡연자가 아니었다. 룬이 담배를 피웠을 리도 없었다. 설마 아래층 할머니가 뒤늦게 담배 맛이라도 들인 걸까?

룬은 허공에 대고 킁킁거리더니 더욱 불안한 표정을 지었다. "난 안 들어갈래."

"알았어." 오딘은 예전이라면 상상도 못 했을 솜씨로 스스로도 놀랄 만큼 능숙하게 딸의 기분을 풀어주려고 애썼다. "아빠가 먼저 들어가서 창문 닫을게. 그런 다음 모든 게 완벽한지 확인하고 들어오라고 할게. 계단에서 영원히 살 수는 없잖아. 침대를 여기로 끌고 나올 수도 없는 일이고. 처음 이 집으로 이사 올 때 얼마나 힘들게 침대 날랐는지 기억하지?"

룬은 미소를 지었지만 기뻐 보이지는 않았다. "안에서 담배 냄새 나. 엄마랑 살 때처럼."

진실을 말해야 하는 순간이 있는가 하면 선의의 거짓말이 필요한 순간도 있는 법이었다. "아빠도 알아. 발두르 삼촌이 오늘 우리 건물 지하실에 고칠 게 있다고 아저씨들 몇 명을 보냈다고 했어. 아저씨들이 일하는 동안 담배를 피워서 냄새가 날 수 있다고도 미리 말해줬어." 분명 다른 원인이 있겠지만, 오딘은 맞을 수도 있고 틀릴 수도 있는 가능성들을 일일이 따져보기에는 타이밍이 좋지 않다고 생각했다. 룬에게 필요한 건 단 하나의 명확한 이유였고, 설령 그것 때문에 형과 통화한 척 거짓말해야 한대도 상관없었다. "아마 우리 집에도 들어와서 일하는 동안 창문을 열었을 거야." 오딘은 마지막 말을 후회했다. 자신이 깜빡하고 창문을 닫지 않았다는 설명 외에 창문이 열리게 된 가능성이 두 가지로 늘어난 것이다. 룬은 더욱 더 걱정스러운 표정을 지었다. "아빠가 들어가서 창문 닫을 테니까 여기서 기다려."

오딘은 곧장 자기 침실로 들어가 커튼을 걷었다. 그의 기억대로 창문은 닫혀있었다. 방을 나와 거실을 쳐다보지도 않은 채 부엌으로 들어갔다. 그는 바람과 담배 냄새가 어디에서 흘러든 것인지 이미 알고 있었다.

부엌 창문이 활짝 열려있었다. 창문 걸쇠가 풀리는 바람에 커다란 창이 완전히 젖혀진 것이다. 찬바람이 불어오긴 했지만 누군가 방금 담뱃불을 지져 끈 듯 공기 중에서 분명한 담배 냄새가 났다. 두 다리가 뻣뻣해지는 느낌을 애써 무시한 채, 오딘은 창문을 쾅 닫았다. 금세 담배 냄새가 사라지고 모든 게 정상으로 돌아왔다. 그는 싱크대에 기대 창밖을 바라보았다. 틀림없이 피로와 스트레스 때문이었을 거야. 큰 중압감에 억눌리다 보면 사람은 온갖 망상에 시달리게 마련이다. 하물며 담배 냄새가 대수겠는가?

그런데 그 순간, 아침에 딸이 한 말이 떠올랐다. 룬은 침대에서 고개를 들고는 아직 잠에서 덜 깬 듯 멍한 얼굴로 눈을 크게 떴다. 나른하고 약간 잠긴 목소리로 아이는 엄마가 아직 화가 나있는지 물었다. 오딘은 하늘나라에 화난 사람은 없다며 달래듯 말했다. 그러나 룬은 아빠의 말을 믿는 대신 침대에서 일어나 그에게 시선을 고정한 채로 엄마는 하늘나라에 없다고 말했다. 하늘나라에 가기에는 너무 화가 났다는 얘기였다. 오딘은 엄마가 누구에게 화가 났는지 묻고 싶었지만, 말도 안 되는 소리라고 대꾸했다. 하지만 그는 이미 답을 알고 있었다. 라라가 오딘의 계속되는 무책임한 행동 때문에 그를 미워했다는 건 의심의 여지가 없었다. 오딘은 미움을 받아도 싼 인간이었다. 하지만 그 미움이 죽음 이후까지 이어질 정도였을까? 분명 그건 아니었다. 라라의 입장에서 보아도, 그녀는 오딘에 대한 분노를 딸에게 감추려고 노력했다. 적어도 룬은 그 문제에 대해 말을 꺼낸 적이 없었다. 생전에 분노를 잘 감췄다면 분명 죽은 뒤에도 그러지 않을까? 룬이 자다가 꾼 악몽 때문에 별 생각 없이 지껄인 게 틀림없어.

그럼에도 오딘은 여전히 불편한 감정을 떨칠 수 없었다. 한 번 시작된 불안감은 멈추지 않았다. 그는 직감적으로 이 불안감이 크로쿠르 보고서, 그리고 모두에게 철저히 외면당한 두 소년의 죽음과 어떻게든 연결되었을 거라고 생각했다. 어쩌면 심판의 날이 다가온 것인지도 모른다.

4장

1974년 1월

알디스는 새로 온 소년이 무슨 죄를 저질렀는지 궁금해서 온몸이 근질거렸다. 이곳에 오는 소년들은 대부분 경범죄를 저지른 게 전부였다. 하지만 알디스는 하콘의 말을 떠올리며 에이나르라는 소년에게 다른 사연이 있을 거라고 확신했다. 에이나르는 다른 소년들과 달리 차분했고 가정교육을 잘 받은 듯했다. 살아오면서 단 1년도 허투루 보내지 않았다는 듯 다른 아이들보다 더 성숙하기도 했다. 에이나르와는 대조적으로 다른 소년들은 사용이 금지된 여러 개의 작은 엔진으로 움직이기라도 하는 듯 잠시도 가만히 있지를 못했다. 에이나르가 이곳과 너무 어울리지 않는 나머지 알디스는 정부에서 엉뚱한 사람을 잘못 보낸 게 아닌가 하는 생각이 들 정도였다. 정말 동명이인이 존재할지도 모를 일이었다.

그녀는 그의 과거에 대해 캐물어보기도 했지만 아무것도 알아내지 못했다. 릴리야와 베이가르는 신경 끄라는 말뿐이었고, 다른 직원들도 그녀만큼이나 아는 게 없었다. 확실한 거라고는 에이나르가 사회에서 격리될 정도로 위중한 잘못을 저질렀다는 사실뿐이었다. 대체 무슨 짓을 한 걸까?

베이가르는 에이나르가 곁에 있을 때면 안절부절 못 하며 일거수일투족을 체크라도 하듯 끊임없이 그의 뒤를 쫓았다. 알디스는 이전에도 비슷한 경우를 본 적이 있었다. 삼촌이 키우던 큰 개가 있었는데 그 개가 숙모를 물자, 숙모는 그 이후로 개가 주변에 보이기만 하면 어쩔 줄을 몰라 했다. 그 개가 알디스에게 해를 끼친 것은 아니지만 그녀 역시 개를 두려워했다. 하지만 베이가르의 따가운 눈총은 알디스에게 정반대의 효과를 불러일으켰다. 에이나르를 두려워하는 대신 호기심을 느끼게 된 것이다.

잠재의식 속 짓궂고 은밀한 목소리는 그녀의 관심이 그저 에이나르의 외모 때문이라고 속삭였지만 알디스는 그런 생각을 애써 부정하며 자기보다 한참 어린 남자아이에게 끌린다는 사실에 불쾌해했다. 이곳의 소년들은 모두 아직 열일곱 살도 되지 않은 어린 애들이었다. 그렇다고 해도 에이나르가 돋보인다는 사실을 부정할 수는 없었다. 그의 얼굴은 여드름으로 뒤덮여 초췌한 안색을 띠는 대신, 성인 남자와 유사한 강인한 턱을 가지고 있었다. 어린아이의 갸름한 얼굴 윤곽은 그에게서 찾아볼 수 없었다. 지금도 가장 큰 편에 속했지만, 여전히 몸집이 좀 더 성장할 것처럼 보였다. 게다가 두 눈에서는 사람의 마음을 애타게 하는 슬픔마저 비쳤다. 어쩌면 이런 인상은 알디스의 상상이거나 아니면 그냥 난시 때문에 생기는 증상인지도 몰랐다.

"애들 불러서 저녁 먹게 해." 릴리야가 식당에 얼굴을 삐죽 내밀고는 식탁에 접시를 놓고 있는 알디스를 향해 소리쳤다. 알디스는 항상 아이들을 위해 식탁을 말끔히 차리는 데 정성을 다했지만 보람은 전혀 없었다. 식탁보 여기저기에는 얼룩이 지고 접시와 포크, 나이프는 크기와 모양도 제각각이어서 조금도 어울리지 않았다. 그럼에도 알디스는 엄마가 입버릇처럼 했던 말대로 음식에 대한 존중을 보이기 위해 최선을 다했다. *먹을 게 풍족하다는 사실을 당연하게 여겨서는 안 된다, 다른 나라에서는 사람들이 굶주린 채로 잠에 들기도 한다.*

알디스는 한 번도 외국에 나가보지 못했지만 엄마가 과장한 게 틀림없다고 생각했다. 외국 땅을 밟아본 몇 명 안 되는 지인들이 외국인들은 가난하다고 말하는 걸 한 번도 들은 적이 없기 때문이다. 알디스는 외국에 가볼 수만 있다면 어느 정도의 굶주림은 견뎌낼 각오를 하고 있었다. 이가 나간 접시 옆에 나이프를 가지런히 놓으면서 그녀는 엄마 생각을 떠올린 스스로에게 화가 났다. 엄마 때문에 얼마나 상처 받았는지를 줄곧 되뇌면서, 알디스는 엄마에 대한 분노가 무뎌지려고 할 때마다 기름을 들이부었다. 자신의 인생을 완전히 뒤바꿔놓은 바로 그날 뺨을 맞은 기억을 떠올리자 오른쪽 뺨이 화끈거렸다. 노동으로 거칠어진 엄마의 손이 그녀의 뺨을 칠 때 났던 날카로운 소리가 들리는 듯했다.

알디스는 큰 소리로 훌쩍거렸다. 모녀의 삶에 남자가 등장한 이후 상황이 달라지리라는 걸 늘 예감하고 있었다. 처음에 엄마에게 새로운 짝이 생겼을 때는 이루 말할 수 없이 기뻤다. 이제 더 이상 엄마 혼자 부모 노릇을 하느라 고군분투하지 않아도 된다는 사실에 안도했다. 그래서 엄마의 애인에게 더 상냥하게 행동하려 노력했고 그를 경계하지 않으려고 애썼다. 기분 나쁜 시선도 못 본 척했고 은근슬쩍 몸을 부비며 지나가는 행동도 조용히 넘겼다. 그 역겨운 자식이 술 냄새를 풍기며 그녀 뒤로 다가와 가슴을 주무르며 자기를 바라보는 시선을 느꼈다고 히죽거리던 바로 그날까지는 말이다. 집에는 둘뿐이었다. 알디스는 그를 힘껏 밀쳐내고는 다시는 건드리지 말라고 더듬거리며 말했다. 그는 알디스를 향해 다시 떠올리고 싶지도 않은 욕설을 퍼붓더니 밖으로 뛰쳐나갔다.

엄마가 부녀회 모임을 마치고 집에 돌아왔을 때, 알디스는 엄마라면 당연히 자기 편에 서서 남자를 쫓아낼 거라고 믿으며 모든 일을 쏟아내듯 털어놓았다. 하지만 자신을 직접 품에 안아 키우고, 좋은 환경을 만들어주기 위해 뼈가 빠지도록 일해온 그 여자는 몸을 바르르 떨며 싸늘한 시선으로 노려보더니 딸의 뺨을 철썩 후려갈겼다. 알디스가 엄마의 행복을 질투하고, 엄마가 사랑을 찾는 걸 원치 않는다며 소리를 질렀다. 그러고는 정맥이 드러난 마른 손으로 입을 틀어막고 눈물을 흘리며 무너져버렸다.

알디스는 엄마를 위로하거나 남자의 물건을 챙겨 같이 내다버리자고 말하는 대신 너무도 정당하게 느껴지는 분노에 휩싸여 짐을 쌌다. 어느새 그녀는 페인트가 벗겨진 아파트 건물 옆 도로에 서서 마지막으로 자기 방 창문을 올려다보았다. 그 이후로는 엄마를 보지도, 엄마의 소식을 듣지도 못했다.

알디스는 다시 한 번 훌쩍거리다 정신을 가다듬었다. 과거를 곱씹는 건 아무런 의미가 없었다. 중요한 건 미래였다. 그녀는 마지막 유리잔을 식탁에 내려놓고 공허하게 결과물을 살펴보았다. 다른 사람들의 눈에 아무렇게나 차려놓은 것 같아도 어쩔 수 없었다. 알디스는 남자아이들을 부르기 위해 거의 달리듯이 식당을 빠져나왔다. 저녁으로 준비한 대구가 끓고 있었다. 냄비에 너무 오래 두면 바닥에 눌러붙을 것이다. 오후 내내 피땀 흘려 일한 딱한 아이들에게 그런 걸 먹여서는 안 되었다. 소년들을 친구라고 여기지 않았고, 때로는 위협적으로 느껴졌지만 그녀는 냉혈한이 아니었다. 옴짝달싹할 수 없는 곳에 갇힌 아이들을 보면 어쩔 수 없이 연민이 들었다. 그들을 교화한답시고 떠들어대는 설교와 등골을 휘게 만드는 노역을 겪고 나면 어느 누구도 더 좋은 사람이 되어 이곳을 나갈 수는 없었다.

소년들의 숙소는 식당과 부엌이 있는 본관 옆 별관이었다. 본관과 별관을 잇는 통로는 따로 없었고 별관은 저녁이 되면 출구를 밖에서 잠가버렸다. 그걸로도 모자랐는지 아이들이 밤 사이 탈출하는 걸 방지하기 위해 창문에 빗장까지 쳤다. 여기서 일을 시작한 직후 알디스는 별 생각 없이 베이가르에게 아이들이 안에 갇힌 상태에서 불이 나면 어떻게 될지 걱정되지 않느냐고 물은 적이 있었다. 그는 소년들이 바보도 아니고 불이 나면 어련히 도와달라고 소리를 지를 거라며 퉁명스럽게 대꾸했다. 알디스는 직원 숙소에 똑같은 규정이 적용되지 않는 게 천만다행이라고 생각했다.

별관으로 향하면서 알디스는 하품을 참았다. 며칠 밤을 창 밖에서 들리는 소리 때문에 자다 깨기를 반복했지만 정작 완전히 깨어 있을 때는 아무런 소리도 들리지 않았다. 한번은 반쯤 잠이 깬 상태에서 커튼이 움직이는 게 보였고, 알디스는 누군가 안으로 침입하려 한다고 생각했다. 실은 말이 안 되는 이야기였다. 그녀의 방은 2층에 있었기 때문이다. 그걸 알면서도 그녀는 베개로 양쪽 귀를 꽉 막은 채 끙끙대다가 다시 골아 떨어졌다.

알디스가 별관 문을 열자 소란스러운 소리가 귀를 때렸고, 그제야 그녀는 자신이 얼마나 피곤한 상태인지 실감했다. 너무 피곤한 나머지 밖에서는 이 소음이 들리지도 않았던 것이다. 알디스는 문간에 선 채 들어가도 괜찮을지 잠시 머뭇거렸다. 누군가를 부추기는 건지, 아니면 누군가에게 그만두라고 고함치는 건지 정확히 알 수 없지만, 남자애들은 일제히 소리를 지르고 있었다. 분명 일상적인 떠들썩함과는 거리가 멀었다. 알디스는 무슨 일인지 확인하기 위해 안으로 들어갔다. 릴리야와 베이가르에게 도움을 청했다면 곧 지옥문이 열리고 규율을 강화한다는 이름으로 괴롭힘이 시작되었을 것이다. 그건 소년들뿐 아니라 직원들도 힘든 시간을 보내야 한다는 의미였다.

그다지 크지 않은 별관은 네 개의 침실과 거실, 그리고 샤워시설과 싱크대가 있는 화장실로 이뤄져 있었다. 알디스는 안에서 벌어지는 일에 겁을 집어먹기라도 한 듯 거실 문 앞에서 쭈뼛거리고 있는 어린 두 소년을 옆으로 밀쳐냈다. 알디스를 발견한 두 소년은 깜짝 놀라면서도 구세주가 악마를 몰아내기 위해 당도하기라도 한 것마냥 안도하는 기색이었다. "이게 지금 무슨 짓들이야?" 알디스는 난리통에 자기 목소리가 들리게끔 목청껏 고함을 질렀다. 문 앞에 있던 둘을 제외하고 네 명이 더 눈에 들어왔다. 얼마 안 되는 숫자로 그렇게 큰 소음을 낼 수 있다는 데 알디스는 놀랐다. 아이들은 알디스로부터 등을 돌리고 선 채 낡아빠진 3인용 소파 옆 바닥에 시선을 고정하고 있었다.

알디스의 목소리는 의외의 효과를 불러일으켰다. 네 명의 소년이 일제히 뒤돌아서서 어안이 벙벙한 표정으로 그녀를 쳐다본 것이다. 이제 어째야 좋을지 알디스는 몰랐다. 아이들의 눈은 흥분으로 번쩍이고, 소리를 지르다 만 입은 여전히 떡 벌어진 상태였다. 그녀의 눈에는 아이들이 보고 있던 게 아직 시야에 들어오지 않았다. 다만 뒤에서 말인지 움직이는 소리인지 알 수 없는 소음만이 들려왔다. "도대체 무슨 일이야?"

아무도 입을 열지 않고 알디스를 바라다보기만 했다.

"대체 무슨 짓들을 벌이고 있는 거야? 저리 비켜." 자기도 모르는 사이에 알디스의 목소리가 당당하게 울렸다. 다행히 소년들이 옆으로 비켜섰다. 알디스는 만약 아이들이 자신에게 달려들었다면 어떻게 했을지 상상도 가지 않았다.

두 소년이 바닥에서 뒹굴고 있었다. 익숙한 광경이었다. 크로쿠르에서 일을 시작한 뒤로 알디스는 싸움하는 모습은 지겹도록 목격했다. 하지만 이번에는 남자애 둘이서 펀치를 먹이다가 격분해 서로 부둥켜안고 등이나 때리는 뻔한 싸움과는 달랐다.

눈앞에서 벌어지는 광경은 부둥켜안은 것과는 거리가 멀었다.

바닥에서 뒹굴고 있던 건 에이나르와 개중에서 덩치가 큰 편인 켈리였다. 켈리는 이곳에 가장 오래 머문 아이였다. 어린 남자애들은 베이가르보다 켈리를 훨씬 더 두려워했다. 켈리는 다른 아이들의 약점을 골라 괴롭히는 데 천부적이라고 할 만큼 재능이 있었다. 자기보다 약한 소년들을 괴롭히면서 쾌감을 느끼는 듯했다. 그런 켈리가 지금 막 싸움에서 지려는 찰나였다. 하지만 가만 생각해보면, 알디스는 그가 싸움에 휘말린 걸 한 번도 본 적이 없었다. 켈리의 희생양들이 그에게 대항하지 않으려 했으므로 주먹다짐까지 갈 이유가 없었다. 앞쪽의 어린 소년들이 그리 큰 소음을 냈던 것도 이해됐다. 그 자리에 있는 소년들은 모두 켈리에 대한 복수심으로 가득한 아이들이었다. 알디스는 상황을 어떻게 해결할지 잠시 생각했다. 그녀는 에이나르를 켈리에게서 떼어놓을 수 있을 만큼 힘이 세지 않았다. 설령 자신이 남자의 근력을 가졌다고 해도 싸움을 말릴 수 있을지 확신이 서지 않았다. 평소에는 너무나 슬프고 아련하던 에이나르의 얼굴이 지금은 거의 이성을 잃은 들개나 산짐승처럼, 사냥감을 집어삼킬 듯 이를 드러내고 있었다. 두 눈은 난폭한 증오로 가득 차서, 실제보다 나이가 더 들어보였다.

반면 켈리의 얼굴은 공포로 일그러져 있었다. 에이나르는 켈리를 완전히 장악했고 켈리의 얼굴은 더욱 더 시뻘게졌다. 알디스는 침을 꿀꺽 삼키고 말했다. "너희 둘, 그쯤 해둬. 저녁 먹을 시간이야." 반사적으로 쏟아져 나온 말은 거의 무심하게 들렸다. 알디스는 휙 돌아서 밖으로 나와버렸다.

문간에 있던 남자애 하나가 알디스는 믿어도 된다는 듯 지나가는 그녀를 향해 속삭였다. "켈리가 에이나르 여자친구가 갈보라고 했어요. 역겨운 갈보라고요."

 평소였다면, 알디스가 식탁을 정성스레 차린 건 보람 없는 일이 되고 말았을 것이다. 아이들은 시합이라도 하듯 쏜살같이 음식 앞으로 달려와서는 마치 원숭이 군단이 휩쓸고 지나간 것처럼 식탁을 어지럽혀 놓았다. 식기는 이리저리 흩어지고 더러운 유리잔 몇 개는 엎어져 있고 식탁보 여기저기 기름기가 잔뜩 묻어있는 게 일상이었다. 그래도 알디스는 화가 나지 않았다. 원래 그런 거니까. 하지만 오늘, 식탁 앞에 앉은 아이들은 이상할 정도로 조용했다. 대부분 생선요리를 멍하니 바라보기만 할 뿐 저들끼리 말도 나누지 않았다. 아까 소리를 너무 질러서 기운이 다 빠진 것인지도 몰랐다. 알디스는 아이들의 접시에 음식을 담아주었다. 그녀가 식당에 들어설 때마다 아이들은 알디스를 무시해야 할지 반겨야 할지 모르겠다는 듯 눈빛만 주고받으며 이렇게 말하는 것 같았다. *알디스는 친구일까, 적일까?*

 "알리지 않아줘서 고마워요." 알디스 뒤편에서 목소리가 들려왔다. 그녀는 하마터면 들고 있던 접시를 떨어뜨릴 뻔했지만 놀란 마음을 용케 숨겼다. 식탁 정리에 정신이 팔린 나머지 에이나르가 다가오는 것도 눈치채지 못했다. "제가 치우는 거 도와드릴까요? 둘이서 치우면 금방 끝날 거예요."

 "아니. 괜찮아, 고마워." 에이나르는 너무 가까이 서있었다.

 "그래도 도와드릴게요. 제가 신세 졌잖아요. 아니었으면 정말 큰일 났을 거예요."

 "큰일은 이미 났지. 여기 갇혀있는 게 큰일 아닌가?" 알디스는 돌아서서 다시 접시를 쌓아올렸다. "다음에 또 다른 애를 잡아먹으려고 들면 그땐 나도 말할 수밖에 없어. 오늘은 운이 좋았던 거야. 그리고 켈리는 그래도 싼 애였고." 알디스는 에이나르를 흘끔 쳐다보고는 그가 다른 테이블로 옮겨가 더러운 접시를 모으는 모습을 확인했다. 다른 남자애들이었다면 알디스를 돕는 건 상상도 할 수 없었다. 알디스는 켈리의 멱살을 바짝 죄던 에이나르의 모습이 얼마나 무서웠는지 잠시 잊은 채 그에 대해 호의적인 감정이 싹트는 걸 느꼈다. "너도 조심하는 게 좋을 거야. 틀림없이 걔가 복수하려 들 테니까."

"걔는 날 못 건드려요." 그가 허세를 부렸다. "물론 저도 문제를 일으키고 싶지 않고요. 저는 집에 돌아가고 싶을 뿐이에요. 아까 있었던 일에 대해서도 일러바치지 않았으니 걔도 앞으로는 날 귀찮게 하지 않겠죠. 뭐, 그랬으면 좋겠어요. 최대한 빨리 여기서 벗어나고 싶거든요." 그는 식탁의 접시를 모두 쌓아올렸다.

에이나르가 쌓아올린 접시더미는 삐뚤빼뚤했다. 남은 음식을 맨 위 접시에 덜어내지도 않은 채 몽땅 쌓아올리기만 한 것이다. 순간 알디스는 낡은 옷에 하루 종일 일을 하느라 꾀죄죄해진 자신의 몰골을 생각하며 얼굴이 붉어졌다. 더구나 에이나르는 알디스의 오래된 옷가지 따위는 한참 유행에 뒤처진 도시에서 이제 막 이곳으로 보내졌다. 아침에 단장을 한 이후로 전혀 손대지 않은 그녀의 머리는 뒤통수에서 하나로 질끈 묶여있었고, 얼굴은 빨개진 채 땀으로 번들거릴 게 뻔했다. 이곳에서는 외모에 신경을 쓸 필요가 전혀 없었다. 어떻게 보이든 알아줄 사람도 없었다.

"놔둬. 내가 치울게." 혼자 남겨지고 싶은 마음이 굴뚝같던 그녀는 짐짓 무심하게 말했다. 여느 저녁 시간처럼 설거지감과 함께 혼자 있고 싶었다.

"바보 같은 소리 마세요. 제가 날라드릴게요. 지금 설거지하실 거예요? 제가 접시 말리는 건 잘하는데." 그는 희미하게 미소를 지었지만 딱히 기뻐 보이지는 않았다.

"여기는 왜 오게 된 거야? 무슨 잘못을 했길래?" 알디스가 입을 막을 새도 없이 말이 쏟아져 나왔다.

에이나르는 접시더미를 내려놓고 시선을 피했다. 이번에는 그가 얼굴을 붉혔지만 화가 난 건지, 아니면 부끄러워서 그런 건지 분명치 않았다. "아무것도요. 아무 잘못도 안 했어요."

"아, 그렇구나." 알디스는 인사도 없이 주먹을 꽉 쥐고 식당 밖으로 빠져나가는 그의 뒷모습을 바라보았다. 그녀는 경솔한 자신의 행동에 몸을 떨었다. 어쩌자고 그런 말을 내뱉었을까? 식사 후 뒷정리를 할 때 말동무가 옆에 있어주는 일이 어디 흔한가?

알디스는 본관 문이 쾅 닫히는 소리를 들었고 불현듯 자신이 혼자라는 사실을 기분 나쁠 만큼 뼈저리게 느꼈다. 릴리야는 저녁 외출을 했고 금방 돌아오지 않을 것이기에 이 정적을 깨줄 사람은 아무도 없었다. 귀를 기울이면 수도꼭지에서 물방울이 떨어지는 소리까지 들릴 지경이었다. 부엌문이 살짝 흔들리자 알디스는 간담이 서늘해졌다. 수도꼭지에서 떨어진 물방울이 여기저기 흠집 난 금속 재질 싱크대를 때리는 소리가 들렸다. 누군가 부엌에서 그녀를 기다리며 물방울을 세고 있다는 생각이 머릿속을 파고들었다. *하나,*

둘, 셋…. 알디스는 언제 오는 거야? 그녀는 침을 꿀꺽 삼키고 문에서 눈을 돌렸다. 낡고 헤진 커튼 사이로 검은 창문과 그 너머로 새카만 밤이 눈에 들어왔다. 그녀는 얼른 창가로 다가가 커튼을 쳤다. 만일 지금 창문을 바라본다면 그곳에 비친 얼굴은 자신이 아닐 거라고, 그녀는 본능적으로 예감했다.

그녀는 에이나르의 양심을 찌르는 게 무엇인지 더 이상 생각하지 않았다. 기형아로 태어난 그 아기가 어떻게 되었는지는 더더욱 알고 싶지 않았다. 지금 그녀가 간절히 원하는 건 침대에 뛰어올라 얼굴까지 이불을 뒤집어쓰는 것뿐이었다.

5장 /

직원들이 출근 전 사용한 향수와 면도크림 냄새가 뒤섞이면서 창문 없는 회의실의 공기는 갑갑한 화학물질 냄새로 가득했다. 오딘의 코는 근질거렸고 미간 사이에 구멍이라도 뚫는 것처럼 두통이 밀려왔다. 더 최악인 건 두 발이 흠뻑 젖어 조금만 움직여도 오른발에서 작게 끼익 하는 소리가 났다. 이 불편함은 모두 예산 삭감 때문이었다. 예산이 부족해서 창 없는 회의실에 에어컨을 설치할 수도, 근처 지하주차장에 직원들을 위한 주차공간을 마련할 수도 없었다. 차를 끌고 출근하는 직원들에게 시내에 있는 사무실은 최악의 입지조건을 갖췄다. 오딘이 룬을 학교에 데려다 줄 시간이면 레이캬비크 고등학교 학생들이 언제나처럼 그 일대 무료 주차공간을 차지한 뒤였기 때문에 그는 어쩔 수 없이 녹은 눈을 헤치며 몇 킬로미터나 되는 듯 느껴지는 거리를 질벅질벅 걸어와야 했다.

"사건은 어떻게 돼가고 있나?" 정적을 가르는 헤이미르의 말에 오딘은 그제야 질문이 자신을 향한 것임을 알아챘다. 평상시와 다를 것 없는 월요일 아침의 주간회의 동안 그는 올드스파이스 면도 크림과 젖은 발, 주차공간에 대한 생각을 차례로 순례하느라 정신이 팔려있었다. 본래 회의에서 발언하는 사람은 시간이 늘어지는 걸 미연에 방지하기 위해 자리에서 일어나야 했다. 하지만 얼마 지나지 않아 모두 자리에 앉아 말하기 시작했고, 시급하게 처리해야 할 업무를 맡은 사람은 단 한 명도 없었으므로 다들 원하는 만큼 질질 끌며 업무 보고를 했다.

"천천히 진행하고 있습니다." 오딘은 단답형으로 대답을 해서 회의가 한시라도 빨리 끝나길 바랐지만 헤이미르는 언제나 직원들이 상세히 보고하게끔 부추겼다. 때문에 오딘은 상사의 방식에 맞추는 시늉을 했다. "로베르타가 어디까지 조사를 마쳤는지 어느 정도 파악했으니, 지금부터는 추가적인 조사를 진행할 계획입니다. 서류가 엄청나더라고요. 서류철에 든 사본은 제외하고 원본 서류만 해도 여섯 상자를 채울 정도인데 이미 대부분은 살펴보았습니다. 그 안에 영수증과 보호소 거주자 명단, 사진 몇 장도 들어있더라고요. 보호소에 관한 정보는 충분히 수집됐고, 핵심적인 내용도 따로 뽑아놓은 상태였습니다. 솔직히 로베르타가 너무 정리를 잘 해놔서 살짝 불편할 정도였어요. 마치 자신이 조사를 마치지 못하고 다른 누군가에게 인수인계할 걸 미리 예상한 사람처럼."

오딘의 말을 들은 동료들은 떳떳하지 못하다는 듯 시선을 내리깔거나 벽에 붙은 빛바랜 풍경 사진들을 바라보았다.

로베르타에 대한 언급에도 꿈쩍 않은 건 딜리야뿐이었다. 그녀는 빨간색 매니큐어에서 붙지도 않은 먼지를 떼느라 정신이 팔려

있었다. "정말 세상 하직할 줄 예상했다면 죽을 장소도 여기가 아니라 딴 곳으로 봐뒀겠지. 사무실 책상에서 죽는 건 좀 슬프잖아." 딜리야는 자신의 말이 동료들을 더 불편하게 한다는 걸 눈치채지 못한 듯했다. 심지어 오딘조차 가슴이 찌릿했다. 그는 로베르타의 시신을 처음 발견한 직원이 그녀가 잠든 줄 알고 시신을 쿡 찔러보고 나서야 이상할 정도로 몸이 딱딱하다는 사실을 깨달았을지 궁금했다. 딜리야가 입으로 껌을 불어 팡, 터뜨리는 소리를 냈다.

"그러니까 다시 말해서 로베르타가 남긴 자료가 완전히 쓸모없지 않았다는 뜻이네?"

오딘은 천정의 형광등에 시선을 고정하고는 고개를 뒤로 젖힌 채 죽어있는 여자의 이미지를 겨우 머릿속에서 떨쳐냈다. "네. 지금까지 정리된 내용 중에 이상한 점은 하나도 없었고요." 그는 헤이미르와 눈을 마주치려고 했지만 실패하고 말았다. "서류를 샅샅이 조사한 건 물론이고 크로쿠르에 감호된 적 있는 모든 소년들의 명단을 인적사항과 함께 표로 정리해두기까지 했더군요. 그게 정보 보호법에 위배되는 건지는 모르겠습니다. 국장님, 어떻게 생각하세요? 계속해서 명단을 채워나가도 될까요?"

헤이미르는 그 문제에 대해 충분히 숙고했다는 듯한 표정을 지으려 애썼지만 부하 직원들은 잠시도 속아넘어가지 않았다. "내가 예전에 따로 적어둔 내용을 확인해봐야겠지만, 당시에도 사안을 충분히 파악한 상태였고 법적으로도 문제될 건 없었던 것으로 기억하네."

"이미 충분히 파악하셨다면 따로 확인할 필요도 없겠네요. 국장님이 승인하지 않으셨으면 로베르타가 명단을 작성하지도 않았겠죠. 절대 지시를 거역하는 사람은 아니었으니까요. 그럼 계속해서 정보를 취합하면 되겠죠?" 오딘은 태연한 표정을 지으려 애썼다. 헤이미르는 이해가 느린 편이라 자신이 이 사건에 대해 아는 게 전혀 없다는 사실을 인정하지 않고서는 오딘의 제안에 반대할 수 없다는 걸 깨닫는 데 시간이 필요했다.

"지금 말하는 정보라는 게 정확히 어떤 건데?" 딜리야가 가슴 아래에서 팔짱을 끼었고 덕분에 조물주 혹은 브라 디자이너가 의도한 것보다 가슴이 훨씬 더 튀어나와 보였다. 오딘 옆자리에 앉은 동료가 배를 가격당하기라도 한 것마냥 급히 숨을 들이마셨다. 과거 하룻밤 상대의 반응을 본 딜리야가 입술을 씰룩거리며 말을 이었다. "그런 거 있잖아, 민감한 정보인지 아니면 전화번호부에서도 찾을 수 있는 정보인지 말이야."

"둘 다 섞여있어." 오딘은 회의록을 작성하는 여자 동료가 꾸벅꾸벅 졸고 있다는 걸 알아챘다. 하지만 그녀를 탓할 수는 없었다. 어차피 회의록을 읽는 사람은 아무도 없었으니 오딘은 그녀를 대신해 회의록에 온갖 헛소리를 입력해서라도 자신의 제안을 관철시키고 싶은 마음이었다. "이미 언급한 것처럼 모든 소년들의 이름과 생년월일, 출생지, 보호소에 보내진 이유, 현재 주소, 직업, 이미 사망한 경우에는 사망일자까지 포함돼 있어. 그리고 가족환경에 관한 항목도 있는데 그건 아직 비어있는 상태야. 다만 로베르타가 그 항목에 현재 상황을 적으려고 했는지, 아니면 당시 상황을 토대로 적으려고 했는지는 확실치 않아. 빈칸이 다 채워진 항목은 이름과 생년월일뿐이고. 다른 항목에는 여전히 빈칸이 남아있는데 빠진 내용은 사람마다 다 달라."

"누락된 소년이 없다고는 어떻게 장담해?" 딜리야는 지난주 오딘이 보인 태도에 대해 아직도 화가 나있는 게 분명했다. "그러니까 추가할 소년이 백 명쯤 더 있을 수도 있잖아. 명단이 이미 완성됐는지 확신할 수 없다는 거야." 그녀는 오딘을 향해 조소를 지어 보였다. 손톱 색깔에 맞춰 빨갛게 칠한 입술 사이로 하얀 치아가 살짝 보였다. 그의 눈에 딜리야는 뱀파이어 영화 속 엑스트라처럼 보였다. 옆 자리 동료는 아직도 당황한 채로 꼼지락거리며 도망칠 기회만 엿보고 있었다.

"공식 기록과 비교해봤는데 숫자는 일치해. 임의로 몇 명을 뽑아서 대조도 해봤는데 모두 정확했어. 마찬가지로 다른 정보들에 대해서도 모두 검증했고." 오딘의 젖은 발이 근질거렸고 얼른 화장실로 가서 양말을 벗고 싶은 생각이 간절했다.

오딘은 하루 업무가 꽤나 만족스러웠다. 명단의 빈칸을 많이 채웠고, 아직 남아있는 칸은 대부분 성인이 된 이후 해외로 이주한 소년들과 관련된 것이었다. 이들에 대한 추가조사가 필요하다는 게 확실해지기 전까지는 예전 주소를 찾아서 채워넣는 건 무의미했다. 아무 문제가 없었던 걸로 판명이 나면 시간낭비가 될 게 뻔하지 않을까? 아직까지 의심스러운 정황은 발견되지 않았다. 물론 자세히 들여다봐야 하는 자료들이 남아있지만 지금까지는 국가에 배상 책임이 발생할 만한 근거는 발견하지 못했다. 그곳에서 지낸 소년들의 삶이 당연히 녹록치 않았겠지만 그렇다고 이미 조사를 마친 다른 유사한 시설들과 비교했을 때 더 나빠 보이지도 않았다.

크로쿠르의 소년들은 다른 기관에 맡겨진 소년들과 달리 어려운 집안사정이 아니라 경미한 범죄를 저질러서 감호되었다. 본래 설립 의도는 그런 소년들이 보호소에서 생활하다 보면 교화에 도움을 받을 수 있다는 것이었다. 당시 어느 문서에 언급되었듯 '트랙을 벗어난 10대 소년들을 위한 단기보호소'로 기능한다는 게 그곳의 설립 목적이었다.

다른 보호시설들은 양육 능력이 없다고 판단되는 가정의 아이들이 생활하는 곳이었다. 그곳에 보내지는 아이들은 아무런 잘못이 없는, 상황이 만든 피해자일 뿐이었다. 오딘에게는 정부가 소년범들에게 이렇듯 가벼운 징벌을 부과했다는 게 비정상적으로 보였지만, 크로쿠르가 인도적으로 운영되었을 거라는 가정은 언제든 뒤바뀔 수 있었다. 그곳에 머물던 소년들과 직접 만나 대화한 것도 아니었으며 지금까지 확인한 서류들은 감호 소년들을 제외한 관련자들의 입장만 대변할 뿐이었다. 그렇더라도 오딘은 무작위로 진행할 인터뷰에서 새로운 사실이 드러날 가능성은 낮다고 보았다.

2년 전 진상조사위원회가 설치되면서 1945년부터 1978년 사이 정부 보호시설에 수감된 적 있는 사람들에게 적극 증언해달라고 광고했지만 크로쿠르의 소년들 중 그 누구도 나선 적이 없었다. 크로쿠르 보호소는 바로 이 시기에 운영되었고, 진상조사위원회에 관한 여론도 대대적으로 조성된 상황이었다. 따라서 크로쿠르 소년들 중 그 누구도 부당한 처우에 대해 폭로하고 싶을 만큼 증오심에 불타지는 않았다는 추정이 가능했다.

오딘은 낙관적인 결과를 기대했다. 더군다나 다른 보호소들의
추악한 과거에 관한 소문들이 떠돈 지 한참 지났지만 어떤 공식 조
사에서도 소문을 제대로 규명하지는 못했다. 크로쿠르는 경우가
조금 달랐다. 보호소의 존재도 거의 알려지지 않았으며 상대적으
로 짧은 기간 동안 운영되었던 것이다. 수감자들 평균 연령도 다른
곳보다 높았기 때문에 학대를 당했을 가능성도 낮았다. 게다가 범
죄를 저지른 소년들을 관리하던 보호소 성격상, 내부 사정을 알리
겠다고 자신을 드러내며 나서기도 쉽지 않았을 것이다.

다시 말해 떠도는 소문이 없다고 해서 보호소가 잘못 운영되었
을 가능성을 완전히 배제할 수는 없었다. 가령 사고사로 알려진 두
소년에 관한 정보는 아직도 더 수집해야 할 단계였다. 지금까지 파
악한 내용에 따르면, 두 소년은 보호소 소유 차 안에서 질식해 숨
졌다. 엔진이 계속 운전 중인 상태였는데, 배기관이 눈더미에 막힌
걸 미처 보지 못했던 것이다. 두 소년의 죽음과 관련된 정보는 거
의 찾을 수 없었다. 오딘은 오래된 신문기사를 검색하기 위해 인터
넷을 뒤졌지만 1970년대의 기사라는 게 현재와 비교하면 대략적
인 스케치 수준에 불과했다. 유족들을 배려하느라 사건을 너무 신
중하고 조심스럽게 다룬 탓인지, 알아낼 수 있는 게 거의 없었다.
두 소년이 비행청소년들이나 가는 보호소에서 지냈다는 사실은 의
심의 여지없이 불명예스러운 일로 여겨졌으므로 사건을 적당히 얼
버무리고 지나간 수준이었다. 불운한 사건에 대한 간략한 보도자
료만 있을 뿐 자세한 사정은 나와있지 않았다. 심지어 부고도 찾을

수 없었다. 오딘이 가진 것이라곤 로베르타의 서류철에 묻혀있던 지역 치안판사의 서신 사본 한 장이 전부였다. 서신에는 두 소년의 사망이 사고로 결론지어졌으므로 보호소 관리자나 다른 개인들에게 직무유기 책임을 물을 수 없다고 적혀있었다. 두 소년이 차 뒷좌석에 앉아있으리라는 것은 전혀 예측 못한 상황이었으며, 관리자들이 소년 개개인의 움직임을 24시간 내내 감독하리라고 기대하는 것 역시 불합리하다는 내용이었다. 또한 보호소의 소년들이 어떤 일을 벌일지 예상하기란 불가능하다고 덧붙였다. 두 소년은 보호소에서 일정 수준의 자유를 누렸고, 어리석은 장난으로 인해 사망에 이르게 되었다는 결론이었다.

오딘은 당시 작성된 이런 공식 문서를 얼마나 신뢰할 수 있을지 알지 못했지만 그렇다고 그 진실성을 의심할 이유도 없었다. 비극적인 사건을 아주 냉담한 어조로 서술했지만, 그 점이야말로 1970년대 공식 문서들의 공통점일 수 있었다. 치안판사가 무슨 의도를 가지고 굳이 보호소 관리자 부부의 잘못을 덮어주려 했겠는가? 하지만 이렇게 작은 마을에서 무슨 일이 벌어졌는지 장담할 수 없기 때문에, 오딘은 사건에 관한 경찰 기록이 아직 남아있는지 찾아보기로 마음먹었다.

만약 공식 자료가 분실되거나 파기되었다고 해도 사망자의 가족들을 찾아가 사본이 있는지 확인해보는 건 가능했다. 그가 크로쿠르를 조사하다가 캐낸 까다로운 사건은 이것이 유일했다. 그 때문에라도 반드시 관련 문서를 확보해야 했다. 그렇지 않으면 보고서는 본래의 목적을 잃어버리고 만다. 그의 임무는 영구적으로 지속

되는 피해를 입은 수감자들에게 국가가 보상할 책임이 있는지 평가하는 것이었고, 죽음보다 더 영구적인 피해는 상상할 수 없었다.

치안판사의 시각대로 보호소가 경비 삼엄한 감옥은 아니었지만 오딘은 여전히 두 소년의 사망 직후 보호소가 폐쇄된 사실이 찜찜했다. 두 사건이 연관되어 있다는 인상을 지울 수 없었다. 증거가 있는 건 아니었다. 증거 없는 추측은 소설에 불과하므로 당시 경찰 문서를 찾아보고 쓸 만한 내용이 없을지 신문기사를 좀 더 샅샅이 검토해야 했다.

그는 아직 라라 사망 사건에 대한 경찰보고서를 붙박이장에 꼭 꼭 숨겨두었다. 라라의 어머니가 변호사의 도움을 받아 보고서를 얻어냈고 본인이 먼저 읽어본 뒤 오딘에게 넘겼다. 보고서 내용을 굳이 알고 싶지 않았지만 그럼에도 잘 보관해두긴 했다. 당시 그는 장모가 왜 그리 번거로운 일을 굳이 했는지 납득하지 못했다. 하지만 시간이 지나면서 그 심정이 이해되기 시작했다. 오딘도 결국 보고서를 읽겠지만, 보고서를 받은 더 큰 이유는 룬이 자라 엄마의 죽음에 대해 알고 싶어할 때를 대비한 것이었다.

이런 생각을 하다 보니 보고서가 든 셔츠 상자를 룬이 우연이라도 발견할 수 없도록 지하창고에 숨겨두려 했던 게 떠올랐다. 그런 보고서를 읽기엔 딸이 아직 어렸다. 상자는 그의 방 옷장 맨 위 칸에 있었다. 룬이 아빠의 옷장을 뒤져볼 가능성이 아무리 낮다고 해도 아이가 무슨 일을 벌일지 아무도 모르는 일이었다. 룬이 말썽쟁이는 아니지만 어느 날 갑자기 아빠의 셔츠나 정장에 관심을 가질 수도 있을까. 그걸 판단하기엔 오딘이 딸에 대해 아는 것이 많지 않았다.

　오딘이 보고서를 읽더라도 딸의 갑작스런 등장 때문에 서류를
부리나케 의자 밑에 숨겨야 할 위험이 없는 시간대에 실행해야 했
다. 하지만 그가 보고서를 읽지 않는 진짜 이유는 읽을 장소가 마
땅치 않아서가 아니라, 보고서의 내용 때문이었다. 라라의 죽음과
관련된 구체적인 내용을 알게 되면 영영 그 생각에서 벗어나지 못
할까봐 두려웠다.

　어쩌면 두 소년의 가족들도 경찰보고서를 받아들고 같은 생각을
했을지 모른다. 어쩌면 그들도 양문형 옷장 맨 위 칸에 먼지가 하
얗게 쌓이도록 보고서를 방치하고 있을지 모른다. 지금쯤이면 팔
순에 접어들었을 두 소년의 부모들이 아직 생존하는지 파악하지
못했지만, 여전히 살아있을 가능성은 충분했다.

　오딘은 모니터 전원을 끈 뒤 반쯤 마신 커피잔을 들고 탕비실로
들어가 싱크대에 쌓인 설거지 더미 위에 잔을 올려놓았다. 맨발에
신은 구두에 발이 쓸려 쓰라렸기 때문에 얼른 집에 가고 싶었다.
그러면서도 한편으로 사무실에 남고 싶은 마음이 강했다. 스스로
를 속이는 건 힘들었다. 집 창문이 열려있고 담배 냄새가 나는 걸
확인한 그날 이후, 그는 더욱 심해지는 불안감에 괴로웠다. 아주
일상적인 소음이나 미세한 움직임에도 화들짝 놀라기 일쑤였다. 너
무나 바보 같은 일이고 누구에게도 이런 사실을 털어놓지 않았지
만 건물 안에 자신과 룬, 1층 노부인 말고 누군가 더 있다는 느낌을
지울 수 없었다. 말도 안 된다는 걸 알았지만 두려움은 잦아들지
않았다. 그는 심지어 주말 동안 룬을 자기 집에서 재우겠다는 형의

제안도 거절했다. 예전의 그였다면 덥석 물었을 기회였다. 룬이 없다면 시내로 놀러 나가거나 친구들을 집으로 불러 축구경기를 볼 수 있겠지만, 그건 이틀 밤을 홀로 보내야 한다는 뜻이기도 했다. 딸과 함께 있으면 예상치 못한 소리가 들려도 딸이 낸 소리려니 덮어두고 지나갈 수 있었다. 반면 혼자 있을 때는 그런 생각 자체가 불가능했다.

오딘은 녹은 눈을 헤치며 아침 출근길에 왔던 길을 되돌아갔다. 기온은 크게 떨어졌고 얼음이 얼고 있었다. 발이 얼어붙을 듯 시렸다. 양말을 신지 않으니 발밑 딱딱한 바닥과 젖은 눈의 존재가 더욱 강렬하게 느껴졌다. 짜증이 격렬하게 밀려오자 그는 자신이 분노를 표출할 출구를 찾고 있는 건 아닌지 문득 궁금해졌다. 오딘이 만난 슬픔치유 상담사는 라라의 죽음과 죽음 이후 그의 삶에 일어나는 변화가 그런 감정적 문제를 일으킬 수 있다고 경고했었다. 오딘은 상담사의 경고를 귀담아듣지 않은 채 이런 상담이야말로 시간낭비일 뿐이라고 코웃음쳤다. 상담사가 추가 일정을 잡자고 제안했을 때도 그는 생각해보겠다는 말만 남기고 자리에서 일어났다. 어떻게 전혀 모르는 사람이 인생의 어려움을 헤쳐나갈 수 있게 조언해준단 말인가? 삶은 어차피 변화의 연속이고 다들 자기만의 방식으로 변화에 적응해나간다.

그는 다시금 상담사가 룬도 아동심리 전문의에게 보내야 한다고 강력하게 조언했던 것을 떠올렸다. 오딘은 그 조언에 더 격렬한 거부반응을 드러냈었다. 룬은 자신의 딸이고 스스로 충분히 딸을 돌볼 능력이 있다고 여겼다. 룬은 정신적으로 문제가 있는 게 아니라 엄마를 잃은 슬픔에 빠졌을 뿐이다. 전문가의 도움을 받는 것 외에 슬픔을 치유할 방법은 많다고 그는 믿었다.

돌이켜보면 그건 정말이지 현명치 못한 결정이었다. 그 자신과 룬 모두에게. 해결되지 않는 문제들이 너무 많았다. 룬은 억눌린 분노와 불안감을 조용히 삭였고 오딘 스스로도 6개월이나 지난 사건의 충격에서 벗어나지 못했다. 만약 전문가의 도움을 받았다면 지금보다는 충격을 더 잘 극복했을 테고, 룬이 계속해서 아빠가 죽으면 자기는 어떻게 되는 거냐고 묻는 일도 없었을 것이다. 그가 상담사의 조언에 따르기만 했다면 모든 게 더 분명해졌을 것이다. 지난 몇 달 간 그는 뿌연 안개 속을 허우적거리는 상태였다. 룬 역시 비슷한 시간을 보내지는 않았을까 오딘은 걱정스러웠다. 오딘은 라라의 죽음에 관한 이야기가 나오면 얼른 화제를 돌렸다. 그 문제에 대해 더는 생각조차 하지 못하도록, 부지불식간에 딸에게서 엄마를 제대로 보낼 기회를 앗아버렸다.

실패가 당연한 대처였다. 결과적으로 두 사람 모두 신경과민에 시달리면서 감정적으로는 무감각해져 버렸다. 룬이 엄마에 관한 꿈을 그렇게 자주 꾸고, 그 꿈이 갈수록 기이하고 공포스럽게 변하는 건 다 그 때문이었다.

그렇다고 과거를 되돌릴 수는 없었다. 지금 중요한 것은 그가 명백한 문제를 계속해서 외면할지, 아니면 마음을 고쳐 먹을지에 달려있었다. 세상을 떠난 전처와 딸에게 진 빚을 갚으려면 적어도 삶을 정상으로 돌리기 위해 노력해야만 했다. 그렇게 하다 보면 룬의 악몽도 사라지고, 집안 곳곳 어두운 곳마다 무언가 도사린 것만 같은 망상도 멈출지 모른다.

차에 다다른 오딘은 얼얼해진 손으로 키를 찾아 주머니를 뒤적였다. 차에 타자마자 문을 닫았다. 얼음장 같은 운전석에 앉아 하얀 입김을 내뿜으며, 오늘 밤 룬이 잠들고 나면 좀 더 나은 인간이 되기 위해 라라의 사망 관련 경찰보고서를 읽으리라 다짐했다. 그게 시작이 될 것이다. 그러고 나서 추천받은 아동심리 전문의의 명함을 찾아 예약도 하리라. 딸과 함께 노력하다 보면 이 어려운 시기도 벗어날 수 있으리라.

그는 미소를 지으며 시동을 걸었다. 셔츠 상자 속 읽지 않은 보고서에 어떤 내용이 자신을 기다리고 있을지, 그는 조금도 걱정하지 않았다.

6장

비바람에 그대로 노출된 연립주택 건물들이 주택단지 가장자리에 서 있었다. 단지 너머에는 황무지와 자갈밭이 펼쳐져 있었다. 오딘은 커튼을 치고는 소파에 자리를 잡고 앉았다. 커튼이 창문을 사정없이 두들기는 돌풍에 흔들렸다. 마치 뒤에 누군가 서서 커튼을 흔드는 것처럼. 바람은 한 시간 내내 미친 듯이 불어대며 멈출 기미를 보이지 않았다. 이맘때가 되면 돌풍주의보를 전하는 기상캐스터들은 추가 급여라도 받는 듯했다. 돌풍이 한 번 지나가기 무섭게 더 무시무시한 위력의 새로운 돌풍주의보가 내려졌다. 평소 같으면 오딘은 바람 때문에 살짝 신경이 쓰였겠지만 지금의 돌풍은 으스스할 정도였다.

소파에 놓인 보고서는 그리 두껍지 않았다. 하지만 그걸 들춰본다는 생각만으로도 오딘은 겁이 났다. 첫 페이지부터 시작해 보고서 전체를 차분하게 읽을 요량이던 그는 사후 검시 보고서의 첫 문단을 읽은 뒤로 더 이상 엄두를 내지 못했다. 첫 번째 문단만 읽었을 뿐이지만, 검시 보고서에 라라의 시신이 얼마나 훼손되었는지 잔혹할 만큼 상세하게 기록돼 있을 게 뻔했다. 부러진 뼈가 두 팔 모두에서 피부를 뚫고 돌출되어 있었다는 내용으로만도 이미 감당하기 힘들었다. 더 끔찍한 것은 골절 흔적으로 보아 라라가 땅에 추락하기 전 스스로를 방어하려 했다는 점이었다. 물론 라라는 추락 이후 사망했을 가능성이 높지만 정확히 어떻게 죽음을 맞이했는지에 대한 궁금증은 사라지지 않았다. 추락 후 사망. 진실을 받아들이기로 결심했다고 해도, 이건 예상을 뛰어넘었다. 보고서를 내려놓고 잠시 숨을 고르는 동안 오딘은 추락에 어느 정도 시간이 걸렸는지 고등학교 때 배운 간단한 자유낙하 공식을 활용해 휴대폰으로 계산을 해보았다. 1분 30초. 라라가 진공 상태에서 추락했다면 그 정도 시간이 걸렸겠지만 안타깝게도 이 사고에는 해당사항이 없었다. 죽음을 목전에 둔 사람에게 2초는 긴 시간이었다.

보고서는 오딘 옆에 놓인 채 그가 마음 단단히 먹고 읽어주기를 기다렸다. 손에 휴대폰을 쥔 오딘은 산만하게 TV로 시선을 돌렸다. 룬이 깨지 않도록 음소거 기능을 켜두었다. 따라서 화면 속 심각한 표정의 배우들이 무슨 말을 하든 그에게는 아무것도 들리지 않았다. 그는 다시 시선을 거두고 흰 종이 위의, 아무것도 모르는 검은 글씨를 내려다보았다. 손가락으로 글씨를 가볍게 쓰다듬어보았다. 아무런 촉감도 느껴지지 않았다. 그럼에도 그의 신경은 더욱 날카로워졌다. 어째서 보고서는 라라가 즉사했다거나 아니면 추락 도중 사망했다는 결론에 도달하지 않은 것일까? 어릴 때, 고층빌딩에서 추락한 사람들은 엄청난 가속도로 인한 호흡곤란에 빠져 땅에 닿기도 전에 사망한다는 이야기를 들은 적이 있었다. 물론 골함석 지붕을 얹은 3층짜리 건물을 고층빌딩이라고 부르는 건 무리겠지만, 이런 연유로 그가 지금껏 라라의 죽음에 얽힌 전말을 곰곰이 생각하지 않은 것일 수도 있었다. 그가 아직까지도 가장 알고 싶지 않은 것은 추락 당시 라라가 어떤 생각을 했을까였다. 라라가 즉사해 그나마 편안하게 죽음을 맞았다고 생각하는 게 차라리 덜 괴로웠다.

오딘은 TV 화면으로 시선을 옮겼다. 이제는 배우 중 하나가 울고, 나머지는 어떻게 해야 할지 모르겠다는 표정을 짓고 있었다. 너무나 식상한 장면이라 오딘은 보고서를 자기 쪽으로 잡아당기기까지 했다. 결국 용기내서 검시 보고서를 읽게 될 것이고, 나머지 부분은 분명 그리 끔찍하지 않을 것이다. 추락사고 이틀 뒤 오딘은 수사 보고서가 작성된 걸 알았고 그것을 읽어봐야겠다고 생각했었다. 그러니 화면 속 겁쟁이 울보처럼 굴어서는 안 됐다. 모두 지난 일이고 이제 와서 바꿀 수도 없다. 고작 보고서를 눈앞에 두고 이렇게 겁먹을 이유는 어디에도 없었다. 라라가 추락하면서 느꼈을 감정보다 더 나쁠 수는 없지 않은가. 검시 보고서조차 그보다 나쁠 순 없었다. 한 가지는 분명했다. 보고서를 억지로라도 읽고 나면 룬이 상실감을 회복하는 데 도움이 될 것이다. 어쨌든 오딘은 그러길 바랐다. 그가 계속해서 과거를 외면한다면 룬에게 필요한 트라우마 치유는 기대하기 어렵다. 이제야 그는 두 눈을 번쩍 뜬 듯 여태 보지 못하고 있던 상황이 명료하게 보이기 시작했다. 뻔한 소리처럼 들릴지 모르지만 계시라도 받은 기분이었다.

보고서에는 라라의 이웃들로부터 받은 진술서가 포함되어 있었다. 아파트 건물에는 라라가 살던 꼭대기 층을 제외하고 네 집이 더 있었지만 오딘이 아는 건 반지하에 살던 노인뿐이었다. 다른 이웃들은 일면식도 없었다. 그 건물은 사람들이 계속해서 들고 났다. 페인트칠만 새로 하면 새집처럼 깨끗할 거라는 착각으로 그곳을 구입했던 사람들 대다수는 서서히 진실에 눈을 뜬 후 이사 갈 집을 알아보았다.

오딘은 반지하 노인의 진술서부터 읽어보았지만 딱히 건질 게 없었다. 라라가 추락했을 당시 그는 외출 중이었고 평상시 라라와 교류도 거의 없었다. 룬이 태어난 해부터 같은 건물에 살았던 노인은 룬의 이름조차 모르고 있었다. 오딘은 항상 노인이 어딘가 수상쩍다고 생각했다. 다른 사람들에게는 어떤 관심도 보이지 않은 채혼자 반지하에 사는 비밀스러운 은둔자였다.

다른 이웃들의 진술서를 읽는 게 훨씬 더 생산적이었다. 어린아이와 함께 1층에 사는 젊은 부부는 라라에 관해 기본적인 사실만 알고 있었다. 싱글 맘에 회계 담당자로 일하고 있으며 두 집 건너 어머니가 살고 계신다는 사실 정도였다. 라라가 추락할 당시 부부는 깨어있었지만 여느 날과 비슷했다고 진술했다. 사고 발생 한 시간 전에 남편은 조깅을 하러 나갔다고 했다. 모든 게 평소와 같았다. 그는 40분쯤 후에 집으로 돌아왔지만 계단이나 정원에 누군가 있었는지 보지 못했다고 진술했다. 부부가 아침식사를 하기 위해 식탁에 앉았을 때에야 라라는 창문 밖으로 추락했다. 창문을 향해 앉아있다가 이 광경을 목격한 아이는 순진무구하게도 포리지를 앞에 둔 채 깔깔거리며 웃었다고 한다. 섬뜩한 묘사에 오딘은 진술서를 읽는 게 불편해졌다. 모든 진술이 사고가 갑작스럽게 일어났다는 가정을 뒷받침했다. 오딘이 알고 있던 사실과 일치했다.

2층에 살던 가족은 당시 잠들어 있었다. 그래서 오딘은 이들의 진술서는 건너뛰었다. 하지만 라라의 바로 아래층에 살던 이웃의 진술서를 본 뒤로 그는 머릿속이 복잡해졌다. 그들의 진술은 1층 젊은 부부의 이야기와는 거리가 있었다. 동부 출신의 두 자매는 대학에 가기 위해 레이캬비크로 이주해왔다. 매물로 나와있던 아파트에 세 들어 산 지 6개월째라고 진술했다. 오딘은 행간을 읽으면서 두 자매가 솔직한 성격의 젊은 여자들이라는 인상을 받았지만, 어디까지나 착각일 수 있었다. 그 스스로 사람의 성격을 꽤나 잘 파악한다고 생각했지만 누군가의 증언을 읽는 것과 직접 얼굴을 보며 대화를 나누는 것은 차이가 컸다. 다만 자매의 진술을 의심할 이유가 없었기 때문에 신빙성은 높아 보였다.

자매는 라라의 비명 소리가 크게 울리기 직전 위층에서 사람들이 돌아다니는 소리를 들었다고 주장했다. 뭔가 깨지는 소리와 여러 사람의 목소리가 들렸지만, 어쩌면 라디오 소리였을 가능성도 있었다. 목소리의 성별이나 다툼 여부 등 구체적 내용에 대해서는 확신하지 못했다. 그 뒤로 자매는 진술을 철회했는데 자신들의 기억이 정확한지 확실하지 않다는 이유였다. 어쩌면 그들이 들은 소리는 거리에서 들려온 것일 수 있었다. 또한 둘 중 한 사람은 위층에서 문이 열리는 소리를 들은 것 같다고 진술했지만 이 역시 100퍼센트 확실한 것은 아니라고 덧붙였다. 그럴 수밖에 없는 것이 평소와 똑같은 아침 시간에 굳이 잠음에 귀를 기울일 이유는 없었다. 문이 열린 것 같다고 의심한 이유는 벨이 울리지 않았기 때문이라고 했다. 안 그래도 벨 소리 때문에 몹시 짜증이 나있었기 때문에 그건 분명히 기억한다는 것이다. 짜증나는 벨 소리 때문에 아침 일찍 일어나 공부를 해야 하는 상황에 지쳐있었고, 그렇기 때문에 벨이 울렸다면 틀림없이 기억할 거라고 말했다. 그것이 사실이든 아니든, 두 사람 다 라라가 추락한 이후 위층에서 누군가 집을 나서거나 서둘러 계단을 내려가는 소리는 듣지 못했다고 진술했다. 하지만 그건 두 자매가 추락 소리를 듣고 무슨 일이 생겼는지 확인하기 위해 건물 뒤편으로 황급히 달려간 때문일 수도 있었다.

진술서를 내려놓은 오딘은 손으로 머리칼을 쓸어넘겼다. 그 누구도 사건이 단순한 사고가 아닐 수 있다고 말해주지 않았다. 하지만 사고 당시 라라가 누군가와 함께였을 가능성도 있다는 걸 어떻게 봐야 할까. 이 정보를 알았던 게 경찰과 아랫집 자매뿐이었고, 어쩌면 경찰은 이 사실을 오딘에게 알리고 싶지 않았을지 모른다. 어쨌든 언론 보도에 그런 내용은 언급되지 않았다. 하지만 진술서를 확인한 장모 역시 이 사실을 알았을 것이다. 오딘은 갑자기 화가 치밀었다. 대체 제정신이야? 어떻게 그 사실을 숨길 수 있지?

그렇지만 엄밀히 말해 몇 달 간이나 보고서를 처박아둔 건 다름 아닌 오딘 자신이었다. 그가 진작 보고서를 읽었다면 충분히 알아낼 수 있는 사실이었다. 어쩌면 장모는 그가 먼저 이야기를 꺼내주길 기다렸는지도 모른다. 오딘의 얼굴을 보면서, 갑작스런 사고로 룬을 떠맡게 된 그가 이미 힘든 시간을 보내고 있다고 짐작했을지도 모른다. 그렇게 생각하니 마음이 좀 가라앉았다. 언론이 수선을 피울 게 불 보듯 뻔했으므로 경찰은 사건을 살인으로 다루지 않았고, 따라서 외부에 알려지지 않은 다른 정보가 더 있을 것이다.

방에서 웅얼거리는 소리가 들리자 오딘은 자동적으로 보고서를 쿠션으로 가렸다. 귀를 쫑긋 세운 그는 룬이 잠에서 깨어난 게 아님을 확인하고는 다시 보고서를 집어들었다. 다행히 룬은 깊이 잠드는 편이었다. 덕분에 라라가 추락하던 때에도 깨지 않아 더 큰 충격을 피할 수 있었다. 엄마가 사고로 죽었다는 소식을 전해듣는 것과 그 죽음을 두 눈으로 목도하는 것은 하늘과 땅 차이였다. 바보가 아닌 이상 누구나 그 정도는 안다. 게다가 룬이 깨어있었다면 엄마에게 무슨 일이 벌어졌는지 확인하려고 창밖으로 몸을 심하게 기울였다가 변을 당했을지 모르는 일이었다.

오딘은 룬에게 라라의 죽음을 알려야 했던 장모가 안쓰럽게 여겨졌다. 라라네 현관이 잠긴 것을 안 1층 젊은 여자는 괜히 문을 두드리고 소리를 쳐서 룬을 깨우는 실수를 저지르지 않았다. 대신 그녀는 급하게 근처에 사는 장모를 데리러 갔다. 그런 소식은 가족을 통해 듣는 편이 나았다. 라라의 어머니는 거의 옆집에 사는 거나 다름없었고 앰뷸런스보다 먼저 현장에 도착했다. 이런 생각을 하던 오딘은 몸서리를 쳤다. 건물 안으로 뛰어 들어가던 장모가 딸의 시신을 일부라도 봤을까? 그런 상태에서 손녀에게까지 무슨 일이 생겼을까 두려워하며 위층으로 뛰어 올라갔던 것일까? 그는 어느 일요일 아침 정신이 반쯤 나간 채 사고 현장으로 달려가는 기분이란 어떤 것인지 상상해보려 애썼다. 라라의 어머니가 그 사건 이후 조금 이상해진 것도 전혀 놀라운 일이 아니었다. 장모는 처음부터 오딘을 냉랭한 태도로 대했지만 라라의 죽음 이후로 부쩍 심해졌다. 어쩌다 만날 일이 생기면 아예 그를 쳐다보거나 인사조차 하지 않고 거의 없는 사람 취급을 했다.

그는 장모와 수년 간 연락도 않고 지낸 터였다. 어쩌면 장모가 전부터 우울증에 시달렸을 수도 있지만 가능성은 낮았다. 냉담한 사람을 유령처럼 만든 건 분명 라라의 죽음이었다. 그래도 최근 들어 장모의 태도는 조금 부드러워졌고 이제는 전화로 룬에 대해 대화를 나눌 정도는 되었다. 그렇더라도 통화는 형식적인 수준을 벗어나지 못했다. 어쩌면 장모는 룬이 할머니와 시간을 보내길 원치 않는 걸 그의 탓이라고 생각할지도 모른다. 룬은 웬만해서는 할머니 댁에 가려고 하지 않았다. 하지만 오해였다. 할머니를 보러 가지 않는 건 어디까지나 룬의 결정이었다. 오딘은 딸의 마음을 이해했다. 룬의 외할머니는 비통함에 사로잡혀 있었다. 때문에 그조차 딸에게 할머니를 만나러 가자고 강요할 수 없었다. 엄마의 죽음 이후 룬이 할머니를 만난 건 손에 꼽을 정도였다. 시간이 지나면 나아지겠지만 룬은 할머니 댁에만 다녀오면 인상을 쓰고 언짢아했다. 그러니 당분간은 최소한으로 만나는 쪽이 서로를 위해 좋았다. 장모도 언젠가는 기운을 되찾을 것이다.

룬이 침대에서 뒤척이는 소리가 들리는가 싶더니 이내 다시 잠잠해졌다. 분명 꿈을 꾸고 있을 것이다. 룬이 깨지 않았지만 오딘은 방심할 수 없었다. 그는 뭔가 나타나길 기다리는 듯 침실로 난 복도를 잠시 쳐다보았다. 왠지 룬이 어두운 곳에 숨어서 자기 몰래 엄마의 죽음에 관한 진실을 알아내려는 아빠를 불만 가득한 시선으로 지켜볼지 모른다는 불안감이 몰려왔다. 허무맹랑한 망상이었다. 룬은 매일 밤, 엄마가 등장해 자신을 괴롭히는 꿈속에서 허우적거리며 깊은 잠에 빠져있었다. 바로 그 이유 때문에 그가 지금 여기 앉아 과거의 상처를 들추고 있는 것이다. 둘의 삶은 이제 달라져야 했다. 오딘은 TV 속에서 펼쳐지는 멜로드라마 같은 상황은 절대 현실로 만들고 싶지 않았다. 드라마 속 배우들은 경쟁이라도 하듯 우스꽝스러운 몸짓을 보이며 서로를 향해 소리를 질렀다. 돌아가는 꼴을 보니 끝이 안 좋을 모양이었다. 오딘은 리모컨을 들어 TV 전원을 꺼버렸다.

다시 보고서를 읽어 내려갔지만 조금 전과 같은 긴장감은 없었다. 그는 사고 이후 촬영된 라라의 주방 사진을 발견하고 잠시 멈칫했다. 흥건한 피나 폭력의 흔적은 등장하지 않았다. 정작 그를 당황하게 한 것은 열려있는 주방 창문이었다. 모든 게 그가 라라와 룬을 떠나오기 이전과 당혹스러울 만큼 비슷해서, 마치 오딘이 새 삶을 사는 동안 라라에게는 시간이 멈춰있기라도 한 듯한 느낌이었다. 더러운 접시들이 싱크대에 쌓이고 선반에는 익숙한 잡동사니들이 놓여있었다. 오딘은 고개 들어 자신의 집을 둘러보며 라라의 집과 비교하지 않을 수 없었다. 한눈에도 독신남 아파트 같은 내부를 보며 그는 부끄러움마저 느꼈다. 그는 번 돈을 사운드 시스템을 비롯해 여러 기기들을 사는 데 썼다. 가구라고는 좋은 소파와 커피 테이블이 전부였다. 실내 분위기를 경쾌하게 만들어줄 꽃병이나 장식품은 없었다. 룬이 학교에서 만들어온 도자기만 덩그러니 TV 장식장에 놓여있을 뿐이었다. 도자기는 예쁘고 깔끔하게 색칠돼 있었지만 안에는 잘게 갈라진 금이 수두룩했다. 그게 꼭 룬과 닮았다는 생각이 찾아들자 마음이 아렸다.

그는 다시 보고서를 읽었다. 얼마 읽지 않아 경찰이 왜 사고 현장에 또 다른 인물이 있었을 가능성을 집중적으로 파고들지 않았는지가 분명해졌다. 보고서에 따르면 경찰은 라라가 지하에 있는 공용세탁실에 빨랫감을 가지고 내려간 것으로 파악했다. 어머니의 식탁보 몇 장을 대신 빨아주기로 했던 것이다. 경찰이 현장을 수색할 당시 식탁보는 여전히 세탁기 안에 남아있었다. 장모의 진술 역시 이런 추측을 뒷받침했다. 자기 집에 있는 세탁기가 고장났는데 현금 사정이 안 좋아 수리할 돈이 없었다고 했다. 수색 이후 장모는 경찰에게 식탁보를 폐기해 달라고 부탁했다.

경찰은 아래층 자매가 들었다는 문 소리 역시 침입자나 강도가 아닌 라라였던 것으로 결론지었다. 라라는 세탁실에 얼른 뛰어 내려갔고 당연히 집으로 돌아오면서 벨을 누르지 않은 것이다. 경찰은 라라가 집에 들어오자마자 창가로 가 담배를 피우다 사고가 난 것으로 추정했다. 보고서에는 아래층 자매가 소리를 들었다는 시간과 경찰이 추정하는 사고시간 간 다소의 간격이 있다는 메모가 짤막하게 적혀있었다. 자매는 발걸음 소리가 집 안으로 들어오고 난 직후 비명소리가 들렸다고 진술했지만, 라라가 창턱에 앉아 담배에 불을 붙이고 화분을 떨어뜨리고 빗자루를 가져와 다시 창턱 위로 기어 올라가 화분을 꺼내려다가 추락했을 가능성을 고려하면 앞뒤가 맞지 않았다. 자매는 두 번째 조사를 받으면서 문 열리는 소리와 비명 소리 사이에 얼마나 시간 차가 있었는지 잘 모르겠다며 첫 번째 조사의 진술 내용을 번복했다. 주방에 손님이 왔던 흔적은 전혀 없지만 라디오가 켜져 있었으므로, 아마 자매가 들었다는 목소리의 정체는 라디오였을 거라고 추정했다.

주방 바닥에서 깨진 유리그릇 조각이 발견되었는데 유리 조각은 이미 빗자루로 한곳에 모아놓은 상태였다. 빗자루 손잡이에서는 신원 불명의 지문이 발견되지 않았다. 때문에 경찰은 라라가 유리그릇을 깬 이후 창턱에 있던 화분을 넘어뜨리고, 그 화분을 꺼내러 가기 전에 빗자루로 유리조각을 쓸었을 거라고 가정했다. 반쯤 피운 담배꽁초가 라라의 시신 아래에서 발견되었다.

모든 증거가 이 사건은 사고라고 가리켰다. 오딘은 그게 안도해야 할 일인지 확신하지 못했다. 어떤 게 더 최악일까? 사고로 인한 죽음, 아니면 살인? 사랑하는 사람이 사고로 세상을 떠났다는 걸 알게 되면 기분이 좀 나아질까? 아니면 살해당했다고 해야 마음이 편해지려나? 대체 어떤 이유로? 어차피 결과는 같았다. 그는 질문에 답할 수 없었다. 다만 어떤 일이 벌어졌든 사건과 관련해 그가 모르는 미스터리한 사실은 없었다.

그런데 보고서 말미에 다다랐을 무렵 전혀 모호할 것 없는 새로운 사실이 드러났다. 경찰 조사에 따르면 라라는 2년 간 사귀고 마지막 몇 달 동안 동거까지 했던 남자친구와 죽기 얼마 전에 헤어졌다. 게다가 두 사람의 이별이 그리 원만하지 않았다고 했다. 오딘은 허를 찔린 기분이었다. 오딘은 그런 사실을 꿈에도 모르고 있었다. 라라는 그처럼 진지한 연애를 하면서도 오딘에게 입도 벙긋하지 않았다. 룬 역시 마찬가지였다. 물론 라라가 사생활에 대해 그에게 이야기할 의무는 없었다.

하지만 룬은 달랐다. 아빠로서 오딘은 딸의 주변에 그렇게 큰 변화가 생겼다는 걸 알 권리가 있었다. 어째서 룬은 아무 말도 하지 않은 것일까? 룬은 엄마가 지속적으로 만나는 아저씨가 남자친구임을 알았을 것이다. 그 정도 사리분별은 가능한 나이였다. 심지어 동거까지 했다면, 둘이 어떤 사이인지 모를 수 없었다. 엄마와 같은 이불을 덮고 자는 그 남자가 설마 세 들어 사는 사람이라고 착각하지는 않았을 것이다.

오딘은 당장이라도 딸의 방으로 들이닥쳐 캐묻고 싶은 충동을 간신히 눌렀다. 괜히 아이를 더 움츠러들게 만드는 역효과만 낼 수 있었다. 게다가 곰곰이 생각해보니 한참 전에 라라가 새 남자친구에 관해 언급한 게 기억났다. 하지만 그는 아무런 질문을 하지 않았다. 라라가 다른 남자와 있는 걸 떠올리거나 그 문제에 대해 이야기하는 것만으로 그는 불편했다. 라라는 이후 다시는 그 얘기를 언급하지 않았다. 그래서 그는 두 사람이 헤어졌을 거라고 짐작했고 자신의 경험처럼 그냥 지나가는 일로 치부했다. 어쩌면 그는 룬을 데리러 갔다가 부지불식간에 그 남자를 실제로 봤을지도 모른다. 딸을 데리러 갈 때 그가 집까지 올라가는 일은 거의 없었다. 그러니 룬이 건물 앞에서 오딘을 기다리는 동안 그 남자가 가까운 곳 어딘가에 서서 그 모습을 지켜봤을지 모를 일이었다. 로에 아르나손, 처음 듣는 이름이었다.

시계를 흘끗 보니 아직 자정이 되지 않은 시간이었다. 그는 휴대폰을 들어 칼리에게 전화를 걸었다. 칼리는 라라와 오딘이 헤어진 이후 라라와 계속해서 연락을 하고 지낸 친구였다. 칼리가 특별히 사려 깊어서는 아니었다. 그의 아내인 헬레나가 라라의 사촌이었다. 두 사람이 이혼하면서 친구들도 둘도 갈라졌다. 애인이나 부인이 있는 친구들은 라라 편에 섰고, 얼마 되지 않는 싱글들은 오딘의 친구로 남았다. 그의 삶에서 사라지다시피 했던 친구 몇몇이 라라가 죽은 후 다시 연락을 해왔지만 관계가 유지되기에는 너무 어색해진 뒤였다. 하지만 이제는 그렇게라도 연락을 해준 게 고마웠다. 칼리에게 이런 야심한 시각에 예고 없이 전화해도 이상하게 보이지 않았기 때문이다.

"라라가 다른 남자랑 동거했다는 거 왜 진작 나한테 말하지 않았어?" 오딘은 그 흔한 인사말이나 미안하다는 말도 없이 단도직입적으로 물었다. 자기 이름만 말하고는 곧장 본론으로 들어간 것이다. 그러다 뒤늦게 자신이 얼마나 무례했는지 깨닫고는 룬을 깨우지 않기 위해 목소리를 낮추며 뒤늦게 덧붙였다. "미안, 자는데 깨웠나?"

"아니." 칼리가 시큰둥하게 대꾸했다. "10분만 늦게 전화했어도 자고 있었을 거야. 정신이 나가기라도 한 거야? 방금 한 말도 제정신은 아니지. 어쨌거나 내가 무슨 말을 할 수 있었겠어?"

오딘은 더 이상 사과를 하느라 시간을 낭비할 생각이 없었다. "글쎄, 내 딸이 얼굴도 모르는 놈이랑 같은 지붕 아래 살고 있다고 말해줄 수는 있었잖아? 넌 입도 벙긋 안 했어."

반대편에서 한숨 소리가 들리는 듯했다. "지금 농담하는 거야?"

"아니. 왜 나한테 아무 말도 안 했는지 묻는 거야. 너희 중 누구도 말이야. 틀림없이 너 말고 다른 애들도 알았을 거 아니야." 칼리를 이렇게 몰아세우는 게 정당하지 않았지만 상관없었다. 다들 오딘을 만나 별별 이야기를 다 하면서 라라에 대한 언급은 피했다.

"야, 오딘. 이제 와서 예전 일을 파헤친다고 뭐가 달라져. 네가 딸에게 덜 미안하고 마음이 다소 편해질지는 모르겠는데, 미안하지만 난 못 도와줄 거 같다. 별로 특별한 놈도 아니었어. 이름이 로에라고 했나, 라키라고 했나…."

"로에 아르나손."

"맞아, 로에. 예술가인지 뭔지 그랬어. 내 스타일은 아니었지. 두 번인가 만난 적 있는데 그 뒤로는 라라가 우리 둘이 못 어울리는 걸 알아챘는지 저녁식사에 초대하지 않더라고." 칼리는 그에 대해 험담이라도 하려다가 참는지 숨을 크게 들이마셨다. "어쨌든 두 사람이 동거를 시작했을 때는 헬레나만 그 집에 놀러갔어. 난 천만다행으로 집에 있어도 된다고 허락받았지. 그리고 두 사람이 헤어진 후에야 헬레나는 그놈이 완전 머저리였다고 욕했지. 난 그냥 적당히 상황 봐서 예스, 아니면 노라고만 대답했고. 물론 대부분은 예스라고 했지. 까딱하면 내가 욕을 먹으니까. 여자들끼리 자기 전남친 욕할 때 어떤지 알잖아."

오딘은 잘 몰랐지만, 라라와 헬레나가 얼마나 자기 욕을 했을지는 짐작이 갔다. 칼리는 옆에서 고개를 끄덕였을 테고. 하지만 지금 그걸 물을 생각은 없었다. "폭력적인 놈이었어? 라라를 학대하지는 않았고?"

칼리가 웃음을 터뜨렸다. "아니. 만약 그런 일이 있었다면 내 귀에도 들어왔겠지. 내 생각엔 그냥 평범한 놈이었던 거 같아. 얼간이 기질이 있지만 전반적으로 평범한 놈. 라라가 이혼 뒤에 잠깐 같이 살았던 멍청이가 하나 있는데 절대 봐주는 법이 없었어. 그놈이 따귀를 한 대 때리자 라라가 바로 쫓아냈다니까. 라라가 호락호락한 여자는 아니잖아."

"그럼 로에라는 놈이 처음도 아니었던 거야?" 그 순간 오딘은 이 말이 얼마나 못나게 들릴지 깨달았다. 라라는 자신과 같은 욕구를 가진 젊은 여자였다. 룬과 함께 남겨졌다고 해서 수녀처럼 살라는 법은 없었다. 오딘 역시 수도사처럼 살지 않았다. 차이가 있다면 그는 이혼한 뒤로 동거를 할 만큼 진지한 연애를 못 했다는 점이었다.

"음, 몇 명 있었어. 많지는 않았고. 분명 네가 라라보다 더 많이 만났을 거야, 그래서 기분이 나아질지는 모르겠다만."

"아니, 상관없어. 남자친구를 사귀었었다니 다행이네." 오딘은 칼리에게 변명을 하고 싶은 충동이 잠깐 일었다. 하지만 칼리와의 우정마저 잃거나 정신줄을 놓고 아무 말이나 쏟아낸다는 인상을 줄 수는 없었다. "내가 경찰 수사보고서를 읽고 있었거든. 처음에는 라라가 누군가에게 떠밀려 추락했을 수도 있다는 생각이 들었는데 다 읽고 보니 그런 증거는 없었나봐. 그런데 죽기 얼마 전에 남자랑 안 좋게 헤어졌다는 내용을 보니, 어쩌면 사건이 그리 간단치 않을지 모른다는 생각이 들더라고. 그 자식이 관련됐을지 모른다는 상상 말이야. 그냥 내가 헛소리를 하는 것일 수도 있고. 요즘 내 상황이 좋지 않잖아."

"걱정 마, 오딘. 아무 때나 전화해. 자주 해도 상관없어. 단, 이렇게 늦은 시간에는 삼가줘."

평소였다면 오딘은 바보짓을 했다며 자책했을 것이다. 하지만 지금은 이상한 전화 한 통 따위 어찌 되든 상관없었다.

황량한 벌판 위로 돌풍이 무섭게 불어닥치며 창문을 때리고, 오딘은 귓속 진동 소리가 강풍에 박자를 맞춰 둥둥거리는 듯한 기분이 들었다. 커튼이 부풀어 올랐다가 다시 꺼지는 모습 역시 상황을 악화시켰다. 부풀었던 커튼이 꺼지기는 했지만 원래 형태로 완전히 되돌아가지는 않았다. 마치 뒤에 누군가 서있는 것처럼. 작은 몸집의 누군가. 꼭 라라의 키만했다.

오딘은 커튼 앞 마루 바닥을 바라볼 엄두조차 내지 못했다. 괜히 바닥을 봤다가 끔찍하게 멍들고 곤죽처럼 바스라진 두 다리를 발견할 것만 같았다. 이런 공포가 과민해진 자신의 상상력에 불과하다는 걸 알지만, 그럼에도 오딘은 허둥지둥 보고서를 챙긴 후 거실 불을 끄고 나왔다. 조심해서 손해 볼 것은 없었다.

7장

1974년 1월

많고 많은 일들 중 알디스가 가장 내키지 않은 건 베이가르의 사무실 청소였다. 베이가르의 사무실은 청소도구실만한 크기라 사이즈는 문제가 되지 않았다. 그 작은 공간에 책상, 책장 세 개, 의자두 개가 간신히 들어가 있어서 긴 다리를 가진 손님은 그야말로 쭈그려 앉아야 할 지경이었다. 소년들 중에도 막대기처럼 마르고 키큰 아이들이 있었다. 그들 역시 훈계를 들으러 사무실로 불려갈 때마다 몸을 웅크리고 앉을 생각에 걱정이 이만저만 아닐 터였다. 그렇게 좁은 공간을 청소하는 건 두 말할 것 없이 까다로운 일이었다. 알디스는 책상 위에 아슬아슬하게 쌓아올려진 서류 더미를 넘어뜨리지 않으려고 신경을 곤두세워야 했다. 그녀는 서류에 무슨내용이 적혀있는지, 어째서 베이가르는 서류를 철해놓지 않는지 종종 궁금했다. 한두 번 맨 위에 놓인 서류를 눈으로 훑어봤지만 흥미를 끌 만한 내용은 하나도 없었다. 더구나 베이가르에게 들킬 위험 때문에 더 이상 캐내려고 하지도 않았다. 베이가르는 알디스가 청소를 하고 있을 때면 농땡이를 피우는 건 아닌지 감시라도 하듯 불쑥 나타나는 버릇이 있었다.

책상 위 전화가 난데없이 울리기 시작하자 알디스는 심장마비에 걸릴 뻔했다. 전화벨 소리에 서류 더미가 흔들리기까지 했다. 사무실 구석의 먼지를 쓸던 그녀는 전화벨 소리에 몸을 급하게 세우다가 육중한 책장에 어깨를 세게 부딪히고 말았다. 빗자루를 내려놓고 욱신거리는 어깨를 주무르며 검은 전화기를 바라다보았다. 전화벨 소리가 뚝 그쳤다. 알디스가 빗자루질을 하려는 찰나, 다시 전화가 무서운 기세로 따르릉거리기 시작했다. 전화벨이 아홉 번 울리더니 다시 정적이 찾아왔다. 알디스는 전화기를 뚫어지게 쏘아보다가 예전에는 한 번도 이런 적이 없다는 걸 깨달았다. 그녀는 최면에라도 걸린 듯 그 자리에 서있었다. 다시 청소에 집중하려고 하면 틀림없이 전화가 또 울릴 거라고 생각했다.

알디스가 빗자루를 집어들자마자 전화가 다시 울렸다. 귀를 찌르는 벨 소리가 울릴 때마다 그녀는 더욱 안절부절 못 했고, 전화가 어떤 식으로든 자신과 관련되어 있을 거라고 확신했다. 어쩌면 알디스의 엄마가 전화를 걸어 베이가르에게 자기 딸이 얼마나 한심하고 쓸모없는 애인지 알리려는 것일지 몰랐다. 어쩌면 가출하던 날 밤, 알디스가 자기 지갑에서 돈을 훔쳤다고 경찰에 신고했을지도 모를 노릇이다. 터무니없게 들리겠지만, 사람 일은 모른다. 딸에게 연락하려는 시도가 단 한 번도 없던 걸로 보아 엄마는 여전히 화가 난 게 분명했다. 딸이 어디 있는지 대충 알 테니 언제든 전화를 하거나 편지를 쓸 수 있었다. 가출 직후 며칠 간 그녀를 재워준 친구는 알디스가 지원한 구인광고에 대해 엄마에게 알렸다. 수도권에 위치한 보호소에서 청소와 주방 일을 도울 젊은 여자직원 구함. 급여는 공공부문 표준임금 기준에 따라 지급함.

구인광고 내용이 거의 거짓말이라는 사실을 알디스로서는 알 턱이 없었다. 물론 크로쿠르가 아쿠레이리(레이캬비크에서 380킬로미터쯤 떨어진 아이슬란드 북부도시—옮긴이)보다는 레이캬비크에 가깝지만, 그래도 수도권이라고 부르는 건 사기나 다름없었다. 어차피 알디스에게는 상관없는 일이었다. 당장 도망칠 수 있는 곳이 절박하게 필요했으니까.

혹시 친구의 전화일까? 알디스는 손에 꼽을 정도로 드물었던 시내 나들이를 갈 때면 공중전화로 친구에게 전화를 걸었다. 하지만 통화할 때마다 둘 사이는 점점 더 멀어졌고 다음에 전화 걸 기회가 생기더라도 친구에게는 하지 않겠다고 알디스는 생각했다. 알디스가 몰래 사무실 전화로 이따금 친구에게 전화를 걸었다면 아마 둘의 우정도 지속됐을지 모른다. 하지만 애초 두 사람이 친구가 된 이유도 고등학교 입학 이후 다른 무리에 끼지 못하고 겉돌았기 때문이었다. 알디스가 그곳을 떠난 이후 친구는 아마 다른 친구를 사귀었을 것이다. 두 사람이 나눈 마지막 통화에서 친구는 생선가게에서 같이 일하는 할라라는 여자애에 관해 한참이나 수다를 떨었다. 분명 할라가 알디스의 자리를 차지했을 것이다.

전화벨이 멈추는가 싶더니 다시 울리기 시작했다. 이쯤 되자 알디스도 찜찜한 마음이 들면서 자기와 관련된 사람이 전화를 건다고 확신했다. 그녀는 볼 안쪽을 살짝 깨물고 고민했다. 하지만 결정을 내리기도 전에 그녀의 손이 먼저 수화기를 집어들었다. 알디스는 얼굴을 붉히며 수화기를 귀에 갖다 댔다. 마지막으로 전화 통화를 해본 게 벌써 몇 주 전 일이다. 더구나 다른 사람의 전화를 대신 받아본 적은 한 번도 없었다. 무슨 말을 할지 머릿속이 하얘졌지만 한편으로는 전화를 받았다는 사실에 기분이 좋았다. 계속 청소만 하면서 전화벨이 울리도록 놔두었다면 하루 종일, 어쩌면 일주일 내내 안 좋은 일이 생길지도 모른다는 예감에 사로잡혀 지냈을 것이다. 혹시라도 엄마가 다음에 전화를 걸었는데 베이가르가 받기라도 하면 큰일이었다.

"여보세요." 알디스가 말했다.

전화선 건너편 여자는 누군가 전화를 받았다는 사실에 깜짝 놀랐는지 허둥거리며 자기 소개를 하거나 무슨 용건으로 전화했는지 설명하는 걸 완전히 까먹은 눈치였다. "아, 음, 안녕하세요? 제 아들 소식을 알고 계신 분이랑 통화를 하고 싶어서요. 아들이랑 직접 통화를 할 수 있으면 좋겠지만 그건 허용되지 않는다고 들었어요." 알디스가 아무 말도 하지 못하자 여자는 더듬거리며 말을 이었다. 목소리로 보아 여자는 무척 긴장한 듯했다. "전화를 여러 번 걸었던 참이라 이제 막 포기하려고 했어요. 지금 쉬는 시간이라 허락받고 전화 걸었거든요. 평소에는 저녁에만 전화할 수 있는데, 그때는 아무도 안 받더라고요. 그래서 전화번호가 잘못 되었나 싶었어요."

"저는 그냥 청소부예요. 도와드릴 수 있는 게 없어요." 가혹하게 들리겠지만 사실이었다.

"그럼 책임자라도 불러줄 수 있나요? 시간 많이 안 뺏을게요." 여자는 절박함을 숨기지 못했다. "다시 일하러 가봐야 하니까 짧게 말하고 끊을게요."

마치 알디스가 자신의 목숨을 살릴 수 있는 약이라도 가진 것처럼 여자는 간절히 애원했다. 하지만 알디스도 어쩔 도리가 없었다. "부모님들에 관해서는 보호소 규정이 아주 엄격해요. 아이들이 부모님과 통화하는 것도 금지되어 있고, 베이가르 역시 부모님과 통화하는 걸 원치 않을 거예요." 여자가 말하기를 주저하는 걸로 봐서 베이가르가 누군지 모르는 듯했다. "베이가르는 이곳 소장이고, 여기서 일어나는 일은 다 그 사람이 처리하고 있어요."

"그렇군요. 그런데 그분이 저와 잠깐이라도 통화를 해줄 수 있을지요? 아들이 너무 걱정돼서 소식이라도 듣고 싶어요. 아무 소식도 듣지 못하니 답답해 죽을 것만 같아요."

알디스는 나중에 다시 전화하라고 말하고 싶었다. 그녀가 도울 수 있는 게 아무것도 없었지만 여자의 목소리에서 느껴지는 고통이 너무 컸다. "아드님 이름이 뭐예요?"

"에이나르요. 에이나르 알렌. 제 아들을 아세요?"

알디스는 닳아빠진 자신의 슬리퍼를 내려다보았다. 본래 타탄 무늬를 가지고 있었지만 바닥 청소를 하는 동안 너무 자주 물에 젖은 나머지 발가락 부분 무늬가 다 해져버렸다. "네, 누군지 알아요."

"어떻게 지내는지 알려줄 수 있어요? 부탁이에요." 여자에게도 자존심은 있겠지만 그녀의 말에서 느껴지는 건 무력함이었다.

"잘 지내고 있어요." 더 이상은 알디스도 말할 수 없었다. 여자의 아들 역시 다른 소년들처럼 크로쿠르의 황량함에 에워싸여 서서히 정신이 나가버릴 것이다. 그리고 하루하루 시간이 지날수록 절망감도 그만큼 커질 것이다. 적어도 알디스는 그렇게 생각했다. 그녀는 에이나르가 무슨 잘못을 저질렀는지 묻고 싶어 죽을 지경이었지만 차마 그럴 수는 없었다. "이곳에 적응해가는 중이죠."

여자는 바보가 아니었다. "설령 잘 지내지 못해도 솔직히 말해주지 않겠죠?"

"아마도요." 복도에서 무슨 소리가 들려온 것만 같았다. "가봐야겠어요. 이렇게 통화하다 걸리기라도 하면 큰일이에요." 당장이라도 문이 휙 열리지나 않을까 알디스는 뚫어져라 쏘아보았지만 더이상 아무 소리도 들리지 않자 긴장이 약간 풀렸다.

"가기 전에 하나만 더요. 제가 사랑한다고 전해주세요. 늘 아들을 생각하고 있다고요." 이 말을 내뱉자마자 여자는 말을 멈췄다. 그러더니 급하게 덧붙였다. "그리고 그게 옳은 선택이었다는 걸 기억하라고 전해주세요. 다른 선택을 했다면 상황은 훨씬 더 나빠졌을 거라고요. 정말 중요한 거예요."

마지막 말을 전해주는 게 정말 중요하다는 것인지, 아니면 에이나르가 그걸 기억하는 일이 중요하다는 것인지 알디스는 정확히 알지 못했다. 어쩌면 둘 다일지도 몰랐다. 에이나르에게 메시지를 전해줄 수 있을지 모르겠지만, 빨리 전화를 끊기 위해 알디스는 그러겠다고 말했다. 여자에게 솔직하게 말하지 않은 게 마음에 걸려서 그랬을까. 알디스는 보상이라도 하는 심정으로, 화요일과 목요일

같은 시간대에 자신이 사무실을 청소한다고 말해버렸다. 그리고 서둘러 전화를 끊었다.

알디스는 메시지를 전해주겠다고 약속한 자신을 저주했다. 이 수상한 소년과 그 엄마 사이에 끼어들지 않더라도 그녀의 코는 이미 석자였다. 그러면서도 알디스는 한편으로 비밀이 생겼다는 게 좋았다. 서로 사랑하는 가족의 일원이 된 것만 같은 기분이었다. 어쩌면 나중에 아이가 생겼을 때 도움이 될 만한 뭔가를 배울 수 있을지도 모른다.

"청소하는 동안 나가있을까요?" 에이나르는 다른 소년 한 명과 함께 쓰는 침실 문 앞에 어색하게 서있었다. 문을 열 때만 해도 험악한 표정을 짓고 있던 그는 상대가 누구인지를 확인하자 표정이 부드러워졌다. "다른 애들은 다 나갔어요. 들어야 하는 수업이 하나 있는데 저만 빼줬어요." 보호소에서 수업을 담당하는 건 릴리야였지만 제대로 된 수업이 아니라 체면치레용에 불과했다.

"그럴 필요 없어. 금방 쓸기만 하고 나갈 거야."

알디스는 에이나르가 방에 있다는 걸 알았다. 릴리야가 휴식 시간이 끝나고 추가 수업을 해야 한다고 투덜거리면서 에이나르를 포함해 몇몇에게 자유 시간을 줬다는 말을 얼결에 흘린 것이다. 알디스는 아무렇지도 않은 척 베이가르에게 남자애들 숙소를 청소하러 가겠다고 말했고, 베이가르는 우유와 함께 배달된 청구서에 열중하느라 알디스에게 다른 일을 시킬 생각을 못했다. 같은 이유로 그는 알디스가 평소와 다르게 깔끔하게 단장했다는 사실도 알아채지 못했다. 머리를 길게 풀어 단정하게 빗어넘기고 가진 옷 중 그나마 가장 덜 낡은 옷을 꺼내 입었다.

에이나르는 알디스가 들어올 수 있게 문을 활짝 열었지만 옆으로 비켜서지는 않았다. 때문에 알디스가 방 안으로 들어가면서 두 사람은 살짝 닿을 수밖에 없었다. 알디스는 얼굴이 빨개진 게 들통나지 않기만 바랐다. "금방 끝낼게."

알디스가 스스로에게 솔직했다면 그를 향한 감정 때문에 마음속에서 불꽃이 피어오르기 시작했다는 사실을 인정했을 것이다. 절대 기름을 부어서는 안 되는 감정 말이다. 애초에 이 방에 온 것부터가 잘못이었다. 이성적으로 생각하면 에이나르를 피해 다니는 게 옳았다. 그가 매력적으로 느껴지는 이유는 아마 보호소의 모든 다른 남자들보다 우월하기 때문일 테지만 별로 대단할 것도 없었다. 남자 일꾼들처럼 나이 들거나 찌들지 않은 성숙함이 엿보일 뿐이었으니까. 꼴찌들만 모아둔 반에서 올 A를 받는 학생 꼴이었다. 하지만 이제 와 정신을 차린다고 해도 알디스는 방 안에 들어와 버렸고, 메시지를 전하려면 아마 지금이 마지막 기회일 터였다. 당분간 그와 단둘이 있을 기회를 잡지 못할 가능성이 높았으니까.

"그 일 하는 거 엄청 지겹죠?" 에이나르는 1층 침대에 벌렁 드러누우며 이렇게 말했다. 알디스가 알기로 그 침대는 다른 소년의 것이었다.

어깨를 으쓱하는 그녀의 얼굴은 더욱 빨개졌다. 대체 무슨 생각인 걸까? 그녀는 에이나르보다 훨씬 더 나이가 많았다. 그러니 지금 얼굴을 붉히는 건 오히려 에이나르여야 마땅했다. 그녀의 처지가 훨씬 더 나은 상황에서 왜 자신의 일을 창피하다고 여기는 걸까? 소년원에 갇힌 건 그녀가 아니었다. "글쎄. 엄청 흥미진진한 일이 아니지. 돈만 다 모으면 여길 떠날 거야."

"그런 다음에는 뭘 할 건데요?" 에이나르가 한 손으로 턱을 괸 채 눈도 깜빡이지 않고 알디스를 바라보았다. 그의 시선은 어딘가 도발적이었고 짙은 두 눈은 무슨 생각을 하는지 알기 어려웠다.

"의상점에 취직할 거야. 아니면 항공 승무원이 될 수도 있고." 알디스의 두 뺨은 더 붉어지는 게 불가능할 지경이었다. 그녀는 단 한 번도 다른 사람에게 자신의 계획을 말한 적이 없었다. 하지만 돌이켜보면 아무도 그녀의 계획이 뭔지 묻지 않았다.

"영어 할 줄 알아요?"

알디스는 마음이 놓였다. 그가 자신의 꿈을 비웃거나 너처럼 추레한 여자는 절대 승무원이든 의상점 직원이 될 수 없으니 바닥이나 열심히 문지르라고 대꾸하지 않은 것이다. "조금. 교재로 공부하는 중이야."

에이나르는 계속 그녀를 바라보았다. "나도 예전에는 파일럿이 되고 싶었어요. 아빠가 공군에 있었거든요."

외국 성을 가진 걸 생각하면 별로 놀랄 일이 아니었다. "분명 아빠가 좋아하셨을 거야. 내 말은 자랑스러워하셨을 거라고." 누가 알겠는가? 두 사람이 한 비행기에서 일하는 날이 오게 될지.

"아빠랑은 연락 안 하고 살아요. 엄마랑 아빠가 정식으로 사귀었던 게 아니거든요. 아빠는 미국 어딘가에서 새 가정을 꾸렸대요."

알디스는 빗자루에 몸을 기대며 말했다. "적어도 너한테는 좋은 엄마가 있잖아. 우리 엄마는 진짜 못된 년이거든. 다시는 안 만나고 싶어." 그녀는 스스로에게 약간 짜증이 난 상태로 몸을 바로 세웠다. 엄마를 그런 식으로 표현한 건 온당치 못했다. 몇 달 전 자신을 배신하기 전까지만 해도 딸에게 좋은 엄마였다. 그러나 알디스는 감상이나 후회에 젖지 않기 위해 마음을 굳게 먹었다. 엄마를 용서하고 싶지 않았다. 그럴 자격이 없는 사람이니까. "실은 그래서 여기 온 거야. 너희 어머니가 메시지를 남기셨거든."

에이나르가 너무 급작스럽게 몸을 일으켜 앉았기 때문에 얇은 침대 상판에서 삐걱거리는 소리가 났다. 한순간 알디스는 그가 얼마나 사나운 성격인지 떠올리며 에이나르가 자신을 공격할지 모른다고 생각했다. 만약 그가 켈리에게 하듯이 그녀에게 덤벼들었다면 속수무책으로 당했을 것이다. 하지만 에이나르는 전혀 그럴 생각이 아니었다. "우리 엄마를 어디서 봤어요?"

"너희 어머니가 베이가르의 사무실로 전화했는데 내가 받았어. 나도 대체 무슨 생각이었는지 모르지만, 어쨌든 굉장히 고마워하셨어. 베이가르였다면 전화도 받아주지 않았을 거야." 에이나르가 아무런 말도 하지 않자 알디스는 이 소식을 전한 게 잘한 일인지, 어머니가 남긴 메시지를 그가 듣고 싶어 하는지 궁금해졌다.

"엄마가 뭐라고 했어요?"

"엄마가 항상 네 생각을 한다고 전하셨어. 아니, 네 생각이 머릿속을 떠나지 않는다고 하셨나? 뭐가 맞는지 까먹었어. 어차피 중요한 건 아니니까. 너를 보고 싶어 하시는 것 같더라."

에이나르는 천천히 고개를 끄덕였다. "고마워요. 다른 말은 안

했어요?"

없다고 대답하려던 알디스가 중요한 내용이라며 덧붙이던 그녀의 말을 떠올렸다. "맞아. 그 선택이 최선이었다고 전해달라 하셨어. 아니지, 미안. 네가 한 선택이 최선이라는 걸 기억하라고 하셨어. 암튼 그 비슷한 말이었어. 그게 중요하다고도 하셨고."

에이나르의 짙은 머리칼이 다시 한 번 위아래로 움직이며 이번에는 좀 더 단호하게 끄덕였다. 그가 이 소식을 어떻게 받아들이는지 알디스는 알 수가 없었다. "그게 무슨 뜻인지 이해했어?"

"네, 아니요. 잘 모르겠어요." 메시지에 대해 더 이상 얘기하고 싶지 않은 눈치였기 때문에 알디스도 더는 묻지 않았다. 어떻게 무언가를 이해하는 동시에 이해하지 못할 수도 있는 걸까?

"어머니가 다시 전화하면 메시지를 전해줄까?" 알디스는 에이나르와 시선을 마주치지 않으려고 애쓰며 다시 바닥을 쓸기 시작했다. 바닥은 매우 깨끗했다. 먼지 없는 침대 아래 뒤집힌 양말 한 짝만 떨어져 있었다. 알디스는 몸을 수그려 양말을 집어 침대 위에 올려놓았다. 여기서 처음 일을 시작하던 때만 해도 더러운 양말에 손이 닿거나 배수구에 낀 머리카락을 치울 때면 구역질이 났다. 지금은 청결함 따위는 잊은 지 오래였다.

"집에 돌아갈 날을 고대하고 있다고 전해주세요." 에이나르는 알디스가 침대 아래로 빗자루질을 할 수 있게 두 발을 들었다. "그 외에 다른 말은 없어요. 만약 우리 엄마 입장이라면 무슨 말을 듣고 싶을 것 같아요?"

"나 말이야?" 웃음 짓던 알디스는 에이나르의 표정이 사뭇 진지하다는 걸 알아차렸다. "모르겠어. 어쨌든 잘 지내고 있다는 말을 듣고 싶겠지. 힘든 상황을 알린다고 해서 달라질 것도 없잖아. 그래 봐야 어머니만 속상하겠지. 차라리 거짓말을 하는 게 나아."

"난 행복하지도 불행하지도 않아요. 그러니까 거짓말할 필요 없이 그렇게만 전해주세요. 여기서 지내는 건 닫힌 상자 안에 있는 거랑 비슷해요. 누군가 내 삶에서 나를 강탈한 다음 보관함에 넣어둔 것처럼. 다들 그렇게 느끼고 있어요. 이 시간이 끝나기만을 기다리죠. 여기서 하루가 지나면 집으로 돌아가 내 삶을 되찾을 시간이 그만큼 가까워져요" 에이나르가 빗자루 손잡이를 잡았다. 알디스는 순간 당황했다. 그는 보기보다 훨씬 힘이 셌다. "하지만 누나는 다르겠죠. 인생이 정지되어 있지 않잖아요."

그녀는 그게 좋은 건지 나쁜 건지 궁금했다. 그의 말이 옳다면, 알디스는 여기 외에는 갈 곳이 없다는 뜻일 게다. 그에게는 친구도 있고 엄마도 있다. 하지만 알디스를 기다리는 사람은 아무도 없었다. 심지어 하나 있던 학교 친구마저 잃어버릴 판이었다. 그녀는 빗자루를 잡고 있는 그의 손을 내려다보며 말했다. "서둘러야겠어. 곧 저녁 먹을 시간이잖아. 부엌에 가서 거들어야 하거든."

에이나르는 손을 놓더니 다시 발을 침대에 올렸다. 그는 아무 말도 하지 않았고 알디스는 대화를 이어갈 엄두가 나지 않았다. 그에 대해 알고 싶은 게 너무 많았지만 멍청한 말이 튀어나올까 두려웠다. 대신 그녀는 집중해서 바닥을 쓸었고, 침대 아래까지 쓸기 위해 몸을 웅크려 앉았다. 침대 아래로 빗자루를 밀어넣는데 알 수 없는 장애물이 빗자루 끝에 닿는 느낌이 들었다. 지금까지 아이들의 침대 밑에서 발견한 것들과는 달리 묵직하면서도 묘하게 말랑 말랑했다. 옷보다는 단단하고 잡지와 책, 신발보다는 부드러웠다. 그녀는 에이나르를 힐끔 보았지만 그는 알 수 없는 표정만 짓고 있었다. 두 사람 다 아무 말도 없었다. 다만 그녀의 표정에서 뭔가 잘 못 되었다는 게 분명히 드러났다.

어쩌면 숨 막히는 침묵 때문에 착각한 것일 수도 있다. 그렇더라도 알디스는 침대 아래를 들여다보거나 정체불명의 물체를 밖으로 끄집어내고 싶지 않다는 강렬한 감정에 사로잡혔다. 그녀는 입을 벌리고 그 자리에 붙박인 듯 서있는 대신 억지로 몸을 수그려 침대 아래를 살펴보았다. 그녀는 충격에 휩싸였다. 아무것도 없었다. 젖은 이끼나 흙에서 날 법한 이상한 악취만 감돌았다. 잠시 후 그녀는 다시 한 번 침대 아래를 들여다보았다. 벽 쪽이 어두컴컴하긴 해도 빗자루에 걸릴 만한 장애물은 보이지 않았다. 깊은 곳에서 악취가 좀 더 짙게 풍겨 나왔는데, 이번에는 싱크대 위에 너무 오래 방치되어 부패해버린 생선 같은 냄새였다.

에이나르에게도 냄새가 나는지 맡아보라고 부탁하는 대신 알디스는 아무 말도 않기로 했다. 이 냄새는 오직 자신에게만 날 것이라는 직감이 들었다. 그녀는 빗자루를 다시 침대 아래로 밀어넣는 수고를 하는 대신 서둘러 바닥 청소를 마무리했다.

그녀가 문을 닫고 나가면서 웅얼거리며 인사를 했고 에이나르도 뭔가를 웅얼거렸다. 부엌으로 돌아오는 내내 그녀의 머릿속은 오로지 침대 아래 있던 물체에 대한 생각으로 가득 찼다. 마음속에 어떤 이미지가 피어올랐다. 릴리야의 죽은 아기와 검게 변해버린 채 아기를 덮고 있던 피, 아기의 번쩍이는 두 눈과 몸 여기저기에 묻은 회색 기름덩어리…. 알디스는 엄습하는 한기를 떨치기 위해 소매를 손가락까지 끌어내렸다.

대체 그 아기는 어떻게 된 것일까?

8장

옷핀 떨어지는 소리까지 들릴 지경이었다. 어떤 환경에서도 거뜬 히 일할 수 있다고 자부하던 오딘조차 정적 때문에 숨이 막힐 정도 였다. 동료들의 수다 소리가 그리워졌다. 토요일에 사무실로 출근 하면 주중에 처리하지 못했던 일들을 마무리할 수 있을 거라고 스 스로를 설득했지만 핑계였다. 주말에도 출근해야 할 만큼 급한 일 은 없었다.

오딘이 사무실에 나온 진짜 이유는 룬이 외할머니 댁에 가있는 동안 집에 혼자 남고 싶지 않아서였다. 집에서는 마음을 놓을 수가 없었다. 끊임없이 신경이 날카로워졌다. 미세한 소리와 움직임에도 팔등의 털이 곤두섰다. 정확히 뭐가 두려운지 그도 알지 못했다. 사무실에 나오는 건 차악을 선택하는 것과 같았다. 그는 룬과 함 께 영화도 보고 아이스크림도 먹고 레이캬비크 가족동물원에 가면 서 오후를 보내고 싶었다. 하지만 이번에는 딸을 외할머니 댁에 보 낼 수밖에 없었다. 그렇지 않으면 4주 연속으로 궁색한 핑계를 대야만 했다. 룬은 가지 않겠다고 버티다가 항복하고 말았고 이제 부녀는 각자 다른 장소에 앉아 시계를 보며 시침이 빠르게 움직여주기만을 바라고 있었다. 만약 그에게 업무 마감일 같은 게 있었다면 하루가 더 빠르게 갔을지도 모른다.

오딘이 지금 얼마나 멍청한지 강조라도 하듯 커피머신도 작동을 하지 않았다. 기계 안에 원두 가루를 부었지만 그가 무슨 짓을 해도 커피는 내려지지 않았다. 인스턴트커피는 이 건물을 지은 인부들이 두고 간 이후, 그 자리에서 그대로 묵혀진 맛이 났다. 심지어 사무실에 가구를 설치한 소목장들조차 냄새를 맡고는 건드리지 않은 듯했다. 그래도 이 유독한 커피가 다소 정신을 맑게 하는 효과를 발휘했고, 직원들이 금요일에 퇴근할 때 끄지 않은 컴퓨터의 윙윙 소리 덕에 곯아떨어지는 일은 피할 수 있었다.

사무실 밖 음울한 풍경은 수면을 유도하기에 딱 맞았다. 잿빛 구름 가득한 하늘과 모든 것을 뒤덮은 더러운 눈이 묘한 조화를 이루었다. 파란 하늘의 흔적은 어디에도 보이지 않았다. 천국과 땅이 하나로 뒤섞인 것 같은 빛깔이었다. 설상가상 또 다른 폭풍까지 예정되어서, 구름은 당장이라도 도시 위에 눈덩이를 뿌릴 기회만 엿보고 있었다. 그는 눈이 서둘러 내리지 않기를 바랐다. 룬의 외할머니는 시내에 살았는데, 반들반들해진 타이어로 좁은 일방통행로를 아슬아슬 운전하며 딸을 데리러 가고 싶지 않았기 때문이다.

만약 많은 눈이 내리기 시작하면 원래의 약속과 상관없이 일찍 데리러 갈 심산이었다. 그런 상황에서 딸을 늦게 데려오는 건 옳지 않았다. 장모야 손녀가 좀 더 머물러도 상관 않겠지만, 중요한 건 딸의 안녕이 위협받는다는 점이었다. 단, 운이 좋아 눈이 늦게 내려준다면 별 문제가 생기지 않을 것이다. 만일 그렇지 않으면 장모는 폭설조차 그의 탓이라고 원망할 것이다. 어차피 모두를 동시에 만족시키는 건 불가능했다. 하지만 다시 생각해보면 사람들을 기분 좋게 하는 게 그의 장기인 적은 한 번도 없었다. 어린 시절에도 주변 사람들의 사랑을 독차지하는 쪽은 항상 형 발두르였다. 학교에 다닐 때도 오딘은 친구들 사이에서 인기가 많은 편이 아니었다. 인기가 아주 없지는 않았지만 늘 누군가의 그늘에 가려져 있었다. 오딘이 딸과 붙어있으려 하는 것도 어쩌면 그런 이유일지 모른다. 누군가의 넘버원이 된다는 건 기분 좋은 일이니까.

하지만 크로쿠르의 10대 소년들은 부모에게조차 눈에 넣어도 아프지 않을 자식은 아니었을 것이다. 오딘이 지금 살펴보는 문서의 사진 속 소년들은 더러운 세상 물정을 다 아는 듯한 얼굴이었다. 밝은 삶을 꿈꾸는 대신 최악의 상황을 예견하는 눈빛이었다. 어금니를 악문 채 인상을 찌푸리고 있었다. 오딘은 이게 순전히 크로쿠르에서 생활했기 때문만은 아니라고 짐작했다. 그곳 생활이 유쾌하지는 않았겠지만, 고작 몇 달 만에 유약한 소년들을 단단한 인간으로 둔갑시키는 건 불가능했다. 그들 대부분은 크로쿠르에서 지낸 지 1년도 되지 않은 상태였다.

1970년대에는 크로쿠르 같은 시설이 청소년 탈선을 방지하는 좋은 사례로 여겨졌으나 결과는 실망스럽기 짝이 없었다. 결국 보호소는 문을 닫았고 그곳에 수감되었던 소년들 중 누구도 모범시민으로 성장했다는 증거는 발견되지 않았다. 더 낮은 연령대 아이들을 수용한 다른 보호소들의 진상조사 보고서를 보면 간담 서늘한 학대와 잔혹행위가 벌어졌지만, 그런 사실을 알고도 쉬쉬하던 시절이었다. 사회문제를 해결하려는 여러 시도들과 마찬가지로 익숙한 환경과 가족의 품에서 아이들을 격리한 것은 지나고 보니 재앙이었던 셈이다. 그를 가장 슬프게 만든 건, 비슷하게 잘못된 제도가 여전히 우리 곁에 현존한다는 사실이었다. 수십 년이 흘러 문제를 알아차렸을 때는 너무 늦어버릴 것이다.

이런 생각에 빠지다 보니 오딘은 우울해졌다. 일을 느릿느릿 처리한 것도 우울감을 가중시켰다. 지난 두 시간 동안 그가 한 일이라고는 보고서에 넣을 목차를 짠 게 다였다. 그는 자리에서 일어나 스트레칭을 한 뒤 로베르타의 자리로 가서 서류를 다시 들춰보며 혹시 놓친 게 없는지 알아보기로 했다.

로베르타의 자리로 다가가자 역할 정도로 달큰한 딜리야의 향수 냄새가 코를 간질였다. 그는 텅 빈 사무실이 울릴 만큼 크게 재채기를 했다. 재채기 소리가 잦아들자 다시 윙윙거리는 컴퓨터 소음 외에 아무것도 들리지 않았다. 귀를 기울여보니 로베르타의 컴퓨터 역시 켜진 듯했다. 혹시 사무실 서버에는 저장하지 않고 하드 드라이브에만 저장한 파일이 없을까? 오딘은 그녀의 컴퓨터를 확인보기로 했다. 하드 드라이브에 파일을 저장하는 게 로베르타만의 습관은 아니었다. 사무실 서버는 끊임없이 점검과 업데이트를 반복해서 지연되는 경우가 잦았고, 자연스레 직원들은 업무 수칙을 무시했다. 로베르타의 자리에 앉으면서 오딘은 이것이 내부 규정을 위반하는 행위는 아닐까 잠깐 생각했다. 하지만 컴퓨터를 좀 확인한다고 문제될 건 없었다. 게다가 로그온이 될 경우에 한해서 컴퓨터를 뒤져볼 생각이었다. 입사할 때 컴퓨터 비밀번호를 배정받으면서 꼭 변경하라는 안내를 들었지만 귀찮아서 바꾸지 않았었다. 로베르타 역시 비밀번호를 바꾸지 않았다면 자기 파일을 다른 사람이 봐도 무방하다는 신호로 해석할 수 있었다. 오딘은 그녀의 이름과 숫자 789를 입력했다.

'로베르타 구나르스도티르 씨, 환영합니다'라는 메시지가 화면에 떴다. 잠시 머뭇거리던 오딘은 본격적으로 일을 시작했다. 업무와 관련한 파일만 살펴볼 생각이었다. 혹시라도 사적인 파일을 열면 바로 닫아버릴 것이다. 다소 비윤리적이지만 어쩔 수 없었다.

바탕화면에 파일이 하나도 없었다. 오딘으로서는 참 낯설었다. 온갖 파일이 바탕화면을 가득 채운 자신의 컴퓨터와 대조적이었기 때문이다. 화면 맨 아래 작업 표시줄에 열려있는 두 개의 워드 파일이 눈에 들어왔다. 둘 다 클릭했지만 놀랍게도 파일에는 아무것도 적혀있지 않았다. 파일명은 각각 크로쿠르에서 사망한 두 소년의 이름이었다. einar.docx, tobbi.docx. 그는 혹시 지워진 내용이라도 확인할 수 있을까 싶어 파일별로 실행 취소를 여러 번 클릭했지만 아무것도 나타나지 않았다. 로베르타는 이 파일에 무슨 내용을 작성하려고 했던 걸까. 아마도 보고서에 들어갈 내용은 아니었을 것이다. 설령 두 소년이 보호소에서 사망했다고 해도, 보고서의 목적은 그 사건 조사와는 무관했다. 보호소 직원들이 국가의 배상 책임을 발생시킬 만한 행위를 저질렀는지 확인하는 게 원래의 목적이었다.

다만 로베르타가 업무로 인한 정신적 어려움을 겪고 있었다는 신호임은 분명했다. 어쩌면 건강이 좋지 않았던 것 역시 어려움에 한몫 했을지 모른다. 그런 상황에서 보고서 초안을 작성하는 건 틀림없이 힘겨웠을 것이다. 딜리야의 주장대로 보고서가 로베르타를 아프게 한 가장 큰 원인은 아닐지 몰라도, 그 상황에서 감당하기에는 벅찬 일이었다. 몸이 좋지 않아서 일에 집중하기 힘들었을 테고, 그로 인한 스트레스가 쌓여 건강을 더 악화시키고, 또다시 조사는 더디게 진행되는 악순환의 고리에 빠졌을 수도 있다.

오딘은 컴퓨터의 여러 폴더를 살펴봤지만 텅 빈 워드 파일 두 개를 제외하고 크로쿠르와 관련된 파일을 찾아내지 못했다. 오딘은 민감한 개인적 메시지들이 담겨있을 이메일까지 확인해봐야 하는지 잠시 고민했다. 서버에는 크로쿠르와 관련해 로베르타가 받거나 보낸 메시지가 전혀 없었다. 그러므로 관련 이메일이 존재한다면 하드 디스크에 저장됐을 것이다. 그걸 확인하려면 지금 당장 이메일을 열어보거나 아니면 정식으로 공개 요청해서 몇 달 동안 기다려야 했다. 오딘은 컴퓨터의 이메일 프로그램을 열었다.

창이 뜨더니 온갖 리마인더가 줄줄이 화면에 나타났다. 회사 내부 미팅 신청이 두 건, 로베르타가 타고 다니던 작은 차의 오일 교체 예정일이 한 건, 결혼식 참석 일정이 한 건, 그리고 같은 날 오전에 미용실 예약이 한 건 있었다. 오딘은 로베르타가 갑자기 사망하는 바람에 예약 시간에 나타나지 못하리라는 걸 미용사가 사전에 알았을지, 아니면 예약 시간이 다 되도록 나타나지 않는 손님을 조바심내며 기다렸을지 궁금했다. 그는 리마인더를 차례로 닫아버렸다. 그리고 예전 크로쿠르 수감자들과의 미팅 일정이라든가 다른 관련 일정이 나오지 않을까 하는 기대로 캘린더를 살펴보았다. 아무것도 없었다.

받은 메일함에는 100개쯤 되는 메시지만 남아있었다. 그 중 열여섯 개는 읽지 않은 상태였다. 오딘은 최근에 들어온 메시지의 제목을 훑어보았지만 대부분 광고이거나 은행에서 보낸 출금 예정 알림 메일이었다. 굳이 열어볼 필요조차 없었다. 계속해서 제목을 읽어내려가던 오딘이 단서가 될 만한 이메일 하나를 발견했다. 지메일 계정으로 보낸 그 메시지에는 '크로쿠르-긴급'이라는 말머리가 붙고, 중요성을 강조하기 위해 느낌표까지 덧붙였다.

오딘은 기대감에 차서 메시지를 열었다. 지금껏 아무것도 찾지 못한 스스로가 멍청한 참견쟁이처럼 느껴졌지만, 단서가 될 만한 정보를 하나라도 발견한다면 상황은 달라질 수 있었다. 눈을 의심하며 껌뻑거리던 오딘은 제대로 이해한 건지 확인하기 위해 메시지를 다시 읽었다. 강렬한 효과를 주는 큰 글씨로 써내려 간 문장은 다음과 같았다.

참견하기 좋아하는 망할 년.
긁어 부스럼 만들지 마.
안 그러면 후회하게 될 거야.

오딘은 같은 발신자에게서 온 메일을 부랴부랴 불러냈고, krokurcarehome@gmail.com이라는 계정으로부터 로베르타가 비숫한 메시지를 일곱 번 받았다는 사실을 확인했다. 로베르타는 왜 이 사실을 알리지 않았을까? 다른 사람에게 알렸지만 오딘에게는 전달이 안 된 것일까? 일곱 개의 메시지 모두 전달된 흔적이 없었다. 이로 미루어 로베르타는 아마도 협박성 메시지에 대해 침묵했을 것이다. 오딘은 메시지들을 순서대로 읽기 시작했다.

처음에는 정중한 어조로 시작했다. 첫 번째 메시지에서 발신자는 로베르타에게 크로쿠르에 관해 제발 들추지 말아달라고 부탁했다. 그 누구에게도, 특히 그곳에 있었던 수감자들에게는 더욱 더 도움이 되지 않는다는 게 이유였다. 하지만 40년 가까이 지난 일에 대해 전 수감자들이 신경 쓸 가능성은 낮았다. 로베르타는 공식적인 어조로 조사 중단 요청은 받아들일 수 없다고, 다만 조사와 관련해 얼마든지 정식으로 항의서를 제출할 수 있다고 답신했다. 이게 불난 집에 기름을 붓는 격이 되고 말았다. 메시지를 보낼 때마다 발신자의 분노는 격렬해져서, 조사를 계속 진행할 경우 상황은 더욱 끔찍해질 거라고 협박하는 수위까지 올라갔다. 오딘은 얼른 협박 메일을 자신의 계정으로 전달했다. 아무도 없는 사무실에서 그런 메시지를 곱씹고 싶지는 않았다.

불현듯 사무실에 있는 것보다 집에 가는 게 낫겠다는 생각이 들었다. 혼자라는 사실이 소름끼칠 만큼 선명하게 다가왔다. 자리에서 일어나 탁 트인 사무실을 둘러보는데 그림자가 빠르게 책상 밑으로 숨는 걸 본 듯한 느낌이 들었다. 안 그래도 어두침침한 조명을 아예 덮어버리기라도 하겠다는 듯 그림자가 밖으로 기어 나왔다가 그의 눈에 띄지 않게 다시 숨어버린 것만 같았다. 오딘은 자기 책상에만 불을 켜놓은 걸 후회했다. 탕비실 근처에서 뭔가 움직이는 소리가 들리는 듯하자 오딘은 컴퓨터 화면을 끄고 서둘러 사무실을 빠져나왔다. 사무실 문을 닫고 나오기 직전, 그는 분명 의자가 움직이는 소리를 들었다고 생각했다. 룬의 외할머니 댁 근처 편의점에 자리를 잡고서야 제정신이 돌아온 기분이었다. 그에게 지금 가장 필요한 커피는 없었지만 대신 코카콜라와 신문을 샀다. 그는 토막 광고까지 포함해 신문 1면부터 끝까지 다 읽고 나서야 자리에서 일어나 룬을 데리러 갔다. 20분쯤 일찍 가는 게 무슨 대수겠는가? 오히려 룬은 기뻐할 것이다.

장모가 현관문을 열어주자 룬이 달려나와 오딘의 품에 안겼다. 장모의 표정은 더 안 좋아졌다. "자네 일찍 왔군." 장모는 표정만큼이나 괴팍한 투로 말했다.

"네, 폭설이 내린다는 예보가 나와서. 괜히 늦게 왔다가 도로에서 꼼짝 못하고 갇힐까봐요. 제 차는 사륜구동이 아니거든요."

"언제 폭설 예보가 없던 적이 있었나?"

"다음번에는 날씨가 좀 나아지겠죠."

"그럼 그 다음번이라는 건 정확히 언제인가? 또 한 달이나 있다가 데려오는 일은 없었으면 좋겠네."

"네, 그런 일은 없어야죠." 오딘은 룬에게 어서 신발을 신고 나가자는 신호를 보냈다. 그는 걱정스러울 정도로 마르고 수척해진 얼굴로 팔짱을 낀 채 서있는 장모를 보며 어색하게 웃었다. 장모에게 묻고 싶은 게 많았지만 룬 앞에서는 차마 물을 수가 없었다. 그는 세상에 가족이라고는 오직 둘뿐인 라라와 장모가 얼마나 가깝게 지냈는지 잘 알았다. 이혼한 뒤로 라라는 장모에게 많은 도움을 받았을 테고, 당연히 장모는 사고가 나기 전까지 라라가 어떻게 지냈는지 누구보다 잘 알 것이다. 틀림없이 장모는 로에와 관련된 상세한 사연들도 알 테고, 로에가 홧김에 라라를 창밖으로 밀었을 가능성 여부도 판단할 수 있을 것이다.

하지만 룬이 옆에 있었다. 지금은 그런 주제를 꺼낼 수 있는 자리가 아니었다. 그렇다고 장모와 둘이 따로 만나 그 문제에 대해 상의하는 것도 상상할 수 없었다. 그는 로에에 관한 사실뿐 아니라 사고 현장에 대해 자세히 알고 싶었다. 룬이 어떤 반응을 보였는지, 혹시라도 룬이 사고에 관해 뭔가를 보거나 들었으면서도 엄마처럼 목숨이 위험해질까봐 침묵하는 건 아닌지 확인하고 싶었다. 또한 그날 아침 빨랫감을 라라에게 가져다주던 때, 가령 로에의 모습을 봤다든지 뭔가 수상한 점은 없었는지 듣고 싶었다. 그가 알기로 경찰은 그런 질문을 하지 않았고, 그 점이 오딘은 이상스러웠다. 어쩌면 질문을 했으나 답을 듣고는 의문이 풀려서 보고서에 포함하지 않았을 수도 있었다.

"안녕, 우리 강아지. 금방 또 놀러 오거라." 장모는 몸을 수그려 마른 입술로 손녀의 머리에 입을 맞췄다. 룬은 달갑지 않은 표정으로 가만히 서있기만 했다. 그는 딸에게 외할머니와 언제부터 사이가 안 좋아졌는지, 혹시 그게 엄마의 죽음과 관련 있는지 묻고 싶었다. 외할머니가 엄마의 죽음을 전해주는 역할을 했으므로 아이의 입장에서는 메신저를 용서할 수 없었는지도 모른다.

차에 타자마자 룬은 안전벨트를 맸고 오딘은 딸의 어깨에 손을 살짝 올렸다. "착한 손녀딸이네. 외할머니는 널 사랑하니까 자주 보지 못하면 슬퍼하실 거야. 살아가다 보면 때로 우리가 좋아하지 않는 일도 해야 해. 특히 가장 아끼고 사랑하는 사람들이랑 관련되어 있을 때는 말이야. 나중에 네가 크고 나면 외할머니랑 연락하고 지낸 걸 다행이라고 생각할 거야."

"관련되었다는 게 무슨 뜻이야?" 룬이 무표정하게 물었다.

"아빠 말은, 세상에서 너를 누구보다 더 사랑하는 할머니를 기쁘게 해드렸다는 뜻이야. 할머니한테는 이제 너 말고 아무도 없잖아." 오딘은 미소를 지어보였지만 룬은 알아채지 못한 채 앞만 쳐다보고 있었다. 그는 이렇게 덧붙였다. "물론 할머니가 아빠는 별로 안 좋아하시지만 말이야."

"할머니는 못됐어." 룬이 입을 꾹 닫아버리자 오딘도 더 이상 말하지 않았다. 차에 시동을 걸고 일방통행로를 빠져나가던 그가 예전에 살던 집을 발견했다. 시선을 아래로 깔았지만 페인트가 벗겨진 골함석 지붕을 둘러보다가 이내 라라가 떨어진 창문에 눈길이 닿았다. 아파트는 여전히 팔리지 않은 상태였고 어두운 창문으로는 아무것도 알아낼 수 없었다. 오래된 기억이 떠올랐지만 어떤 이유에선지 그 기억을 자세히 들여다보고 싶지 않았다. 차가 아파트를 지나쳤을 때 그는 비로소 안도했다.

9장

1974년 1월

하콘의 담배가 빨갛게 빛을 내자 회색 연기가 피어오르다가 이마 높이쯤 다다랐을 때 지그재그를 그리며 맴돌았다. 알디스는 의자에 앉아 빈둥거릴 시간이 생겼다는 걸 기뻐하며 하콘이 세탁기 수리하는 모습을 지켜보았다. "왜 여기서 일하세요?" 그녀 스스로도 왜 이런 질문을 던지는지 알 수 없었다. 하콘과 말리, 스타이니와 같은 지붕 아래 수 개월을 같이 살았지만 한 번도 이런 질문을 하지 않았다. 세 사람 다 날씨에 관해 엉뚱한 말을 내뱉는 걸 제외하고는 거의 말도 하지 않았다. 알디스 때문에 쑥스러워서는 아니었다. 그들은 셋이 있을 때도 서로에게 말을 걸지 않았다.

하콘은 놀란 얼굴로 천천히 뒤돌아봤다. 알디스의 호기심으로 인해 그가 모욕감을 느낀 건지, 아니면 자신에 대해 말할 기회를 기다려왔는지 알 수는 없었다. "내가 왜 여기서 일하냐고?" 잠시 생각할 시간이 필요한 듯 머뭇거리는 하콘의 표정은 썩 즐거워 보이지 않았다. "글쎄 나도 모르겠네. 나 같은 남자들은 이것저것 따질 처지가 아니거든."

"왜요?" 이번에도 알디스는 불쑥 말부터 내뱉었다.

스패너가 바닥으로 떨어지며 벽에 있는 파이프에 부딪혀 쨍그랑 소리를 내자 두 사람 다 화들짝 놀랐다. 특히 알디스가 더 놀랐다. "그 망할 술을 끊어야 했어. 여기가 술 끊기에는 최고거든. 보다시피 유혹이 없잖아. 눈을 씻고 봐도 없지."

이제 알디스는 생각에 잠겼다. 릴리야의 말이 맞았군. 별로 놀랍지도 않은 사실이었다. 하콘은 외모에서부터 술을 적당히 마시는 것과는 거리가 멀어보였다. 얼굴엔 주름이 깊게 팬 데다 피부는 붉고 거칠었고, 머리칼은 오래된 인형의 그것처럼 얇아져 있었다. 치아도 엉망이었다. 이가 아직 붙어있기는 했지만 간격이 넓게 벌어져서 알디스는 항상 하콘이 사과를 한 입 베어물고 나면 이 한두 개가 사과에 박혀있을 것만 같은 느낌이 들었다. "계속 여기서 지낼 생각이세요? 술이 없다는 이유 때문에요?"

하콘은 앙상한 어깨를 으쓱했다. "그럴지도 모르지. 어차피 갈 곳도 없어. 적어도 여기 있으면 먹고 자는 건 해결할 수 있잖아." 그는 담배를 손으로 잡지도 않고 한 모금을 빨아들였다. 그가 연기를 빨아들이는 사이 고개를 쳐드는 듯하던 담배가 이내 늘어졌다.

"그렇지만 살 곳은 많잖아요. 전 이곳을 떠나면 세 들어 살 거예요. 시내에서요."

하콘은 혀로 볼 안쪽을 쭉 밀었다. 그렇게 하니 볼의 주름이 펴졌다. 살을 조금만 찌우면 그렇게 못생긴 얼굴은 아니었다. "레이캬비크에 너한테 세를 줄 방이 있을진 몰라도 난 다르거든. 너는 어리고 예쁜 데다 앞날이 창창하잖아." 그는 다시 담배를 한 모금 빨았다. 이번에는 유독 짧은 한 모금이었다. 들이마시고, 내쉬고. "기회가 있을 때 현명하게 써. 나처럼 되고 싶지 않으면."

자기도 모르는 사이 알디스의 얼굴에 언짢은 표정이 떠올랐다. 하콘은 쉰 목소리로 웃었지만 상처받은 게 분명했다. 어떻게 해야 그의 기분을 풀어줄 수 있을지 몰랐기 때문에, 알디스는 그저 말없이 앉아 하콘이 일하는 모습을 지켜보았다. 그는 마지막으로 한 모금을 더 빨아들이더니 페인트가 칠해진 바닥에 꽁초를 밟아 껐다. 바닥에 남은 검은 자국은 알디스가 나중에 닦아내야만 했다. 하콘이 어쩌면 일부러 그랬을지 모른다는 생각이 들었다. 그의 기분을 상하게 한 것에 대해 소심한 복수를 한 걸지도 모른다.

하콘은 입도 벙긋하지 않고 세탁기 수리를 마쳤다. 낡은 도구들을 챙겨 나가던 그가 문가에 선 채 머뭇거리다 뒤돌아 생기 없는 눈으로 알디스를 똑바로 응시했다. "내가 너라면 당장 그만두겠어. 여기서 얼쩡거릴 이유가 없지. 여긴 젊은 여자가 있을 곳이 못 돼. 알디스, 네 자린 여기가 아니야." 그가 잠시 알디스를 바라보다가 말을 이었다. "행여 여기 있는 누구랑 엮였다가는 큰 코 다치게 될 거야. 내가 너라면 여길 벗어날 거라고. 내 말 들어. 여기 있는 남자애들한텐 미래가 없어."

하콘은 얼굴이 새빨개진 알디스를 남겨두고 나가버렸다. 내가 에이나르에게 반한 게 빤히 보였나? 다들 그렇게 쑥덕거리고 있는 걸까? 그 생각만으로 머리가 어지러웠다. 알디스가 절대 참을 수 없는 게 있다면 누군가 뒤에서 그녀에 대해 속닥거리며 비웃는 짓이었다. 그런 일이라면 학교에서 이미 충분히 겪었다.

알디스는 지옥 불구덩이에 적을 하나씩 던져넣듯 산더미처럼 쌓인 더러운 시트를 하나씩 집어넣기 시작했다. 모든 것에 화가 났지만, 스스로에게 제일 화가 났다. 시트가 세탁기 안에서 빙글빙글 돌아가는 모습을 지켜보고 있자니 마음이 좀 가라앉는 듯했다. 상관없었다. 다른 사람들의 생각을 바꾸는 건 그녀의 힘으로 불가능한 일이니까. 하지만 하콘의 말에 그녀는 정곡을 찔렸다. 그가 옳았다. 여기서 시간낭비할 이유가 하나도 없었다. 이미 충분한 돈을 모았기 때문에 아껴 쓰기만 하면 새 직장을 구하는 몇 달 동안 버틸 수 있었다. 물가가 갑자기 치솟은 게 안타까울 뿐이었다. 그녀가 이곳에 취직하고 저축을 시작한 이후로 물가는 급격하게 올랐다. 월세는 집을 처음 알아보기 시작할 때보다 훨씬 더 비싸졌고, 월세 광고마저 눈에 띄게 줄어들었다.

서둘러 움직여야 했다. 빠를수록 좋다. 날이 풀리는 봄까지 기다리다가 직장을 알아본다던 처음 계획은 사실 바보 같은 생각이었다. 날이 춥든 덥든 무슨 상관인가? 일찍 이곳을 떠날수록 그녀가 원하는 곳에 안착할 확률도 높아질 것이다. 그녀가 살고 싶은 곳은 이곳도 고향 마을도 아니었다.

어두컴컴한 밖으로 나가자 알디스의 굳은 결심이 약간 흔들렸다. 저녁 8시밖에 안 되었건만 코앞조차 보이지 않았다. 그녀의 머리 위에서 새가 낮게 짹짹거리는 소리가 들렸다. 먹이를 줄 시간이라며 새가 보내는 신호였다. 하지만 내일 아침까지 기다리는 수밖에 없었다. 어쩌면 그저 자기가 그곳에 있다고 알리는 것일지도 몰랐다. 알디스가 시내로 떠나버리면 딱한 새는 살아남지 못하리라. 크로쿠르의 사람들이 새에게 먹이를 챙겨줄 리 만무했다.

원래 계획대로 봄까지 기다리는 게 합리적인 선택일까? 새 한 마리 때문이 아니었다. 알디스는 겨울의 어둠이 싫었다. 겨울은 너무도 적막해서 설령 레이캬비크라고 해도 혼자 견뎌낼 수 있을지 자신이 안 섰다. 물론 아직 잠들지 않은 사람들의 방에서 흘러나오는 불빛이 전부인 이곳과 달리 도시에는 가로등이 있지만 말이다. 모두 잠들고 나면 이곳은 달의 이면 같은 상태로 빠져든다.

축축한 한기가 뼛속까지 파고들었다. 릴리야의 집 1층에 있는 세탁실로 나오기 전에 카디건을 걸쳐 입었건만, 지금 그녀는 바람막이 점퍼를 입지 않은 걸 후회했다. 진눈깨비가 골함석 지붕을 때리자 알디스는 달리기 시작했다. 숙소에 반쯤 다다랐을 때 본관 출입문이 열려있는 게 보였다. 문은 바람에 앞뒤로 흔들렸지만 건물 안은 어두워서 아무것도 보이지 않았다.

발걸음을 늦춘 알디스는 모른 척 지나갈까 잠시 고민했다. 그러나 다음날 아침 출근했을 때 본관 바닥이 다 젖어 엉망진창이 돼있을 걸 생각하니 지금이라도 가서 닫는 게 낫겠다는 생각이 들었다. 게다가 진눈깨비에 옷이 이미 다 젖은 상태였다. 그녀는 바람에 흩날리는 눈을 피하기 위해 고개를 푹 숙인 채 본관을 향해 달렸다. 처마 밑에 이르러서야 그녀는 고개를 들고 머리에 앉은 눈가루를 털어냈다. 출입문이 앞뒤로 흔들리고, 기름칠할 때가 한참 지난 경첩에서 끼익 소리가 났다. 문손잡이를 잡고서야 그녀는 그날 저녁 마지막으로 본관을 나선 사람이 자기라는 걸 기억해냈다. 본관 나설 때 문을 제대로 닫았다. 틀림없었다.

"저기요? 안에 누구 있어요?" 그녀는 문에서 손을 뗐다. 대답이 없었다. 알디스가 귀를 기울였다면 문 바로 앞 괘종시계가 똑딱거리는 소리까지 들을 수 있을 정도였다. 그녀는 숙소로 달려가서 세탁기 수리를 마치고 자기 방으로 돌아갔을 하콘을 데려오고 싶었다. 그러면 알디스와 함께 본관으로 와서 아무 이상이 없는지 확인했을 것이다. 저녁식사 이후 식당에 볼 일이 생길 사람은 아무도 없었다. 릴리야와 베이가르의 집에는 따로 주방이 있었고 직원 숙소에도 차를 끓여마실 수 있는 시설이 작게나마 마련돼 있었다. 틀림없이 소년들 중 하나가 숨어들었을 것이다. 어쩌면 두 명 이상일 수도 있었다. 소년들의 숙소를 흘끔 쳐다보니 아직 불이 꺼지지 않은 상태였다. 이렇게 춥고 눈도 내리는데 하콘이 본관까지 끌려나오는 걸 기뻐할 리도 없었다. 그녀는 다시 소리쳤다. "안에 숨어있다면 지금 당장 나오는 게 좋을 거야. 이제 곧 문을 잠가버릴 거니까. 릴리야가 내일 아침에 와서 여기 숨어있는 걸 알게 되면 하나도 재미없을 걸." 사실 본관 문은 절대 잠그는 법이 없었고 그녀는 열쇠를 가지고 있지 않았다. 다만 아이들이 그 사실을 알 리 없었다.

여전히 아무런 대답도, 소리도 들리지 않았다. 어쩌면 헐겁게 닫힌 문이 바람에 저절로 열렸을지도 모른다. 알디스는 그 자리에 뻣뻣하게 굳은 채 어둠속을 응시했다.

바닥에 젖은 발자국이 나있었다. 알디스는 자세히 보기 위해 몸을 낮췄다. 역시, 젖은 발자국이었다. 누군가 안으로 들어갔다. 그것도 바로 전에. 설거지를 끝내고 빨래하러 나갈 때만 해도 바닥은 말라있었다. 소년들 중 발이 큰 아이는 여러 명이었다. 따라서 발자국이 남자 직원의 것인지 소년들의 것인지 알 수는 없었다. 다만 발자국은 안을 향했고, 그게 누구든 분명 아직 밖으로 나오지 않았다. "저기요?" 알디스의 목소리는 작고 떨렸다. 그녀가 원하는 강한 목소리가 아니었다. 안에 숨은 사람은 지금쯤 두려워할 필요가 없다는 걸 눈치챘을 것이다. 바람에 흔들리던 문이 닫히려 하자 알디스는 문을 밀어 열었다. 아무도 없는 홀과 텅 빈 복도가 시야에 들어왔다. 홀과 복도에 아무도 없다는 걸 확인한 알디스는 조심스럽게 안으로 더 들어가 조명 스위치로 손을 뻗었다.

천정에 달린 더러운 조명이 번쩍하며 누런 빛을 발했다. "여기 있는 거 다 알아." 조명 덕분에 실내가 환해지자 알디스는 용기를 얻어 목소리에 힘을 주었다. "당장 나오지 않으면 내가 찾으러 갈 거야." 그녀는 주워담지도 못할 말을 내뱉었다. 어딘가 숨어있을 불청객을 혼자 찾으러 가고 싶긴 한 건지, 확신할 수도 없었다. 안쪽에서 목소리가 들렸지만 알디스는 그게 무슨 소리인지 분간할 수 없었다. 너무 희미해서 말소리인지 신음인지조차 가늠하기 어려웠지만, 전혀 무서워할 필요가 없다는 것만큼은 확실했다. 무서워하기에는 너무 애처롭게 들렸다. 알디스는 더 잘 듣기 위해 한 발짝 안으로 더 들어갔다. 어쩌면 개나 도둑고양이처럼 떠돌아다니던 동물이 쉴 곳을 찾아 식당으로 들어왔을지도 몰랐다. 하지만 동물이라면 문을 열거나 신발을 신지는 않았을 것이다.

본관 밖에서 웅웅거리는 소리가 바람이 더 거세질 것을 예고했다. 그걸 확인시켜주듯 문이 안으로 밀려들면서 알디스와 부딪혔다. 그녀가 부딪힌 팔을 문지르는데 문이 뒤에서 쾅하고 닫혔다. 알디스는 웃음을 꾹 참았다. 이건 그저 웃기는 상황이었다. 위험과는 거리가 멀었다. 그녀 혼자 야단법석을 떨며 스스로를 초조하게 만드는 것이다. 숨어든 사람은 그녀를 해칠 마음이 조금도 없었다. 그녀가 해야 할 일은 그 사람을 찾아 밖으로 쫓아내는 것뿐이었다. 이보다 더 간단할 수가 없다. 발자국도 한 사람의 것이었으니 남자애들을 떼거지로 마주칠지 모른다는 걱정조차 필요 없었다. 양말만 신고 안으로 들어온 게 아니라면 말이다. 아무리 생각해봐도 출입문 앞에 신발이 놓인 건 보지 못했다. 나이가 많다는 장점 덕에 소년 한 명은 어찌 처리할 수 있을지 몰라도 두 명 이상은 곤란했다. 이런 생각을 하면서 복도로 걸어 들어가 조명을 하나 더 켰다. 작고 조심스러운 그녀의 발자국 소리는 내심 자신감을 회복했다는 생각이 착각이었음을 증명했다.

"어디 있는 거야?" 여전히 대답이 없었다. 어디서부터 뒤져야 할지 생각하던 알디스에게 뻔한 답이 떠올랐다. 젖은 발자국이 복도를 따라 안으로 향해 있었다. 발자국은 갈수록 흐릿해졌지만 그럼에도 식당 안으로 들어갔다는 것만은 분명했다. 거기에 대체 뭐가 있다고. 식당에는 테이블과 의자, 낡아빠진 식탁보 같은 집기를 보관하는 사이드보드뿐이었다. 은식기 류를 훔쳐가기 위해 도둑이든 거라면 번지수를 잘못 찾았다. 이 안에 돈이 될 물건은 하나도 없었다.

알디스는 식당 문으로 향하면서 자신이 까치발을 들고 조심스럽게 걷고 있다는 걸 알아차렸다. 이렇게라도 해서 숨어있는 사람을 불시에 덮칠 수 있다면 그만한 보람이 있을 것이다. 만약 나이 많은 소년이 못된 짓을 하고 있던 거라면 잡히기 전에 당장 뒤돌아서 줄행랑을 쳐야 했다. 다섯 걸음, 네 걸음, 세 걸음. 불빛이 약해졌지만 꺼지지는 않았다. 갑자기 헉 하고 크게 숨을 쉬는 바람에 알디스의 비밀 작전은 물거품이 될 위기에 처했다. 안쪽에 있는 사람도 분명 소리를 들었을 것이다. 하기야 좀 전에 그녀가 불을 켤 때 이미 눈치를 챘겠지. 잠시 멈춰 두근거림이 가라앉길 기다리는데 발자국의 주인공이 내는 소리가 들려왔다. 조금 전처럼 이상한 쉰 소리였지만, 거리가 더 가까워졌으므로 더욱 선명했다. 남자아이들 중 하나인 듯했지만 이상할 정도로 목소리가 쉬어서 어떤 아이인지 분간할 수는 없었다. 어쩌면 다쳤을지도 모를 노릇이다. 머리를 세게 부딪혀 정신이 없는 상태에서 여기까지 들어왔을 수도 있다. 바닥에 피를 흘린 자국은 없었다.

안에서 다시 소리가 들려왔다. 이번에는 무슨 말인지 알아들었다. 알디스가 듣기로 소년은 이렇게 말하는 듯했다. "저리 가. 저리 가란 말이야." 알디스에게 하는 말일까, 아니면 잠결에 헛소리라도 하는 걸까? 몽유병에 걸린 아이가 있다는 이야기는 듣지 못했다. 또다시 안에서, 이번에는 뚜렷한 소리가 들려왔다. "저리 가. 저리 가라고." 소년의 목소리가 커졌다. 공포에 질린 목소리였다. 저 안에 다른 누군가가 함께 있는 걸까? 아이들이 딱히 알디스를 우러러보는 것은 아니지만, 그녀가 이미 몇 번이나 큰 소리로 외쳤기 때문에 밖에 있는 사람이 누구인지 모를 리 없었다.

조명이 다시 깜빡거렸다. 알디스는 정신을 바짝 차리고 문을 향해 남아있는 두 걸음을 내디뎠다. 뒤에 누가 있을지도 모르는 마당에 어둠속에 마냥 서있을 수는 없었다. 식당의 조명 스위치는 문에서 멀리 떨어진 곳에 있었기 때문에 불을 켜고 안을 들여다보기는 어려울 터였다. 식당 안으로 비치는 복도 불빛에 의지하는 수밖에 없었다. 약한 불빛 사이로 안쪽 어두운 식탁에 앉은 아이가 시야에 들어왔다. 등을 돌리고 앉은 탓에 누군지 확인할 수는 없지만 어린 아이들 중 하나라는 건 확실했다. 아이가 등을 돌린 채 다시 입을 열자 알디스는 등골이 오싹해졌다. "저리 가. 날 내버려둬."

"이리 와. 여기 있으면 안 돼." 아이가 제정신이 아니란 걸 확신한 알디스는 부드럽게 달랬다. 위험한 아이가 아니라서 더 혼란스러웠는지도 모른다.

아이는 눈에 띄게 천천히 뒤로 돌았다. 바로 그때, 알디스는 창백한 얼굴에 검은 눈을 보았다. "너한테 말한 거 아니야."

그 순간 알디스는 식당에 두 사람만 있는 게 아니란 걸 깨달았다. 복도의 조명이 약해지더니 눈앞이 캄캄해졌다.

10장

"딸과 함께 살기 이전의 감정 상태와 현재를 비교하면 어떤 생각이 드세요? 더 행복하다거나 불안하다거나 아니면 짜증이 난다거나, 뭐 그런 식으로요? 사람들은 때때로 여러 감정을 동시에 경험하기도 합니다." 나나라는 이름의 상담치료사는 오딘의 대답이 정말 중요하다는 듯 그의 눈을 지그시 바라보았다. 그게 아니라면 연기가 능숙하거나 비범한 공감능력을 지닌 사람이었다. 그녀의 명함에는 분명 아동 심리학자라고 나와있지만 성인 심리에 대해서도 알 만큼은 아는 듯했다.

오딘이 처음 전화했을 때 나나는 룬의 사례에 관심을 보이면서도 오딘을 먼저 만나겠다고 고집했다. 그녀는 환자에 대한 배경지식이 좀 필요하다고 덧붙였지만 지금 그녀가 던지는 질문은 여섯 달 전에 만난 슬픔치유 상담사의 질문과 무척 비슷했다. 오딘은 상담사가 정신적으로 민감한 부분을 이리저리 헤집도록 내버려두면서도 제발 더는 건드리지 않기를 간절히 바랐다. 사실 나나의 실력은 칭찬받을 만했다. 그녀는 심문을 마치 동등한 사람 간 대화처럼 위장하는 데 뛰어난 재능이 있었다. 게다가 젊고 예쁘다는 것 역시 큰 이점이었다. 솔직히 오딘은 이렇게 매력적인 여자와 한 시간을 함께 보낸다는 게 싫지만은 않았다. 질문에 대한 답을 미리 준비할 수 있었다면 참 좋았겠지만 전화한 당일, 마침 나나에게 빈 시간이 났으니 별 도리가 없었다.

"제 생각에 이제 어느 정도 마음이 진정된 거 같아요. 그 문제에 대해 제대로 생각해본 적은 없지만요." 말이 너무 퉁명스럽게 들린 것 같아 오딘은 좀 더 자세히 설명하고 싶었다. "특별히 뭔가에 대해 불안해하지는 않아요. 다만 룬이 청소년이 돼서 남자애들을 집으로 데려오면 어쩌나 하는 걱정은 있죠. 그것만 제외하면 잘 지낼 거 같아요. 지금 당장 내가 행복한지 아니면 슬픈지 말하기는 어렵네요. 아직 적응하는 단계니까요."

"대체로 예전이 더 행복했다고 생각하세요?"

"그보단 느끼는 감정이 다르다고 할까요. 예전에는 직장 다니면서 내 앞가림하는 것 말곤 걱정할 게 없었죠. 그런 상황에서 즐기며 사는 건 그리 어렵지 않아요. 사실 일에 대한 부담감은 예전이 훨씬 컸어요. 그걸 감당하는 데 문제도 없었죠. 아마 나 자신 말고는 다른 고민거리가 없어서 그랬겠죠."

"지금 이 상황은 두 분에게 굉장히 큰 변화예요. 따님의 환경은 180도 달라졌고, 선생님은 새로운 직장에다 사별을 경험하면서 가정생활에 변화가 생겼죠." 나나가 질문하지 않고 문장을 끝낸 건 이번이 처음이었다. 그녀는 다정하게 웃으며 구불거리는 머리칼을 귀 뒤로 넘겼다. 오딘은 그녀가 웃을 때 뺨 한 쪽에 깊게 보조개가 패는 반면 다른 한 쪽은 평평한 상태를 유지한다는 걸 알아챘다. 마치 한 뺨은 다른 쪽과 달리 별로 즐겁지 않은 것처럼.

"흠, 말씀을 듣고 보니 매우 심각한 상황처럼 느껴지네요. 솔직히 너무 짧은 시간 안에 많은 일들이 일어나서 기억이 좀 엉망진창이거든요. 룬과 그 문제에 대해 차분히 대화를 나누지도 못했으니 딸이 어떤 상태인지 짐작만 할 뿐이고요. 제 나름대로 노력은 했지만 별 효과는 없었어요. 제 잘못이죠. 딸이 화제를 돌리면 내심 안도했고 더 이상 캐묻지도 않았죠. 자칫 잘못하다간 아이를 혼란스럽게만 할 것 같았어요."

"따님이 어떻게 느끼고 있는지, 혹 예전에는 어떻게 느꼈는지 알아내려 애쓰실 필요 없어요. 그건 제가 알아낼 겁니다. 그런데 이 모든 변화가 일어나는 동안 잠을 제대로 못 주무셨나요?"

"네, 잘 못 잤어요." 오래된 일도 아닌데 기억은 희미했다. "당시 상황에 대해 깊이 생각하지 않고 있었어요. 그런데 우연히 예전에 처방받은 수면제를 발견하고 나서 룬이 들어온 후 불면증에 시달렸다는 사실을 기억해냈죠. 수면제를 복용하지는 않았습니다. 약 먹는 걸 싫어하거든요. 그냥 한동안 잠을 제대로 못 자고 말았죠. 아마 그게 실수였나 봅니다." 입 밖으로 내지는 않았지만 오딘은 수면 장애 때문에 두뇌신경이 손상을 입은 나머지 상상력이 과민해진 것은 아닌가 하고 생각했다. 어쩌면 평생 환각에 시달릴지도 모른다. 침을 꼴깍 삼키자 목젖이 위아래로 오르내렸다.

"아뇨. 아주 현명하게 행동하신 거예요." 나나가 미소를 지으며 말하자 오딘은 면접 자리에서 겨우 합격 통보를 받은 것 같은 기분이 들었다. "인간의 몸은 수면을 통해 정보를 기억 속에 보관해요. 쉽게 말하면 서류철을 해두는 거랑 비슷하죠. 그래야 나중에 꺼내 볼 수 있으니까요. 시험공부를 하고 나서 꼭 잠을 자야 하는 것도 같은 이유예요. 밤새워 공부하면 두뇌가 정보를 처리할 시간을 갖지 못해요. 정보가 기억 속 어딘가 저장돼 있지만, 그게 어딘지 찾지 못하는 거죠. 서류를 정해진 장소에 보관하지 않고 아무 데다 던져두면 나중에 필요할 때 찾을 수 없는 거랑 비슷한 원리예요. 그래서 밤새 뜬눈으로 지새우면 그 기간의 기억이 또렷하게 남지 못하죠." 다시 나나가 미소를 짓자 오딘은 모범적인 환자라도 된 기분이었다. 아마 그녀의 환자들은 다 같은 기분을 느낄 것이다. "제 말이 맞나요? 그 당시가 또렷하게 기억나세요?"

오딘은 잠시 생각에 잠겼다. 지금까지 단 한 번도 당시 기억을 자세히 떠올리려는 노력조차 하지 않았다. 잘못된 일이나 힘든 경험을 곱씹는 건 무의미하다고 생각했다. 과거에 잡혀 미래를 걱정하는 건 아무런 도움도 되지 않았다. 그의 경험은 그랬다.

"기억이 잘 안 나는 것 같아요. 굵직한 사건들이야 기억나지만 당시 어떻게 느끼고 생각했는지 정확히 떠오르지 않습니다."

자신의 말이 얼마나 나약하게 들릴지 잘 알지만 어쩔 도리가 없었다. 그는 창밖으로 시선을 돌려 도로를 보았다. 나나가 절대 말하고 싶지 않은 부분을 건드릴 경우에 대비해 그는 대답을 피하고 싶었다. 라라가 죽은 걸 알았을 때 어떤 감정이 들었는지 물어올 수도 있지만, 그 질문에 대해서는 깊이 생각하고 싶지 않았다.

라라가 바위처럼 단단한 땅 위에 떨어져 박살났을 때, 그는 밤새도록 술을 진탕 마시고 돌아와 누워있었다. 너무 피곤하고 술에 절어서 어떻게 집으로 돌아왔는지, 귀가하기 전 몇 시간 동안 어디에 있었는지조차 기억나지 않았다. 다만 총각 파티에 갔다가 오딘만큼이나 술에 취한 젊은 파티 주인공과 말다툼을 격하게 벌인 기억은 희미하게 남아있었다. 라라가 마지막 순간 스스로를 보호하기 위해 허망하게 두 팔을 들었을 때 그는 술에 취한 채 침대에 누워 코를 골고 있었다. 오딘은 자신이 얼마나 역겨운 행동을 했는지 얼굴에 드러내지 않으려고 애썼다. 나나의 호기심을 자극하고 싶지 않았다. 자신이 무슨 짓을 했는지 시인해버리면 나나의 사랑스러운 미소는 일그러질 것이다. 나나가 자신을 경멸하는 건 원치 않았다. 게다가 그는 이제 다른 사람이 되었다. "나쁜 기억을 엉뚱한 자리에 두었다면, 굳이 그걸 다시 들추어서 제자리에 돌려놓는 게 의미가 있을까요?"

나나의 미소에서 어딘가 작위적인 느낌이 났지만 그녀는 능숙하게 말을 이어갔다. "글쎄요, 아닐 수도 있죠. 저는 그저 무슨 일이 일어났는지 파악하고 싶은 거예요. 그래야 따님에게 도움을 줄 수 있으니까요. 어쩌면 아버님한테도 도움을 드릴 수 있고요. 현재 이상한 감각지각을 경험한다고, 또 그게 전처의 사고와 관련이 있을지 모른다고 말씀하셨죠. 그게 상당히 특이한 경험이다 보니 전반적인 상황을 이해하려는 겁니다. 아버님의 말씀을 참고하면 여전히 과거의 사건을 이해하려 분투 중이시고, 그런 노력이 이런 방식으로 발현될 수 있어요. 어떤 것을 인지하지 않는다고 해서 그게 존재하지 않는 건 아니니까요. 따님이 저와 상담을 받는 동안 아버님도 따로 상담 받으시는 걸 강력하게 추천드립니다. 예전에 만나셨다는 선생님도 상당히 높게 평가받는 분이세요."

오딘은 예상치 못한 제안에 당황했다. 그는 벽에 걸린 커다란 미니멀리즘 디자인의 시계를 흘끗 쳐다보았다. "그렇지만 그분이 무슨 수로 환각을 멈추게 할 수 있겠어요? 아무리 조심스럽게 표현한다고 해도 저는 이미 진절머리가 났습니다. 그러니까 지금 당장 조언이라도 해주시면 정말 고맙겠습니다."

"죄송하지만 그리 간단한 문제가 아니에요. 저한테도 마법의 비결 같은 건 없습니다. 정말로 상담 치료를 원치 않으시면 제가 지역 보건의에게 신경 안정제를 처방해달라고 요청할 수는 있어요. 선생님이 말씀하신 것과 유사한 증상에 시달리는 환자들이 약을 복용하면 효과가 있다는 게 입증됐거든요. 제가 말씀드리고 싶은 건 이겁니다. 인간에게는 주변에서 발생하는 온갖 소음과 움직임을 어느 정도 차단하는 능력이 있어요. 그렇지 않고 자극 요인에 모두 반응하다 보면 아마 미쳐버리겠죠. 인간이 현재 도시나 사회 같은 공동체 속에서 살기 시작하며 발달한 일종의 방어기제예요. 주변 소음을 자동적으로 걸러서 인식하는 거죠. 제 소견으로는 모종의 정신착란으로 인해 불안감과 상시적인 각성 상태에 시달리는 것 같습니다. 예전에는 전혀 알아차리지 못했던 소리와 광경을 인지하는 거죠. 안정제를 복용하면 증상이 완화될 테고요. 단, 상담 치료를 받으셔도 같은 효과를 보실 수 있습니다."

"고맙습니다만, 괜찮습니다." 오딘은 정신과 의사를 만나거나 안정제를 털어넣어야 할 정도로 증세가 심각하지 않았다. 정기적으로 의사를 찾아가 미니멀리즘 스타일 방에 앉아서 스스로에 대해 지루한 말만 늘어놓는 짓은 할 수 없었다. 모르긴 해도 안정제 역시 중독은 물론이거니와 별의별 부작용을 동반할 것이다. "다른 방법이 있을지도 모르겠다는 생각이 들었어요. 최면이라든지, 뭐 그런 거요. 여기서 당장 받을 수 있는 치료법으로."

나나가 웃음을 터뜨렸다. "다양한 치료법을 사용할 자격은 있지만, 저는 아이들만 치료합니다. 이 자리는 룬을 위한 거지, 아버님을 위한 자리가 아니에요. 한 번의 상담으로 완치되어 이곳을 걸어 나가고, 모든 게 정상으로 돌아가는 마법 같은 치료법도 없고요. 다만 아버님이 원하는 게 그런 종류라는 점만은 잘 기억하겠습니다."

오딘은 굳이 부인하지 않았다. 빠른 치료법을 찾으려는 욕심이 부끄러울 건 없지만, 그럴 가능성은 낮아보였다. "혹시 제가 미쳐 가는 걸까요?"

"아뇨, 그렇게 생각하지 않습니다. 하지만 이건 제 생각일 뿐이라는 점, 명심하세요. 제대로 진단하기에는 제가 아버님에 대해 아는 게 없으니까요. 말씀하신 대로 사람은 다양한 방식으로 무너지기도 하죠. 누군가를 쳐다보기만 해서는 그런 징후를 알 수 없고요. 다만 크게 걱정하실 필요는 없어보입니다."

오딘이 바라던 대답은 아니었다. 그 질문을 한 건 딱 잘라서 '아니오'라는 대답을 듣기 위해서였다. "제 자신에 대해서는 크게 걱정 안 합니다. 이런 거지 같은 상황이 한동안 이어진다고 해도 괜찮아요. 제가 걱정하는 건, 아시다시피 룬이에요. 자기 감정에 대해 거의 말을 안 하는데, 엄마에 관한 악몽에 시달리고 있어요. 딸아이가 저와 비슷한 증상을 겪는 건 아닌지 걱정스럽습니다. 제가 아무리 최선을 다하더라도 아이에게 충분한 도움이 되지 않는 듯해서요." 오딘은 겁쟁이처럼 보이지 않으려고 어깨를 폈다. "아이가 상황을 극복하는 데 도움이 되는 거라면 뭐든 할 준비가 돼있습니다." 정신과 의사를 만나거나 안정제를 복용하는 건 제외하고 말이다.

"두 분의 증상이 같은 시기에 시작되었나요?" 나는 처음으로 오딘의 말을 심각하게 받아들이는 듯했다. 불길한 징조였다. "두 사람이 같은 환각 증세를 경험하는 건 아주 이례적이거든요. 더구나 환각이 같은 시기에 시작되었다면요."

"룬은 저와 살기 시작하면서 그런 증상을 보였어요. 그럴 수밖에 없는 게, 엄마를 잃은 직후였거든요. 그런데 최근에는 증상이 좀 달라졌습니다. 예전에는 밤에 잠도 자고 지금처럼 쉽게 겁을 먹지도 않았어요. 그냥 멍한 정도였죠." 오딘은 잠시 생각에 잠기다가 말을 이었다. "네, 비슷한 시기에 시작된 거 같네요."

"증상이 시작된 시기에 무슨 일이 있었나요? 증상이 나타난 시기 전후로 어떤 변화라도 있었나요?" 나는 시선을 떨구고 말했다. "가령 아버님한테 새 여자친구가 생겼다든지요."

"아뇨, 그런 건 없었습니다."

"그럼 직장에서는요? 일 때문에 중압감을 느끼시나요?"

오딘은 자기도 모르게 웃고 말았다. "전혀 아닙니다. 부담이 큰 일은 아니거든요. 드디어 제대로 된 프로젝트를 배정받긴 했는데,

제 바람과 달리 좀 더디게 진행되고 있어요. 그러니까 상황이 변하긴 한 셈이죠. 좋은 쪽으로요."

"선생님이 인정하시는 것보다 부담감이 더 크지는 않을까요? 그래서 본인도 모르는 사이에 아이를 속상하게 만들 수 있죠. 혹시 집에 일감을 가지고 가시나요?"

"그 정도는 아니에요. 예전과 비교해서 이번 일은 마감일에 맞춰야 하는 정도죠. 그게 전부예요. 마감일도 제가 직접 정하면 되고요. 룬에게 영향을 미칠 만한 일은 전혀 아닙니다."

나나는 믿지 못하겠다는 표정을 지었다.

사무실로 돌아와 회의를 준비하는 오딘에게 헤이미르가 어디 다녀왔냐고 물었다. 호기심이 가득한 표정이었다.

"병원에 갔다 왔어요." 정신과 의사를 만나고 왔다는 말까지 할 생각은 없었다.

"설마 심각한 건 아니겠지?" 헤이미르의 눈이 반짝였다. 무슨 일인지 궁금해죽겠으니 비밀을 알려달라는 눈치였다.

"아, 아뇨. 심각한 거 아닙니다."

"다행이네. 자네처럼 젊은 친구가 병원을 다니면 걱정스러운 일이지. 자네가 아무것도 아니라 하니 불안해할 필요는 없겠군."

"아무것도 아니라고 하지는 않았습니다. 심각한 게 아니라고 했죠." 왜 자신이 이처럼 헤이미르를 헷갈리게 하는 건지 오딘도 알지 못했다. 대체 왜 이 무해한 남자를 초조하게 만드는 걸까? 오딘의 인생이 엉망인 건 그의 잘못이 아니었다. 오히려 헤이미르는 그에게 일거리를 주지 않았나? 만약 그가 아직도 형의 회사에서 일하며 끊임없이 집을 비웠다면 그와 룬이 어떻게 됐을지 누가 장담하겠는가? "그건 그렇고, 크로쿠르의 전 수감자들을 만나 이야기를 들어볼까 생각 중입니다. 그럴 의향이 있다면 말이죠. 하지만 사전에 국장님 허락을 먼저 받고 싶었습니다. 욕먹을 수 있는 일은 하고 싶지 않아서요."

"그게 왜 욕먹을 일인가?" 헤이미르는 다소 걱정스러운 표정을 지었다. 약시인 눈이 또 어느 한 곳을 쳐다보고 있었다. 그는 두 손으로 보이지 않는 먼지라도 닦아내듯 반짝이는 텅 빈 바탕화면을 문질렀다. 평소처럼 그는 너무 깔끔한 정장에 넥타이를 매고 있었다. 거의 열리지도 않는 부처 간 회의라는 만일의 사태에 만반의 준비가 된 모습이었다.

"제가 인터뷰한 사람 중 누군가 사태의 심각성을 알아채고 언론 인터뷰라도 한다고 생각해보세요. 지금까지 나서는 사람이 하나도 없었는데 이제 와 평지풍파를 일으키는 건 그리 현명한 처사는 아니죠. 반면 예전 수감자들의 목소리가 한 마디도 언급되지 않으면, 그건 보고서로서 가치가 없는 셈이고요. 제가 현재 입수한 자료들은 공식적인 내용뿐이에요. 그런데 다른 보호소 사례들만 봐도 정부가 실상을 전혀 몰랐다는 게 여실히 증명되지 않았습니까. 공식 문서들은 절반의 이야기만 들려줄 뿐이죠."

상사의 답을 기다리는 동안 오딘은 닫힌 문 사이로 희미하게 들려오는 소음에 자기도 모르게 귀를 기울였다. 비서가 키보드를 두드리는 소리, 주전자 물 끓는 소리, 아무도 받을 생각이 없는 짜증나는 휴대폰 벨 소리. 그는 안심이 된 나머지 터지는 웃음을 참아야 할 정도였다. 나나의 말이 맞았다. 주변 환경에 과민해진 탓이다. 스스로 미쳤다거나, 유령이 주변을 맴돈다고 지레짐작한 것들은 평소라면 알아채지도 못했을 평범하기 짝이 없는 잡음에 불과했다. 하지만 소리에 귀를 기울일수록 불편한 감정이 되살아나면서 웃음이 터질 것 같은 기분도 사라졌다. 헤이미르가 얼른 결정을 내려주기만 바랐다. 키보드 소리는 뭔가 끔찍한 내용이 작성되는 것처럼, 마치 힘없는 누군가의 꿈이 사정없이 짓밟히는 것처럼 들렸고, 벨 소리는 조기사망이나 암 진단처럼 불길한 소식을 예고하는 것만 같았다.

오딘은 머릿속에서 소음을 몰아내기 위해 기침을 했다. 기침 소리에 비로소 헤이미르는 정신을 차렸다. "자네가 그 얘기를 꺼냈으니 말인데, 언론을 그 각도에서 생각해본 적은 없는 것 같군." 그는 오딘의 대답을 기다리며 아무 말도 하지 않았다.

"어차피 보고서가 공개되고 나면 언론은 소년들을 찾아 인터뷰를 하려 들 겁니다. 그때 가서 소년들의 입장을 제대로 담지도 않은 보고서를 냈다는 게 알려지면 아주 난처해지겠죠."

"그래서 자네는 인터뷰를 진행하고 싶다는 건가?"

"제가 뭘 원하는지는 전혀 중요하지 않습니다. 보고서에 반드시 소년들의 증언이 들어가야 한다는 거죠. 인터뷰를 진행한 결과, 보호소가 제대로 운영되었다는 내용만 확인된다고 해도 말입니다. 하지만 대중적인 이미지라는 건 크로쿠르의 실상과는 아무런 관계가 없을 수도 있습니다."

한쪽으로 돌아갔던 눈이 시야 밖에서 답이라도 발견한 것처럼 제자리로 돌아왔다.

"그래. 인터뷰를 하는 게 좋겠군. 헌데, 로베르타가 이미 했던 일 아닌가? 같은 사람들을 다시 찾아가서 인터뷰를 하는 게 안 좋게 보일 수도 있고."

"그런 기록은 찾지 못했습니다만, 그렇다고 인터뷰를 하지 않았다는 증거도 없습니다."

"로베르타 업무일지 확인해봤나?"

"아뇨. 제게 접근 권한이 있는지도 모르는걸요. 솔직히 그 생각은 못 했습니다."

"로베르타는 항상 착실하게 일지를 기록했거든. 내가 기억하기로는 그래. 매일의 업무를 자세하게 적어놨어." 헤이미르는 로베르타를 본받아 나쁠 건 없다는 듯 오딘을 힐끗 보았다. "내가 출력해주겠네. 자네에겐 접근 권한이 없을 거야. 운이 좋다면 인터뷰에 관한 기록도 있겠지. 인터뷰한 사람들 명단도 있을 테고. 로베르타가 남긴 기록을 확인하는 게 도움이 될 거야."

합리적인 제안이었다. 오딘은 이만 회의를 마무리하고 싶었다. "하나 더 여쭤볼 게 있어요. 로베르타가 이 일로 협박을 받았다거나, 유사한 일로 불평한 적이 있나요?"

"협박?" 헤이미르는 당혹스런 표정을 지었다. "대체 왜 그런 질문을 하는 거야?"

"아, 아무것도 아닙니다. 다음에 얘기하시죠." 로베르타의 메일을 몰래 읽었음을 실토할 마음이 없었기에 오딘은 그 말을 꺼낸 게 반쯤 후회됐다. "우리 사무실 직원들을 제외하고, 로베르타가 이 보고서 작성을 맡았다는 사실을 누가 알고 있었나요?"

헤이미르가 인상을 찡그리자 한쪽 눈이 아까 그 자리로 돌아갔다. "가만 있어봐. 자네 혹시 내무부나 아동보호국의 누군가가 로베르타를 협박했다고 생각하는 건가? 그 사람들이 뭣 때문에?" 헤이미르가 버럭 언성을 높였다. "말도 안 되는 소리야. 사무실 외부에는 누가 보고서 작성을 맡았는지, 언제부터 일을 진행했는지 입도 벙긋한 적 없네. 자네가 그 일을 인수인계 받았다는 사실도 마찬가지고. 자네도 알다시피, 사람들이 숨죽이며 결과를 기다릴 만한 일은 아니잖은가?"

오딘은 고개를 끄덕인 후 헤이미르가 말을 더 시키기 전에 자리를 빠져나왔다. 로베르타가 보고서 작성을 맡았다는 사실을 다른 부처에서 몰랐다면 협박 메일이 내부자 소행일 리는 없었다. 그럼 이제 남는 건 인터뷰에 참여한 이들뿐이었고, 그 대상은 크로쿠르의 소년들과 직원들밖에 없었다.

로베르타는 업무일지에 매일 한 일을 간단명료하게 입력해두었다. 로베르타가 언제 인터뷰에 대해 언급했는지 기억하지 못했으므로 헤이미르는 마지막 6개월치 업무일지 출력본 전부를 오딘에게 건넸다. 일지를 반쯤 읽던 오딘이 갑자기 멈췄다. 한 항목에 이렇게 적혀있었다. 편지들을 읽고 확인함. 이 업무를 처리하는 데 두 시간 반이 걸린 것으로 표시돼 있었다. 그 다음날 일지에도 같은 항목이 있었다. 이번에는 한 시간이 걸렸다. 무슨 편지들을 말하는 걸까?

로베르타의 자료에서 편지는 발견되지 않았다. 오딘은 이 두 항목에 표시를 한 뒤 계속 읽어나갔다. 그리고 얼마 지나지 않아 더 수수께끼 같은 항목이 눈에 들어왔다. 무뇌증에 대해 조사함. 그는 무뇌증이라는 단어를 검색해보고는, 그것이 선천적 기형 또는 질병을 가리킨다는 것을 알아냈다. 그런 다음 '이미지'를 클릭하자 지금까지 본 어떤 광경보다 더 충격적인 이미지들이 눈에 들어왔다. 처음에는 이미지들이 이마 윗부분에 눈이 달린 아기들의 모습을 보여준다고 생각했다. 하지만 자세히 들여다보니 머리 윗부분이 없었을 뿐 눈은 정상 위치에 있었다. 오딘은 이전 페이지로 돌아가 무뇌증에 관한 글을 읽었다. 무뇌증은 선천적 기형으로 태아가 두뇌 없이 태어나는 증상이라고 했다. 그 결과 자궁 안에서 두개골이 기형적으로 발달하면서 원래 두뇌가 있어야 할 위치인 눈 바로 윗부분이 둥근 돔 모양 대신 납작하게 형성된다고 했다.

대체 이 정보가 보고서나 로베르타와 무슨 관련이 있는 것일까? 오딘은 그 점을 알고 싶은지조차 확신하지 못했다. 그는 서둘러 창을 닫아버렸다.

그는 가장 가까운 창문으로 다가가 고개를 내밀고 신선한 공기를 들이마셨다. 어쩌면 자신은 적임자가 아닐지도 몰랐다. 하지만 의심은 금방 사라지고, 오딘은 자리로 돌아와 다시 업무일지에 머리를 파묻었다. 악몽이 따로 없었다.

11장

1974년 1월

아무도 그녀를 믿어주지 않았다. 토비를 제외하고 말이다. 하지만 토비는 그 자리에 있었으니 쳐줄 수가 없다. 다른 사람들은 우두커니 그녀를 바라다보며 환상을 봤다거나 헛소리 하지 말라고 면박을 주었다. 그녀에게 면박을 준 사람들 중에는 베이가르와 릴리아도 있었다. 둘은 아이들을 겁먹게 하면 어떻게 하냐며 화를 냈다. 알디스가 과민 발작을 일으킨 거라면서, 진정될 때까지 입 다물라고 명령했다. 부부는 어젯밤으로도 모자라 오늘 아침 내내 잔소리를 해댔다. 심지어 먹이를 주던 새마저 그녀가 마당을 가로지르는 동안 본관 지붕 위에 등을 돌리고 앉아있었다.

알디스는 직원 숙소 뒤, 곧 무너질 듯한 나무벤치에 앉아 두 다리를 앞뒤로 휘저으며 화가 가라앉기를 기다렸다. 좋은 시절을 다 흘려보낸 벤치에는 수많은 엉덩이들이 거쳐 가며 남긴 세 개의 움푹 팬 자국이 있었다. 신고 있던 플림솔(캔버스 천에 고무바닥을 댄 운동화—옮긴이)이 의자 아래에서 나타났다 사라지기를 반복했다. 신발이 다시 모습을 드러낼 때마다 알디스의 분노는 더 커졌다. 이제 이 꼬질꼬질한 신발 한 짝의 발가락 부분에 뚫려있는 구멍마저 짜증이 나기 시작했다. 시내로 이사를 가서 가장 먼저 할 일은 자신에게 깔끔한 새 신발 한 켤레를 사주는 거였다. 이렇게 더러운 신발을 신으면 누구도 그녀에게 제대로 된 일자리를 주려 하지 않을 것이다. 항공 승무원들은 하이힐을 신지 다 떨어진 납작한 플림솔 따위는 신지 않는다.

알디스는 동료가 말아준 담배 한 모금을 빨아들였다. 기분이 엉망인 그녀에게 스타이니가 건네준 것이다. 말수가 적은 그는 알디스가 담배를 피우지 않는다는 사실을 잘 알았다. 어쩌면 이렇게라도 자신은 그녀의 편이라고 말하려 했을 것이다. 그녀는 허옇게 담배연기를 뿜었다. 마치 장난감이라도 되는 양, 바람은 얼른 연기를 채가 버렸다.

"내 것도 있어요?" 자기 말을 도무지 믿어주지 않는 베이가르와 릴리야에 대한 분노가 차오른 나머지 알디스는 에이나르가 다가오는 것도 알아채지 못했다. 하기야 에이나르는 시끄럽고 조심성 없는 다른 아이들과 달리 평소에도 조용히 걸어다녔다. 그런 자질은 학습된다기보다 타고나는 듯했다. 그녀는 그렇게 조용히 움직이는 에이나르를 보며 예전에 TV에서 본 대형 고양이과 동물에 관한 다큐멘터리를 떠올렸다.

알디스는 기침을 참으며 대꾸했다. "아니, 이것뿐이야." 그녀는 반쯤 피우다 만 늘어진 담배를 든 채 입술에 붙은 담뱃잎 조각을 떼어냈다. 말아 피우는 담배에 대해 그녀는 아는 게 없었다. 때문에 그녀 입에 들어갔던 끝부분은 젖어서 흐물흐물해졌다. "한 모금 필래?"

에이나르는 알디스 옆에 앉아서 힘껏 담배연기를 빨아들였다. "와, 정말이지 이게 그리웠어요."

"난 설탕이 그리워. 코카콜라 큰 거 한 통에 막대젤리 하나 먹으면 소원이 없겠어." 에이나르가 담배를 건네자 알디스는 손사래를 쳤다. "나 사실 담배 안 피워. 너 가져."

에이나르가 미소를 짓더니 다시 담배를 깊이 빨아들이자 끝부분이 시뻘겋게 타올랐다. "이거 정말이지 꿀맛이네요. 단 걸로 갚아줄 수 없어서 미안해요. 그런데 담배도 안 피우면서 왜 이걸 들고 있었어요?"

"그냥 너무 열 받아서 한번 피워볼까 했지. 담배를 피우면 좀 진정될까 싶어서." 니코틴 때문인지 아니면 그가 옆에 있기 때문인지 알 수 없지만 알디스는 갑자기 화가 가라앉는 걸 느꼈다. 영혼에 얼룩이라도 생긴 듯 둔한 무력감만 감돌았다.

"어젯밤에 있었던 일 때문에 그래요? 토비가 말해줬어요. 숙소에 들어왔을 때, 걔가 사시나무처럼 떨고 있더라고요."

바람의 방향이 바뀌더니 담배연기가 알디스를 향해 불었다. 그녀는 연기를 흐트러트리려 손을 휘젓다가 천천히 내렸다. 에이나르에게 지질하게 보이고 싶지 않았다. 꼬질꼬질한 신발을 신은 것만으로 이미 충분히 창피했다. 알디스는 두 발을 벤치 아래로 감췄다. "걔는 그래도 싸. 거기서 무슨 있었는지 솔직히 말하기만 했어도 내가 이렇게 구박받지는 않았을 거야." 입술을 핥자 담배 맛이 났다. "진짜 한심한 녀석이야. 멍청하지 않고서는 이럴 수가 없어. 흠씬 두들겨 패주고 싶다고."

"그럴 필요 없어요. 두들겨 맞지 않아도 엄청 미안해하고 있거든요. 저는 얘기를 다 듣고도 무슨 말인지 전혀 모르겠더라고요." 담배가 다 타버리자 에이나르는 손가락으로 꽁초를 튕겨버렸다. 멀리 날아간 꽁초는 더러운 눈으로 뒤덮인 채 지난 여름의 앙상한 꽃줄기 몇 개만 보이는 화단에 떨어졌다. "정확히 무슨 일이 있었던 거예요? 다들 그 이야기만 하던데, 상황을 정확하게 아는 사람은 없더라고요. 애들 입을 거치는 동안 이야기가 자꾸 왜곡되면서 점점 더 이상해졌어요."

"아무리 그래도 실제 있었던 일보다 이상하진 않을 거야." 알디스는 스타이니가 건네던 두 번째 담배를 거절한 게 후회스러웠다. 담배가 한 대만 더 있더라도 에이나르를 오래 붙잡아둘 텐데. 그가 당장이라도 자리에서 일어날 표정은 아니었지만, 모든 재미있는 일이 그렇듯 이 자리도 금세 끝나버릴 게 뻔했다.

"말하고 싶지 않으면 안 해도 괜찮아요. 하지만 속 시원하게 얘기하고 싶다면 얼마든지 들어줄게요."

에이나르는 알디스가 지금껏 만나본 누구와도 달랐다. 그는 그녀의 말에 진심으로 관심을 가졌다. 그와 대화를 나누면 중요한 사람이 된 것 같은 기분이 들었다. 사람들은 대부분 자기 말을 들어줄 사람이 필요할 때만 그녀에게 말을 걸었다. "그래, 안 될 것 없지. 실은 누가 내 말을 들어주려 한다는 게 좀 놀라워. 베이가르나 릴리야였다면 내가 말을 미처 끝내기도 전에 잔소리부터 퍼부었을 거야."

그 부부는 날이 갈수록 더 신경질적으로 변하는 듯했다. 처음 이 곳에 왔을 때는 어땠는지 기억도 나지 않을 정도였다. 물론 처음에 도 재밌거나 생기 있는 사람들은 아니었지만 적어도 상식적으로 행동했다. 하지만 지금은 완전히 비뚤어져 버렸다. 소년들을 대하는 태도 역시 점점 더 차갑고 가혹해졌다. 아기를 잃었다는 사실과 인부들이 중얼거리던 돈 문제 때문에 중압감에 시달리는 게 분명했다. 어쩌면 사들인 지 얼마 안 된 보호소 부지마저 잃을 위기에 처했는지 모른다. 그럼 소년들은 어떻게 되는 걸까? 인부들은? 알디스는 걱정할 게 전혀 없었다. 계획대로 떠나버리면 그만이니까.

"망할 위선자들이에요. 그 부부가 입을 열 때마다 구역질이 나요. 기독교 교리를 가르친다면서 행동은 정반대잖아요. 그 인간들이 자기를 찬양한다는 걸 알면 예수도 기분이 언짢아지겠죠." 에이나르는 알디스가 입을 열기를 기다리는 듯 힐끗 바라보더니 말을 이었다. "정말 말하고 싶으면 해요. 그리고 혹시나 해서 말하는데, 전 기독교인 아니에요."

공감해주는 청중까지 생기고 나니 알디스는 자신의 이야기가 너무 터무니없게 들리지 않을지, 에이나르마저 자신을 이상하게 생각하지 않을지 걱정스러웠다. 너무 어색한 나머지 무릎에 놓인 손가락이 떨렸고, 두 다리가 마구 흔들렸다. "정말 황당하게 들릴 거야. 하지만 그때는 심각했어. 토비도 기억이 안 난다고 둘러대지만, 분명 무서웠을 거야. 틀림없이 거기 누군가 있었어. 누군가 토비를 따라왔거나 둘이 함께 식당으로 들어갔겠지. 둘이 어쩌다 그곳에 들어가게 된 건지, 그리고 만약 내가 중간에 나타나지 않았다면 어떤 일이 벌어졌을지, 그건 나도 모르겠어."

"그럼 그 누군가가 남자인지 여자인지도 모르는 거예요?" 알디스의 말이 터무니없다고 생각하는 듯 에이나르의 목소리에서 의심스러움이 묻어나왔다.

"응. 갑자기 전기가 나가서 아무것도 안 보였어."

"아무도 없었을 가능성도 있는 거예요? 물론 토비를 제외하고 말예요."

알디스는 몸서리를 치며 대꾸했다. "거기 분명히 다른 누군가가 있었다니까. 내가 알고, 물론 토비도 알 거야. 내가 들어갔을 때 걘 혼자가 아니었어. 토비도 그렇게 말했어. 내가 들어갔을 때 토비는 그 사람한테 말을 하고 있었던 거 같아. 그게 누군지 모르지만 줄행랑을 쳤겠지. 어쩌면 남자애들 중 하나일 수도 있지만, 내 생각엔 아닌 거 같아." 모든 것이 캄캄해진 뒤 코를 찌르는 지독한 피비린내가 났다는 사실도 말하고 싶었지만 에이나르가 자기 말을 믿어주지 않을 것 같아 꾹 참았다. 그때 들었던 속삭임에 대해서도 털어놓고 싶었지만 어둠속에서 방향감각을 상실한 터라 진원지가 어디였는지 콕 집어 말할 수도 없었다. 바보처럼 훌쩍거리던 토비가 생각나자 알디스는 자기도 모르게 이를 갈았지만, 사실 토비는 평소 나이에 비해 의젓하게 행동하던 아이였다. 그녀도 공포스러운 순간을 여러 차례 겪었지만 어제 같은 일은 난생 처음이었다. 암흑에 눈이 먼 상태로, 가까운 곳 어딘가에서 알 수 없는 존재가 자신을 해치려 한다는 사실만은 알 수 있었다. 그 기분은 말로 표현할 수 없었다. 사람들은 자기들이 이해하기 어렵거나 두려운 이야기는 듣고 싶어 하지 않는다. 엄마와 있었던 사건 덕에 알디스는 그 사실을 뼈저리게 배웠다. 엄마조차 자기를 배신할 수 있다면, 다른 사람들은 더 말할 것도 없었다. 아무리 에이나르가 다정하고 배려심 많다고 해도 말이다.

"그럼 실제로는 아무도 못 본 거예요?" 목소리에 의심이나 비아냥은 섞이지 않았다. 진심으로 궁금한 듯했다.

"응. 하지만 발자국 소리랑 숨 쉬는 소리, 그리고 내용을 알 수 없는 중얼거림을 들었어. 꼭 으르렁거리는 소리 같았어." 갑자기 불이 나갔을 때 알디스는 처음에 야생동물이 침입했을 거라고 생각했다. 지금 생각해보면 바보 같지만 으르렁대는 소리와 피비린내 때문에 그렇게 짐작했다. "그리고 역겨운 피 냄새도 났어." 에이나르에게 비웃음을 사더라도 말하는 게 낫다고 생각했다.

에이나르는 비웃지 않았다. 그는 미간을 찡그리더니 심각한 표정으로 그녀를 쳐다보며 물었다. "피 냄새요?"

"그래, 피 냄새. 진짜 피가 아니라 냄새만 났어. 지독한 피비린내." 바람이 불어와 그녀의 머리칼이 얼굴을 덮었다. 알디스는 머리칼을 귀 뒤로 넘겼다. "불이 다시 들어오고 스타이니와 하콘, 베이가르가 도착한 뒤 주변을 샅샅이 뒤졌지만 피는 한 방울도 찾을 수 없었어. 나와 토비는 피를 전혀 흘리지 않았으니까 틀림없이 그 침입자한테서 난 냄새일 거야. 침입자가 사라지고 나서 피 냄새도 함께 사라졌거든."

"그 사람이 부상이라도 당한 걸까요?"

"나도 모르겠어. 식당이나 본관 어디에서도 핏방울은 전혀 발견되지 않았으니까. 어쩌면 상처를 감고 있던 붕대나 밴드에서 난 냄새일 수도 있지."

"피 냄새라는 게 확실해요? 다른 냄새일 수도 있잖아요?"

"아냐." 알디스는 말이 너무 날카롭게 튀어나온 것 같아 잠시 입을 다물었다. 그러고는 훨씬 더 부드러운 목소리로 계속했다. "난 부엌에서 일하는 사람이야. 피 냄새가 어떤 건지 분명히 안다고." 릴리야가 아기를 출산한 직후에 나던 악취와 비슷한 냄새였다고 차마 말할 수 없었다. 알디스는 그 작고 딱한 기형아와 방에서 나던 냄새를 청소해야만 했다.

"물론 그렇죠." 알디스의 속마음을 읽은 에이나르는 시트에 싸인 기형아의 허연 피부를 훔쳐보기라도 했다는 듯 인상을 찡그렸다. "발자국 같은 건 찾았어요? 아니면 눈에 다 뒤덮여버린 건가요?"

알디스는 고개를 저었다. "눈에 보이는 흔적은 없지만 그건 중요하지 않아. 릴리야와 베이가르는 흔적이 없다면서 내게 헛소리하지 말라고 밀어붙였지만, 눈이 거세게 내려서 내 발자국까지 사라져버렸는걸." 그녀는 하늘을 탓하기라도 하는 양 억울한 표정으로 위를 쳐다보았다. "그 쥐방울만한 머저리 토비가 진실을 말하기만 했어도 상황은 달라졌을 거야. 하지만 그 녀석은 끝까지 입을 닫고 던지는 질문마다 고개를 저어버렸어. 이제 다들 내가 미쳤다고 생각해." 그녀는 에이나르를 쳐다보았다. "그렇지만 난 미치지 않았어."

"난 그 말 믿어요. 아무 의미도 없겠지만."

하지만 알디스에게는 큰 의미였다. 한 사람이라도 믿어준다면 그걸로 충분했다. "고마워." 더 이상 말했다가는 감상적으로 들릴 것 같아 그녀는 입을 닫았다.

에이나르는 꽁초를 던져버린 화단으로 시선을 돌렸다. "아, 한 모금만 더 피웠으면 좋겠네요."

자기가 해줄 수 있는 일이 없었으므로 알디스는 아무 말도 하지 않았다. 어쩌면 화제를 돌리고 싶어서 그냥 해본 말일 수도 있었다. 더 이상 들려줄 얘기도 없었기 때문에 알디스는 한편으로 안심이 됐다. 그녀는 사실을 말했고 나머지는 추측에 불과했으므로 더 이상 덧붙일 것도 없었다. "릴리야와 베이가르네 집 거실에 가면 담배 상자가 있어. 2주마다 내가 청소를 하는데 다음번에 가면 하나 꿍쳐올게." 현명하지 못한 생각이지만 상관없었다. 담배 한 대가 없어진다고 한들 절대 알아채지 못할 것이다. 두 사람 다 담배를 피우지 않았고, 손님이 오는 것도 거의 본 적이 없었다. 담배는 이미 바짝 마르고 유통기한까지 지났을 것이다. 아마 여러 개를 훔쳐도 걸리지 않겠지.

"그러지 마요. 나 때문에 훔치는 건 안 돼요. 그래도 다음번에 시내에 나갈 때 한 갑 사다주면 고마울 거예요" 에이나르는 뒷주머니에 손을 넣어 낡아빠진 가죽지갑을 꺼냈다. "나 돈 있어요. 담배 한 갑 살 정도는 돼요."

"너 지갑 가지고 있어도 되는 거야?" 규정에 따르면 소년들은 보호소에 도착하는 즉시 소지품을 넘겨야 했다. 소년들이 가져오는 짐가방은 인정사정없이 몰수됐고, 부부는 소년들의 옷가지와 책을 비롯해 가족들이 보호소 생활에 꼭 필요하다고 생각하며 싸준 물건들을 마구 뒤졌다. 알디스는 종종 이 광경을 목격했다. 자신의 집과 이전의 삶을 연결하는 물건들을 넘겨야 할 때, 소년들이 얼마나 고통스러워 하는지도 똑똑히 지켜봤다. 하지만 아이들이 술이나 도색잡지처럼 반입금지 물품을 몰래 들여오고도 남을 범죄자임을 고려하면 온당한 규칙이었다. 알디스는 그 부부가 돈을 반입하도록 허락했을 리 절대 없다고 확신했다. 이곳에서는 어차피 돈 쓸 기회가 없었다. 하지만 비상전화로 몰래 택시를 불러 도망칠 수는 있었다. 아니면 다른 아이에게 돈을 주고 창고에서 뭔가를 훔쳐오도록 시키는 등 금지된 행동을 할 수도 있었다. 알디스는 소년들이 생선공장에서 일용직으로 일하고 번 몇 푼 안 되는 돈을 출소 때까지 주지 않고 베이가르가 보관한다는 사실도 잘 알았다.

"그 사람들한테는 말 안 했어요. 그 꼰대가 밖에서 들여온 물건 없냐고 물었을 때 거짓말을 했거든요."

"내가 일러바치지 않을지 어떻게 알고?"

지갑을 열던 에이나르가 피식 웃었다. "그냥 알아요." 그는 알디스와 눈을 맞추려고 했지만 알디스는 지갑 속에 꽂힌 사진에 정신이 팔려있었다.

"사진 속에 있는 사람 누구야?" 알디스는 사진을 똑바로 보며 물었다.

에이나르는 얼른 지갑을 닫더니 둘러댔다. "아무도 아니에요." 약간 짜증이 난 듯한 말투였다. 하지만 다음 순간 그가 자신을 바라보며 미소 짓자 알디스는 자신이 잠깐 오해를 한 거라고 생각했다. "우리 엄마예요. 너무 진부하죠."

"아니, 하나도 안 진부해." 사실이었다. 두 사람은 찬찬히 갈색 지갑을 바라보았다. 에이나르가 지갑을 주머니에 찔러넣고 팔짱을 끼었다. "그럼 내가 담배 사다줬으면 좋겠어?" 알디스가 조심스럽게 물었다.

"아뇨, 지금은 괜찮아요. 나중에요." 그가 왜 마음을 바꾸었는지 모르지만 둘의 대화는 거기서 끊겼다. 돌연 부자연스럽고 어색해진 분위기 때문이었을까? 에이나르는 인사를 하고 자리를 떴다. 혼자 벤치에 남겨진 알디스는 그 전보다 더 마음이 심란했다. 바람이 뒤에서 불면서 귀 뒤로 넘겼던 머리칼이 자유의 몸이라도 되려는 듯 사방으로 휘몰아쳤다. 머리칼을 진정시켜 보려다가 마침내 포기한 그녀는 머리칼이 사방으로 휘날리든 말든 그 자리에 한동안 우두커니 앉아있었다.

분노와 비참함이 마음속을 휘저었다. 그냥 여기 앉아있다가 얼어죽는 게 나을 거라는 생각마저 들었다. 얼어죽기에 딱 좋은 날씨였다. 자기가 죽어도 세상은 무심할 테지만, 적어도 그녀를 함부로 대했던 사람들은 생전에 화해하지 않은 것을 후회하며 미안해할 것이다. 가령 엄마라든가. 엄마는 그래도 쌌다. 하지만 알디스는 세상이 그리 호락호락하지 않다는 걸 알 만한 나이였다. 대다수 사람들은 그녀가 본래 구제불능이었다든가, 너무 빤히 보이는 짓을 했다든가 하는 이야기를 마구 지껄이며 혀를 끌끌 찰 것이다. 특히 릴리야와 베이가르는 보나마나 그럴 것이다.

이제 알디스는 무기력하게 앉아있는 데도 신물이 났다. 왜 다른 사람들의 생각 따위에 신경을 쓰지? 어젯밤 식당에 있었던 사람은, 거기서 무슨 일이 일어났는지 아무것도 모르면서 안다고 착각하는 인간들이 아니라 바로 자신이었다. 사람들의 어리석음 때문에 괴로워하다니. 어이가 없는 일이었다. 그녀는 스스로를 의심할 필요가 없었다. 기분이 한결 가벼워진 그녀는 옷에 달린 모자를 뒤집어썼다. 휘날리던 머리는 아무 일도 없었다는 듯 제자리로 돌아갔다. 기운을 되찾은 알디스가 자리에서 일어나자마자 벤치 아래에 떨어져 있는 에이나르의 갈색 지갑이 눈에 들어왔다.

그녀는 지갑을 주워 뒷면에 묻은 눈가루를 털어냈다. 그 자리에 서서 가만히 지갑을 살펴보았다. 얼른 에이나르를 쫓아가 돌려줘야 할지 아니면 이 기회에 보여주지 않으려던 지갑 속 사진을 훔쳐볼지 망설였다. 주변에 아무도 없다는 걸 확인한 알디스는 지갑을 열었다. 표면에 긁힌 자국이 난 비닐주머니에 사진이 꽂혀있었다. 엄마의 사진이 아니었다. 사진 속에는 에이나르와 함께 카메라를 향해 눈을 빛내면서 그의 목에 두 팔을 감은 소녀가 있었다. 소녀는 눈에 띄게 아름다웠다. 커다란 두 눈에 숱 많은 속눈썹이 길게 말려 올라가고 도톰한 입술 사이로 커다랗고 하얀 치아가 보였다. 소녀는 알디스가 주변에서 흔히 보던 사람들과 달랐다. 그보다는 패션잡지에서나 보던 모델과 흡사했다. 소녀의 눈부신 미모가 에이나르에게까지 전염된 듯 그 역시 실물보다 훨씬 더 멋졌다. 알디스는 에이나르의 여자친구에게서 시선을 떼지 못했다. 바보 같은 일이지만 그녀는 소녀의 아름다움에 짜증이 났다. 에이나르에게 여자친구가 있든 말든, 자기가 신경 쓸 일이 아니었다. 오히려 그의 여자친구가 매력 없는 맹탕이 아니라 깜짝 놀랄 미인이라는 사실을 기뻐해줘야 마땅했다. 하지만 알디스의 마음은 그러지 못했다. 대신 소녀가 누구인지, 이름이 무엇이고 여전히 에이나르와 사귀고 있는지 알고 싶은 마음이 간절했다. 칼리가 여자친구를 갈보라고 불렀을 때 그가 보인 반응으로 미뤄 아직 사귀는 게 분명했다. 헤어진 여자친구의 명예를 지키려고 싸움질까지 하는 멍청이는 없을 것이다.

어느 새 알디스는 그의 지갑을 샅샅이 뒤지고 있었다. 가장 먼저 꺼낸 것은 신분증이었다. 비닐주머니를 잠그는 구리단추 때문에 반대편 가죽이 움푹 들어가고 신분증도 약간 찌그러져 있었다. 알디스는 신분증을 원래 있던 자리에 집어넣겠다고 마음먹었다. 그러다 우측 상단에 빨갛게 인쇄된 에이나르의 출생연도 마지막 두 자리를 확인하고는 생각이 달라졌다.

에이나르가 다른 소년들보다 더 성숙해보인 건 그만한 이유가 있었다. 그는 열여덟 살이었고, 어린 소년들보다는 알디스와 더 비슷한 나이였다. 그녀는 출생연도가 위조된 것은 아닌지 확인하기 위해 희미한 겨울 햇빛에 신분증을 비춰보았다. 위조의 흔적은 없었다. 미성년자들이 나이트클럽에 들어가기 위해 신분증을 위조하는 건 흔했다. 위조 신분증은 햇빛에 비추면 금세 티가 나지만 어두운 클럽에서 문지기들의 눈을 속이는 건 어렵지 않았다. 알디스는 신분증을 내리며 위조가 아니라고 확신했다.

그렇다면 에이나르는 지금 열여덟 살이고 곧 열아홉이 된다. 보호소 규정에 따르면 입소할 수 있는 최대 연령이 열여섯 살이니 규정 연령보다 거의 세 살이나 많은 셈이다. 보호소는 성인 범법자들과 같은 취급을 받기에는 아직 어린, 문제 소년들을 위한 시설이었다. 범죄를 저질렀을 당시 나이가 열여덟 살인 소년은 교도소로 보내지는 게 맞았다.

알디스는 떨리는 손으로 신분증을 원래 있던 자리에 끼워넣고 지갑을 닫았다. 그런 다음 벤치 아래에 조심스럽게 내려놓았다. 지갑을 집어들었다는 게 들통나면 지갑 안까지 뒤져보았다는 사실도 눈치챌 것이다. 무슨 일이 있어도 들켜서는 안 됐다. 주머니에 지갑이 없다는 걸 알아채면 에이나르는 이곳으로 돌아와 벤치 아래 놓인 지갑을 발견할 것이고, 알디스가 지갑을 열어봤을 거라고 의심하지 않을 것이다. 이제 마음이 좀 놓였다. 절대 에이나르가 이 사실을 알아서는 안 됐다.

12장

쇼핑백을 든 노부인은 불어오는 맞바람에 문을 여느라 애를 먹고 있었다. 차에서 튀어나온 오딘이 노부인 쪽으로 달려가 무거운 출입문을 잡아준 뒤에야 그녀는 간신히 안으로 들어갔다.

"웬 바람이 이렇게 부는지!" 오딘은 노부인의 대답을 기다리지도 않고 룬을 향해 얼른 들어오라고 소리쳤다.

차에서 내린 룬은 넘어지지 않으려고 미끄러운 길을 조심조심 내디뎠다. 그날 아침 여름 신발을 신겠다고 고집을 부린 룬이 지금 이 고생을 하는 건 전혀 놀랍지 않았다. 오딘은 입을 옷을 두고 딸과 씨름하는 일은 포기한 지 오래였다. 시행착오를 통해 스스로 배우는 게 최선이라고 결론 내렸다. 그럼에도 내일 아침이면 오늘의 실수는 잊히고 또다시 같은 딜레마에 빠질 것임을 잘 알고 있지만.

"딸아이는 어떻게 지내요? 주변에 아이도 없으니 이곳은 좀 외롭지 않은가요? 그렇다고 어른들이 많은 것도 아니지만." 노부인은 룬이 콘크리트 말뚝을 지나쳐 따뜻한 건물 안까지 얼마 남지 않은 미끄러운 길을 아슬아슬 걸어오는 모습을 지켜보았다.

"아이는 잘 지냅니다. 고맙습니다." 오딘은 룬을 향해 기운 내라는 듯 손을 흔들었다. 물론 딸에게 걸어가 잡아줄 수도 있겠지만 괜히 그랬다가는 안 좋은 교훈만 남길 것 같았다. 아빠의 경고에도 불구하고 여름 신발을 신었으니 이제 그 대가를 치르는 중이다. "하루 종일 아이들에 둘러싸여 지낸다고 애한테 더 도움이 될지 잘 모르겠어요. 더군다나 상실감에서 회복하는 중이니까요. 나중에야 문제가 될 수도 있겠지만, 그때쯤에는 부디 다른 사람들이 이 동네로 이사 오길 바라야죠."

"네, 그렇겠군요." 노부인은 전적으로 확신하지 못하겠다는 어조였다. 하지만 전혀 움직일 기미가 없는 것으로 보아 잠시 숨을 고르면서 수다를 떠는 게 즐거운 눈치였다. 어쩌면 쇼핑백까지 들어주기를 바라는지도 몰랐다. "근데 말예요, 오딘. 혹시 지금 공사 중인가요?"

건물 앞까지 다가온 룬을 바라보던 오딘은 노부인에게 시선을 돌리며 반문했다. "저희 집요? 아뇨. 왜 그런 말씀을 하세요?" 열려있던 창문과 담배 냄새가 떠오르며 그의 심장이 쿵쾅거렸다.

"오늘 아침 오딘이 출근하고 난 뒤 계단에서 쿵쾅거리는 소리가 나서요. 파이프를 두드리는 소리도 들렸고요. 아무튼 제 귀에는 그렇게 들렸답니다. 그래서 계단을 내다봤는데 아무도 안 보이고, 소리를 질러도 대답이 없더군요. 난 혹시 오딘이 공사 인부들을 또 불렀나 했지요. 지금까지는 형님이 인부들을 부를 때 항상 편지함에 쪽지를 붙여놨는데, 이번엔 까먹었나보군요." 노부인의 흐릿한 파란 눈이 오딘의 눈과 마주쳤다. 노화 때문에 부인의 홍채는 허옇게 변색되고 있었다. "아마 그런 거겠죠? 노숙자들이 들어왔을 리도 없고. 여긴 그야말로 변두리인 데다 훔쳐갈 것도 없잖아요."

"그렇죠." 오딘은 애써 미소를 지었다. "제가 형한테 전화해서 확인해보겠습니다. 저한테 미리 알린다는 걸 깜빡했을 겁니다."

점프해서 안으로 들어오던 룬은 하마터면 자빠질 뻔했다. 아이는 아무 말 없이 머리와 어깨에 앉은 눈을 털고는 두 발을 쿵쿵 굴렀다. 눈을 다 털고 나자 룬의 발밑에 작은 웅덩이가 생겨났다.

"아이고, 세상에나." 노부인이 룬을 향해 미소 지었지만 룬은 고개를 들지 않았다. "너 겨울 부츠 있지 않니? 그 신발은 너무 미끄러워 보이는데?" 이 말을 들은 룬은 더욱 더 대화에 끼어들 생각이 없어진 듯했다.

"예뻐지려면 고통을 참아야죠." 오딘은 노부인의 쇼핑백을 들었지만 문 앞에서 끙끙거리던 모양과 달리 무겁지는 않았다. "제가 안으로 옮겨드릴게요." 그는 긴 하루를 보내 피곤하다고 둘러대며 커피를 대접하겠다는 노부인의 제안을 거절했다.

"형님이랑 통화해보시고 저한테도 알려주세요." 집 안으로 들어서기 전 이렇게 말하는 노부인의 목소리에서 불안감이 느껴졌다.

"그러겠습니다."

"계속 소리가 나면 경찰을 불러야지요. 집에 혼자 있을 때 낯선 사람들이 쿵쾅거리며 건물 안을 돌아다니면 영 불편해서요."

계단을 올라가면서 룬은 할머니가 무슨 말을 한 건지 아빠에게 물었다. 오딘은 노부인의 말로 인해 느낀 불안감을 딸에게 들키지 않으려 애썼다. "오늘 건물에 공사하는 아저씨들이 왔던 모양이야. 아마 다른 집 공사 때문이겠지. 소음 때문에 좀 불편하셨나봐."

"아저씨들이 망치도 가져왔어?" 여느 때처럼 룬은 아빠보다 몇 걸음 앞서 걸었다. 아이는 발걸음이 가벼운 데다 항상 서두르는 편이었다. "난 망치 소리 못 들었는데."

"아래층 계단에서만 왔다갔다 했나봐. 그리고 어차피 넌 학교 가 있을 시간이라 못 들었을 거야."

"그럼 내일은 듣게 되겠네."

"어?" 계단을 오르는 동안 오딘은 딸이 입을 좀 다물었으면 좋겠다고 간절히 바랐다. 몇 달 간 책상 앞에만 앉아있던 탓에 몸이 좋지 않았다. 몸무게가 늘지는 않았지만 계단을 뛰어오르며 말까지 하는 게 벅찼다.

"내일 학교 직원교육 날이잖아." 아이는 걸음을 늦추고 아빠를 내려다보았다. "기억 안 나? 내가 지난주에 공지문 줬는데."

"당연히 기억나지, 물론. 잠깐 깜빡했어." 그는 공지문을 받아든 후 읽지도 않은 채 내려두었던 게 기억났다. "젠장, 마트에 들렀다 왔어야 하는데. 내일 너 먹을 게 충분할지 모르겠다. 그냥 내일 오후 반차 내고 퇴근길에 점심거리 사오는 게 낫겠어. 어때?"

"좋아." 오딘은 딸이 정말 그 제안을 마음에 들어하는지 알 수 없었다. 어쩌면 하루 종일 집에서 혼자만의 시간을 보내고 싶은지도 모른다. 오딘이 그 또래일 때는 아버지가 주위를 어슬렁거리는 것보다 집에 혼자 남아 조용히 빈둥거리면서 뭐 재미있는 게 없을지 머리 굴리는 게 더 좋았다.

"네가 정해. 네가 좋다는 대로 할게. 항상 그랬잖아." 오딘은 진심을 담아 말했다.

룬은 코웃음을 치더니 마지막 남은 계단을 깡충깡충 뛰어 올라갔다. 오딘은 딸의 반응이 어떤 의미인지 몰랐다. 아마 라라였다면 알았겠지만 지금은 무슨 일이 있어도 전처와 자신을 비교하고 싶지 않았다. 결과는 보나마나 뻔했기 때문이다. 현관문 앞에서 기다리는 룬은 숨 가쁜 기색도 없었고, 아빠의 제안에 대해 별다른 생각도 없는 듯했다. 아이는 코트를 벗어 문 앞에 던져놓고는 아무 말 없이 자기 방으로 들어갔다. 항상 그랬던 것처럼. 언젠가는 아이를 앉혀놓고 물건을 제자리에 두는 문제에 대해 훈육을 해야겠지만 지금 당장은 더 중요한 양육 문제가 산적해 있었다.

집 안은 춥고 어두워서 선뜻 들어가고 싶은 마음이 생기지 않았다. 오딘은 얼른 조명과 TV를 켰다. TV를 볼 생각은 전혀 없었다. 그런 다음 노부인과의 약속을 까먹기 전에 형에게 전화를 걸었다. 한참이나 신호음이 울렸다. 오딘은 거실 창문 앞에 서서 음산한 바깥 풍경을 내다보며 차분히 기다렸다.

형이 전화를 받자 전화선 반대편에서 귀청 터질 듯한 소음과 끼익거리는 잡음이 먼저 들렸다. 정작 말소리는 알아듣기 힘들 정도였다. "무슨 일이야? 지금 좀 바쁜데."

"빨리 말할게. 1층에 사는 디사 부인이 건물에서 사람들 소리를 들었대. 혹시 형이 오늘 공사 때문에 인부들을 보낸 건 아닌지 물어봐 달라고 하시더라고."

발두르가 웃었다. "아니. 지금 여기서 창고 공사 마무리 중인데,

시간이 촉박해 미칠 지경이야. 여기 일에 매달려도 모자랄 판에 인부들이 거기 가서 일 보고 있었으면 당장 잘랐을 거야."

"알았어. 부동산 중개업자가 손님을 데려와 집을 보여준 건가?"

"그럴 리 없지. 건물 열쇠가 없거든." 끼익, 하는 소음이 더 크고 빈번하게 들려서 오딘은 소리가 잦아들 때까지 전화기를 귀에서 떨어뜨려야 했다.

"빌어먹을 고막 찢어지겠네. 그러다 귀먹는 거 아니야?" 전화 반대편에서 왜 그런 소리가 들리는지 알지 못하지만 형에게 자세히 캐물을 생각도 없었다. 오딘은 자기를 그 누구보다 더 잘 꿰뚫어보는 형이 뭔가 잘못되었다는 걸 눈치채지 않도록 하고 싶었다. 예전 같았으면 디사 부인의 말은 그에게 아무런 영향도 미치지 못했을 것이다. 어떤 일이 있어도 형에게는 자신이 심리적인 탈진 상태에서 정신과 상담까지 받고 있다는 사실을 털어놓고 싶지 않았다.

"뭐라고?"

"그러다가 귀먹는 거 아니냐고!" 오딘이 소리를 질렀다.

"야, 진정해. 그냥 농담한 거야." 발두르는 근처의 누군가에게 큰 소리로 지시를 내린 다음 덧붙였다. "이제 곧 가봐야 해. 이번 주 금요일에 룬 데리고 저녁 먹으러 안 올래? 시가가 좋아할 거야. 내가 요즘 집에 거의 못 들어가서 나한테 좀 열 받았거든. 룬도 우리 집에 와서 하룻밤 자고 가면 좋아하지 않을까? 내가 혹시 일 때문에 다시 나가봐야 하면 서로 말동무도 할 수 있고. 한 번씩은 여자들끼리 어울리는 게 좋을 거야. 크링글란에 있는 쇼핑몰에 구경하러 가거나 뭐 여자들이 좋아할 만한 걸 하면서 놀 수도 있고."

오딘은 웃음이 나왔다. 룬은 쇼핑에는 눈곱만큼도 관심이 없었다. 하지만 아빠가 없으면 재미있어 할지도 모를 일이다. "괜찮네, 그렇게 하자." 두 사람은 인사를 나누고 전화를 끊었다. 오딘은 계속해서 바깥 날씨를 관찰했다. 말 그대로 바람이 움직이는 모습까지 볼 수 있는 날은 그리 흔치 않았다. 휘몰아치는 눈이 강풍에 하얀 옷을 입혀, 평소 같으면 눈에 보이지 않았을 바람이 형태를 갖게 된 것이다. 돌풍이 잠시 쉬는 시간이면 먼 곳의 풍경이 흐릿하게 눈에 들어왔다가 다시 사라지기를 반복했다.

이런저런 생각을 하던 오딘은 오래 전 그날, 아마도 오늘과 비슷한 날씨에 차 안에서 죽음을 맞이한 두 소년을 떠올렸다. 왜 두 소년은 유독한 배기가스가 차 안에 가득 찼다는 걸 알았을 때 탈출하지 않았을까? 어쩌면 무시무시한 돌풍 때문에 배기가스에도 불구하고 따뜻한 곳에 웅크리고 있는 게 낫다고 생각했거나 아니면 가스가 차오른다는 사실조차 느끼지 못했을 수 있었다. 오래된 신문 기사를 탈탈 털 듯 뒤져보았지만 사고 당시 기사 몇 개를 제외하고는 아무것도 찾을 수 없었다. 또한 두 소년의 사인 규명과 관련된 자료도 전혀 발견되지 않는 것으로 보아, 아마 오래 전 분실했거나 파기되었을 것이다. 토비의 부모와 에이나르의 모친은 이미 세상을 떠난 뒤였다. 미군이던 에이나르의 부친과는 연락할 시도조차 하지 않았는데, 당시 그는 아이슬란드에서 파견 복무를 마치고 집으로 돌아간 상태였고 미국 내 거주지 정보도 없었다.

오딘이 알아낸 거라고는 배기관이 막힌 상태에서 차 안에 앉아 있으면 치명적이라는 사실뿐이었다. 관련 주제에 대해 자료 조사를 하던 그는 캐나다에서 일어난 한 아기에 관한 비극적인 사건을 접하기도 했다. 배기가스의 위험성을 몰랐던 아기의 아버지는 아이가 춥지 않도록 시동을 켜둔 상태에서 밖으로 나가 바퀴를 뒤덮은 눈을 파내고 앞유리에 붙은 눈까지 긁어냈다. 그러나 차 안으로 다시 들어왔을 때는 이미 너무 늦었다. 또한 유사한 사건들을 조사하다 가스에 중독된 사람들이 경련을 일으키며 의식을 잃기 직전 일종의 희열감을 경험한다는 사실도 알게 됐다. 그렇다면 두 소년도 행복감을 느끼며 숨졌을지 모를 일이다.

한참 생각에 잠겨있을 때 시끄러운 중간광고가 나와 산통을 깼다. 안 그래도 심란한 상황인데 있으나마나 한 물건을 사라고 강요하는 정신 사나운 광고음악을 오딘은 참아줄 수가 없었다. 갑자기 예전 직장이 사무치게 그리워졌다. 형과 통화할 때 들려오던 배경음 덕분에 자신이 에너지 넘치는 현장에서 일하는 걸 얼마나 좋아하는지 새삼 실감했다. 건물이 세워지고, 노동의 결과가 하루가 다르게 눈에 보이는 현장 말이다. 그런 현장에는 슬픔이나 죽음이 끼어들 틈이 없었다.

"우리 저녁 뭐 먹어?" 룬은 하품을 하며 자기 방에서 나왔다.

"핫도그. 저녁으로 핫도그 괜찮아?"

"좋아. 난 아빠가 요리해주는 건 다 좋아."

핫도그 따위를 '요리'라고 부르긴 힘들겠지만, 오딘은 온몸에 따스한 기운이 퍼지는 걸 느꼈다. 룬은 아빠를 따라 주방으로 들어왔다. "발두르 삼촌이 뭐래? 오늘 일하는 아저씨들 왔었대?"

짧은 행복감은 익숙한 불안에게 얼른 자리를 내주었다. 내일 룬은 하루 종일 혼자 집을 지켜야 했고, 디사 부인이 들었던 소음을 듣게 될 가능성이 높았다. 디사 부인이 잘못 들은 게 아니라면 말이다. "삼촌도 잘 모르겠대. 어쩌면 그랬을 수도 있다고. 그런데 있잖아, 삼촌이 금요일에 저녁 먹으러 오라고 우릴 초대했어. 그리고 너한테는 하룻밤 자고 가라더라. 시가 숙모랑 쇼핑도 하고, 재밌게 노는 거지."

룬은 쇼핑이라는 말에 얼굴을 찡그렸다. "나쁘지 않겠네. 괜찮을 거 같아. 그렇지만 크링글란에는 가기 싫어. 나한테 필요한 건 이미 다 있거든."

오딘은 딸의 말에 감동받았다. 룬은 욕심이라곤 없는 아이였다. 룬의 옷장은 흡사 몇 벌 안 되는 옷가지가 걸린 호텔의 옷장과 비슷했다. 룬의 방에는 그가 본 다른 아이들의 방처럼 장난감이 산더미처럼 쌓여있지도 않았다. 아이의 물건은 이 집에 처음 이사를 오던 때와 가짓수가 거의 똑같았다. 그가 몇 번이나 장난감 가게에 데려가려 했지만 룬은 정말 관심이 없다는 표정으로 매번 거절했다. 혼자 놀게 내버려두면 대부분은 책을 읽거나 작은 게임기를 가지고 시간을 보냈다. 그런 다음에는 아빠와 함께 TV를 보거나 자기가 가장 좋아하는 뱀과 사다리 게임을 하고 놀았다. 물론 오딘에게는 지루하기 짝이 없는 게임이었지만 딸의 즐거움이 최우선이므로 견뎌야만 했다. "좋을 대로 하세요, 공주님. 쇼핑하고 싶지 않은데 억지로 끌고 갈 사람은 없어."

"나도 알아." 룬은 주방에 들어서자마자 코끝을 찡그렸다. 그도 그럴 것이 아침에 정신없이 나가느라 비우지 못한 쓰레기통에서 썩은 냄새가 올라왔다. 그는 쓰레기봉투를 묶은 다음 현관문 밖으로 가지고 나갔다. 모던하고 미니멀한 건물 안에서 더스트 슈트는 유독 눈에 띄게 구식이었는데, 그래도 제 할 일은 충실히 해냈다. 입구를 열자 차가운 강풍이 불어오더니 퀴퀴한 쓰레기 냄새가 동시에 올라왔다. 쓰레기봉투를 구멍에 끼우고 밀어넣으려는 찰나, 아래쪽에서 목소리가 울리며 들려왔다. 본능적으로 움츠러들던 그는 악취를 견디며 다시 몸을 더 수그리고 귀를 기울였다.

잘못 들었을지도 몰랐다. 어쩌면 입구를 열 때 생기는 바람 때문에 이상한 소리가 났을 가능성도 있다. 하지만 아니었다. 틀림없는 목소리였다. 목소리가 무슨 말을 하는 건지 알아들을 수는 없었다. 속삭임에 가까웠다. 어쩌면 멍청한 10대 무리가 담배를 피우거나 사고를 치려고 몰래 건물로 숨어들었을지도 모른다. 그렇게 놀 곳이 없나? 이런 변두리 아파트까지 기어와서 쓰레기통에 숨다니, 대체 무슨 생각일까? 이 주변만 해도 훨씬 더 매력적이고 비바람을 막아주는 신축공사 현장은 널리고 널렸다.

오딘은 쓰레기봉지를 밀어넣고는 목소리를 향해 소리 질렀다. "야, 너! 썩 꺼지지 못해!" 봉지가 맨 아래 쓰레기통에 떨어지면서 쿵, 소리를 내더니 정적이 이어졌다. 그렇지만 여전히 찜찜했다. 1층 출입구가 쾅 닫힌다거나 뭔가 요란한 소리가 나야 맞는 상황이었다. "꺼져!" 다시 소리를 질렀다. "안 그럼 경찰 부를 거야. 여긴 사유지라고." 정말이지 중년 꼰대가 따로 없었다. 만약 그가 쓰레기통에 숨은 10대였다면 배꼽 빠져라 웃어댔을 것이다.

하지만 웃음소리는 들리지 않았다. 대신 구멍 아래쪽에서 뭔가를 쪽쪽 빠는 소리가 낮게 들려왔다. "좋아, 경찰 부르겠어."

"아빠, 왜 소리 질러? 무슨 일이야?" 룬은 문가에 서서 걱정스러운 눈으로 아빠를 바라보았다.

"아무것도 아니야, 우리 딸. 어떤 애들이 저 아래 쓰레기통에 숨었나봐. 쫓아내려고 그런 거야. 저기 들어가면 안 되거든."

"저기서 뭐하는데?" 불안한 표정이 아이 얼굴에 감돌았다.

"10대들이 원래 바보 같은 짓을 많이 하잖아." 말을 이어가려는데 다시 속삭이는 소리가 들리자 오딘은 놀라 자빠질 뻔했다. 딸의 눈이 휘둥그레지고 표정이 어두워지는 걸 보면서도 그는 배출구 아래쪽을 향해 귀를 기울일 수밖에 없었다. 정확히 무슨 말을 하는건지 알아들을 수 없었지만, 이따금씩 키득거리는 소리가 들린다는 사실만은 분명했다. 불현듯 속삭임의 주인공이 한 명이라는 생각이 들었다. 속닥속닥, 키득키득. 확실하지 않았지만 목소리는 이렇게 말하는 듯했다. *두고 보라지.* 어린아이가 으름장을 놓는 것 같았지만 목소리가 주는 으스스함은 전혀 아이 같지 않았다. 오딘은 더 이상 듣지 않고 배출구 문을 쾅 닫아버렸다. 그러고는 룬과 함께 집 안으로 들어가 현관문을 잠갔다.

키득거리는 소리에서 즐거움 같은 건 느껴지지 않았다. *히히, 바보 같은 아저씨가 아직도 저기 있네.* 아이의 억눌린 웃음소리와 말소리는 적의로 가득 차 있었다. 오딘은 룬이 그 소리를 듣게 할 수 없었다. 어른인 그가 듣기에도 충분히 소름끼쳤다.

30분 뒤 오딘은 경찰관 두 명과 인사를 나눈 뒤 배웅을 했다. 경찰관들은 그에게 술을 마시거나 담배를 피웠는지, 아니면 약물 치료를 받고 있는지 물었다. 아래층 쓰레기통 입구에는 눈이 그대로 쌓여있어서 아무도 발을 들이지 않은 게 확실했기 때문이다. 이상한 속삭임은 그의 상상이었던 게 분명하다고 했다. 룬을 데리고 내려와 자신의 말이 옳았다는 걸 증명했더라면 좋았겠지만, 딸아이에게 아무 흔적도 없는 눈을 보게 할 수는 없었다.

"경찰 아저씨가 10대들을 집으로 가게 했어?" 룬이 방에서 나와 물었다.

"경찰이 도착했을 때는 이미 도망치고 없었어. 아마 사이렌 소리를 들은 모양이야."

"사이렌 소리 안 났는데. 내가 경찰차 들어오는 거 봤어."

"글쎄, 아빠가 걔네들한테 경찰 부르겠다고 경고했으니 도망친 게 틀림없어."

표정으로 보아 룬은 아빠의 말을 믿지 않았다. 오딘 스스로도 자기 말을 믿을 수가 없었으니 놀라운 일은 아니었다. 그는 쓰레기통에 숨어있던 게 누구든 이제는 사라졌다는 사실에 위안을 얻었다. 하지만 위안은 오래 가지 못했다. 분명 다시 돌아올 것이다. 아마 디사 부인이 들었다는 그 소리의 주인공일 것이다. 그는 바깥 세상으로부터 집을 지켜주는 현관문의 잠금장치를 못마땅하다는 듯 쳐다보았다. 내일 당장 빗장을 사서 달 것이다. 빗장을 다는 건 물론이고 병가도 낼 것이다. 이런 상황에서 룬을 혼자 집에 두는 건 옳지 않았다.

13장

오딘은 인터뷰에 집중하려 애썼지만 마음은 자꾸 딜리야가 룬을 돌보는 사무실로 향했다. 병가를 내는 게 내키지 않아서 결국 딸을 데리고 출근하는 방법을 택했다. 물론 집에서 하루를 보내는 것 역시 생각만으로도 썩 유쾌하지 않았다.

모든 게 순조롭게 진행됐다. 룬은 천사처럼 얌전하게 비어있는 옆자리에서 컴퓨터를 가지고 놀았다. 다들 오딘의 상황을 알았기 때문에 동료들 중 누구도 그에게 왜 딸을 데리고 왔냐고 묻거나 타박하지 않았다. 다만 동료들의 표정에서 연민이 느껴져 오딘은 짜증이 났다. 자신과 룬을 딱하게 여길 필요는 전혀 없었다. 어떤 상황에서도 두 사람은 살아나갈 것이다.

그가 이따금 일하다 말고 고개 들어 옆자리를 보면 룬은 약속이라도 한 듯 고개를 들어 아빠를 쳐다보며 미소를 주고받았다. 두 사람은 텔레파시가 통하는 듯했다. *다 괜찮을 거야.* 하지만 정오가 지나고 외근 나갈 시간이 되자 가장된 안도감은 금세 사라져버렸다. 오딘은 딸과 함께 외근을 나가고픈 마음이 간절했다. 간신히 잡은 인터뷰를 이제 와서 취소한다는 건 있을 수 없었다. 만나기로 한 남자는 크로쿠르에서 지냈던 소년들 가운데 처음으로 자기 경험을 말하겠다고 나선 인물이었다. 그런 그에게 마음을 고쳐먹을 빌미를 줘서는 안 됐다. 지금껏 인터뷰 요청을 받은 관련자들은 하나같이 제안을 거절했다. 아직은 연락을 해볼 사람들이 꽤 남아있다고 해도 출발이 좋지는 않았다.

오딘은 인터뷰를 최대한 빨리 마무리할 생각이었다. 그러므로 상식적으로 볼 때 룬을 데려가도 문제될 것은 없었다. 단 이렇게 추운 날 아이가 차에서 기다리려면 시동을 켜놔야만 했다. 그러나 휘몰아치는 눈 속에서 룬 혼자 차 안에 남겨졌다가 배기관이 막히기라도 하면 어쩌나, 전전긍긍할 게 뻔했다. 룬을 딜리야의 손에 맡긴 것은 차악을 선택한 것이나 다름없었다.

오딘은 이런 생각을 떨쳐내려 애쓰면서 낡은 문을 두드렸다. 초인종은 고장났다는 표시로 비닐테이프가 붙어있었다. 목재 문이 너무 단단해서 꼭 돌을 두드리는 것 같았다. 다시 한 번 문을 힘껏 두드렸더니 얼어붙은 손가락 마디가 아팠다.

문이 열리고 나이를 가늠하기 힘든 여자가 나왔다. 거칠고 푸석푸석한 머리칼은 마치 손톱가위로 마구 난도질한 것처럼 보였다. 여자는 헐렁하고 헤진 남자 점퍼를 입고 있었다. 저 점퍼도 한때는 화려한 무늬가 새겨진 어깻죽지를 자랑스럽게 내보였을 것이다. 납빛 얼굴엔 깊은 주름이 이리저리 패고, 입 주변 피부가 비교적 팽팽한 것으로 보아 평생 웃을 일이 없는 삶인 듯했다. 여자의 입술을 보면서 오딘은 최악을 상상했지만 그건 기우였다. 여자의 치아는 두드러지게 건강하고 희었다. "당신이 오딘이에요?" 그녀의 목소리는 예상대로 걸걸하고 탁했다.

"네, 안녕하세요?" 굳게 악수를 나누는 여자의 손에서 굳은살이 느껴졌다. "케가이신가요?" 여자의 본명이 뭔지는 짐작도 할 수 없었다. 인터뷰를 잡도록 도와준 사회복지과 담당자가 별칭만 알려줬기 때문이다. "제가 왜 찾아왔는지 알고 계시죠?"

여자가 무심하게 고개를 끄덕였다. 이곳은 인생의 막다른 길에 다다른 사람들만 찾는 곳이었으니 갱생시설 관리소장으로 일하면서 이보다 더 특이한 방문도 수없이 받아봤을 것이다. "지금 깬 상태로 방에 있어요. 피티를 만나고 싶다고 하신 거 맞죠?"

"음, 제가 아는 건 본명입니다. 콜비누르 욘손이 피티인가요?"

"네." 여자가 문을 활짝 열었다. 스노라브라이트에 위치한 갱생원은 밖에서는 평범한 아파트 건물과 다를 게 없어 보였다. 하지만 안으로 들어서자 여느 보호시설에서 맡을 수 있는, 산업용 청소세제와 오래 묵은 커피 향, 작은 로비의 옷걸이에 나란히 걸린 젖은 바람막이 냄새가 뒤섞여 그를 맞았다. "신발은 벗지 않아도 돼요."

오딘은 신발을 벗지 않았지만 신발 바닥은 매트에 잘 문질러 닦았다. 세제 냄새와 무관하게 바닥은 더러워 보였다. "몇 명이나 여기서 생활하고 있죠?" 벽에 걸린 바람박이 개수로 보아 여덟 명 정도인 듯했다.

"현재는 다섯 명이에요. 사람들이 금방 들어왔다가 나가버려요. 오래 버티는 사람은 많지 않죠. 중독자들은 규칙을 따르는 걸 어려

워하는데, 규칙을 어기는 즉시 퇴소 조치되거든요." 주인들이 쫓겨
난 후 바람막이는 저곳에 남겨졌다. 오딘은 그들이 여름에 쫓겨난
것이길 바랐다. 점퍼도 없이 거리에서 아이슬란드의 겨울을 버텨낸
다는 건 불가능했다. 게다가 아무리 따듯한 날씨라고 해도 홈리스
들을 거리로 내쫓는 건 좀 비정해보였다. 오딘의 마음을 읽었는지
여자가 입을 열었다. "여기가 아직도 길거리 마약소굴인 걸로 착각
하고 행동하게 내버려두면 이런 시설 운영 못 해요. 정말 새 인생
을 살려고 노력하는 사람들한테 공정하지도 않고요." 여자는 로비
를 지나 오딘을 탁 트인 거실로 안내했다. "회복 초기 단계에 있는
사람들은 쉽게 자신감을 잃어버리죠. 내가 겪어봐서 알아요."

오딘은 어떻게 대처해야 할지 난감했다. 설마 그가 중독과의 사
투에 대해 질문을 던져주길 바랄 리 없잖은가? "콜비누르…, 그러
니까 피티는 여기 오래 있었나요?"

"아뇨. 세 달 있었어요. 그 전에는 하트게르다르코트 치료센터에
있었고요. 아마 거기서 7~8개월쯤 지냈을 거예요." 여자는 입소자
들의 침실로 연결되는 통로 문을 열었다. "사회복지과의 아가가 그
조사에 대해 설명해줬어요." 이 시설과 관련된 사람 중에 본명을
쓰는 이는 하나도 없는 듯했다. 오딘은 피티를 만나면 자신을 오기
라고 소개해야 할지 고민했다.

"본인 의사에 반해 강요하지는 않습니다. 피티 씨의 경우 말할
의사가 있는 걸로 알고 있습니다만, 과거의 기억을 헤집는다는 게
결코 쉬운 일은 아니겠지요."

"그 친구는 꽤나 느긋한 편이죠." 여자는 그 자리에서 멈춰 돌아

섰다. "내 생각이야 중요하지 않겠지만 어쨌든 말할게요."

"물론이죠." 여자가 느닷없이 불편할 정도로 가까운 거리에 서있었기 때문에 오딘은 자기도 모르게 뒤로 한 걸음 물러섰다. "제가 그분과 이야기를 나누는 게 못마땅하신가요?"

"글쎄요. 내가 걱정하는 점은 그 친구 머릿속에 엉뚱한 생각을 심어서 치료에 부정적인 영향을 미치는 거예요." 여자는 갑자기 격정적인 몸짓으로 검지를 들고 말했다. "책임." 그러고는 중지를 들고 말을 이었다. "돈 욕심." 여자가 손가락을 너무 가까이 쳐든 나머지 오딘의 코를 찌를 뻔했다.

"책임이라니, 무슨 뜻이죠?"

여자는 손을 내리고 말했다. "중독에서 벗어나려면 가장 먼저 자기 인생을 책임지려는 자세를 가져야 해요. 자기연민에 빠져서 끝도 없이 무언가를, 아니면 누군가를 탓해서는 안 돼요. 무슨 말인지 아시겠어요?"

"글쎄요." 이해하는 척하는 게 간단했겠지만 오딘은 여자가 자신을 추궁해 거짓말을 했다는 걸 알아낼까봐 두려웠다. "누군가 부당한 대우를 받았다면, 분명 그 부분에 대해 보상을 요구하는 게 정당하지 않나요? 그 사람이 어떻게 살아왔든 말예요. 저는 그렇게 생각합니다."

여자가 숨을 급히 들이마시자 콧구멍이 벌름거렸다. "그걸 부정하는 게 아니에요. 내 말은 중독자들이 자신의 행동을 바로잡으려고 할 때는 미래를 바라보고 자기 마음속을 들여다봐야 한다는 뜻이에요. 누구나 눈물 나는 사연 하나쯤 있죠. 주변에 하나쯤 자기보다 처지가 딱한 사람이 있게 마련이고요. 아시겠지만 어느 누구도, 심지어 꿈속에서라도 여기 사는 중독자들처럼 되고 싶은 사람은 없어요. 그런데 자기 문제에 대한 변명을 찾기 시작하면 자신은 처음부터 중독자로 태어났다거나, 인생이 자신에게 너무 잔인하게 굴어서 중독자가 됐다고 생각하게 돼요. 아니면 둘 다라고 생각할 수도 있고요. 그러다 보면 인생이 너무나 우울해지고 자기연민에 빠져 허우적거리는 꼴이 돼버리죠. 보상을 요구할 권리야 당연히 있고, 그걸 부정하자는 게 아니에요. 다만 그렇다고 해도 아무것도 달라지지 않는다는 거예요. 예전과 마찬가지로 인생은 여전히 좆같을 거예요."

"저는 그런 반응을 부추기려고 온 게 아닙니다. 절대 그런 일은 없을 겁니다." 오딘은 자기라면 여자가 말하는 수준의 금욕주의를 실천할 수 있을지 궁금했다. 아마 그러지 못할 것이다. "두 소년이 크로쿠르에서 부당한 대우를 받았다는 근거는 아직 발견되지 않았습니다. 저는 사실 피티 씨가 그 점을 확인해주지 않을까 기대하고 있습니다. 다른 수감자들에게도 인터뷰 요청을 할 계획이지만 몇 명이나 응할지는 아직 미지수지요."

여자가 날카롭게 가르랑거리는 소리를 냈다. 실소가 터진 거였다. "부당한 대우를 받지 않았다…, 낙관적인 분이시네."

"브레이다비크 같은 곳을 말씀하시는 건가요? 저는 그곳이 예외일 뿐, 전체가 다 그럴 거라고는 생각하지 않습니다."

"마음대로 생각하세요. 아무리 그래도 아이들을 제대로 돌보려면 그 아이를 진짜로 사랑해야 한다는 진리가 변하지는 않아요. 한

169

데 다른 사람의 아이를 돌볼 때 사람들은 그 진리를 잊어버리는 모양이에요. 특히 아이가 말썽을 일으키거나 다루기 어렵거나 아주 유약한 경우에는 더욱. 그나마 어린 아이에겐 기회라도 있지, 청소년들은 모르는 사람과 잘 지낼 가망이 아예 없어요. 간단한 거죠."

오딘은 다른 가정에 입양돼 행복하게 사는 전 세계 수많은 아이들이 있다는 점을 굳이 환기시키지 않았다. 여자가 말하는 사례는 비교적 짧은 기간 동안 가족이 아닌 사람들의 손에 맡겨진 아이들이었다. 게다가 여자의 말에는 일리가 있었다. 자기 아이의 잘못된 행동은 어떻게든 봐줄 수 있어도 다른 사람의 아이라면 이야기가 달라진다. 룬이 만약 다른 사람의 아이였다면, 그는 아이의 감정 기복과 짜증날 정도로 지저분한 성격에 벌써 몇 번이고 화를 터뜨렸을 것이다.

여자는 돌아서서 복도를 따라 걸어 내려가더니 어느 방문을 세게 두드렸다. 오딘은 안에서 들려오는 소리를 알아들을 수 없었지만 케가는 이해했는지 문을 열었다. "들어가 보세요. 저는 이 앞에 앉아있을 테니 도움이 필요하면 말씀하시고요." 그녀는 두 사람을 인사시키지도, 방 안으로 머리를 내밀어 피티가 손님을 맞을 상태인지 확인하지도 않은 채 자리를 떴다.

"들어오세요." 케가처럼 쉬고 걸걸한 남자의 목소리가 들렸다. 남자는 등받이가 없는 좁은 침대에 앉아있었는데, 침대는 꼭 창고형 할인점에서 산 것처럼 보였다. 장미 무늬가 그려진 베갯잇과 줄무늬 이불, 분홍색 시트는 심한 부조화를 이루었고 나머지 가구들도 굿 셰퍼드 자선 가게에서 산 듯 제각각이었다. 화장대와 의자,

작은 책상이 늘어서고 붙박이장은 너무 작아서 양말과 속옷만 넣기에도 부족할 정도지만, 방 주인의 누더기 같은 수건 몇 장을 넣기에는 충분한 듯했다. 붙박이장 문에는 살로메가 세례자 요한의 머리를 황금 쟁반에 받친 작은 그림이 붙어있었다. 그림의 메시지는 명확했다. 이거에 비하면 당신 인생은 괜찮은 거라고.

피티는 곧 쓰러질 듯한 의자를 가리키며 앉으라고 손짓했다. 의자에 앉으면서 오딘은 의자가 자신의 무게를 견뎌주길 바랐다. 삐거덕거리는 소리는 났지만 다행히 무너지지는 않았다. 오딘이 자기소개를 하자 남자는 자신을 피티라 소개했다. "저에게 이야기를 들려주실 의사가 있다고 들었습니다. 제가 잘못 안 게 아니었으면 좋겠네요. 오래 귀찮게 하지는 않겠습니다. 약속하죠."

남자가 웃음을 터뜨리자 오딘은 그가 케가와 달리 치아가 건강하지 못하다는 걸 한눈에 알아챘다. 치아가 하나 걸러 하나씩 빠져 있었다. 그나마 남은 이조차 갈색으로 변색되거나 퇴색된 상태였다. 적어도 한 번 이상 부러진 게 확실한 코는 치료를 제대로 못 받은 듯했고 심지어 귀조차 멀쩡한 모양새가 아니었다. "귀찮게 한다고요? 이 양반 보게나! 어차피 오늘 할 일도 없어요. 물론 그건 내 일도 마찬가지고요."

오딘은 그제야 방 안에 어떤 형태의 즐길거리도 없다는 걸 알아차렸다. TV나 컴퓨터, 라디오, 심지어 책 한 권도 없었다. "사람 일은 모르는 법이죠."

"저녁식사 시간에 모임이 있긴 하지만, 그걸 빼면 한가합니다. 새처럼 자유롭죠." 남자는 박장대소했지만 웃음은 얼마 안 가 마른 기침으로 변해버렸다.

"모임요?" 처음에는 농담을 하는 거라고 여겼는데 알고 보니 알코올중독자 모임이었다. "그럼 시작해도 될까요?" 그는 인터뷰를 빨리 끝내버리고 싶었다. 이렇게 좁은 공간에서 되돌리기에는 너무 늦어버린 인간의 비극과 마주하는 게 불편하기만 했다. 이 남자가 이제 기대할 것이라고는 고통을 완화하는 치료뿐이었다.

"네, 준비 완료됐습니다." 피티는 자신의 말이 약간 낯간지러운 듯 웃었다.

"알겠습니다." 오딘은 재킷주머니에서 쪽지를 꺼냈다. "저는 크로쿠르 보호소에서 소년들이 어떤 대우를 받았는지, 사전조사를 진행 중입니다. 일부 아동청소년 보호시설에서 발생한 불미스러운 사건들이 크로쿠르에서는 일어나지 않았다는 걸 확인 중이죠."

"아동이라고 말씀하시니까 우습네요. 거기 있을 때만 해도 내가 어린애라는 생각이 안 들었는데. 하지만 이제 와서 생각해보니 애였네요."

오딘은 메모 내용을 보면서 피티의 나이를 계산하다가 그가 겨우 쉰두 살이라는 사실에 놀랐다. "당시 열네 살이셨네요. 맞나요? 크로쿠르에서는 1년 좀 안 되게 계셨고요?"

"네. 그 정도 있었죠."

"그 당시 기억이 나시나요?" 오딘은 그의 대답이 얼마나 진실한 것인지 알아볼 수 있기를 바라는 심정으로 얻어맞은 듯한 그의 얼굴을 찬찬히 살폈다.

"네. 자세한 건 몰라도 대체로 기억나지요. 어린 시절 기억은 상당히 또렷하게 남아있는데 그 이후 수십 년 간은 그냥 흐리멍덩한 상태예요. 오래된 기억이 가장 길게 남는다고 했는데 아마 그 시절을 대체할 만한 기억이 없어서 그런가 봅니다. 필름이 끊기면 거의 기억에 남는 게 없거든요."

"그곳에서 보낸 시간은 어떠셨나요? 그러니까 보호소에서 아이들을 어떻게 대했는지 궁금합니다. 그게 아니라도 기억나는 건 뭐든 좋습니다. 직원들에게 학대를 당하신 적이 있나요. 아니면 불평할 게 전혀 없으신가요? 물론 자유를 박탈당한 건 제외하고요."

"어려운 질문이네요." 그가 오딘을 빤히 쳐다보았다. 어쩌면 오딘의 의도를 의심하는 것일지도 몰랐다. "거기 가기 전이든 나온 뒤든, 사는 건 더 나쁘지도 더 좋아지지도 않았어요. 그렇지만 그 전후의 제 인생이 거지같았다는 건 아셔야 합니다. 그러니까 거길 다녀오고 나서도 달라진 건 없었다는 의미죠."

"안타까운 일이군요." 신중해야 했다. 오딘은 피티가 크로쿠르에서 보낸 불과 열한 달의 일을 보고서로 작성하기 위해 여기 온 게 아니었다. 크로쿠르의 소년들은 대부분 거기로 보내지기 전부터 비참한 환경에서 살았다. 모두가 그런 건 아니지만 오딘은 보고서를 읽는 동안 소년들의 가족 중 알코올중독자가 얼마나 많은지를 확인하고 기함했었다. 알코올중독에 빠진 게 아니더라도 소년들의 부모는 빈곤이나 다른 어려움을 겪고 있었다. 그 고통은 모두 아이들의 몫이 되었다. 소년들은 부당한 세상에 대한 절망감을 반달리즘이나 좀도둑질로 풀었고, 그 대가로 자유를 박탈당했다. 피티는 전자에 속했다. 부모가 중증 알코올중독자였고 아들을 끔찍할 정

173

도로 방치했다. 크로쿠르의 환경이 소년들의 원래 가정보다 전혀 나을 게 없었다는 건 나쁜 신호였다. "크로쿠르에서 행복하지 못했던 이유는 뭐였나요? 특별한 이유가 있었나요, 아니면 그냥 전반적으로 만족스럽지 않았던 건가요?"

피티는 침대에 기대앉더니 생각에 잠긴 듯 쭈글쭈글한 손을 턱에 갖다 댔다. 손 떨림이 어찌나 심한지 마치 눈에 보이지 않는 피아노라도 연주하는 것 같았다. "비참하고, 뭐랄까… 그냥 무기력했어요. 애초 거기 가게 된 것도 어처구니없는 이유 때문이었죠. 학교에서 홧김에 창문을 하나 깨뜨렸거든요. 누가 요즘 그런 걸로 1년이나 갇혀있습니까?"

"아무도요." 오딘은 더 이상 말을 하지 않았다. 그가 여기 온 목적은 과거의 행적을 가지고 아동보호 당국을 법정에 세우거나 혹은 변호하려는 게 아니었다. 만약 피티의 말이 사실이라면 대체 무슨 근거로 아무 죄 없는 아이들을 가둔 다른 보호시설이 결백하다고 주장할 수 있겠는가?

남자는 오딘의 반응에 만족한 듯했다. "낮에는 학교에서 공부하고 저녁에는 여자애들 꽁무니나 따라다녔을 나이예요. 아무것도 없는 황무지에 갇힌 채 나갈 날만 세고 있어서는 안 됐어요."

"수업 같은 건 받지 않으셨나요?"

"맙소사, 아뇨." 피티는 잠시 생각하더니 말을 이었다. "애들 머릿속에 뭔가를 집어넣어 보려는 시늉은 했지만 대부분 농장 주변에서 일만 했어요." 그는 다시 기침을 했다. "어렸을 때는 공부도 곧잘 했어요. 그런데 집에서 지원을 못 해주니까 결국 포기하고 사고

나 치고 다녔죠." 그는 오딘 너머의 벽에 시선을 고정했다. 아마 평범한 가정에서 태어났다면 자신의 인생이 어떻게 달라졌을지 상상하고 있었을 것이다. 실은 오딘도 그게 궁금했다. 하지만 피티가 다시 입을 열었을 때는 전혀 다른 이야기를 꺼냈다. "뭔가를 가르치려 하거나 농장에서 노예처럼 일을 시키지 않을 때는 망할 기독교 교리 같은 걸 듣게 했어요. 그 부부는 자기들도 베풀지 않으면서 설교나 하려 들었죠. 하나님을 받아들여야 한다나 뭐라나. 입버릇처럼 죄 많은 삶을 고쳐야 한다고 떠들어댔어요." 그러고는 가래 끓는 소리로 껄껄 웃어댔다. "혹시 담배 한 대 없어요?"

"네, 죄송합니다." 그 순간 오딘은 자신이 담배를 피우지 않는다는 사실이 후회스러웠다. 이 남자에게 담배를 건넬 수 있다면 좋았을 텐데. "보통 다섯 명에서 열 명의 소년들이 보호소에서 지낸 걸로 알고 있습니다. 아마 내부에서 비행을 저지르는 아이들도 있었겠죠? 그럴 때 어떤 벌을 받았나요?"

"흔히 받는 벌이죠. 따로 불려가 훈계를 들었어요. 종종 방에 가둬두고 성경을 읽게 했고요. 아니면 저녁을 굶겼어요. 우사 청소를 시킬 때도 있었고요. 종류는 다양했어요."

"체벌도 있었나요?"

"뺨을 때렸죠. 제 기억이 맞다면 그것 때문에 이가 하나 빠져버렸어요."

오딘은 남자의 말을 받아 적었다. "누가 때렸죠?"

"베이가르 소장요. 그 꼰대 놈. 혹시나 해서 말씀드리면, 아마 그때 소장 나이가 지금 저보다 어렸을 겁니다."

"당시 소장은 마흔이 안 됐네요." 오딘은 펜을 내려놓았다. "소장이 폭력을 마구 휘둘렀나요?"

"아, 글쎄요. 화를 내기는 했지만 심각한 건 아니었어요. 저 같은 애들이야 맞는 데 익숙해서 상관없지만, 안 그런 애들도 있었죠. 그 마누라가 더 최악이었는데, 애들을 때리지는 않았어요. 그 여자한테서 기분 나쁜 눈길을 받느니 차라리 몇 대 맞는 게 속 편했죠."

"눈길이라고요?"

"네. 그 여잔 제정신이 아니었어요. 애들 머리에 구멍이라도 뚫을 것처럼 노려봤다니까요. 소름 끼쳤죠. 온갖 험악한 말을 해대서 듣는 사람은 몸이 부들부들 떨릴 정도였어요."

"예를 들면요?"

"다시 기억하고 싶지도 않네요." 그는 혀로 입술을 핥았다. 입 밖으로 삐죽 나온 붉은 혀는 칙칙한 피부와 극명한 대조를 이뤘다. "성경을 인용하거나 우리가 얼마나 싹수 노란 애들인지, 온갖 고약한 말을 늘어놨어요. 폐기 처분될 인생들이라면서. 그런 소리를 듣는 것만도 최악이었어요. 인생에서 아무것도 이루지 못할 거라는 말, 그게 가장 상처가 됐어요. 우리 처지를 모르는 건 아니지만, 그래도 잠시 잊고 지내던 현실을 떠올리는 건 괴로운 일이죠."

오딘은 숨을 내쉬며 이 순간 여기가 아닌 다른 곳에 있었으면 하고 간절히 바랐다. 가령 룬이 잘 있는지 확인할 수 있는 사무실 같은 곳. 오래 전 소년들이 겪은 부당함에 대해 보고서를 쓴다 한들 무엇을 얻을 수 있을지 상상하기 어려웠다. 아무리 많은 배상을 한다고 해도 그들이 입은 피해를 되돌릴 수는 없었다. 피티가 크로쿠르에 보내지지 않았다면 그의 삶은 달라졌을까? 오딘으로서는 판단하기 어려운 문제지만, 어차피 그게 중요한 건 아니었다. 부당한 일은 이미 벌어졌고, 전후 사정이야 어떻게 달라지든 무의미했다. "다른 보호시설을 조사하면서 밝혀진 사실인데, 때로 아이들끼리 서로를 괴롭히는 일도 있었더군요. 직원들이 그걸 방치하는 바람에 나이 많은 아이들에 의한 따돌림이나 폭력이 만연한 경우도 적잖았습니다. 크로쿠르에서도 그런 일이 있었나요?"

"제 기억에는 없어요. 거친 애들이니까 서로 주먹질하는 일이야 있었죠. 싸움질도 안 일어났다면 그건 기적이었을 겁니다. 놀려먹는 일이야 있었지만 상처를 입을 정도로 심각하지는 않았어요. 놀림이 그 정도로 오래 가지 않았을 수도 있고요."

피티는 괴롭힘을 당해본 적이 없는 게 분명했다. 그렇지 않고서야 놀림을 가벼운 일로 치부하지 못했을 것이다. 다른 소년들의 이야기는 다를지도 몰랐다. 오딘은 갑자기 다른 소년들을 인터뷰해야 한다는 사실에 우울해졌다. "그 외에도 말하고 싶은 게 있나요? 제가 묻지 않은 거라도 무방합니다." 오딘은 자신이 중요한 뭔가를 놓치고 있다는 느낌을 지울 수 없었지만 여기서 벗어나 딸에게로 돌아가고 싶은 마음이 훨씬 강했다.

"끔찍한 곳이었다는 것 말고는 없습니다. 그 장소 자체가 말이에요. 농장이며 그 주변 모두 다요. 거긴 제대로 된 시골도 아니었어요. 대체 뭐하는 곳이었는지 모르겠네요. 그냥 외딴 황무지였어요. 거기서 농사를 짓겠다는 생각 자체가 미친 짓이었죠. 거긴 터 자체에 문제가 있어요, 사람들이 아니라."

"무슨 말씀인지 잘 모르겠군요. 무슨 뜻이죠?"

"뭐라고 콕 집어 설명은 못 하겠지만, 그곳이 소름 끼치는 장소라는 생각을 한 건 저만이 아니었어요. 다들 그렇게 생각했죠. 터가 나쁘다고. 다른 애들 말로는 그 꼰대가 자기 아기를 농장에 묻었다고 했어요. 그래서 그렇게 귀신 나올 것 같은 분위기가 된 거라고요."

"아기요?" 오딘은 자료 어디에서도 소장 부부가 아기를 낳았다는 기록은 보지 못했다.

"아기인지 태아인지, 암튼 그런 거요. 나도 뭔지는 잘 모르겠어요. 그 마누라가 아기를 낳았는데 사산아를 낳았는지, 낳으면서 죽은 건지 그랬을 겁니다. 어쨌든 세례를 받을 기회가 없었대요. 그런데 이 부부가 워낙 독실한 기독교인이다 보니 교회 경내에 제대로 묻을 수는 없고, 관에 넣어 정식으로 매장하고 싶지도 않았던 거죠. 그래서 시신을 농장 어딘가에 묻어버렸대요." 믿기 어려워하는 오딘의 표정을 본 피터는 찔리는 듯한 눈빛으로 덧붙였다. "내 말을 안 믿을 수도 있지만 엄연히 실제 있었던 일입니다. 그래서 그 남자애 둘이 대가를 치른 거예요."

"잠시만요, 그게 무슨 말씀이시죠?"

"죽었잖아요, 그 두 명이요. 그게 정말 사고라고 생각했어요?"

14장

1974년 1월

불면의 밤을 보낸 탓에 알디스는 얼굴이 붓고 두 눈은 퀭하게 들어가 있었다. 얼음같이 찬 물을 얼굴에 끼얹어보았지만 그때뿐이었다. 얼마 안 가 양 볼의 혈색은 사라져 다시 피곤하고 볼품없는 얼굴이 되어버렸다. 양치를 하는 동안 거울 속 자신의 모습을 보면서 알디스는 수건으로 거울을 덮어버리고 싶은 심정이었다. 샤워라도할 수 있다면 소원이 없겠으나 화장실에는 물을 받는 데 시간이 너무 오래 걸리는 욕조가 전부였다. 게다가 이런 상태에서 따뜻한 욕조 안에 몸을 담갔다가 깜박 잠이 들 우려도 있었다. 이런 곳에서 익사하는 건 조금도 구미가 당기지 않았다.

알디스는 치약을 뱉고는 입을 헹궜다. 뇌도 이렇게 헹굴 수 있다면 좋으련만. 자신을 잠 못 들게 하는 어지러운 생각들을 죄다 씻어내고만 싶었다. 그녀의 머릿속을 어지럽히는 가장 큰 문제는 엄마와의 관계와 에이나르를 둘러싼 미스터리한 상황이었다. 어둠속에서 뒤척이는 사이, 괴로움은 점점 더 커졌다. 속쓰림은 심해지고 무슨 생각을 해도 그 문제들을 머릿속에서 떨쳐낼 수가 없었다.

불현듯 다 잘못될 거라는 예감으로도 모자라 무슨 짓을 해도 그 결과를 막을 수 없을 거라는 불길한 생각이 떠나지를 않았다. 꼬인 인생을 풀어보려고 머리를 쥐어짰지만 소용이 없었다. 어차피 자기 힘으로는 미래를 바꿀 수 없다는 운명론적인 생각만 머릿속에 가득 찼다. 심지어 꿈자리도 사나웠다. 자명종이 울리자 알디스는 비로소 꿈속에서 빠져나올 수 있었다. 잠에서 깬 뒤에도 다시 떠올리고 싶지 않은 꿈이었다. 기억에 희미하게 남은 거라곤 자신이 어떤 구멍 속에서 빠져나오지 못해 허우적거리는 장면과 천천히, 하지만 가차 없이 사방에서 진흙이 흘러들어와 구멍을 채우는 장면뿐이었다. 되새기고 싶지 않은 꿈이었지만, 구멍 속에 그녀 외에 또 다른 불길한 존재가 함께 있었다는 어렴풋한 느낌은 특히나 더 떠올리고 싶지 않았다. 꿈을 꾸었다는 건 잠깐이라도 잠에 들었다는 의미라고 긍정적으로 해석하고 싶었다. 얼마 동안 잠들었던 건지는 전혀 알 수 없었다. 어쩌면 생각보다 길게 잤는지도 몰랐다. 자는 동안에는 시간이 빨리 흐르는 법이니까.

알디스는 손을 씻으려고 온수 수도꼭지를 틀었다. 물이 데워지는 동안 그녀는 용기를 내 거울을 들여다보았다. 김이 서려오는 거울 속 자신의 얼굴을 바라보다가 한 쪽 뺨에 붉은 자국이 보이는 듯한 느낌에 사로잡혔다. 엄마에게 뺨을 맞은 바로 그 자리였다. 붉은 자국을 제대로 보고 싶은 마음은 추호도 없었다. 그래서 거울에 맺힌 물방울도 닦지 않았지만 뺨을 맞은 자리에 손을 대자 화끈 거리고 쓰라린 느낌이 들었다.

화장실 문을 두드리는 위압적인 노크 소리가 들렸다. "이 화장실 너 혼자 쓰는 거 아니거든." 그녀는 서둘러 자기 물건을 챙겨 문을 열었다. 말리가 벽에 기댄 채 그녀를 쏘아보았다. 알디스는 한마디 쏘아붙이고 싶었지만 꾹 참았다. 착잡한 기분이 드는 건 어쨌든 그의 잘못이 아니었다. 게다가 아침부터 바보 같은 말싸움에 휘말리고 싶지도 않았다. 방으로 돌아와 운동화 끈을 단단히 조이고 긴 머리칼을 하나로 단정하게 묶고 나자 기분이 조금 나아졌다.

이제 나갈 시간이라는 걸 스스로에게 알리기라도 하듯 그녀는 두 무릎을 탁 쳤다. 시간이 지나면 정신을 차릴 수 있겠지. 하지만 당장은 참고 견뎌야 했다. 가장 좋은 방법은 보호소에서 일한 시간과 앞으로 일할 시간을 계산해보는 것이었다. 경험상 하루 일과를 반쯤 해치우고 끝이 보이기 시작하면 기분이 나아졌다. 더구나 내일은 쉬는 날이었다. 에너지를 비축해둬야 시내에 나가 신나게 놀 수 있었다. 설령 걸어가는 한이 있더라도 시내에 꼭 나갈 것이다. 이것저것 살 것도 있는 데다 또 누가 알겠는가? 예쁜 걸 사면 어지러운 마음도 가라앉힐 수 있을지.

쇼핑할 생각에 기분이 들뜬 알디스는 서둘러 밖으로 나가려고 현관문을 열었다가 앞에 서있던 토비와 마주쳤다. 코가 문에 닿을 정도로 가까이 서있었다. 토비가 두려운 존재는 아니지만, 그럼에도 알디스는 화들짝 놀랐다. "여기서 뭐해, 멍청아? 노크할 줄 몰라?" 평소보다 날카로운 목소리로 말했지만 일부러 그런 것은 아니었다. 심장이 쿵쾅거리면서 아드레날린이 혈관을 따라 솟구쳤고 흥분을 분출할 곳이 필요했다. 무엇보다 그날 밤 식당에서 본 것을 솔직하게 털어놓지 않은 토비에게 여전히 화가 나있었다.

"죄송해요. 노크하려고 했는데 누나가 문을 열어서." 토비는 부끄러운 표정으로 고개를 숙이고 자기 발을 내려다보았다. 길게 자란 검은 머리칼이 아이의 이마와 눈 위로 아무렇게나 늘어져 있었다. 원래 릴리야가 소년들의 이발을 도맡았지만 최근 들어 자신의 임무를 게을리 하면서 소년들의 머리는 눈에 띄게 덥수룩해졌다.

"사과하러 왔어? 그런다고 해서 쉽게 용서받을 거라는 생각은 마. 네 변명 따위는 눈곱만큼도 관심 없으니까. 나한테 용서받고 싶으면 릴리야랑 베이가르한테 가서 빌어먹을 그날 무슨 일이 있었는지 사실대로 말해." 알디스는 토비의 멱살을 잡아 억지로 눈을 맞추고 싶은 충동을 억눌렀다.

"그것 때문에 온 거 아니에요." 토비는 입에 한 가득 풍선껌이라도 문 것처럼 우물거렸다. 어쩌면 실제로 껌을 씹고 있을지도 몰랐다. 그의 할머니가 정기적으로 손자에게 단 것들을 보내왔고, 우편물을 찾아오는 게 토비의 일이기도 했다. 때문에 토비는 소포를 몰래 숨겨오는 게 가능했다. 번거로운 일에 대한 보상이지만, 갈림길 옆 오래된 우유 운반통 보관대까지 우편물을 찾으려 진입로를 오가야만 했다. 그렇게라도 하지 않으면 보호소에 사탕 둘 공간 따위는 없다며 베이가르와 릴리야가 소포를 모두 압수해버렸기 때문이다. 한번은 릴리야가 소포로 들어온 사탕을 돼지들에게 먹이는 걸 본 적이 있다. 소년들에게는 소포가 왔다는 사실조차 알려주지 않았다. 소포를 중간에 가로채는 것과 가족들이 선물을 보냈다는 사실을 숨겨 소년들로 하여금 자신들이 버림받았다고 믿게 하는 것 중 어떤 게 더 나쁜지 알디스는 알 수 없었다. 그녀는 종종 소년들에게 부부의 만행을 폭로하고 싶은 유혹에 사로잡혔지만 매번 마음을 접고 말았다. 후폭풍이 두려웠기 때문이다. 자신에게 돌아올 피해가 아니라 폭동이 일어날까 걱정스러웠던 것이다. 폭동이 일어나면 소년들은 가혹하게 진압당할 테고, 그런 고초를 겪고 나면 그들의 삶은 더욱 피폐해질 게 뻔했다. 한번은 알디스가 용기를 내서 왜 아이들의 소포를 숨기는지 물었다. 릴리야는 소포를 전혀 받지 못하는 아이들이 소포를 받은 아이들을 보면 질투하거나 불행해질 거라고 말했다. 다시 말해 소년들은 평등하게 불행해야 한다는 것이었다. 하지만 알디스는 대꾸할 배짱이 없었다.

"줄 게 있어요." 토비는 뒷주머니에 손을 넣더니 봉투를 꺼냈다. 봉투는 접혀있었지만 구겨지지는 않았다.

알디스는 한 대 얻어맞은 기분이 들었다. 그녀는 접힌 봉투를 말없이 바라보았다. 자신이 소년들과 같은 신세일 거라고는 단 한 번도 생각하지 않았다. 알디스는 봉투를 낚아채는 대신 낮은 목소리로 물었다. "릴리야랑 베이가르가 나한테 온 다른 편지들도 빼돌렸니?" 토비는 고개를 끄덕였다. 알디스는 그의 표정에서 수치심을 읽었다. 그녀는 봉투에 쓰인 주소를 힐끔 보았다. 즉시 글씨체를 알아보았다. "나한테 왔다는 편지들, 다 같은 글씨체였어?"

"그런 거 같아요, 정확하지는 않지만." 토비는 두 발을 이리저리 꼼지락거렸다. 그는 여전히 알디스의 눈을 쳐다보지 못했다.

알디스는 봉투를 낚아챘다. 예상보다 무거웠지만 종이 외에 다른 내용물이 든 것 같지는 않았다. 목구멍에서 울컥하는 느낌이 들자 그녀는 한 걸음 뒤로 물러나 토비의 면전에서 문을 쾅 닫아버렸다. 토비에게 고맙다는 말도, 그날 밤의 진실에 대해 털어놓지 않았다며 장광설을 늘어놓지도 않았다. 그러기에는 너무나 지치고 피곤하고 속상했다.

알디스는 우아한 필체로 쓰인 자기 이름과 글씨체를 알아보았다. 손에 쥔 봉투 때문에 손가락이 화끈거릴 정도였고, 당장이라도 구석에 던져버리고 싶었다. 이보다 더 타이밍이 나쁠 수는 없었다. 하필이면 잠을 설쳐 몸이 축 처지는 날 이런 일이 벌어지다니. 다른 것도 아니고 엄마가 자신을 배신한 일을 두고 골머리를 앓았는데 말이다. 피할 수 없는 운명 같았다. 전날 밤 귀에 대고 미래를 바꿀 수 없다고 자신을 비웃었던 바로 그 운명 말이다.

알디스는 봉투를 주머니에 우겨넣고 대충 눈물을 닦은 후 밖으로 나왔다. 편지는 나중에 읽어도 충분했다.

분노가 도움이 될 때도 있다. 알디스는 한동안 잊고 있었던 굳은 의지로 가득 찼다. 주변 사람들도 그녀의 변화를 감지한 듯했다. 릴리야조차 그녀에게 말을 걸지도, 일을 시키지도 않았다. 심지어 알디스가 새에게 줄 빵 두 조각을 주머니에 넣는 것을 보고도 말을 참았다. 평소의 알디스였다면 아무도 보고 있지 않을 때 빵껍질을 슬쩍 하는 정도였을 것이다. 하지만 이제는 릴리야가 어떤 반응을 보이든 전혀 개의치 않았다. 오히려 그녀가 자기 쪽으로 숨을 내쉬기만 해도 폭발해버릴 것 같았다. 그렇게 분노를 터뜨리면 기분은 날아갈 듯 좋을지 몰라도 뒷감당은 그리 즐겁지 않을 것이다. 릴리야는 뒤끝이 있는 성격이기 때문에 더 그랬다. 게다가 부부가 자신에게 온 편지를 숨겨왔다는 사실을 실수로라도 입 밖에 낼까 두려웠다. 무슨 일이 있어도 그런 상황은 막고 싶었다. 무슨 말을 어떻게 할지 완벽하게 준비하고 연습하기 전까지 참아야만 했다.

움직일 때마다 주머니에 넣은 봉투의 촉감이 느껴졌다. 덕분에 알디스는 하루 종일 분노로 이글거렸다. 베이가르와 릴리야가 감히 자신의 편지를 빼돌려도 된다고 생각했다는 게 도저히 믿기지 않았다. 분명 두 사람은 편지 내용까지 확인했을 것이다. 그 생각만으로도 알디스는 분노와 증오로 타올랐다. 그 둘에게 남의 사생활을 캐고 다닐 권리 따위는 당연히 없었다. 보나마나 사과의 말이 담겼을 어머니의 편지를 보며 비웃을 권리는 더더욱 없었다.

알디스는 둘에게 복수할 계획을 세우면서 편지에 어떤 내용이 적혔을지 상상했다. 결론은 언제나 한 가지였다. 제발 자신을 용서해달라고 애원하는 내용일 게 분명했다. 연락을 달라거나 집으로 돌아와 달라는 내용일 것이다. 달리 뭐가 있겠는가? 설마 알디스에게 망할 거짓말쟁이에, 엄마가 새로운 사랑을 찾는 걸 못 견디는 딸년이라고 악담을 퍼붓지는 않았을 것이다. 물론 그 가능성도 완전히 배제할 수는 없었다. 어쩌면 가출하면서 훔쳐간 돈을 돌려달라는 내용일 수도 있겠지만 그러기에는 액수가 너무 적었다. 이런 걱정들 때문에 알디스는 차마 쉬는 시간에 방으로 돌아와 편지를 열어볼 수가 없었다. 하루 일과가 모두 끝날 때까지 기다려야만 했다.

"나한테 화났어요?" 알디스가 쓰레받기를 들고 쭈그려앉아 성경 읽기 모임방을 청소하는데 에이나르가 뒤에서 나타나 물었다.

여기서 처음 일을 시작했을 때는 알디스도 성경 모임에 참여했었다. 하나님의 말씀을 듣고 싶어서가 아니라 단조로운 일상에 조금이라도 변화를 주고 싶었기 때문이다. 소년들 뒤편에 자리잡고 앉은 그녀의 모습을 본 베이가르와 릴리야의 얼굴이 밝아졌지만 알디스가 세 번을 끝으로 더는 모임에 나오지 않았기 때문에 부부의 즐거움도 오래 가지는 않았다. 알디스는 매번 반복되는 설교와 소년들을 향해 고래고래 소리 지르며 읽어대는 성경 구절, 독실한 척하는 두 사람의 태도를 더는 견딜 수 없었다. 그래서 지금은 일주일에 한 번 청소할 때만 모임방에 들어갔다.

"아니." 알디스가 일어나 대꾸했다. "내가 왜 너한테 화가 나?" 그녀는 엄마의 편지에 관한 이야기는 물론이고 에이나르와 관련된 문제에 대해 이야기할 기운도 없었다. 다음을 기약해야만 했다.

"점심시간에 누나 정말 이상했어요."

"그냥 기분이 안 좋았어. 너랑은 전혀 상관없는 일이야."

에이나르는 알디스의 얼굴을 만지기라도 할 것처럼 손을 뻗다가 마음을 고쳐먹었다. 대신 그는 두 손을 주머니에 찔러넣은 채 발목을 이리저리 움직이며 말했다. "토비가 오늘 아침에 있었던 일을 말해줬어요. 그냥 누나한테 말하고 싶어서요. 그리고 베이가르랑 릴리야가 개자식이라는 것도 말하고 싶었어요. 형편없는 개자식들이죠."

알디스는 그 말에 전적으로 공감했지만 입 밖으로 내어 말하지는 않았다. 그에게 자기를 그냥 내버려두라고 해야 할지, 아니면 말을 걸어줘서 고맙다고 해야 할지 갈피를 잡을 수가 없었다. "그걸 왜 너한테 말해줬는데?"

"토비가 오늘 아침 해 뜨자마자 밖에 나갔는데, 그 뒤로 누나 숙소 쪽으로 잽싸게 뛰어가는 걸 봤거든요. 원래는 어제 우편물을 가지러 가는 날이었는데 그 부부가 짬이 안 났는지 토비에게 우편물 심부름을 시키지 않더라고요. 토비가 직원 숙소로 간 게 누나를 보려던 건지 아님 다른 아저씨들을 만나려던 건지 알 수 없어서 토비를 추궁했죠. 토비를 이실직고하게 만드는 건 어렵지 않거든요."

물론 어렵지 않았을 것이다. 토비는 겨우 열세 살이고, 내일모레면 열아홉 살인 에이나르는 어른이나 다름없었다. 하지만 그의 지갑을 몰래 봤다는 사실을 들켜서는 안 됐기 때문에 그런 사실을 말할 수는 없었다. 아직 들켜서는 안 됐다. "너한테 온 편지도 있었는지 토비한테 물어봤어?"

알디스가 보기에 자연스럽기 그지없는 질문이었지만 에이나르는 묘한 표정을 지었다. "아뇨, 안 물어봤어요." 거짓말에는 소질이 없는 아이였다. 더 이상의 질문을 원천봉쇄라도 하겠다는 듯 그는 얼른 말을 돌렸다. "오늘 저녁에 날씨만 좋으면 몰래 빠져나가볼 생각이에요. 산책을 하든지, 자유를 좀 만끽해보려고요. 누나도 같이 갈 생각이 있는지 궁금했어요. 혹시라도 나한테 문제가 생기면 절대로 누나한테는 불똥이 튀지 않게 할 게요."

"어떻게 빠져나가려고?" 알디스는 대답을 미루기 위해 괜한 질문을 던졌다. 기숙사를 빠져나오는 일이야 누워서 떡 먹기라는 건 그녀도 잘 알았다.

"어떻게든 빠져나올 거예요." 그의 입가에 스민 웃음기가 눈가로는 퍼지지 않았다. "언제요? 누나도 갈래요? 누나한테도 도움이 될 거예요. 목이 쉬도록 소리를 질러도 될 만큼 멀리 빠져나갈 거예요. 스트레스도 풀릴 거고요." 경험에서 우러난 듯한 어조였다.

알디스는 쓰레받기의 손잡이를 만지작거리며 어떻게 대답할지 고민했다. 둘이 보호소를 빠져나간 게 들통 나면 알디스는 곤란한 상황에 처할 테고, 직장을 잃을 수도 있었다. 하지만 직장을 잃는다고 한들 무슨 차이가 있겠는가? 베이가르와 릴리야에게 추천서를 못 받는다고 세상이 무너지는 것도 아니다. 알디스가 이곳에서 성실하게 근무한들 두 사람이 그녀에게 좋은 추천서를 써줄 리 만무했다. 최악의 결과라고 해봤자 계획보다 일찍 레이캬비크로 떠나는 게 전부였다. "나도 갈게. 몇 시에 어디서 만날까?"

에이나르의 얼굴이 밝아졌다. 시간과 장소를 정한 뒤 서둘러 밖으로 나가던 그가 문 앞에 서서 뒤돌아 윙크를 했다. 알디스가 그를 향해 윙크를 하려고 했을 때 이미 그는 밖으로 나간 뒤였다.

모임방을 나서기 전 알디스는 유혹을 이기지 못하고 릴리야와 베이가르가 사용하는 성서대 아래 카펫을 들어, 쓰레받기를 가득 채운 먼지를 버린 다음 다시 카펫을 덮었다.

알디스는 바람막이 점퍼까지 입고 에이나르를 만나러 갈 만반의 준비를 한 뒤 드디어 편지를 열었다. 한참이나 침대에 앉아 죄 없는 봉투를 찬찬히 살펴보다가 이제 더 이상 못 기다리겠다는 듯 봉투를 찢어발겼다. 편지를 무릎에 올려놓고, 글씨가 비뚤어지지 않게 자라도 대고 쓴 것처럼 반듯하게 종이를 가득 채운 검은 글씨에 시선을 고정했다. 그런 다음 심호흡을 하고 편지를 읽어 내려갔다.

사랑하는 딸 알디스에게,

예전에 보낸 편지를 네가 읽었기를 바라지만, 어째서인지 네 소식은 전혀 들을 수가 없구나. 내가 보낸 편지라는 걸 알고 네가 편지를 열지도 않고 버린 건 아닌지 너무도 두렵단다. 그렇지만 이 편지를 읽고 있다면 제발 또다시 부탁하는데, 부디 엄마에게 연락을 해다오. 전화든 편지든 상관없으니 몇 마디 말이라도 들려줬으면 좋겠구나.

이전에도 썼지만 라루스는 이제 떠났으니 혹시라도 그가 전화를 받거나 네가 보낸 편지를 읽지 않을까 걱정하지 않아도 된단다.

말로는 표현할 수 없을 정도로 네가 그립다. 시간을 되돌려 그날의 잘못을 바로잡을 수만 있다면 엄마는 무슨 짓이든 할 거야. 하지만 이제 와 이런 말을 하는 건 아무 소용이 없겠지. 엄마는 이미 너에게 상처를 줬고 그 사실을 인정하며 잘못을 보상하기 위해 노력하는 것 외에 달리 방법이 없다는 걸 잘 알고 있단다. 네가 태어난 그날부터 너는 내가 살아가는 이유였고, 나에게 기쁨과 행복을 주는 유일한 존재였어. 네가 없이 사는 건 아무런 의미도 없어.

사랑하는 내 딸 알디스, 부디 소식을 들려주렴. 네가 어떻게 지내고 있는지, 기분이 어떤지 모른 채 산다는 건 죽을 만큼 괴로운 일이란다. 엄마는 너를 사랑하고 앞으로도 영원히 사랑할 거야, 그러니 제발 엄마가 너를 의심했던 그 순간을 용서하고 너를 사랑으로만 대했던 그 세월들을 기억해주렴.

사랑하는 엄마가.

알디스는 편지를 내려놓았다. 편지를 다시 읽고 싶었지만 간신히 참았다. 엄마에 대한 마음을 정하기에 앞서 그 전에 보냈다는 편지들을 읽어야만 했다. 알디스가 거짓말을 한 게 아니라는 사실을 엄마는 언제 알았을까? 엄마는 그 개자식을 쫓아냈을까, 아니면 그놈이 제 발로 엄마를 떠난 걸까? 그놈이 떠나고 나서야 엄마는 자신의 행동을 후회하게 된 걸까? 생각을 정리하는 대신 알디스는 자리에서 일어나 밖으로 나왔다. 약속 시간까지는 10분이 남았지만 에이나르를 만나러 가기 전에 창고에서 술 한 병을 슬쩍할 생각이었다. 그 전까지는 단 한 번도 술에 대한 욕구를 느끼지 못했다. 술에서는 고약한 맛이 났고, 술에 취해 헛소리를 해대는 것도 내키지 않았다. 평소였다면 그랬을 것이다. 그렇지만 지금 이 순간만큼은 술을 마시는 게 너무나 자연스럽게 느껴졌다. 설령 후회할 짓을 한다고 해도. 물론 그녀의 처지가 이보다 더 나빠지기는 힘들 것이다.

15장

"아빠가 밖에서 시간을 더 보내다가 들어오길 바랐는데." 딜리야
가 룬에게 윙크를 하고는 오딘을 바라보며 미소 지었다. 딜리야의
립스틱이 거의 다 지워진 걸 보니 오딘이 나가있는 동안 화장 고칠
시간도 없이 룬을 살뜰히 보살폈다는 걸 알 수 있었다. 오딘은 룬
을 돌봐준 딜리야에게 고마워해야 할지 아니면 그녀의 진짜 의도를
눈치 채고 두려워해야 할지 혼란스러웠다. 자리를 비운 동안 딜리
야는 룬에게 무슨 말을 지껄였을까?

"오, 내가 다시 나갔으면 좋겠다 이거군?" 룬이 알 수 없는 표정
으로 아빠를 쳐다보았다. 오딘은 농담이 실패할 걸 걱정스러워하
며 진심이 아니었다는 걸 알리기 위해 딸의 머리칼을 가볍게 흐트
러뜨렸다. "그런데 내가 꼭 필요한 존재인 걸 어쩌나?"

"꼭 그렇지는 않아." 딜리야가 룬을 보며 다시 눈을 찡긋했다. 딜
리야는 가방을 집어들어 어깨에 걸쳤다. 가방의 무게 때문에 한쪽
어깨가 약간 아래로 처졌다. 오딘의 눈에는 여자들이 들고 다니는

커다란 핸드백이 수수께끼처럼 보이곤 했다. 핸드백은 꼭 블랙홀 같아서 뭔가 필요한 물건을 찾으려 해도 절대 찾을 수가 없었다. "룬, 내 의자 좀 잘 맡아줘." 딜리야가 말했다. "난 커피 좀 가져올 게, 금방 올 거야. 두 사람은 뭐 필요한 거 없어?" 오딘과 룬은 고맙지만 됐다고 대답했고 오딘은 화장실로 향하는 딜리야의 뒷모습을 바라보았다.

"둘이 무슨 얘기했어?" 그는 딸을 향해 돌아서며 물었다.

룬이 어깨를 으쓱했다. "별 얘기 안 했어. 난 그냥 그림만 그렸어." 로베르타의 책상 위에 색칠한 그림 여러 장이 널려있었다. 그는 딜리야가 일반적인 사무용품과는 거리가 먼 크레용을 대체 어디서 찾아냈는지 궁금했다. 어쩌면 로베르타의 서랍 구석에서 뒹굴고 있었는지도 모른다. 그는 딜리야가 룬에게 볼펜을 빌려주지 않은 게 다행이라고 생각했다. 룬은 힘을 꽉 주고 그림을 그리는 경향이 있었기 때문에 볼펜을 쥐어줬다면 책상에 온통 자국이 남았을 게 분명했다.

"그림 가지고 아빠 책상으로 갈까? 아빠 일하는 동안 룬이 바로 옆에 있으면 훨씬 좋거든. 여기 앉아있으면 집에 있는 것만큼이나 멀리 떨어진 셈이잖아." 오딘은 외근을 나가면서 룬을 딜리야 곁에 두려고 로베르타의 자리에 옮겨놓았었다. 나가기 전에는 별 생각이 없었지만 지금은 딸을 죽은 동료의 자리에 둔 게 후회스러웠다. 더 최악인 건 동료가 바로 그 자리에서 숨을 거뒀다는 사실이었다. "얼른 가자, 우리 딸. 짐을 아빠 자리로 옮겨야지. 일 조금만 더 하면 집에 갈 수 있어." 그는 딸이 하루 종일 사무실에 갇혀있는 상황을 피하기 위해 룬에게 평소보다 일찍 퇴근하겠다고 약속했고, 그 약속을 지킬 생각이었다.

"저 사람들은 누구야?" 룬은 벽에 붙은 사진 속 두 소년을 가리키며 물었다.

오딘은 침을 삼켰다. "그냥 남자애들이지. 예전에 살았던."

"이름이 뭔데?"

"에이나르랑 토르비요른." 두 소년의 죽음에 대해 피티가 들려준 이야기는 터무니없었지만 오딘은 좀처럼 그 생각을 지울 수가 없었다. 설령 그 정보를 알고 있다고 해서 그가 뭘 할 수 있겠는가? 얼렁뚱땅 넘어가기? 보고서가 발표되고 나서 피티의 이야기를 떠벌리기라도 하면 아마도 그는 취업센터에 가서 새 일자리나 알아보는 신세가 되고 말 것이다. 그 누구도 아기 시신이 크로쿠르 보호소 어딘가에 묻혀있다는 근거 없는 소문 따위를 정식 보고서에서 읽고 싶지 않을 것이고, 오딘은 여전히 그 소문이 어떻게 두 소년의 죽음과 연결됐다는 것인지 이해하지 못했다. 죽은 아기에 대한 소문이 아니더라도 웅얼거리며 늘어놓는 피티의 이야기는 그 자체로 따라가기가 어려웠다. 그럼에도 결국 사건의 요점이 뭔지 파악할 수 있었다. 즉, 눈 때문에 자동차 배기관이 막힌 게 아니라 누군가 배기관을 천 조각으로 틀어막았기 때문에 두 소년이 사망한 것이다. 그러나 범인의 정체를 둘러싼 피티의 이론은 그가 들려준 나머지 이야기만큼이나 불분명했다. 용의자는 보호소를 운영한 관리자 부부, 남자 인부들, 다른 소년들이었다. 명확하지 않은 살해 동기를 두고 오딘은 머리를 쥐어짜보았지만 끝내 답을 찾을 수 없었다. 모든 음모론이 그러하듯 피티의 이야기 역시 모호하고 뒤죽박죽이어서 누가 들어도 지어낸 게 틀림없었다. 그렇지만 누군가 천으로 배기관을 막았다는 대목만은 그럴 듯하게 들렸다.

"그런데 저 사진이 왜 사무실에 붙어있는 거야?" 룬이 오래된 사진을 빤히 쳐다보며 말했다.

"글쎄다. 여긴 아빠 자리가 아니거든. 이 자리를 썼던 여자 직원이 그 사진을 좋아했나봐."

"쟤네들이 아빠를 쳐다보고 있어." 룬이 얼굴을 찡그렸다. "아빠를 따라다녀."

"그건 소년들이 사진을 찍을 때 카메라를 쳐다보고 있었기 때문이야." 오딘이 옆으로 한 발짝 물러나자 처음 사진을 봤을 때처럼 소년들의 시선은 그를 따라다니는 듯했다. 바보같이 들리겠지만 소년들은 오딘이 사건을 어떻게 조사하는지 조바심 내며 기다리는 것처럼 보였다. 죽음의 진실을 제대로 밝히는지 지켜보겠다는 듯이. 그는 사진에 대고 미스터리한 죽음은 한 번으로 족하다고, 더 이상은 사절한다고 말하고 싶었다. 하지만 지금 당장 해결해야 할 과제는 룬을 다른 자리로 옮기는 것이었다. "얼른 가자. 탕비실에 주스도 있어."

하지만 룬은 움직일 생각을 하지 않았다. "여기서 일하던 아줌마는 지금 어디에 있는데? 다른 자리에 앉아있었다는 아저씨처럼 떠난 거야?"

"응, 떠났어."

"그런데 왜 자기 물건을 안 챙겨갔어? 그 아저씨는 자기 물건을 다 가져갔던데."

"시간이 없었거든. 곧 다 치울 거야." 오딘은 의자에 앉은 채로 빙그르르 돌면서 딸을 다른 곳으로 낚아채 가버리고 싶은 충동을 가라앉혔다.

"그런데 그거 로베르타 의자 아니야." 딜리야가 손에 커피 잔을 든 채 옆에 있는 자기 자리로 돌아왔다. 립스틱을 새로 바른 상태였는데, 오딘은 딜리야가 유독 예뻐 보인다는 사실을 인정하지 않을 수 없었다. 그날 밤 딜리야와 함께 집에 간 데니가 부럽기까지 했다. 하지만 딜리야의 다음 말에 그는 정신이 번쩍 들었다. "내가 데니 의자랑 바꿔놨거든. 그래도 감히 투덜거리지 못할 거야. 그 의자가 마음에 안 든다고 해도 말이야." 딜리야가 히죽거리며 커피를 마셨다. "뿌린 대로 거두는 거지."

"왜요?" 룬이 두 사람을 번갈아 보며 물었다. "그 아저씨가 무슨 잘못을 했는데요?"

"아무것도 안 했어. 그게 잘못인 거지." 딜리야는 가방을 의자에 걸더니 자리에 앉아 키보드를 두드리기 시작했다.

"아무것도 안 했다는 게 무슨 뜻이야?" 룬이 아빠를 올려다보며 물었다. "그리고 다른 의자는 뭐가 잘못된 건데?"

"잘못된 거 없어. 그냥 농담하는 거야." 차라리 병가를 냈어야 했다. 룬의 그림을 모으면서 그런 느낌은 더욱 강해졌다. 그림 중 하나는 언뜻 눈 천사처럼 보이는 형상을 다른 눈 천사가 서서 지켜보는 장면 같았다. 하지만 자세히 들여다보니 눈 천사처럼 보이던 첫 번째 형상은 입이 벌어진 채 팔다리를 이리저리 휘젓는 여자로, 추락하는 중이거나 이제 막 땅에 떨어진 모습이었다. 다른 형상은 뒷모습만 그려졌지만 코트처럼 보이는 의상 아래로 맨 다리가 나온 것으로 보아 역시 여자인 듯했다. 반바지를 입은 남자가 아니라면 말이다. 또 다른 그림에는 '엄마'라고 적힌 묘비가 보였다. 무덤은 미소 짓는 꽃들로 장식되어 음울한 묘비와 극명한 대조를 이루고 있었다. 오딘은 내일 상담 때 나나에게 룬의 그림들을 보여주기로 마음먹었다. 하지만 세 번째 그림을 마주한 그는 멈칫했다. 커다란 차 안 창문에 비명을 지르는 두 개의 얼굴이 비추고, 크게 벌어진 입은 첫 번째 그림에서 본 여자의 입과 거의 똑같은 모양을 하고 있었다. 오딘은 벽에 붙은 사진을 노려보았다. 딜리야가 룬에게 두 소년의 죽음에 대해 떠벌린 게 틀림없었다. 대체 무슨 생각으로 그런 짓을 한 거지? 젠장, 휴가를 내고 그냥 집에서 쉬어야 했다.

"내 딸한테 차에서 죽은 애들 얘기까지 떠벌릴 필요는 없잖아." 오딘은 평정심을 잃고 딜리야에게 삿대질이라도 하게 될까봐 팔짱을 끼었다. 누군가 딸의 머릿속을 헤집어놓았다는 생각만으로도 그는 분노가 치솟았다. "대체 뭔 생각으로 그런 거야? 그런 얘기까지 안 해도 이미 충분히 힘든 시간을 보내는 애란 말이야." 열린 창문에 대한 공포증만으로도 골치가 아팠다. 그러니 딸이 차에 대한 공포증마저 생겨 차를 안 타겠다고 고집 부리는 상황은 만들고 싶지 않았다.

딜리야는 컴퓨터 화면에 띄워진 페이스북 창을 버젓이 열어둔 채 뒤돌았다. "그게 무슨 소리야?"

"룬 말이야. 애한테 차에서 질식해 죽은 남자애들 얘기했잖아. 로베르타 자리에 붙어있는 사진 속 소년들." 오딘은 사무실 저편에 있는 딸이 자기 말을 들을 수 없도록 낮은 목소리로 말했다.

"지금 제정신이야?" 딜리야가 얼굴을 찡그렸다. "룬한테 걔네들 얘기를 왜 해? 어떻게 죽었는지는 말할 것도 없고." 딜리야는 당장이라도 일어설 듯한 기세로 물었다. "대체 무슨 근거로 그런 소릴 하는 거야?"

분노가 놀라움으로 바뀌는가 싶더니 오딘이 다시 발끈했다. "너랑 같이 있는 동안 그 남자애들 그림을 그렸으니까." 그는 주머니에서 접힌 그림을 꺼내 딜리야에게 보였다. 딜리야가 그림을 향해 손을 내밀었지만 오딘은 얼른 그림을 접어 다시 주머니에 넣어버렸다. "이게 설마 우연이라고 하진 않겠지?"

"내가 그걸 어떻게 알아. 난 입도 뻥끗 안 했어. 내가 왜 그런 말을 해? 오히려 네가 말을 흘렸겠지. 네가 담당하는 사건이지 내 사건이 아니잖아. 난 그 일에 전혀 관심 없어. 눈곱만큼도 없다고."

"내가?" 오딘은 차분함을 잃지 않으려고 안간힘을 썼다. "내가 딸한테 미쳤다고 그런 소릴 하겠어. 나, 참 기가 막혀서!"

"나한테 성질 부리지 마. 내가 말한 거 아니니까. 룬이랑은 완전히 딴 얘기만 했다고."

"무슨 얘길 했는데?"

"네가 얼마나 멍청이인지 얘기했지." 딜리야가 그를 노려보며 말했다. "아이가 저렇게 잘 자란 게 신기할 정도라니까. 분명 엄마를 닮은 거겠지."

오딘은 당혹스러웠다. 딜리야와 유치한 말싸움이나 벌일 생각도 없었다. 딜리야의 말이 사실인 듯했다. 딜리야가 왜 그런 얘기를 룬에게 했겠는가? 할 얘기가 없어서? 그럴 리 없었다. 딜리야는 가십이란 가십은 모두 섭렵하고 있었다. "네가 말한 것도 아니고, 내가 말한 것도 아닌데, 그럼 룬이 어떻게 사진 속 소년들에 대해 알고 있지?" 그의 목소리에서는 더 이상 분노가 느껴지지 않았다. 인정하고 싶지 않지만 그의 목소리는 이제 겁을 먹어 징징대는 것처럼 들렸다.

"내가 그걸 무슨 수로 알아? 장담하는데 나도 룬이 왜 그런 그림을 그렸는지 모르겠어. 아님 롤러코스터를 타며 소리 지르는 아이들을 그린 것일 수도 있잖아."

그럴 가능성은 낮아도 전혀 말이 안 되는 가정은 아니었다. 룬한테 물어보는 게 가장 확실하지만, 딸을 겁먹게 하고 싶지는 않았다. 애초 딸에게 그림에 대해 물어보지 않은 이유도 바로 그 때문이었다. 오딘이 여기저기 널린 그림을 모으는 동안 룬은 아빠의 반응을 유심히 살폈고, 그래서 더 아무렇지도 않은 시늉을 했었다. 끊임없이 살얼음판을 걸어야 하는 상황에 그는 지칠 대로 지쳐있었다. "혹시 로베르타의 서류를 막 뒤지다가 소년들의 죽음과 관련된 자료를 발견한 게 아닐까? 바스락거리는 소리 못 들었어?"

딜리야는 이마를 덮은 머리칼을 훅 불어 날렸다. "설마 그랬을까? 게다가 바로 옆 자리에서 나는 소리는 거의 다 들리거든. 룬이 소리도 안 내고 서류를 뒤적거렸다면 또 몰라도. 그리고 애들은 서류에 관심 없잖아?"

오딘은 딜리야에게 무례하게 군 게 갑자기 후회스러웠다. 자기가 잘못했다는 것을 인정해야 했다. 결점이 있긴 해도 딜리야는 사무실에서 대화를 나눌 만한 몇 안 되는 동료였다. "뭐 하나 물어보자. 옆 자리에서 나는 소리가 들린다고 했잖아. 혹시 로베르타가 누군가로부터 협박 받는 소리를 들은 적 있어? 그런 언급을 했다든지 말이야?"

딜리야는 고개를 저었다. 그녀는 의자에 기대앉아 두 다리를 꼬고는 오딘을 의심스러운 눈초리로 쳐다보았다. "한 번도 없었어." 그러더니 약간 밝아진 표정으로 흡족해하며 덧붙였다. "그런데 언젠가 이상한 전화를 한 통 받은 적은 있었어. 로베르타가 언성을 높이면서 엄청 동요했거든. 이메일을 언급하면서 전화한 사람한테 당신이 그걸 보냈냐고 따졌어. 그래서 통화가 끝나자마자 내가 무슨 일이냐고 캐물었는데 아무 말도 안 해주더라. 뜻 모를 소리를 하면서 얼렁뚱땅 넘어갔어."

"뭐라고 했는지 기억나?"

"정확한 표현까지는 기억 안 나는데, 좀 이상한 사람들이 있다는 취지의 말을 했어. 그 사실을 알았어야 했다고, 어떤 특정한 사람이 제정신이 아니라는 걸 진작 알아챘어야 했다고 말했어. 하지만 그것도 업무의 일부니까 그냥 참는 수밖에 없다고." 딜리야는 다리를 반대 방향으로 꼬면서 말을 이었다. "그러더니 나 들으라는 듯 어떤 사람들과는 달리 자기는 소문을 퍼뜨리지 않는다고 하는 거야. 문제의 그 인물은 어리석게 행동했을지 몰라도 자기는 프로페셔널하게 행동할 줄 안다고. 그럼 난 프로답지 못하다는 건가?"

지금은 딜리야가 입이 무거운지 논할 타이밍도, 그럴 장소도 아니었기 때문에 오딘은 그녀의 말에 가볍게 동조하는 척하고 화제를 돌렸다. "혹시 문제의 그 인물이 남자인지 여자인지, 아니면 어디서 만난 적 있는 사람인지 말했어?"

"아니. 만약 말했더라도 지금은 기억이 안 나지. 전화를 건 사람의 성별이 드러나지 않도록 조심스러워 했고, 그 사람과 어떻게 아는 사이인지 언급하지는 않았지만 업무와 관련된 사람인 건 분명했어. 내 직감으로 여자였던 것 같아. 로베르타 나이대 여자들은 화가 났을 때 남자와 여자를 대하는 태도가 다르거든. 대화도 꼭 여자들 간 말싸움처럼 들렸어." 날씬한 다리를 흔들어대던 딜리야는 동작을 멈추더니 심각한 표정을 지었고, 덕분에 전혀 다른 사람처럼 보였다. "내가 이 사건 맡지 말라고 했잖아. 어딘가 아주 이상한 구석이 있다니까. 로베르타도 완전히 또라이처럼 변했어. 남자애들 사진을 뚫어지게 쳐다보면서 온갖 정신 나간 짓을 다 했어. 그런데 이제는 너까지 정신줄을 놓으려고 하잖아."

오딘은 대화가 딴 길로 새려고 하자 화제를 돌렸다. "로베르타가 보호소 관련자들을 인터뷰한 적이 있었나?" 로베르타의 업무일지에 그런 내용은 없었지만 전화와 이메일을 받았던 걸 생각하면 적어도 사무실 밖의 누군가와 사건에 대해 논의한 건 분명했다. 게다가 누군가는 조사를 방해하려고 혈안이 되어있었다. 오딘은 그 이유를 알고 싶었다. 오딘 역시 보고서가 공개된 이후 큰 문제가 터지지 않기를 바랐지만, 살인사건 같은 심각한 일이 아니고서야 근 40년 전에 있었던 일 때문에 엄청난 파장이 일어날 가능성은 낮아

보였다. "로베르타가 거기 수감됐었던 소년들과 연락을 주고받았어? 내가 오늘 만난 남자는 아무 연락도 못 받았다고 했지만, 다른 사람들한테는 연락을 취했을지도 모르지."

"아니야." 딜리야는 이게 얼마나 사악한 사건인지 더는 떠들어댈 수 없어져서 실망한 눈치였다. "그건 분명 아닐 거야. 그랬다면 내가 알았겠지. 외근하러 갈 때는 보통 나한테 어디 가는지 말했거든. 난 신경 안 썼지만." 그녀는 커피 잔을 들고 안을 들여다보며 말했다. "망할, 컵이 새나봐." 딜리야는 다시 오딘을 바라다보았다. "하지만 직원들은 인터뷰했을 거야. 한두 명 정도, 어쩌면 더 될 수도 있고."

"누굴 인터뷰했는지 알아? 서류에서 직원 정보는 못 찾겠던데."

딜리야는 고개를 저었다. "전혀 몰라. 인터뷰했다는 것만 알지. 로베르타의 말을 그대로 인용하자면, 사건을 처음부터 제대로 조사하고 싶다고 했어. 소년들을 인터뷰하기에는 너무 어리다고 생각했을 수도 있고. 물론 지금은 나이 먹은 아저씨들이겠지만."

"어쩌면 소년들을 만나기가 두려웠을지도 모르고. 이유가 뭔지는 아무도 모르는 법이지. 우리가 전혀 생각 못 한 이유가 있을 수도 있고." 오딘은 자기 자리로 돌아가려다가 갑자기 돌아섰다. "미안하다는 말을 깜빡할 뻔했네. 내가 멍청이처럼 굴었어."

"어머, 세상에. 사과할 줄 아는 남자가 있었네." 딜리야가 고개를 한쪽으로 살짝 기울이자 오딘은 그녀가 데이트 신청이라도 하려는 건 아닌지 걱정이 됐다. 걱정 혹은 기대? 어느 쪽인지 오딘도 알 수가 없었다. 하지만 딜리야는 아무 말도 덧붙이지 않았다. 오딘이 인사하고 자리를 뜨려는데 딜리야가 칸막이 밖으로 고개를 내밀고 그를 불러세웠다. "내가 왜 의자를 바꿨는지 알아?" 오딘이 고개를 저었다. "의자가 좀처럼 가만히 있지를 않았거든. 굳이 데니의 의자와 바꾼 건 좀 골려주려고 그런 거고. 더 이상은 그 소리를 참아줄 수가 없었어. 꼭 로베르타가 앉아있는 것처럼 계속 끼익끼익 소리를 내는 거야. 게다가 그 자리에서 이리저리 움직였다니까. 다시 말하는데 이건 정말 신세 조질 만한 사건이야." 딜리야의 머리가 다시 칸막이 안으로 들어갔다.

오딘은 한숨을 내쉬었다. 자기 자리로 돌아왔지만 좀처럼 업무에 집중하지 못하고 데니의 의자를 흘끔거리기만 했다. 하지만 의자는 아무 이상도 없어보였다. 결국 그는 컴퓨터 전원을 끄고 원래 계획보다 한 시간 일찍 룬을 데리고 사무실을 나섰다.

시내로 나와 딸과 함께 아이스크림 컵을 하나씩 든 채 테이블에 자리잡고 앉았을 때에야 오딘은 비로소 제정신이 돌아온 것 같았다. "아줌마가 아빠를 좋아하는 거 같아." 룬은 스푼에 묻은 초콜릿 소스를 핥으며 말했다.

"누가?" 오딘은 다 녹은 아이스크림 컵 바닥에서 초콜릿 조각을 찾으려 스푼을 휘저었지만 아무것도 찾지 못하고 결국에는 컵을 한쪽으로 밀어놓았다.

"아빠 사무실에 있는 아줌마 말이야. 딜리야 아줌마."

"아, 그럴 리 없어."

"아냐, 좋아하는 거 맞아. 아빠에 대해서 엄청 물어봤는걸. 여자친구가 있느냐고도 물어봤어. 아빠를 좋아하는 게 분명해." 룬도 배가 부른지 컵을 테이블 한가운데로 밀어놓았다. "아빠가 아줌마랑 결혼하면 나는 어떻게 되는 거야? 난 새엄마 필요 없는데. 발두르 삼촌이랑 같이 살아도 돼?"

오딘은 룬의 손을 잡았다. 아이의 손은 차고 약간 끈적거렸다. "룬, 아빠는 딜리야 아줌마랑 결혼 안 해. 절대 그럴 일 없어. 아무도 너를 집에서 쫓아내지 않을 거야. 그러니까 그 걱정은 이제 그만 해."

"아빠가 죽으면 어떡해? 그때는 어떻게 되는데? 그럼 발두르 삼촌한테 가는 거야? 외할머니랑은 살기 싫어."

"아빠 안 죽어. 오래오래 살 거야. 그때쯤이면 너도 꼬부랑 할머니가 될 테니까 너 자신을 위해서도 그때까지 아빠랑 계속 사는 건 좋지 않을걸." 두 사람은 컵 안에서 녹은 아이스크림 속으로 서서히 잠기고 있는 웨이퍼 과자 반 조각을 무심히 바라보았다. 잠시 후 과자는 아이스크림 속으로 자취를 감추었다. 아빠와 딸은 눈을 마주쳤고, 오딘은 딸의 얼굴에서 슬픈 기색을 느꼈다. 두려움 때문이 아닌, 확신이 찬 슬픔이었다.

"룬, 그런데 자동차 그림은 뭘 나타내려고 한 거야?" 오딘은 최대한 조심스럽게 질문을 던졌다.

"남자애들." 룬은 하얀 식탁보를 가만히 내려다보았다. "차 안에서 죽는 남자애들 말이야. 그렇게 죽는 사람들도 있잖아. 숨을 쉴 수가 없어서."

"왜 그런 생각을 했어?"

"나도 몰라. 그냥 엄마가 떨어지는 모습을 그리고 난 다음에 남자애들을 그렸어. 난 행복한 그림은 못 그리겠어. 그리려고 해봤는데 아무것도 생각이 안 나."

내일 정신과 의사를 만나기로 했다는 사실이 그나마 위안이 되었다. 상담이 오늘이었다면 좋았을 것이다. 지금 당장이라면 더 좋고. 오딘은 딸의 작은 얼굴과 붉은 뺨, 섬세한 입술에서 시선을 뗄 수 없었다. 여린 입술은 아빠를 실망시킬 만한 어떤 말도 하지 않겠다는 듯 굳건히 닫혀있었다.

아무 말도 할 필요가 없었다. 오딘은 저 끝에 뭐가 있는지도 모른 채 가파른 경사면에서 미끄러지기 시작한 기분이 들었다. 그가 아는 거라곤 이제 막 가속이 붙어 빠르게 질주할 것이고, 그런 다음에는 막다른 길에 다다를 때까지 멈출 수 없다는 것뿐이었다. 오딘은 막다른 길을 마주할 생각만으로도 끔찍했다. 그는 억지로 미소를 지었고, 룬은 전혀 행복하지 않은 미소를 지었다. 이 아이의 작은 머릿속에서는 대체 무슨 일이 벌어지고 있는 걸까?

16장

1974년 1월

무엇 때문에 잠에서 깼는지 알디스는 알지 못했다. 이가 딱딱 부
딪히며 내는 소리였을 수도 있고, 수도꼭지에서 얼음장 같은 욕조
로 떨어지는 물방울 소리일 수도 있었다. 조심스럽게 눈을 뜬 알디
스는 밖이 여전히 어둡다는 사실에 안도했다. 머리가 쪼개질 듯한
두통이 느껴졌다. 다시 눈을 감자 통증은 살짝 가라앉았다. 수도꼭
지에서 또다시 물방울이 떨어져 적막한 화장실에 한동안 그 소리
만 울려퍼졌다. 욕조에 계속 누워있다가는 벌거벗은 채로 얼어죽
을 것이 뻔했다. 나체로 발견된다고 생각하니 수치심에 저절로 몸
이 일으켜졌다.

일단 상체를 일으켜 앉는 선에서 만족해야 했다. 곧장 일어섰다
가는 정신을 잃을지도 모른다는 두려움 때문이었다. 이제 몸의 반
은 얼음장 같은 물속에, 나머지 반은 차가운 공기에 노출되어서 몸

이 사시나무마냥 덜덜 떨렸다. 엎친 데 덮친 격으로 입에서는 역겨운 냄새가 나서 당장이라도 토할 것만 같았다. 그녀는 양 손으로 욕조를 붙잡고 서서히 몸을 일으켰다. 추위가 엄습했지만 몸이 심하게 떨리면 넘어질 수도 있었기 때문에 정신을 바짝 차렸다. 간신히 욕조 밖으로 나와 물이 흥건한 화장실 바닥에 선 알디스는 그제야 주위를 두리번거리고는 수건이 없다는 사실을 깨달았다.

바닥에 널린 옷가지들을 줍는 동안 밤 사이에 있었던 일이 천천히 떠올랐다. 세세한 기억까지 모조리 떠오르지 않은 게 천만다행이었다. 중요한 사건들을 곱씹는 것만으로 충분히 괴로웠다. 욕조에 누워있게 된 사연 같은 것들 말이다. 하지만 너무 추워서 얼굴이 붉어지지도 않았다. 하도 피곤하고 구역질이 나는 바람에 수치심을 느낄 겨를도 없었다. 옷으로 몸의 물기를 어느 정도 닦아내자 몸이 살짝 따뜻해졌다. 조금 전처럼 격렬하게 떨리지도 않았다. 알디스는 옷으로 몸을 대충 가렸다. 여전히 몸이 축축하고 기운이 없어서 옷을 입을 수도 없었다. 게다가 바지는 너무 꽉 끼었다. 그 바지를 입게 된 건 우연이 아니었다. 옷장에서 눈곱만큼이라도 맵시 있게 보이는 옷은 그게 유일했고, 어젯밤만은 예쁘게 보이고 싶었다. 카르나바이르 점원은 거의 피부처럼 느껴질 정도로 바지가 딱맞을 거라고, 아마도 누운 채 지퍼를 올려야 할 거라고 말했다. 하지만 잠들기 전에 바지를 두 번이나 벗게 될 줄 알았다면 분명 다른 옷을 골랐을 것이다.

알디스는 에이나르와 자고 말았다. 그녀는 창고에서 슬쩍한 술을 엄청 마시고 취한 상태였다. 에이나르가 자신을 배려해줬다는 사실만 흐릿하게 떠오를 뿐 섹스 자체는 기억나지 않았다. 그는 흥분한 상태에서도 알디스가 즐길 기회를 주었다. 분당 요금이 정해지기라도 한 듯 알디스의 몸 위에서 엉덩이를 움직여대기 바빴던 예전 남자들과는 달랐다. 심지어 그 중 하나는 옷을 벗는 것도 귀찮았는지 바지를 엉덩이까지만 내리고 작업을 개시했다. 그럴 때마다 알디스는 두 눈을 꽉 감고 다른 일을 떠올리려고 애썼다. 그런데 어젯밤에는 그런 마음이 전혀 들지 않았다. 그녀가 기억하는 건 다만 그 정도뿐, 구체적인 상황은 파편적으로만 남아있었다. 예전의 섹스들은 흐릿하게만 기억나도 전혀 아쉽지 않았지만 이번에는 술을 왕창 마신 게 후회스러웠다.

물론 술을 안 마셨더라면 섹스를 하지도 않았을 것이다. 두 말할 것도 없이 단호하게 거절했으리라. 피임약을 복용한 것도 아니고, 에이나르에게는 당연히 콘돔이 없었다. 알디스가 욕조에 누워있게 된 것도 바로 그런 상황 때문이었다. 인사불성으로 취한 상태에서도 그녀는 예전에 들은 친구의 조언에 따라 섹스 직후 수정을 막기 위해 뜨거운 물에 몸을 담갔던 것이다. 이제는 친구의 조언이 맞기를 바랄 수밖에 없었다.

화장실 밖에서 아무 소리도 들리지 않는다고 확신한 알디스는 문 밖으로 고개를 내밀었다. 지금이 몇 시인지 알 만한 단서는 전혀 없었다. 화장실 밖은 칠흑 같은 어둠뿐이었지만 이맘때는 거의 한낮이 되어야 제대로 된 햇빛을 볼 수 있었다. 따라서 어쩌면 인부들이 일어날 시간일지도 몰랐다. 반나체로 그들과 마주치는 건 상상도 하고 싶지 않았다. 알디스는 미친 듯이 자기 방으로 뛰었다. 방으로 들어와 문을 닫고 옷을 바닥에 내던진 후 이불 속으로 기어 들어가고 나서야 몸의 떨림이 수그러들고 호흡도 서서히 정상으로 돌아왔다. 하지만 여전히 추위는 뼛속까지 스며들어 있었다. 속은 메스꺼운 데다 깨질 듯한 두통과 자기혐오가 가시지 않았다. 도대체 무슨 생각으로 그런 실수를 했을까?

알디스는 머리를 베개 밑에 처박은 채 눈을 꽉 감고 두 손으로 귀를 틀어막았다. 아무리 애를 써도 만취한 상태에서 에이나르에게 쏟아냈던 온갖 헛소리들이 머릿속을 떠나지 않았다. 꼬인 혀로 늘어놓은 그 말들은 이제 주워담을 수 없었다. 그저 에이나르도 자기만큼 취해 있었기를 바랄 뿐이었다.

어젯밤 대화는 세상의 불공평함에 대한 징징거림과 자신의 대단한 잠재력, 그리고 미래 계획에 대한 거창한 말들 사이를 이리저리 오갔지만, 불행히도 에이나르는 주로 듣기만 할 뿐 자기 얘기는 거의 하지 않았다. 크로쿠르로 오게 된 사연을 물었지만 그는 아무런 대답도 하지 않았고, 놀랍게도 알디스는 자기 얘기를 떠들어대는 데 정신이 팔려서 그의 나이나 사진 속 소녀의 정체에 대해서는 전혀 묻지 않았다. 자신의 온갖 치부를 자기 입으로 죄다 떠벌린 것 같았다. 이게 다 빌어먹을 술 때문이었다. 다시는 술을 입에 대지 않을 것이다.

알디스는 눈을 번쩍 떴다. 그런데 술병을 어디에 뒀지? 대부분의 시간 동안 두 사람은 하고 많은 장소 중 우사에 딸린 작은 커피 룸에 숨어있었다. 아쉽게도 농장에 두 사람이 놀 수 있는 공간은 거의 없었다. 토비 사건이 있고 나서 릴리야와 베이가르는 물론이고 인부들까지 본관 주변에서 일어나는 움직임을 주시했고, 그녀의 방은 인부들과 함께 사용하는 숙소 안이었으므로 접근 불가였다. 소년들의 기숙사도 같은 이유로 사용할 수 없었다. 그렇다고 한겨울에 밖에서 어울릴 수는 없었기에 최후의 보루인 우사로 향할 수밖에 없었다.

아침에 베이가르와 인부들이 우사로 출근을 하면 커피 룸의 지저분하고 흔들거리는 작은 테이블 밑에서 술병을 발견하게 될 것이다. 보호소를 제 발로 나갈 결심이 선 마당에 눈총을 받으며 쫓겨나고 싶지는 않았다. 알디스가 창고에서 훔친 술로 소년 중 하나와 흥청거리며 놀았다는 사실을 베이가르와 릴리야가 아는 날에는 분명 그렇게 될 것이다. 술병만 처리하면 완전범죄가 가능했다. 어차피 술은 알디스가 이곳에서 처음 일을 시작하던 때부터 깡통 더미 뒤편에 방치되어 있었다.

알디스는 여전히 떨리는 손을 이불 밖으로 뻗어 침대 옆 협탁에 놓인 알람시계를 집어들었다. 다행히 사람들이 일어나려면 아직 한 시간 더 있어야 했다. 아무리 내키지 않아도 일어나는 것 말고는 방법이 없었다. 우사로 달려가 술병을 비롯해 방탕한 밤의 흔적을 지워야만 했다. 다시금 두통이 찾아오고 위장도 덩달아 메스꺼워졌다. 침대 밖으로 나가는 게 아무 소용이 없을 만큼, 차라리 시간이 너무 늦어버렸기를 바라는 마음까지 들었다.

추위 때문에 밖으로 나오는 게 끔찍하게 싫었지만 막상 바람을 맞으니 기분이 상쾌했다. 두통이 완전히 사라지지는 않았어도 몸을 움직이는 게 한결 나을 만큼 잦아들었다. 물에 빠지기라도 한 것처럼 찬바람을 실컷 들이마셨지만, 젖은 머리칼 끄트머리는 금세 얼어붙었다. 얼은 머리칼이 맨 목을 스칠 때는 아직도 찬 욕조 속에 앉아있는 것 같은 기분이 들었다. 점퍼의 지퍼를 끝까지 잠그면서도 두통이 다시 찾아올지 모른다는 두려움 때문에 후드를 뒤집어쓰지 못했다. 그런 위험을 감수하느니 머리칼이 얼어붙는 게 나았다. 눈이 계속 내린 덕분에 비틀거리며 숙소로 돌아올 때 남겼던 발자국은 이제 거의 사라졌다. 봄여름에나 신는 플림솔로 눈이 스며들며 발 전체를 축축하게 적셨고 물기가 얼면서 생긴 덩어리 때문에 발바닥 아래가 욱신거렸다. 양말을 신지 않은 게 후회스러웠다. 주변을 둘러보다가 자신이 숙소에서 이곳까지 선명한 발자국을 남겼다는 것을 깨달았다. 나중에 숙소로 돌아가는 길에 발자국을 모두 지워야만 누군가 오밤중에 우사 근처를 서성거렸다는 사실을 숨길 수 있었다.

어쩌면 쉽사리 위기를 모면할 수 있을지도 모른다. 그런 생각에 알디스는 미소를 지으며 두 손을 주머니에 찔러넣은 채 조용히 우사를 향해 걸음을 옮겼다. 그러나 간밤에 에이나르와 나눈 또 다른 대화가 떠오르자 입가의 웃음기는 사라져버렸다. 갑자기 속이 울렁거려서 새하얀 눈밭에 토하지 않기 위해 잠시 멈춰 메스꺼움을 가라앉혀야 했다. 어젯밤만 해도 영리한 계략인 듯 느껴졌던 생각에 위장이 반기를 드는 것만 같았다. 둘 중 누가 먼저 그 얘기를 꺼냈는지 기억나지 않았지만, 알디스는 아마도 자기가 먼저 제안했을 거라고 생각했다. 연달아 심호흡을 하자 기분이 조금 나아졌고 그녀는 다시 우사를 향해 걸었다. 부부가 아기 시신을 어디에 묻었는지 모른다는 게 얼마나 다행인지. 만약 그 장소를 알았다면 둘은 계획대로 시신을 파내 부부의 집 문 앞에 놓았을 것이다. 익명의 후원자가 보낸 소포처럼. 사랑하는 엄마 아빠에게 보내는 선물. 간밤에는 그것이 남의 편지나 빼돌리고 추악한 행동을 일삼는 부부에게 너무도 적절한 형벌처럼 보였다. 알디스는 몸서리를 치며 아기의 시신이 아닌, 빈 병만 수거해도 된다는 사실에 감사했다.

소년들의 기숙사 건물에 다다랐을 즈음 그녀의 눈은 어둠에 적응한 상태였다. 그 순간 구름이 물러나면서 반달이 모습을 드러냈고 주변 새하얀 눈밭이 파랗게 반짝거렸다. 가지만 앙상하게 남은 관목에 드리운 그림자만이 지금은 아직 밤이며, 침대 위에서 이불을 덮고 자다가 쉬는 날 시내에 나가 무엇을 할지 꿈꿔야 할 때라는 사실을 떠올리게 했다. 하지만 이제는 모든 게 불가능한 일처럼 느껴졌다. 제때 숙취에서 벗어나 우편배달부의 차를 얻어타기는 글렀다. 그렇다고 길 가에 쭈그리고 앉아 낯선 사람의 차를 얻어타는 건 생각도 할 수 없었다. 이 상태로는 모든 게 불가능했다. 달콤한 휴일을 망쳐버린 것이다. 짜증과 분노가 밀려오자 알디스는 두 손을 점퍼주머니에 더 깊이 찔러넣고 발걸음을 재촉했다. 기숙사 앞에서는 눈을 밟을 때 소리가 날까봐 조심스러워 할 필요가 없었다. 설령 소년들이 소리를 듣고 깼다고 해도 부부에게 일러바칠 리 없었기 때문이다. 그럼에도 알디스는 자신을 몰래 지켜보는 소년들이 없는지 창문을 훑어보았다. 다행히 창문에는 아무도 보이지 않았다. 심지어 새조차 쉼터를 찾아 어디론가 숨어든 것 같았다. 에이나르의 것으로 보이는 희미한 발자국이 기숙사 뒤편으로 이어져 있었다. 알디스는 발자국을 흐트러뜨릴 만한 도구가 없을지 주변을 둘러보았다. 발자국을 지금 제거하지 않으면 베이가르가 아침에 소년들을 깨우러 왔다가 발견할 것이 뻔했고, 소년 중 누군가가 통금 시간에 기숙사를 빠져나왔다는 사실을 금방 알아챌 것이다.

현관에 세워진 삽을 발견한 알디스는 삽을 들어 몇 번의 어설픈 시도 끝에 발자국을 쓸어내 버렸다. 기숙사 뒤편에 난 발자국까지 없애야 했지만 그렇게 되면 이미 한 차례 쓸어낸 곳을 다시 밟고 지나가야 했다. 그래도 확실하게 하는 편이 나았다. 기숙사 창문 아래 발자국이 난 걸 베이가르가 발견하면 범인을 색출하려 들 것이다.

구름이 빽빽이 모여들자 어둠이 드리웠고 눈은 다시 잿빛을 띠었다. 알디스는 여전히 희미하게라도 시야를 확보할 수 있었지만 기숙사 뒤편으로 펼쳐진 언덕과 용암원의 황량한 풍경이 문득 강렬하게 느껴지며 극도로 예민해졌다. 구름 때문에 이제 저 너머는 암흑뿐이었다. 으스스한 허허벌판 쪽으로 등을 돌리고 싶지 않았던 알디스는 빠르게 눈 위에 난 발자국을 쓸어냈다. 그녀는 어둠 속에 숨은 누군가가 갑자기 나타날 희박한 경우를 대비해 한쪽 눈으로 그곳을 볼 수 있도록 게처럼 옆으로 움직였다. 그러더니 자리에 우뚝 멈춰서서 당황한 얼굴로 발아래를 내려다보다가 아예 몸을 수그렸다. 에이나르가 몰래 숨어 들어갔음이 분명한 창문 아래에서 그의 것이 아닌, 암흑 같은 벌판 쪽에서 접근한 또 다른 발자국이 보였다. 에이나르가 어떻게 창문 빗장 사이를 비집고 안으로 들어갔는지는 잊은 채 알디스는 깊게 패인 정체불명의 발자국을 뚫어지게 살폈다. 그런 다음 서서히, 조심스럽게 발자국이 난 방향으로 몸을 돌려 두 눈으로 최대한 멀리까지 발자국을 따라갔다. 알 수 없는 누군가가 어두운 황무지에서 보호소 안으로 들어온 것이다. 더욱 깊고 날카로운 것으로 보아 에이나르의 발자국보다 나중에 생긴 것임을 알 수 있었다.

알디스는 천천히 몸을 세워 기숙사 창문에서 떨어졌다. 그러고는 미친 듯이 삽으로 자신과 에이나르의 흔적을 지워나갔다. 근처 어딘가에 숨어 자신을 지켜보고 있을지 모르는 존재에 대해 떠올리지 않으려고 애쓰면서. 식당에서 모습을 드러내지 않았던 바로 그 사람일지도 몰랐다. 코를 찌르는 피비린내가 다시 날 것만 같았다. 그녀를 괴롭히던 두통과 메스꺼움 따위는 더 이상 중요하지 않아졌다.

삽을 벽에 세워둔 다음 우사를 바라보았다. 엎어지면 코 닿을 거리였지만 한없이 멀게 느껴졌다. 구름은 조금 전처럼 달에게 자리를 양보할 기미를 보이지 않았다. 알디스는 기숙사 현관 앞에 서서 몸을 떨었다. 아침에 술병이 발견되도록 내버려두거나, 아니면 무사히 돌아오기를 바라며 우사에 들어가거나…. 어떤 게 더 최악인지 그녀는 판단할 수가 없었다. 알디스는 마른침을 삼키며 얼른 해치워버리기로 마음먹었다. 누군가 나타나면 목청껏 소리를 지를 것이다. 마침내 우사가 손에 닿을 거리에 들어왔을 때, 돌아가는 길에 걸음마다 멈춰서서 자신의 발자국을 지워야 한다는 사실이 떠올랐다. 줄행랑이 불가능한 것이다. 하지만 이제 와서 후회해도 소용없었다. 알디스는 우사를 향해 마지막으로 펄쩍 뛰었다.

우사 안은 따뜻했고, 칸막이 안의 소들은 졸린 눈을 들었다가 다시 무심한 표정으로 시선을 떨구며 이렇게 말하는 듯했다. 또 그 여자군, 이번에는 혼자 왔어. 거름 냄새에 속이 울렁거렸다. 알디스는 코를 틀어막은 채 얼른 커피 룸 안으로 들어가 조명 스위치를 더듬거렸다. 전구의 불이 번쩍 하고 켜지자 두통이 다시 심해지는 것 같았다.

그녀를 괴롭게 만든 원인이 의자 아래 바닥에 뒹굴고 있었다. 여전히 코르크 마개로 막혀있었지만 3분의 2가 빈 상태였다. 병을 물로 채워 다시 창고에 가져다두면 한동안 아무도 술이 사라졌었다는 사실을 알아채지 못하리라. 범행이 드러날 때쯤이면 알디스는 이미 떠나고 없을 것이다. 안타깝게도 인부들이 의심을 사겠지만 어쩔 수 없었다. 미안해요, 아저씨들.

커피 룸을 나서기 전, 불을 켜둔 채 방탕한 밤의 흔적이 또 없을지 방 안을 마지막으로 둘러보았다. 그녀는 바닥에 떨어진 더러운 담요를 집어들었다. 그 위에서 무슨 짓을 했는지 떠올리지 않으려고 애썼다. 담요를 어디서 났는지 기억나지 않자 알디스는 구석에 있는 상자에 대충 집어넣었다.

불을 끄고 눈이 어둠에 익숙해지기를 기다렸다가 다시 우사로 나가기 위해 코를 막았다. 커피 룸의 문을 닫으려는 찰나 작은 창문 밖에서 움직임을 포착했다. 숨이 멎을 듯 두 다리는 힘이 풀려 당장이라도 주저앉을 것 같았다. 그녀는 냉정을 잃지 않기 위해 다시 한 번 온몸의 힘을 끌어모았다. 처음에는 두 눈을 감아버렸지만 이내 한쪽 눈을 간신히 뜨고 창문 쪽을 바라보았다. 굳이 한쪽 눈만 뜨고 있는 게 무슨 도움이 되는지 스스로도 알지 못했다.

아무것도 보이지 않았다. 더러운 창유리와 그 너머의 잿빛 풍경만 눈에 들어왔다. 그렇다고 해도 조금 전에 누군가, 혹은 무언가가 창 밖에서 움직였다는 사실이 바뀌지는 않았다. 그것의 정체를 밝히기 전까지 그녀는 밖으로 나갈 생각이 없었다. 차라리 다음날 아침에 베이가르나 인부들에 의해 현행범으로 잡히는 게 나았다. 그렇게 될 순간이 시시각각 다가오고 있었다.

당장 눈앞에 닥친 뻔한 결말을 생각하다보니 창문에 조금 더 다가갈 용기가 생겼다. 창밖을 내다보든지 아니면 밖에 있는 무언가가 안을 들여다볼 경우를 대비해 창문 아래로 몸을 숨겨야 할 것 같았다. 어떤 게 더 최악일까. 창밖을 내다보았다가 비명조차 나오지 않는 공포스런 광경을 목격하는 것? 아니면 정체불명의 존재와 눈을 마주치는 것? 후자가 훨씬 더 소름끼친다고 결론내린 알디스가 조심스럽게 테이블을 창문 쪽으로 밀었다. 테이블 다리 중 하나가 마룻장과 마찰을 일으키며 낮은 소음을 일으키자 그녀는 멈칫했다. 테이블 끄는 소리가 창밖에까지 들렸을지 확실치 않았다. 심장이 너무 쿵쾅거려서 그녀는 호흡을 가다듬으려고 애를 썼다.

아무 일도 일어나지 않았다. 혹시 새가 날아갔던 것일까? 알디스는 테이블을 창문 아래로 옮겨 그 아래 숨으려던 계획을 버렸다. 항공 승무원이 될 생각이라면 위기의 순간 그 자리에서 굳어버릴 게 아니라 용감하게 행동해야 했다. 하지만 며칠 전 어두운 식당에서 충동적으로 용기를 냈을 때는 결과가 그리 좋지 않았다. 그 순간을 떠올리기만 해도 또다시 피비린내가 스멀스멀 올라오는 것 같았다.

알디스는 살금살금 창문 옆으로 다가가 벽에 몸을 밀착시켰다. 벽에 등을 너무 바짝 눌렀는지 목재가 바람에 삐걱거리는 게 느껴질 정도였다. 그런 다음 고개를 천천히 돌려 빠르게 창밖 풍경을 둘러보던 알디스는 화들짝 뒤로 물러섰다. 농장 안마당 나무 옆에 어두운 물체가 서있는 게 시야에 들어왔다. 낮은 노랫소리가 갈라진 창틀 틈 사이로 흘러 들어왔다.

17장

소회의실은 사적인 통화를 하려는 직원들이 몰래 숨어들 때가
아니면 거의 사용하는 일이 없었다. 소회의실 문 바로 옆에 탕비실
이 있었기 때문에 남의 눈을 살피며 회의실로 숨어드는 사람들의
태도는 우습기 그지없었다. 하지만 오딘은 다른 사람들의 눈 따위
는 안중에 없었다. 그가 현재 직면한 문제들에 비하며 그게 뭔 대
수란 말인가? 커피를 가지러 가거나 문 옆 게시판에 붙은 공지사항
을 읽는 척하는 대신, 그는 동료들 보란 듯이 회의실 안으로 곧장
들어갔다. 안으로 들어가자마자 문부터 닫아버렸다. 룬의 심리치
료사와 통화하는 걸 들키고 싶지는 않았기 때문이다.

창문 옆에 자리를 잡은 그는 베니션 블라인드의 조절 막대를 만
지작거리며 다른 한 손으로 휴대폰 주소록의 번호를 찾다가 나나
가 전화해달라고 지정한 시간이 맞는지 다시 확인했다. 그는 블라
인드를 닫았다 열기를 반복하며 창밖을 바라보았다. 칙칙한 잿빛
풍경이 눈에 들어오다가 다음 순간 미색 블라인드가 시야를 가렸

다. 신호음이 여러 번 반복되고 나나가 전화를 받지 않겠다는 생각이 들 무렵, 전화선 반대편에서 기이할 정도로 차분하고 익숙한 목소리가 들려왔다. "전화 줘서 고마워요. 오늘 아침에 보낸 이메일을 잘 받았을지 걱정했거든요."

오딘은 그제야 이메일에 답신을 했어야 한다는 생각이 들었지만, 어차피 그는 소통에는 젬병이었다. "네, 물론 봤습니다." 이런 대화는 시간낭비였다. 이메일을 읽지 않았다면 이렇게 전화를 하지도 않았을 것이다. 그는 통화를 하면서도 막대를 돌리며 블라인드를 열었다 닫았다를 반복했고, 잿빛 풍경과 미색 블라인드는 뭐가 뭔지 분간이 안 될 정도로 뒤섞여버렸다. "룬이랑 상담하는 건 어때요? 상담 후 집에서는 괜찮아 보이던데요." 그는 다급히 덧붙였다. "이런 얘기하려고 전화 달라고 하신 거 맞죠?" 설마 신용카드 한도가 다 되어서 지불 독촉을 하려고 연락한 건 아니겠지?

"기왕 말이 나온 김에 한 가지 짚고 넘어갈 게 있어요. 저는 룬이 저랑 아버님이 따로 대화 나누는 사실을 몰랐으면 합니다. 그래야 저를 신뢰할 수 있으니까요. 그리고 아버님에게도 제가 룬과의 신뢰를 깰 만한 이야기는 절대 꺼내지 않을 거라는 점을 말씀드리고 싶습니다. 제 환자는 룬이지, 아버님이 아니니까요." 나나가 숨을 고르는 소리가 들렸다. "제 입장을 이해해주셨으면 해요. 부모들은 아이의 생각을 모두 다 알아야 한다고 여기는 경향이 있거든요. 하지만 그게 항상 최선은 아닙니다."

"저는 그런 요구를 하지 않았는데요." 오딘은 막대를 놓고 말했다. "전화 달라고 해서 연락드린 것뿐입니다."

"네, 그렇죠." 또다시 나나의 심호흡 소리가 들려왔다. 마치 오딘이 대화 사이 공백을 채워주길 바라는 듯이. 하지만 그는 그럴 기분이 아니었다. "일단 첫 상담이 잘 진행됐다는 점을 알려드리고 싶었어요. 룬은 쉽사리 속마음을 드러내는 아이가 아니지만 결국에는 저에게 마음을 터놓게 될 겁니다. 첫 상담부터 마음을 여는 사람은 거의 없고, 룬도 차츰 마음의 짐을 내려놓는 법을 배우겠죠. 그러니까 매주 저와 상담을 받는 게 무척 중요해요. 만약 비용이 문제라면 다른 방법을 함께 고민해볼 수도 있고요. 정부에서 비용 일부를 지불할 수도 있습니다."

"비용은 지불할 수 있습니다."

"잘 됐네요. 두 번째로 룬을 더 잘 이해하기 위해 아버님께 몇 가지 질문을 드리고 싶었어요."

오딘은 창문 옆 벽을 등지고 서있었다. 맞은편에는 화이트보드가 걸려있는데 그가 여기서 일을 처음 시작한 이후 한 번도 사용하는 걸 본 적이 없었다. 처음 봤을 때와 똑같이 보드에는 휘갈겨 쓴 자국이 남아있었다. "말씀하시죠. 최대한 답변하겠습니다." 그는 나나가 원하는 정보를 얼마나 알려줄 수 있을지 장담할 수 없었다. 태어나는 순간부터 룬을 알아왔지만 최근까지만 해도 그는 성을 쓸 때를 제외하고는 아빠 노릇을 거의 하지 않았다.

"룬이 외할머니와는 어떻게 지내나요?"

"글쎄요. 장모님이 원하시는 만큼 자주 만나지는 않습니다. 그건 순전히 제 잘못이에요. 할머니를 자주 만나야 한다고 등 떠밀어야 하는데, 애가 장모님 댁에 가는 걸 별로 내키지 않아 해서요."

"굳이 강요하실 필요는 없습니다. 이미 잘 아시겠지만, 보편적으로 룬 또래 아이들은 조부모와 시간 보내는 걸 좋아하지요." 오딘이 아무 대꾸도 하지 않자 나나가 말을 이었다. "제가 궁금한 건 룬과 외할머니 사이가 원래부터 안 좋았는지, 아니면 엄마의 죽음과 관련이 있는지 하는 겁니다."

"아이 엄마의 죽음과 관련이 있다니요? 그게 외할머니 잘못이라면 모를까." 오딘은 두 사람의 예전 관계에 대해서는 언급을 피했다. 그 부분에 대해 아는 게 없었기 때문이다.

"외할머니가 사건에 직접 관련되지 않더라도 말입니다. 아이들은 모든 게 아주 명확하길 원하니까요. 엄마가 죽었으니 책임을 떠맡을 일종의 희생양이 필요한 거죠. 그렇다고 룬이 사고 자체를 누군가의 잘못으로 돌린다는 건 아닙니다. 다만 사고를 막을 만한 누군가를 탓할 수는 있어요. 제가 추정컨대, 룬이 외할머니에게 그 역할을 부여한 것 같고요. 근처에 사셨으니 룬은 마음으로 할머니가 엄마의 목숨을 구했어야 한다고 여길 수 있죠. 아마 그 비슷한 생각을 했을 겁니다."

"제가 드린 그림들이 뭘 의미하는지 아시나요?" 오딘은 불현듯 추락 직후 라라의 모습과 라라를 지켜보는 여자의 모습이 담긴 그림을 떠올렸다. 어쩌면 뒷모습만 보이던 여자는 룬의 외할머니였을지도 모른다.

"아쉽게도 지금 단계에서는 그림에서 어떤 의미도 발견하지 못하겠습니다." 나나는 오딘의 질문을 일축하듯 말했다. "다시 외할머니 얘기로 돌아가자면, 저는 두 사람의 관계에 대해 좀 더 알아보고 싶어요. 그 관계를 파악하면 나중에 해결해야 할 좀 더 복잡한 문제들에 효과적으로 접근할 수 있을 테니까요. 룬이 왜 할머니를 만나기 싫어한다고 생각하세요?”

“잘 모르겠어요. 딸에게 대놓고 물어본 적이 없거든요. 다만 할머니를 좋아하지 않는다는 느낌은 분명히 받았습니다. 뭐랄까, 룬이 할머니랑 있으면 숨 막혀 한다는 생각이 들었어요. 그분께 생존한 혈육이라고는 룬뿐이니, 그렇게 느꼈을 수 있죠.”

“그럴 가능성이 높죠. 또 다른 이유가 있을지도 모르고요.”

“그럼 선생님 생각은 어떠세요? 할머니 댁에 더 자주 데리고 가야 할까요? 아니면 덜 가야 할까요? 그것도 아니면 아예 안 가는 게 좋을까요?”

“당장은 아무것도 바꾸지 말아주세요. 뭐가 룬에게 최선인지 판단하기에는 아직 이릅니다. 이제 겨우 한 번밖에 못 만났잖아요.”

오딘이 바란 대답은 이런 게 아니었다. 하지만 애초에 나나가 연락을 해온 건 그에게 조언하기 위해서가 아니라 질문하기 위해서였다. 갑자기 대단한 돌파구라도 찾았을 거라고 착각한다면 순진한 생각이었다. “알겠습니다. 자꾸 멍청한 질문을 해댄 덕분에 제가 얼마나 무지한 상태인지 파악하셨겠네요. 매뉴얼 같은 게 있으면 좋았을 텐데 말이죠. 궁금한 건 뭐든 물어보시고, 도움 안 되는 대답은 못 들은 걸로 해주세요.” 오딘은 나나가 분명 미소 짓고 있다고 생각했다.

“걱정 마세요. 이런 상황은 익숙합니다. 제가 도움이 될지 모르겠지만, 앞으로 룬과 아버님 모두 사는 게 점차 나아질 거라고 장담합니다. 그러니 비관하실 필요 없어요. 룬은 착하고 양심적인 소녀예요. 심각한 트라우마를 겪고 있을 뿐이죠. 다행히 아이들은 회복력이 좋아요. 어른들보다 훨씬 더."

들던 중 반가운 소리군. 오딘은 아무도 지우지 않아 화이트보드에 희미하게 남아있는 글씨를 쳐다보았다. 어쩌면 너무 오랫동안 지우지 않아서 아예 얼룩이 진 것일지도 몰랐다. 여러 개의 날짜가 적혀있었는데, 오딘이 아무 생각 없이 고개를 한쪽으로 기울이자 날짜들이 어딘지 익숙하게 보이기 시작했다. 크로쿠르와 관련된 날짜들이었다. 다른 건 몰라도 사무실에서 1970년대와 관련된 업무를 맡은 사람이 자기뿐인 건 확실했다. 로베르타가 여기 앉아 크로쿠르에 대해 고심하면서 메모한 흔적일 것이다.

"궁금한 게 또 있어요." 나나가 입을 열자 오딘은 화이트보드로부터 돌아서서 그녀의 말에 집중했다. 보드에 적힌 날짜는 나중에 살펴봐도 충분했다. "룬의 엄마가 어떻게 사망했는지, 전 아는 게 전혀 없어요. 다만 그 일이 단순한 사고가 아닐 수 있다고 의심할 만한 이유가 있나요?"

"왜 그런 생각을 하셨죠?" 오딘의 목소리가 의도보다 더 차갑게 튀어나왔다. 그는 이제 오직 나나의 말에만 귀 기울였다. 그는 여전히 두 생각 사이에서 갈피를 잡지 못했다. 라라의 죽음이 사고였다고 확신하다가도, 누군가 라라를 밀었을 거란 생각이 불쑥 들었다. 두 가능성이 끊임없이 엎치락뒤치락 했다. 심지어 주요 용의자라고 생각했던 로에 아르나손에 대해서도 조사를 해보았지만 그는 라라가 죽기 전에 이미 해외로 이주를 한 상태였다. 그럼에도 오딘은 여전히 그 사건이 사고일 리 없다는 느낌을 지울 수 없었지만, 그런 짓을 할 만한 사람이 누구인지 짐작도 가지 않았다. 이런 생각들이 라라의 꿈을 꾸기 시작한 이후로 계속해서 그를 괴롭혔다.

"그런 생각을 따로 했다기보다, 한번 확인해보고 싶었어요. 룬이 하는 말을 들으면서 그런 인상을 받았거든요. 평소에 룬이 그런 생각을 하는 것 같다고요. 중요한 게 아닐 수도 있어요. 룬 혼자 그렇게 상상했을 수도 있고요. 말씀드린 것처럼 사람들은 대체로 사고로 인한 죽음을 받아들이기 힘들어 하니까요."

"경찰은 그 사건을 비극적인 사고로 보고 수사를 했고, 아직까지 결론을 바꾸지 않은 걸로 압니다." 오딘은 다시 블라인드 조절 막대를 만지작거렸다. 눈에 보이는 단순한 무언가를 만지고 싶다는 충동이 들었다. "룬이 선생님께 털어놓은 얘기를 저에게 옮기고 싶지 않으시더라도, 혹 룬이 누군가를 마음속에 두고 있는지 알게 되면 제게 말씀해주시겠어요?"

"제가 보기에 누군가를 특별히 생각하는 것 같지는 않아요. 그 문제에 대해 콕 집어 말한 적도 없고요."

나나가 말을 멈췄지만 이번에는 미소를 짓는 것 같지 않았다. "룬이 잠을 잘 못 자나요? 악몽도 자주 꾸고요?"

"선생님이 뭘 염두에 두고 계신지 잘 모르겠군요. 그렇지만 밤이 되면 아주 불안해하고 악몽을 꾸기도 하는 걸로 봐서, 네, 그런 편입니다." 오딘은 자신이 얼마나 육아에 대해 무지한지 다시 한 번 실감했다. 어쩌면 아이를 원하고 돌볼 줄 아는 부부에게 입양되는 게 룬에게는 최선이었을지도 모른다. 하지만 그건 말도 안 되는 생각이었다. 절박하게 아이를 원하는 부부라면 아이가 없을 테고, 당연히 그보다 육아에 대해 아는 게 없을 것이다.

"엄마가 자기를 이렇게 만든 사람에게 복수하기 위해 유령이 되어 나타났다고 룬이 넌지시 말했어요. 터무니없는 얘기지만, 아이는 그 점 때문에 괴로워하고 있어요. 유령에 대한 공포는 아이들의 일상을 아주 고통스럽게 할 수 있죠." 나나는 잠시 머뭇거리다 한결 부드러워진 목소리로 말을 이었다. "제가 제대로 이해한 게 맞는다면 룬은 엄마의 유령이 아빠를 쫓는다고 생각해요. 아마 이혼 때문이겠죠. 사고 때문일 리는 없으니까요."

"네, 그럴 리 없죠." 오딘은 입이 바짝 말랐다.

나나는 그가 몹시 당황했다는 걸 알아챘는지 전략을 살짝 수정했다. "룬이 그런 반응을 보이는 이유는 사실 뻔해요. 아버님이 지난번에 실제 있지도 않은 걸 보거나 듣는다고 말씀하셨잖아요. 어쩌면 룬이 그걸 눈치채지 않았을까요? 아빠의 행동이나 말에서 그런 기미를 간파했을 수도 있고요. 그게 암시가 돼서 아이의 머릿속에 어떤 생각이 심겼을 수 있습니다."

"아뇨, 그건 불가능해요. 아이 앞에선 절대 내색하지 않았어요." 아빠로서 경험은 부족했어도 바보는 아니었다. 하지만 말을 내뱉기 무섭게 오딘은 상황이 그리 간단치 않다는 걸 깨달았다. 틀림없이 룬은 의심하고 있었다. 집에 혼자 남으면 안 되는 이유도 설명하지 않은 채 무작정 자기를 데리고 출근한 일이나 때때로 겁 먹는 모습을 보며 눈치챘을 가능성이 다분했다. "아, 솔직히 뭐라고 말씀드려야 좋을지 모르겠군요."

"아무 말도 하실 필요 없습니다. 저한테는 말예요. 그저 아이가 아빠의 불안감을 감지하지 않도록 최선을 다해주세요. 환청이나 환영도 실제가 아니라는 걸 잘 아실 테니 무시하세요. 적어도 룬이 근처에 있을 때는 말입니다. 아버님 스스로를 위해서도요."

"이제는 그런 것들이 안 보여요. 더는 그 문제로 골머리 썩지 않아도 되는 거죠."

그 말이 거짓임을 증명이라도 하듯 화이트보드의 반짝이는 앞쪽 표면에 자기 외에 다른 물체가 비치는 것 같았다. 검은 형체가 옆에 서있는 듯했지만 분명 회의실에는 자기뿐이었다. 그는 보드에서 눈을 뗄 수가 없었다. 어떤 것도 그의 시선을 돌려놓지 못했다. 그제야 오딘은 최근 보고 들은 환청과 환영의 정체를 깨달았다. 그것은 라라였다. 라라가 그를 쫓는 것이다.

그는 혼란스러운 상태로 통화를 마쳤다. 나나의 목소리 톤에 따라 네, 아니오로만 대답할 뿐, 당장 밖으로 뛰쳐나가 살아있는 사람들과 섞이고 싶어 못 견딜 지경이었다. 미쳐가는 것일까? 그래서 이런 걸까? 통화를 마치자마자 회의실 밖으로 나와 무심결에 문을 쾅 닫고 말았다. 자리로 돌아갈 때까지 모든 시선이 그에게 꽂혔다. 자리에 앉아 허공을 응시하며, 그는 컴퓨터 화면이 까끌까끌한 재질이라 아무것도 비추지 못한다는 사실에 크게 안도했다.

미쳐가고 있었다. 그게 아니면 무엇이겠는가? 하지만 말도 안 되는 환상이 실제라고 해도, 라라가 대체 왜 자신을 따라 다니겠는가? 뭘 잘못했다고? 그는 아무 잘못도 하지 않았다. 아니, 그건 잘못된 가정이었다. 누가 봐도 뻔한 상황이었다. 그는 미쳐갔고 이제는 차라리 그 사실을 받아들이는 게 나았다.

이 상황이 더 최악인 건 소회의실로 돌아가 보드에 뭐라고 적혀 있는지 확인할 엄두가 나지 않는다는 점이었다. 보드에 적힌 날짜들이 무슨 뜻인지 그는 궁금해 죽을 지경이었다.

18장

1974년 1월

　겨울이면 늘 한낮의 햇빛이 그리웠지만 지금은 오히려 어두침침
한 게 다행스럽게 여겨졌다. 알디스의 방 커튼은 너무 작아서 창문
을 다 가리지 못했다. 그 까닭에 여름에는 타버릴 듯한 햇빛이 얼
굴 위로 쏟아지면 도저히 눈을 뜨지 않을 수 없어 잠에서 깨곤 했
다. 굳이 손으로 만져보지 않아도 눈이 얼마나 많이 부었는지 알
수 있었다. 몸을 일으켜 앉았을 때 콧등으로 떨어지는 머리칼을 보
니 머리도 엉망진창일 게 뻔했다. 하루 두 번이나 감당하기 힘든
숙취에 시달리며 깨어나는 것도 억울한 마당에, 일주일 내내 손꼽
아 기다려온 휴일에 이러는 건 정말 아니다 싶었다.

　우중충한 빛이 벌어진 커튼 틈을 비집고 들어왔지만 알디스의
볼을 따스하게 데우기에는 역부족이었다. 오후 1시가 한참 지났는
데도 말이다. 이제 시내에 나가기는 다 글렀다. 알디스는 낮은 신

음을 토하며 눈 감은 채 침대 끝에 1~2분쯤 걸터앉아 있었다. 눈의 붓기가 얼굴 아래로 내려가는가 싶더니, 눈에 쏠리던 압력이 턱으로 무겁게 늘어지는 기분이었다.

나가는 길을 표시라도 해둔 것처럼 침대에서 문까지 옷가지들이 널려있었다. 헨젤을 잃어버린 술 취한 그레텔이 된 꼴이었다. 방 한가운데 구겨진 점퍼 옆으로 새벽녘 우사에서 들고 나온 술병이 덩그러니 누워있었다. 알디스가 몸을 움직일 때마다 술병은 조금씩 옆으로 뒹굴었다. 녹색 술병 덕분에 간밤의 폭음이 떠올라 또다시 욕지기가 치밀었지만 다행히 메스꺼움은 꿈처럼 혹은 악몽처럼 금방 사라졌다. 조심스레 침대 아래로 미끄러지듯 내려오다가 맨발이 얼음장 같은 마룻바닥에 닿자 알디스는 얼굴을 찡그렸다. 두 발이 찬 바닥에 익숙해지자 아무것도 걸치지 않은 채로 창문 아래 서랍장으로 걸어갔다. 바닥에 떨어진 옷을 다시 걸치고 싶은 마음은 추호도 없었다. 옷에서는 아직도 술과 섹스에 찌든 냄새가 날 테고 이 상태로는 도저히 그 냄새를 견뎌낼 수가 없었다.

서랍이 끼익 하며 열리자 소름이 더 심하게 돋았다. 서랍장에서 속옷과 윗도리, 양말을 얼른 꺼내입고는 깨끗한 바지를 찾기 위해 옷장을 뒤졌다. 옷걸이가 하나도 없이 휑한 옷장 속에는 얼마 안 되는 옷가지가 볼품없이 쌓아올려 있었다. 찢어진 청바지를 꺼내입고 나자 몸이 한결 따듯해지면서 기분이 좀 나아지고 머릿속도 맑아졌다. 온기가 핏줄을 타고 흘렀지만 닭살은 가시지 않았다. 간밤의 일들이 아직도 머릿속에 생생하게 떠올랐기 때문이다.

릴리야와 베이가르가 평범한 인간은 아니라는 걸 진작에 알고 있었다. 하지만 릴리야는 대체 무슨 이유로 오밤중 나무 아래서 찬송가를 부르며 돼지처럼 꺽꺽 울고 있었을까? 알디스는 나무 아래서 있는 형체가 릴리야라는 것을 알고 안도감에 정신을 잃을 뻔했다. 안도감은 그녀를 부주의하게 만들었고 호기심을 이기지 못해 다시 창밖을 내다보자 익숙한 릴리야의 낡은 점퍼 뒷모습이 눈에 들어왔다. 한동안 그렇게 울던 릴리야가 마침내 자리를 떴다. 그녀가 동이 틀 때까지 나무 아래를 떠나지 않으면 어쩌나, 알디스가 막 걱정하던 참이었다. 자칫하면 아침 일과를 위해 우사로 나오는 베이가르와 마주치게 될지도 몰랐다.

덕분에 알디스는 자신의 발자국을 지워가며 부리나케 숙소로 돌아올 수 있었다. 릴리야의 발자국은 건드리지 않았다. 소년들의 기숙사 뒤편에 난 릴리야의 발자국까지 지웠다가는 그녀가 한밤중에 농장 안을 돌아다닌 사실을 누군가 알고 있다는 걸 알려주는 꼴만 돼버릴 테니까. 두 여자가 같은 날 밤에 다른 사람의 눈에 띄지 않기를 바라며 침대에서 나와 돌아다니는 꼴이라니. 하지만 알디스는 릴리야의 동선을 좀처럼 이해할 수 없었다. 기숙사 창문 아래에 난 발자국은 릴리야의 것임이 틀림없었다. 기숙사 앞에서 릴리야는 무슨 볼 일이 있었던 걸까?

알디스는 커튼을 들어 밖을 내다보았다. 누가 옥상에서 빨랫감이라도 털고 있는 것처럼 먼지같이 미세한 눈 알갱이가 하늘에서 떨어지고 있었다. 키득거리는 소년 셋이 서로를 이리저리 밀치며 본관을 향해 걸어갔다. 하콘 역시 건물들 사이 뜰을 가로지르는 중이었는데, 등을 돌린 채 무거운 공구가방을 들어서 한쪽 어깨가 유난히 처져 있었다. 담배를 피우는지 입 한쪽에서 이따금씩 연기가 피어올랐다. 그가 막 모퉁이를 돌아 모습을 감추려고 할 때쯤 알디스는 커튼을 내리고 창문에서 떨어졌다. 이제 뜰 주변을 돌아다니는 사람은 아무도 없었다. 알디스는 한숨을 쉬며 방 안을 둘러보았다. 침울하기 짝이 없는 휴일이 지나고 있었다.

주중 오후였기 때문에 당연히 방문 앞 계단참에는 아무도 없었다. 민트 향 나는 달콤한 치약으로 알코올 냄새가 진동하는 입안을 헹궈낸 다음 얼음 같이 차가운 물을 얼굴에 끼얹었다. 그러고 나니 기분이 아주 조금 상쾌해졌고 잠깐이지만 양 볼에 옅은 홍조가 띠었다. 2주 뒤에 쉬는 날이 하루 더 있었다. 그때는 결코 휴일을 망치지 않으리라. 알디스는 거울 속 자신의 눈을 보며 큰 소리로 말했다. "다신 그러지 않겠어." 다음 휴일에는 반드시 시내로 나가 하고 싶던 일들을 하며 신나게 놀 것이다. 아이스크림도 사먹고, 레이가베구르를 거닐면서 상점 구경도 하고, 마음에 드는 물건도 사는 사치를 누릴 것이다. 그리고 엄마에게 전화도 할 것이다. 어쩌면 안 할 수도 있고. 그녀는 잠시 동안 거울 속 자신의 모습을 마주 보다가 시선을 돌렸다. 거울 속 사람이 과연 그런 약속을 지킬 수 있을지 도저히 믿기지 않았다.

알디스는 엉킨 머리칼을 빗으며 얼굴을 찡그렸다. 간밤에 숙취가 너무 심해 머리를 말리지도 않고 자버린 것이다. 어쨌거나 가장 심하게 엉킨 부분은 가지런히 빗어넘기고, 그래도 여전히 이상하게 곱슬거리는 부분은 무시한 채 한데 묶어서 틀어올렸다.

배에서 꼬르륵거리는 소리가 나자 그제야 어제저녁 이후 아무것도 먹지 못했다는 사실을 깨달았다. 언제나처럼 숙소에는 먹을 게 전혀 없었다. 지난번 시내에 나갔을 때 사온 초콜릿을 조금이라도 남겨두지 않은 걸 후회했다. 두 가지 선택지가 있었다. 숙소에서 쫄쫄 굶든가 아니면 본관으로 가서 점심식사 때 먹고 남은 음식으로 허기라도 채워야 했다. 휴식시간은 3시 반이라 아직 시간이 남아있었다. 릴리야는 3시쯤부터 휴식 때 먹을 커피와 간식을 준비했기 때문에 지금 서둘러 가면 그녀와 마주치지 않을 것이다. 알디스는 망설이지 않고 점퍼를 걸친 뒤 밖으로 나갔다.

발아래 눈이 서걱거렸다. 하늘에서 내린 미세한 눈가루가 휘날리다가 그녀의 속눈썹에 앉자 사방이 반짝이는 것처럼 보였다. 입으로 눈가루를 불어 날리자 세상은 다시 칙칙하고 지루한 곳이 돼버렸다.

예상대로 부엌에는 아무도 없었다. 주위가 하도 조용해서 알디스가 움직일 때마다 내는 작은 소리조차 모두 울려퍼지는 듯했다. 차라리 사람들로 북적이는 휴식시간까지 기다릴 걸 하는 후회가 밀려왔다. 그 순간 초대받지 않은 손님이 식당에 나타났던 그날 밤이 떠올랐고, 얼른 먹을 것만 집어서 여길 빠져나가야겠다는 생각이 간절해졌다. 어떤 수상한 소리도 듣고 싶지 않았으므로, 알디스는 최대한 부산스럽게 움직이려 애썼다. 빵 저장통에서 플랫 케이크를 하나 꺼낸 뒤 뚜껑을 세게 닫았고, 경첩이 삐걱 소리를 내주길 바라며 냉장고 문을 홱 여는가 하면, 일부러 더 꿀꺽거리며 우유를 통째 정신없이 들이켰다. 차가운 액체가 목을 타고 흘러 들어가자 속이 너무 시원해져서 우유 마시는 걸 멈추고 싶지 않을 정도였다. 갈증이 풀리자 알디스는 윗입술에 난 흰 거품을 손으로 닦고는 거의 바닥을 드러낸 우유 통을 냉장고에 다시 넣었다. 버터를 찾아 냉장고 선반을 이리저리 뒤지는데 유리병들이 서로 부딪히며 쟁그랑 소리를 냈다. 냉장고 문을 닫고 뒤로 돌아서던 알디스는 순간 너무 놀라서 버터 접시를 바닥에 떨어뜨릴 뻔했다.

에이나르가 식당으로 통하는 문 앞 작은 테이블에 앉아있었던 것이다. 그녀가 냉장고를 뒤지는 사이 들어온 게 분명했다. 그의 머리에는 릴리야가 만든 네모난 십자수 수예품이 올려져 있었다. '하나님의 어린 양'이라는 문구가 새겨진 수예품이었다. 알디스는 그 문구가 정확히 무슨 의미인지 이해할 수 없지만 적어도 에이나르를 가리키는 말은 아니라고 확신했다. 그는 어린 양과는 거리가 멀었다. "누나가 여기로 들어가는 걸 봤어요. 내가 빠져나오는 걸 본 사람이 없어야 하는데. 원래는 지금 공부할 시간이거든요."

알디스는 기분이 너무 침울해서 자신의 외모에 창피함을 느끼지도 못했다. "방금 일어났어."

"기분은 좀 어때요?" 그가 알디스와 시선을 맞췄다. 표정으로 보아 그는 전혀 다른 걸 묻고 있었다. 어젯밤 일을 후회하는지 말이다.

"최악이야. 그렇지만 괜찮아질 거야."

에이나르는 앞에 놓인 그릇에서 설탕 조각을 집어 입에 넣었다. 알디스는 그가 적당한 표현을 생각하느라 시간을 벌고 있다고 짐작했다. "어젯밤에 바로 숙소로 들어간 줄 알았어요. 그러니까…," 그는 어색한 미소를 짓더니 말을 이었다. "그러니까 우사에서 나온 다음에 말이에요."

"그랬어." 알디스는 나이프를 집어 빵에 버터를 발랐다. 단정할 수는 없지만 그녀의 머릿속에는 어젯밤 에이나르와 기숙사 앞에서 인사하고 헤어진 뒤 직원 숙소로 살금살금 들어온 기억이 있었다. "그건 왜 물어?"

"기숙사로 들어오고 나서 누군가 창문을 두드렸거든요. 방에 들어오고 얼마쯤 지났을 때예요. 다른 애들이 깰까봐 창문을 두드린 게 누나인지 확인하러 가볼 수가 없었어요."

"나 아니야." 알디스가 빵을 반으로 접어 한 입 베어물었다. 릴리야가 손수 만든 빵은 막 구웠을 때는 먹을 만했지만 이미 며칠 지난 터라 건조하고 입맛만 떨어지게 했다. 알디스는 억지로 빵을 넘겼다. "하지만 누군지는 알 것 같아."

"어, 그 사람을 봤어요?"

알디스는 거무죽죽해진 빵을 바라다보며 입맛을 되살리려고 애썼다. "아니. 우사에 놔두고 온 술병을 가지러 다시 나가다가 기숙사 창문으로 난 발자국이 있어서 봤더니 분명 네 건 아니었어. 그러고 얼마 안 돼서 릴리야를 봤어. 나무 아래서 혼자 어슬렁거리고 있었으니까 틀림없이 릴리야의 발자국일 거야." 갑자기 불길한 예감이 엄습하면서 입맛이 싹 가셨다. "네가 창문을 넘어 들어가는 걸 릴리야가 봤을까?"

"아닐 거예요. 만약 그랬다면 지금쯤 창문 빗장을 교체했겠죠. 어제 몰래 빠져나가면서 빗장을 느슨하게 풀어놓았는데 그 상태 그대로 있던걸요. 겉으로 보기에만 멀쩡하게 세워둔 거예요. 그러니까 문제없는 거죠. 틀림없어요. 뭐가 잘못 됐어요?" 그가 알디스

233

를 흘끔 쳐다보았지만 그녀는 아무 대답이 없었다. "어쨌든 릴리야는 아닐 거예요. 조금 전에 봤는데 평소처럼 우울하고 뾰로퉁한 모습일 뿐 화난 얼굴로 보이진 않았어요. 그리고 내가 빠져나간 걸 눈치채지 못했는데 뭐 하러 창문을 두드렸겠어요? 릴리야는 기숙사 열쇠도 가지고 있는데."

알디스는 아무 대꾸도 할 수 없었다. 에이나르의 말이 설득력 있지만, 그렇다고 해서 누군가 그 주변을 돌아다니다가 창문을 두드렸다는 사실이 달라지지는 않는다. 에이나르가 헛것을 들은 게 아니라면. 창문을 두드린 게 알디스도 아니고, 릴리야도 아니라면 상황은 더욱 기이했다. "다른 사람일 리는 없잖아. 대체 누가 그 오밤중에 나다니겠어?"

"알아요. 이상하게 들린다는 거." 설탕 조각이 에이나르의 입 안에서 희미하게 달가닥거리는 소리를 내더니 다른 쪽 볼로 넘어갔다. "정말 누나가 그런 거 아니에요? 우리 둘 다 술을 엄청 마셨고, 특히 누나는 좀…, 그랬잖아요."

"내가 그런 거 아니야." 빵을 입 가까이 들었던 알디스는 말라비틀어진 냄새가 나자 도로 내려놓았다. 입맛이 완전히 떨어졌다. "다른 사람들이 일어나기 전에 숙소 밖으로 나왔어." 그녀는 욕조에서 목욕한 일과 목욕의 목적에 대해서는 입도 뻥긋하지 않았다. 둘이 잤다는 사실은 물론이고, 둘 사이에 오간 대화도 입 밖에 꺼내고 싶지 않았다. 어젯밤 일에 대해 아무 말도 하지 않으면 아무일 없이 지나갈 것이다. 시간이 지나면 둘 다 그날 밤을 잊을 테고, 모두의 마음속에서 그 일은 더 이상 존재하지 않게 될 것이다. 그럼 모든 게 정리된다. 어쨌든 알디스는 그렇게 희망했다. "릴리야를 본 것도 그때야. 우사 옆 나무 아래 있었다고. 네가 들어가고 한참 지난 뒤였어."

"그렇다면 더더욱 릴리야일 가능성이 없어요. 창문을 두드리는 소리가 난 건 내가 들어온 직후였거든요. 몇 시간이나 밖에서 서성 댔을 리 없잖아요. 릴리야를 발견했을 때 뭘 하고 있던가요?"

"노래 부르고 있었어. 나무에 대고." 에이나르는 무슨 말인지 통 모르겠다는 표정이었다. "나랑 같이 우사 쪽으로 나가볼래? 직접 보여줄게." 에이나르가 꿈쩍도 않자 알디스는 말을 이었다. "이 시간에는 그쪽에 아무도 없어. 건물 뒤편으로 몰래 움직이면 눈에 띄지 않을 거야."

그는 애써 태연한 척했지만 우사에 가느니 차라리 땡땡이쳤다는 걸 들키기 전에 얼른 책상 앞으로 돌아가는 게 낫다고 생각했다. "그러다 들키면 화장실 가던 길이라고 둘러대야겠네요."

그렇게 뻔한 변명에 속을 사람은 없다는 걸 두 사람 다 잘 알았다. 보나마나 에이나르는 질책당할 것이고 릴리야와 베이가르가 적당하다고 여기는 벌을 받을 것이다. 그럼에도 둘은 말없이 눈밭을 헤치며 우사로 향했다. 먼지 같은 눈가루가 아직도 내렸다. 만약 바람이 강해져서 눈이 더 많이 쌓이면 알디스는 내일 하루 종일 건물 앞 계단의 눈을 삽으로 퍼내느라 시간을 다 보낼 테고, 인부들과 소년들은 농장 진입로 경사면의 눈을 쓸어내느라 정신이 없을 것이다. 새가 두 사람 머리 위로 날아와 알디스에게 모이라도 달라는 듯 처량하게 지저귀다 이내 포기하고 반대 방향으로 날아갔다.

"저기 서있었어." 알디스가 우사 지붕에서 조금 떨어진 나무를 손으로 가리키며 말했다.

"나무에 기대서 있었어요? 찬송가를 부르면서? 하늘을 쳐다보고 있었겠네요?"

"아니. 정면을 응시했어. 나무를 똑바로 보면서."

에이나르는 더 이상 질문하지 않고 보드라운 눈밭을 밟으며 나무로 걸어갔다. "물론 그 부부는 정상이 아니죠. 둘 중 릴리야는 더 최악이고요." 에이나르는 밤의 흔적을 찾기라도 하는 듯 발로 눈을 이리저리 흐트러뜨렸다. 알디스의 말이 사실인지 확인하려는 것인지도 몰랐다. 그런 다음 몸을 수그리고 릴리야가 서있던 지점의 차가운 눈을 손으로 파헤쳤다.

"내 말 못 믿겠어?" 알디스는 에이나르 뒤에 선 채 발을 동동 굴렀다. 너무 추워서 지금 침대 위 이불 속에 들어가기만을 간절히 바랐다. 안 그래도 기억에서 지워버리고 싶은 하루였는데, 더 나빠질 일만 남은 듯했다.

"물론 믿어요." 에이나르는 알디스보다 눈에 더 관심을 보이며 건성으로 대답했다. "이것 좀 봐요." 몸을 바로 세우며 그가 알디스를 향해 손을 내밀었다. 그의 손은 새빨개져 있었다. 손바닥에는 심장 모양으로 깎은 작은 나뭇조각이 놓여있었다. "릴리야가 떨어뜨렸을까요?"

알디스는 조각이 손가락 사이로 빠져나갈까 걱정스럽다는 듯 조심스럽게 집어들었다. 조각은 이상하리만큼 축축하고 따뜻했고 예상보다 더 무거웠다. "모르겠어. 그건 못 봤거든."

"그럼 일부러 여기에 둔 것일 수도 있겠네요." 순간 두 사람은 서로를 마주보았다. 더 이상 어떤 설명도 필요없었다. 죽은 아기의 묘지를 찾은 것이다. 농장 뜰 끄트머리, 바로 그들의 발밑. 주변과 전혀 어울리지 않는 외로운 나무 한 그루 뿌리 곁에, 전혀 어울리지 않는 아기의 작은 몸이 묻혀있었다. 알디스는 아기의 시신을 장난에 이용하려 했다는 사실만으로 부끄러워져서 얼굴을 붉혔다. 아무리 술에 거하게 취했어도 결코 용서받을 수 없는 일이 있는 법이다. 다신 그러지 않을 것이다.

체온이 떨어지면서 알디스는 자기가 떨고 있다는 걸 깨달았지만, 침대에서 빠져나올 때만큼 심하지는 않았다. 그녀는 얼른 조각을 원래 있던 자리에 내려놓고 눈을 한 움큼 집어 덮어버렸다. "더는 여기 못 있겠어. 얼른 가자." 그녀는 에이나르가 자신과 비슷하게 불안한 표정을 지을 거라 짐작했다. 두 사람이 여기 있는 걸 발견하면 릴리야와 베이가르는 노발대발 성을 내다 졸도할 수도 있었다. 아니 어쩌면 두 사람이 뭘 발견했는지 바로 알아챌지도 모른다. 하지만 에이나르의 눈은 불안감과 거리가 멀었다. 오히려 흥분과 환희로 반짝였다. 어젯밤 두 사람이 꾸민, 입에 담지 못할 계획에 대한 수치심 같은 건 찾아볼 수 없었다. 알디스는 새벽녘 욕조에서 정신이 들었을 때만큼이나 심하게 몸서리를 쳤다.

19장

검붉은 와인은 걸쭉하고 기름져 보였지만 보기와 달리 부드럽게 넘어갔다. 오딘은 목이 길고 넓적한 와인 잔을 옆으로 기울여 빠르게 돌리며 액체가 잔 가장자리까지 올라오는 모습을 바라보았다.

"입에 맞으세요?" 형수의 표정으로 보아 '네'라는 대답을 기대하진 않는 듯했다. 오딘은 형의 집 주방에 있는 아일랜드 식탁 의자에 다리를 벌리고 걸터앉아 형수가 엄청난 양의 버섯을 볶는 걸 구경하고 있었다. 프라이팬 위에 쌓아올린 버섯 더미만 보면 룬과 오딘 부녀 대신 많은 수의 손님을 맞는 걸로 착각할 정도지만 형 부부는 음식을 넉넉하게 대접하는 경향이 있었다. 시가가 버섯을 써는 동안 오딘은 그 또래 아이들처럼 룬 역시 버섯을 먹지 않는다고 말해주고 싶었다. 하지만 행여 형수에게 아이가 없다는 사실을 잔인하게 부각시킬 수도 있으므로 입을 다물었다. 형 부부의 불임 문제에 대해 형수와 대화를 나눈 적은 없었다. 다만 형이 지금까지 들려준 얘기를 종합해보면 원인은 형수 쪽에 있는 듯했다. "형이 지난 여름 해외에서 사온 와인인데, 여태껏 호시탐탐 오픈할 기회만 노리고 있었어요."

"아주 좋은데요." 오딘은 설득력 있게 보이기 위해 와인을 한 모금 더 마셨다. 그가 평소 마시던 것보다 톡 쏘는 맛이 강했다. 아마 그의 싸구려 입맛에는 어울리지 않을 만큼 고급스러웠을 것이다. 익숙한 온기가 몸을 타고 흘렀지만 그는 여전히 맥주가 더 좋았다.

시가는 어깨를 으쓱하고는 다시 버섯 볶는 일에 집중했다. 버터가 지글거리는 소리를 내고 검은 돌로 만든 작업대에 기름 자국이 여기저기 튀었다. "솔직히 저는 화이트와인을 더 좋아해요."

뜨거운 버터기름이 다시 한 번 튀자 시가가 손을 홱 뒤로 빼더니 입 높이로 올려 세게 이리저리 흔들었다. "젠장!" 햇볕에 그을린 형수의 팔은 프렌치윈도 밖 테라스에 눈이 쌓인 겨울 풍경과 부조화를 이루었다. 한겨울 추위에 서서 바비큐를 하는 발두르의 모습 역시 딱히 계절과 어울리지는 않았다. 마치 지금이 여름인 양 부부가 짜고 연기를 하는 것 같았다. 룬은 발두르 옆에 선 채 고가의 커다란 은색 그릴을 만지작거리는 삼촌의 모습을 뚫어져라 살폈다.

"반창고 필요하세요?" 오딘은 몸을 기울이고 물었다. 바보 같은 질문이지만 다른 말이 떠오르지 않았다.

시가는 팔을 내밀어 오딘에게 내보였다. "별거 아니에요. 살짝 덴 거예요." 형수가 팔을 내리자 손목에 차고 있던 화려한 팔찌가 짤랑거리며 소리를 냈다. 겨울 휴가 때 해변 휴양지에서 산 게 분명했다. 원래는 형과 함께 휴가를 갈 계획이었지만 형이 너무 바빠 그럴 수가 없었다. 오딘은 형수가 아이를 간절히 원하는 심정을 이해했다. 사실 형수는 룬과 함께 살기 전 오딘의 처지와 비슷했다. 형은 항상 일하느라 시간이 없었다. 주중이든 주말이든 집에 없기는 매한가지였다. 형 밑에서 일할 때는 오딘 역시 비슷하게 바빴는데, 사실 그는 달리 할 일도 없었다. 발두르가 일중독이 된 이유는 따로 있었다. 자기 회사이기도 했고 게다가 이제는 익숙해져버린 럭셔리한 생활을 아내와 지속하려면 한가하게 휴가를 떠날 여유가 없었다. 하지만 오딘은 형수가 남편이 있는 평범한 가정생활 대신 상류생활에서 얻는 하찮은 장신구나 보석을 더 좋아할지 확신하지 못했다. 뭐 그가 판단할 문제도 아니었다. 시가가 가족이 된 지 10년이 지났지만 오딘은 아직도 형수에 대해 잘 몰랐다.

"휴가는 재밌게 보내셨어요?" 오딘은 형과 룬이 얼른 안으로 들어오길 바랐다. 혼자만 테라스로 빠져나가는 건 무례한 일이었지만 이제는 할 말마저 바닥났다.

"아, 네. 괜찮았어요, 상황에 비하면요." 상황이 어떤 걸 의미하는지 굳이 설명할 필요도 없었다. "좀 외로웠어요. 그래도 편하게 있다 왔죠. 이 거지 같은 날씨에서 벗어난 것도 좋았고요." 오딘은 형수가 날씨 얘기를 꺼낸 데 속으로 쾌재를 불렀다. 날씨 얘기는 해도해도 끝나지 않는 소재였다. 하지만 그건 섣부른 판단이었다. "룬도 데리고 갈 걸 그랬어요. 잠깐 여행을 다녀오는 게 애한테도 좋았을 텐데 말이죠."

"아직은 준비가 안 됐을 거예요." 오딘은 몸을 따뜻하게 하려고 발을 동동 구르는 딸을 바라보았다. 룬은 돌아서며 삼촌이 한 말에 활짝 웃어보였다. 룬이 저렇게 활짝 웃는 모습이 하도 오랜만이라 오딘은 자신의 딸이 웃을 줄도 안다는 사실을 까먹고 있었다. 룬은 발두르가 옆에 있을 때는 항상 즐거워했다. 다른 사람들도 마찬가지였다. 활기 넘치고 긍정적인 성격의 형은 같이 있는 사람들까지 기분 좋게 만들었다. "회복 중이거든요." 하지만 형수의 말이 맞는지도 몰랐다. 마음 편하게 휴가를 떠나는 게 아이에게 필요할 수도 있었다. "여름에 스페인으로 휴가 가기로 했어요. 올 겨울 핸드볼 수업을 안 빠지고 참여한다는 조건으로요."

"농담이죠? 룬이 핸드볼 그만둔다고 하면 정말 휴가 취소할 생각이에요?" 시가는 믿기지 않는다는 표정으로 입을 딱 벌린 채 오딘을 쳐다보았다. 형수의 얼굴은 팔만큼이나 가무잡잡하게 그을려 있었다. 탄 얼굴에 비하면 금발은 거의 하얗게 보일 정도였다. 형수는 흡사 아이슬란드인이 아닌 것 같았다. 끊임없이 여름만 이어지는 머나먼 나라에서 파도에 휩쓸려 이곳으로 떠내려온 사람처럼. 형수가 이 정도로 까맣게 탄 모습을 본 적이 없었다. 때문에 오딘은 이번 휴가 때 형수에게는 특별한 일이 없었을 거라고 짐작했다. 아침에 일어나서 수영장 옆에 하루 종일 누워있다가 방으로 돌아가 잠에 빠지기. 그렇게 14일을 반복하기. 룬이 그런 휴가를 좋아할 리 없었다. 두 사람의 휴가는 완전히 다를 것이다. 휴가를 가게 된다면 말이다.

"끝까지 수업 잘 들을 거예요. 그러니까 취소할 일도 없죠."

"정말요? 저한테 운동은 질색이라고 했는데." 시가가 가스레인지 불을 껐다. "난 그 심정 이해되거든요. 저도 어릴 때 억지로 핸드볼을 배우러 다녔는데 정말 싫었어요. 언제 어디서 얼굴이나 갈

비뼈를 향해 공이 인정사정없이 내리 꽂힐지 모르는 그 두려움은, 안 겪어본 사람은 몰라요. 핸드볼 그만두게 된 날은 정말 날아갈 듯이 기뻤어요."

오딘이 형수 말에 반박하며 운동의 장점을 늘어놓으려 하는데 문이 열렸다. 찬바람과 함께 발두르가 맛있게 구워진 고기를 달궈진 접시에 수북이 담아 들어왔다. 룬은 삼촌의 와인 잔을 들고 따라 들어왔는데, 아이가 입은 유치한 오렌지색 점퍼나 컬러풀한 니트 모자와 참 어울리지 않았다. "두 사람 반쯤 얼었겠는데?"

"그럴 리가, 우릴 뭘로 보고. 설마 겁쟁이인 줄 아는 거야?" 발두르가 룬을 보며 윙크를 하고 고기 접시를 식탁에 내려놓은 다음 와인 잔을 받아들었다. 그는 점퍼 안에 앞치마를 입고 있었는데 앞치마에는 이런 슬로건이 자랑스럽게 새겨져 있었다. 나한테 잘해, 안 그러면 음식에 독 탈 거야. 오딘이 형의 회사에서 일하던 시절에 직원들이 준 생일선물이었다. "새 직장은 어때? 아직도 시간낭비만 하고 있어?"

오딘의 얼굴이 살짝 붉어졌지만 스스로도 이유를 알지 못했다. 지금 직장이 예전 직장보다 역동적이고 흥분 넘치는 일이 아니라고 해서 부끄러울 이유는 전혀 없었다. "아니, 아주 흥미진진해졌어. 재미있는 업무를 맡았거든."

"오? 그게 뭔데? 레이캬네스 고속도로에 있는 가로등 숫자 세기? 없어진 가로등이 없나 확인하는 거야?" 발두르는 와인을 한 입 가득 마셨다. "세상에, 끝내주네." 그가 아내를 보며 미소를 짓자 시가 역시 웃으며 와인을 마셨다. 시가는 와인 잔 너머로 오딘을 보며 눈을 찡긋했고 오딘은 답례로 잔을 살짝 들어보였다.

"아니. 사실은 예전에 운영된 한 공립보호소와 관련된 사건이야. 다른 시설들과 달리 거긴 연령대가 좀 높은 소년들, 탈선 청소년들을 위한 보호소였어. 이 자리에서 얘기하기에는 적당한 화제가 아니지만." 오딘은 점퍼를 벗고 있는 룬을 향해 고개를 까딱했다.

"아빠랑 같이 사무실에 갔어요." 룬이 발두르에게 말했다. "그런데 삼촌이 하는 일만큼 멋진 직업은 아니에요. 다들 컴퓨터 앞에만 앉아있었거든요."

"내 말이 바로 그거란다. 건배!" 발두르는 모두에게 건배를 했다. 그는 여전히 웃는 얼굴로 오딘을 향해 돌아서며 말했다. "그냥 사직서 내고 우리 회사로 돌아오지 그래? 네가 할 일 많은데. 솔직히 네 후임으로 뽑은 녀석, 아무짝에도 쓸모가 없어. 심지어 네가 더 나아 보일 정도라니까."

룬은 고개를 들어 아빠가 받아치기를 기다렸다. 하지만 오딘은 형과 농담 따먹기나 할 기분이 아니었다. 아무리 농담이라도 형은 끝까지 말 꼬리를 물고 늘어진다는 걸 간파할 정도로 상대를 너무 잘 알았던 것이다. "지금은 아니야. 나중이라면 모를까. 당분간은 아무 쓸모없는 녀석이랑 잘 지내봐."

시가가 버섯을 큰 그릇에 담아 식탁으로 가지고 왔다. 오딘은 형수가 적당히 하라는 신호로 형의 옆구리를 툭 치는 걸 목격했다. 하지만 무신경한 발두르는 알아채지 못한 듯했다. "아, 배고파 죽겠네." 그제야 점퍼를 벗은 발두르는 시가가 꺼내온 접시에 고기를 담기 시작했다. "얼른 먹자. 너 그러다가 늦는 거 아니야?"

오딘이 고개를 저었다. "다 먹고 나서 갈 거야. 시간 맞춰 가야 하는 파티도 아니야." 그는 예전 친구들로부터 생일파티에 초대를 받았다. 오딘은 자기를 초대한 이유가 칼리와 통화한 것과 관련 있으리라고 의심했다. 한밤중에, 그것도 살짝 이성을 잃은 상태에서 건 전화였다. 틀림없이 친구들 사이에서 오딘이 힘든 시간을 보낸다는 이야기가 오르내렸을 거고, 그를 등한시한 것에 대해 죄책감을 느꼈으리라. 라라도 없으니, 이제는 그를 초대하지 않을 이유도 없었다.

모든 게 예전으로 돌아간 것 같았다. 열 살 가까이 나이를 더 먹었고, 주말이면 만나서 술을 진탕 마시고 밤을 불사르던 때와는 상황이 크게 달라졌다는 점만 제외하면 그랬다. 다들 가정이 있는 유부남이었지만 그는 혼자 딸을 키우고 있었다. 오딘은 정말 가고 싶지 않았지만, 가지 않으면 자신에 관한 터무니없는 소문이 돌게 될까봐 초대를 받아들였다. 무엇보다 친구들이 자신을 불쌍하게 여기는 게 싫었다. 얼굴을 비춘 다음 필요 이상으로 길게 머물지 않을 생각이었다. 룬은 어차피 형의 집에서 재울 예정이었기 때문에 이 기회에 시내에 나가볼 작정이었다. 간만에 느긋한 시간을 보내며 매력이 녹슬지 않았는지 확인해볼 심산이었다. 무엇보다 여자를 만나고 싶었지만 하룻밤 즐기는 것 이상은 원하지 않았다.

엄청난 양의 음식은 그리 줄지 않았다. 오딘의 예상대로 룬은 버섯에 손도 안 댔지만 고기와 감자를 양껏 먹었다. 오딘은 의자에 기댄 채 몇 잔째인지 모를 와인을 마셨고 온몸에 술기운이 퍼지는 기분을 만끽했다. 와인이 그의 취향은 아니지만 그래도 익숙해졌다. 이제는 생일파티에 가는 것조차 매력적인 계획처럼 느껴졌다. "고마워. 덕분에 잘 먹었어." 오딘은 테이블을 둘러보며 인사했다. "남은 음식을 어떻게 처리할 생각인지 모르겠네. 겨울 식량으로 삼아도 내년 봄까지 버티겠는데?"

"룬이 내일 아침에 먹어치울 거야." 발두르가 룬을 향해 심각한 표정을 지어보이자 아이는 눈을 휘둥그렇게 뜨고는 거대한 음식 더미를 보았다. "이걸 다 먹어치울 때까지는 집에 안 보낼 거야. 특히 버섯은 다 먹어야 해."

룬이 자신을 바라보자 오딘은 씩 웃으며 농담이라는 신호를 보냈다. 덩달아 활짝 웃는 룬을 보니 행복감이 충만해졌다. 어쩌면 정말 형 집으로 이사를 오는 게 좋을지도 몰랐다. 빈 방도 많았다. 지하실이 오딘과 룬이 사는 아파트보다 더 넓을 정도였으니까. 형수도 두 사람을 반겨줄 테고, 무엇보다 형은 자신이 집에 없는 동안 아내의 불만을 잠재울 수 있으니 오딘과 룬을 환영할 것이다.

이런 생각을 하게 된 건 모두 레드와인 때문이었다. 물론 오딘은 지금의 문제를 해결하기 위해 그렇듯 과감한 해결책을 실행에 옮기지는 않을 것이다. 그렇더라도 이런 생각을 쉽사리 떨쳐낼 수 없다. 삼촌이 곁에 있으면 룬은 늘 즐겁고 행복해 보였다. 하지만 진정한 해결책이란 다른 사람들의 인생에 자신들의 삶을 끼워넣는 게 아니라 자신의 문제를 직접 해결하는 것이었다. 그러니까 지금 사는 곳을 형의 집만큼 편안하고 자연스러운 곳으로 만드는 게 중요했다. 성패는 오딘에게 달려있었다.

매끄러운 베이스 비트가 바 주변의 덥고 끈적이는 공기를 관통하며 구석구석까지 울렸다. 소음을 피할 길이 없었지만, 어차피 조용히 있고 싶어서 클럽 찾는 사람은 없었다. 바에 서있던 오딘은 갑자기 주변이 텅 빈 기분이었다. 방금 전만 해도 한 무리의 손님들이 서로 술을 주문하겠다고 난리였지만 이 노래가 나오자마자 다들 무대로 우르르 몰려 가버렸다.

바텐더에게서 차가운 맥주잔을 받아든 오딘은 고막이 터질 듯한 음악 소리에 머리칼마저 비트에 따라 들썩이는 걸 느꼈다. 그는 바텐더를 향해 건배하는 시늉을 했지만 바텐더는 본 체 만 체했다. 대부분의 손님들은 오딘보다 어렸고, 아는 얼굴도 없었다. 무엇보다 실망스러운 건 오딘에 비해 여자들이 하나같이 너무 어렸다. 여기 오기 전에 둘러본 두 술집 역시 상황은 비슷했다. 클럽과 술집에 발길을 끊은 지난 6개월 간 많은 것이 달라져 있었다. 오딘과 같은 나이대 사람들은 이제 집에서 파티를 열기 시작했다. 아쉽게도 조금 전 빠져나온 생일파티 역시 그랬다.

모임은 고통스러울 만큼 지루했지만 배울 점은 있었다. 이제 더이상 예전 친구들과의 모임을 그리워할 이유가 없다는 것. 친구 부부들은 처음에는 오딘 앞에서 약간 어색하게 행동하다가 술이 몇잔 들어가자 하나씩 옆으로 다가왔다. 그러고는 연락할 생각이었지만 어쩌다 보니 무심했다고 털어놓으면서 이제부터는 연락하며지내겠다고 말했다. 처음에는 그런 상황이 못 견디게 창피했다. 형의 집에서 마신 레드와인과 달리 익숙해지지도 않았다. 결국 나중에는 친구들에게 꺼지라고, 딴 데 가서 알아보라고 쏘아붙이고 싶은 심정이었다. 더 이상 참을 수 없는 지경에 이르자 오딘은 친구들의 만류와 아내들의 곁눈질을 뒤로 하고 자리를 빠져나왔다. 진짜 재미있는 건 이제부터 시작이야. 친구 집을 빠져나와 택시에 앉자마자 그는 기쁨의 환호성을 지르고 싶었다. 절대, 다시는 볼 일 없을 거다. 앞으로는 이혼 후에도 의리를 지켰던 다른 친구들하고만 어울리겠다고 다짐했다.

"이봐! 지난번 그 이혼남 아니신가?" 남자가 어깨를 잡지 않았다면 오딘은 자신에게 한 말인 줄도 몰랐을 것이다. "어떻게 지냈어?" 남자는 꽤 어렸고 술에 좀 취해 있었지만 완전히 맛이 간 정도는 아니었다. 멍청하게 웃던 그는 오딘이 자신을 알아보지 못하자 실망한 눈치였다. 남자는 한 발짝 뒤로 물러나 말했다. "나 기억 안 나? 내 총각파티 때 만났잖아?" 딴에는 속삭인다고 생각할지 몰라도 음악이 갑자기 멈추기라도 하면 자신이 고함을 지르고 있었다는 걸 깨닫게 되리라.

머릿속의 안개가 조금 걷히는 듯했다. 아는 사람인 것만은 분명했다. "미안하지만 기억이 안 나네요."

"기억 안 난다고? 나한테 결혼하지 말라고 했었잖아." 남자는 더 가까이 다가오더니 비밀이라도 털어놓으려는 듯 몸을 기울였다. "형씨 말을 들었어야 했어." 그러더니 몸을 바로 하고는 소리쳤다. "농담이지!"

이제 기억이 났다. 라라가 죽기 전날 밤 바에서 만나 대화를 나눈 그 남자였다. 당시 남자는 우스꽝스럽게도 바지 위에 발레 치마를 두른 차림이었고, 친구들이 온몸에 발라준 태닝 크림 때문에 얼굴은 오렌지색을 띠고 있었다. "아, 기억났다! 그동안 잘 지냈어?" 오딘은 오래 전에 연락이 끊긴 친구라도 만난 것처럼 반갑게 인사했다. 드디어 아는 사람을 만난 것이다. "멀쩡한 옷을 입고 있으니까 못 알아보겠네." 그와 나눈 대화 내용이 정확히 생각나지는 않았지만 생판 모르는 남자에게 헛소리를 잔뜩 늘어놓았다는 것만은 분명했다.

"그때 진짜 웃겼다고! 나한테 결혼의 진실을 말해주겠다고 장담했잖아. 결혼은 지옥이라면서." 남자가 웃으면서 친근하게 오딘을 살짝 밀쳤는데, 하마터면 오딘은 옆으로 떠밀려날 뻔했다. "미안해, 친구. 하지만 그래도 싸지. 일주일 뒤가 결혼식이었는데 그때까지도 숙취로 고생했다니까. 날 너무 늦게까지 붙잡아뒀잖아."

"그렇게 늦지는 않았는데." 오딘은 남자의 귀에 대고 소리쳤다. 대화 상대가 나타났다는 게 너무 반가웠다. 말소리가 제대로 안 들려서 대화 상대를 쫓아버리는 상황은 만들고 싶지 않았다.

"맙소사, 아니야. 엄청 늦게까지 있었어. 내가 집에 기어 들어간 시간이 아침 8시 무렵이었다니까." 남자는 바텐더에게 손짓을 해 맥주 한 잔을 더 주문했다. 오딘은 당시 남자의 옷차림새 때문에 택시 잡는 데 시간이 엄청 오래 걸렸을 거라고, 자기는 훨씬 더 일찍 집에 들어갔을 거라고 생각했다. "그래서 그날 전처 만나러 갔어?" 남자가 물었다. "결국 어떻게 됐어?"

"어떻게 됐냐고?" 오딘은 놀란 얼굴로 남자를 빤히 쳐다보았다. "난 집에 갔지."

"잘 했네. 그 상태로 전처를 만나러 갔으면 맞아죽기 딱 좋았지.

맙소사, 여자가 그 꼴을 봤으면 확 돌아버렸을 거야."

"여자? 어떤 여자를 말하는 거야?" 사람들이 무대에서 내려오기 시작했다. 곧 바는 다시 사람들로 북적일 참이었다. 워낙 밀치기가 심해서 남자에게 맥주를 쏟지 않으려면 조심해야 했다.

"당신 전처 말이야. 이름이 뭐라고 했지?"

"라라." 오딘은 라라를 현재형으로 부르는 남자의 말을 바로잡지 않았다. 바로 그날 아침 라라가 죽었다는 사실을 남자에게 알리고 싶지 않았다. 더군다나 그날 특별한 이유도 없이 라라에 대해 안 좋은 말만 했던 게 분명했으므로 더욱 그랬다.

"맞아, 라라." 남자가 들고 있던 맥주의 3분의 1을 오딘의 신발에 쏟았다. 하지만 그 사실을 전혀 눈치채지 못한 남자는 계속 지껄였다. "나한테 같이 가자고 했잖아. 전처도 자기 생각에 동의할 거라고, 결혼 취소하라고 말릴 거라면서. 기억 안 나?" 오딘은 거짓으로 고개를 끄덕였다. "그래서 갔어?" 남자가 물었다.

"아니."

"휴! 난 당연히 만나러 간 줄 알았어. 그러게 나랑 같이 타고 가자고 했잖아."

"타고 가자고 했다고?" 오딘은 이제 남자의 말이 메아리처럼 들렸다.

"그래. 택시 같이 타자고 했잖아. 혹시라도 길에서 쓰러질까봐 걱정했다니까. 세상에, 나 그때 진짜 많이 취했었는데, 형씨는 더했어. 와, 완전히 맛이 갔었는데."

오딘은 남자의 말을 제대로 들은 건지 알 수 없었다. 만취했다고 한 건가, 아니면 맛이 갔다고 한 건가? 어차피 중요한 건 아니었다. 실제로 술에 완전히 취해있었으니까. "집에 들어갔을 때가 8시였던 거 맞아?" 말이 되지 않았다. 만약 남자가 먼저 집에 들어갔다면 그는 8시 혹은 그 이후까지 밖에 있었다는 뜻이었다. 뜻밖의 사실이었다. 오딘은 6시쯤 집에 돌아왔다고 생각했다. 하지만 그 사실을 뒷받침할 증거가 없었다. 라라가 죽었을 때, 그는 정말 시내에 있었던 걸까? 어쩌면 라라의 집 근처에 있었던 건 아닐까? 갑자기 음악 소리가 아닌 사이렌 소리가 희미하게 들려오면서 지금껏 잊고 있던 기억이 떠올랐다. 대체 이 남자와 왜 다시 마주친 걸까? 좁아터진 나라에서 사는 게 잘못이었다.

"이봐! 내 아내 소개시켜줄게. 이 근처 어디 있을 거야." 남자는 돌아서서 이리저리 둘러보았다. 오딘은 이때다 싶어 인파를 비집고 출구 쪽으로 향했다. 그의 뒤에서 남자의 목소리가 들렸다. "이봐! 어디 가! 우리 와이프 만나야지!" 하지만 오딘은 돌아보지 않았다. 당장 집에 가야 했다.

택시 영수증은 형 부부가 집들이 선물로 준 넙적한 샐러드볼 바닥 어딘가에 파묻혀 있었다. 샐러드볼에 양상추 이파리 한 장 담아본 적 없지만 대신 오딘은 그릇을 신용카드 영수증 보관함으로 사용하고 있었다. 소파에 앉은 그의 주변에는 종잇조각들이 여기저기 널려있었다. 술에 너무 취해서 영수증을 체계적으로 살펴볼 수가 없었다. 샐러드볼에서 영수증을 하나씩 꺼내본 다음 찾는 영수증이 아니라는 게 확인되면 소파에 그냥 내던져놓았다. 문제의 영수증은 그가 이사를 올 때 예전 아파트에서 가지고 온 영수증들과 함께 맨 아래에 처박혀 있었다. 룬과 함께 살기 이전 시대에서 온 오래된 유물과도 같았다.

그는 소파에 몸을 기댄 채 하얀 천정을 올려다보았다. 무릎에 올려진 흐레이빌 택시 서비스의 영수증을 보는 것보다는 이게 나았다. 영수증에는 그가 택시에 탄 시간과 출발지가 나와있었다. 총각 파티에서 만난 남자의 말이 맞았다. 오딘은 라라가 창문에서 추락한 직후에 택시를 탔다. 그것도 라라가 사는 거리, 라라의 집 바로 앞에서 탄 것이다. 영수증이 잘못된 게 아니라면 말이다.

낮게 쿵 하는 소리가 침실로 이어진 복도에서 들려왔고, 오딘은 해가 뜨기 전까지 절대 복도에 발을 들여놓지 않기로 작정했다. 희미한 담배연기 냄새까지 나자 그의 심장은 점점 더 빠르고 격렬하게 뛰었다. 오늘은 소파에서 잘 수밖에 없었다. 무슨 일이 있어도 침실로 들어가지 않을 것이다.

20장

1974년 1월

격렬한 눈보라가 너무 오래 몰아쳐서 삐그덕거리는 건물 소리와 거친 바람 소리가 이제는 하나의 울부짖음처럼 들릴 지경이었다. 이 소음이 잦아들기는 할까? 알디스는 고요함이 어떤 상태였는지 기억조차 가물가물했다. 따뜻한 실내에 있는데도 한기를 떨칠 수가 없었다. 창문이 눈으로 뒤덮인 탓에 더 그랬을 것이다. 그녀는 새를 걱정하며 어딘가 몸 숨길 곳을 찾았기만 바랐다. 어쩌면 아무 것도 없는 황무지로 휩쓸려 다시는 볼 수 없을지도 모른다. 그 생각에 알디스는 울적한 기분이 들었지만 연약한 새가 험악한 환경에서 얼마 버티지 못하리라고 항상 예상했었다.

라디오에서는 연신 기상경보가 흘러나왔다. 굳이 경보 때문이 아니더라도 눈보라가 몰아친다는 사실을 모르고 지나칠 수는 없었다. 알디스가 크로쿠르에 온 이후로 가장 강력한 눈보라였다. 소년들의 작업이 중단된 것도 이번이 처음이었다. 베이가르와 릴리야가 보기에도 건물 사이를 오가는 건 위험했기 때문이다. 그 덕에 이번에는 소년들도 방에서 빈둥거릴 수 있었다.

할 일이 별로 없기는 알디스도 마찬가지였다. 그러므로 마음만 먹으면 쉴 수도 있었다. 점심식사를 준비해 소년 기숙사로 옮기는 건 베이가르와 릴리야만으로도 충분했다. 그렇지만 이틀 연속 방에 혼자 처박혀 있는 것보다는 바삐 움직이는 쪽이 나았으므로, 아침식사 이후 자기 방으로 돌아가지 않고 있었다. 반면 숙소를 함께 사용하는 인부들은 이 기회를 놓치지 않았다. 그들은 자기들처럼 쉬는 대신 일하기로 마음먹은 알디스에 넌더리를 냈다. 인부들은 알디스가 자신들을 게으름뱅이로 매도할 거라고 생각했지만, 전날 알디스가 숙취와 불안감에 시달리며 이불 속에 누워있는 동안에도 그들은 부지런히 일했다. 알디스는 그저 어제의 상황을 반복하고 싶지 않을 뿐이었다.

그녀는 반짝거리는 리놀륨 바닥재를 내려다보았다. 비눗기가 남은 물기가 마르자 칙칙하고 낡아보이는 건 여전했지만 그래도 훨씬 깨끗해졌다. 바닥 청소를 하기에 좋은 타이밍이었다. 건물에 알디스 혼자였으므로 누군가 들어와 깨끗하게 닦아놓은 바닥에 진흙 발자국을 남기지도 않을 것이다. 일하는 동안 느껴지는 속도감은 혼자 빈둥거릴 때보다 훨씬 더 마음의 안정을 가져다주었다. 손수 처리해낸 일을 바라보면서 얼마 남지 않은 일감과 비교할 때면 뿌듯한 감정이 밀려왔다. 매서운 바람 소리에 수상한 소음들이 들리지 않는 것도 한결 마음을 편하게 했다.

알디스는 바지에 손의 물기를 닦은 다음 사무실 문을 열었다. 같은 층에 있는 교실과 복도, 위층에 있는 릴리야와 베이가르의 집은 이미 청소를 마친 뒤였다. 남은 건 사무실과 화장실, 현관 입구뿐이었다. 청소를 다 마치면 옷을 껴입은 뒤 눈보라를 뚫고 본관으로 달려가 점심 준비를 돕거나, 릴리야 부부에게 일을 마쳤다고 알릴 것이다. 둘 중 어떤 걸 선택할지는 가면서 결정해도 충분하다. 몇 시간 동안 읽을 만한 책이 없을지, 도서관으로 사용하는 복도 끝 작은 방을 둘러볼 수도 있었다. 하지만 그럴싸한 책들은 이미 다 읽은 뒤였다. 게다가 한동안 영어 공부에 소홀해서 침대 협탁에 놓인 교재에 먼지만 쌓였다. 점심을 먹은 뒤에 모처럼 영어 공부에 몰두하는 게 나을지도 몰랐다. 하지만 이건 알디스에게 그다지 매력적인 선택지는 아니었으므로 차라리 일을 하는 게 나을 듯했다. 문법 공부를 하다보면 얼마 안 가 온갖 잡념이 떠오르면서 엄마와의 관계나 뜰에 묻힌 아기, 에이나르에 얽힌 수수께끼 같은 사연들이 머릿속을 가득 메웠다.

알디스는 사무실의 불을 켠 뒤 반쯤 찬 양동이를 들고 안으로 들어왔다. 양동이는 갈색 구정물로 찰랑였지만 알디스는 신경 쓰지 않았다. 베이가르는 깨끗한 물로 청소해줄 가치가 없는 인간이었다. 그녀는 소심한 저항을 꿈꾸며 미소를 지었다. 평소였다면 좁아터진 사무실 안에서 움직이기도 힘들었겠지만 오늘은 베이가르가 어쩐 일로 정리를 해둬서 수월하게 먼지를 털 수 있었다. 책상에 남은 커피 잔 자국을 닦으면서 알디스는 이 좁은 공간에 커피 잔을 어떻게 이처럼 많이 올려놓을 수 있었는지 궁금해졌다. 그 외에 다른 곳은 모두 깨끗해보였기 때문에 베이가르의 커다란 지문이 잔뜩 묻은 전화기를 닦기 시작했다. 다 닦고 나니 전화통신국에서 이제 막 배송된 새 전화기처럼 윤이 났다. 알디스는 잠시 멈춰선 채 결과물을 감상했다.

자기도 모르는 사이, 그녀의 손에 수화기가 들려있었다. 최면에라도 걸린 듯했다. 무의식이 무슨 꿍꿍이인지 고민할 필요도 없었다. 이 순간 그녀가 전화를 걸 사람은 세상에 단 한 명뿐이었다. 알디스는 심호흡을 하며 눈으로 뒤덮인 창문을 빤히 쳐다보았다. 보이지는 않지만 창문 너머로 여전히 눈보라가 몰아치고 있었다. 눈이 창문 유리를 타고 미끄러져 내렸다. 마치 내리막길을 걷는 자기 인생을 보는 것 같았다. 발 디딜 곳도, 마음 의지할 곳도 없었다. 당연히 엄마에게 전화를 걸어야 했다. 그녀가 의지할 사람은 엄마뿐이었다. 다이얼을 돌리기만 하면 됐다. 집 전화번호는 눈 감고도 돌릴 수 있었다. 잃을 게 뭐람? 어차피 엄마는 직장에 있을 시간이었다. 하지만 다이얼을 돌리자마자 알디스는 눈보라 때문에 전국이 마비되었다는 사실을 기억해냈다. 엄마가 일하는 빵집도 분명 오늘은 문을 닫았을 것이다.

그녀는 수화기를 내려놓지 않았다. 무거운 수화기를 귀에 댄 채 신호음을 들었다. 집 거실에 놓인 전화기가 따르릉거리며 울리고 있을 것이다. 마치 그곳에 있는 것처럼, 귀를 때리는 벨 소리가 또렷하게 들리는 듯했다. 알디스는 눈물이 넘쳐흐르지 않게 눈을 꽉 감았다. 신호음이 네 번쯤 울린 후 목소리가 들렸다.

"여보세요." 엄마의 목소리는 그녀의 기억과 달랐다. 더 슬프고

기계적인 느낌이었다. "여보세요."

알디스는 그 자리에 굳은 채 감정에 휩쓸려 실수를 저지른 자신을 탓하고 있었다. 자기가 인간쓰레기를 집으로 끌어들였다는 사실을 인정하는 대신, 오히려 그 역겨운 변태와 한 편이 되어 딸을 거짓말쟁이로 몰아붙인 여자였다.

하지만 부잣집 소녀들에게 기죽지 않을 만큼 자기 딸에게 좋은 옷을 지어 입히려고 수많은 밤을 보낸 여자이기도 했다. 구구단을 함께 외워주고, 유치한 장난을 치다가 생긴 상처에 반창고를 붙여주고, 10대 딸의 징징거림에 공감하며 묵묵히 들어주던 여자였다. 알디스의 얼굴을 타고 눈물이 흘러내렸다. 엄마를 용서해야 했다. 입장 바꿔 생각하면, 엄마는 틀림없이 딸을 용서했을 것이다.

"여보세요. 누구세요?" 생기 없던 엄마의 목소리는 전화 건 사람이 누군지 알겠다는 듯 절박하게 바뀌었다. "알디스, 너니? 뭐라고 좀 해봐. 무슨 말이든 괜찮아." 엄마 입장에서 그런 말을 한다는 게 얼마나 큰 위험을 감수하는 건지 잘 알았다. 상대가 누군지도 모르는 상황에서 그런 말을 한다는 건 딸의 목소리가 너무 듣고 싶어 속이 새카맣게 탔다는 사실을 실토하는 셈이었다. 엄마는 무슨 일이 있어도 힘든 티를 내지 않는 사람이었다. *웃어, 체면치레라도 해야지. 월세 올려줄 돈이 없다는 걸 티 내서는 안 돼. 전기세를 못 내서 연체 이자가 무섭게 불어나도 내색하면 안 돼. 레이캬비크에 있는 극장에 가고 싶은 걸 들키면 안 돼. 친구들이 온통 그 얘기만 떠든다고 해도. 웃으렴, 그리고 아무 일 없는 것처럼 행동해. 네 기분이 어떤지 다른 사람들은 전혀 신경 쓰지 않아.* "알디스?" 엄마의 목소리는 금방이라도 울음을 터뜨릴 것만 같았다.

알디스는 수화기를 쾅 내려놓았다. 그녀는 눈을 크게 뜨고 아무 일도 없었다는 듯 무심하게 놓여있는 수화기를 내려다보았다. 도저히 다시 전화를 걸 수 없었다. 당장은 불가능했다. 어쩌면 영원히 할 수 없을지도 모른다. 엄마는 그녀가 필요로 하는 대답을 가지고 있지 않았다.

그런데 바로 그때 전화가 울리기 시작하자 결심은 눈 녹듯이 녹아버리고 알디스는 얼른 수화기를 낚아챘다. "엄마?"

"여보세요? 누구시죠?" 엄마가 아닌 다른 여자의 목소리였다.

"알디스예요." 허름한 점퍼 소매로 눈물을 닦자 자잘한 보풀이 그녀의 연한 눈꺼풀을 긁었다.

"안녕하세요. 지난번에 통화했던 분인가요? 누군가 전화를 받아줬다는 게 너무 반가워서 이름도 여쭤보지 못했네요."

에이나르의 어머니였다. 알디스는 심호흡을 하며 따끔거릴 정도로 볼을 잔뜩 부풀렸다가 천천히 숨을 내뱉었다. 운이 따르지 않는 하루였다. "통화할 수 없어요. 원래 전화도 받으면 안 돼요. 베이가르라는 관리인이랑 통화하셔야 하는데, 지금은 자리에 없어요."

전화선 반대편에서 잠시 침묵이 흘렀다. 잠시 후 여자는 훨씬 더 침울한 목소리로 입을 열었다. "지난번에 전화했을 때는 연락해도 된다고 했잖아요. 지난주에도 알려준 시간에 전화했는데 아무도 안 받았어요. 뭐가 잘못됐나요? 뭐가 달라진 거예요?"

"아뇨. 잘못된 거 없어요." 알디스가 퉁명스럽게 대답했다. 자기도 모르게 상냥한 성격이 튀어나올까봐 더 이상 아무 말도 할 수 없었다. 지금 그녀는 자기 문제만으로도 충분히 골치 아팠다. 다른 사람 일까지 신경 써줄 여유가 없었다.

"뭔가가 잘못됐군요. 목소리에서 느껴져요. 에이나르에게 무슨 일이 생겼나요?"

"아무 일도 없어요. 저한테는 전화 통화를 할 권한이 없을 뿐이에요." 알디스는 엄마에게 그랬듯 전화를 그냥 끊어버릴까 생각했다. 하지만 기분이 상한 여자가 베이가르에게 전화를 걸어 따질 수도 있었다. 그렇게 되면 베이가르는 알디스가 전화를 받았다는 사실을 금방 알아챌 것이다. "정말이에요. 아무 일도 없었어요."

"정말이에요?"

"네, 정말이에요." 완전히 맞는 말은 아니었다. 에이나르에게 큰 문제가 있었지만, 그건 보호소의 잘못이 아니었다. "뭐 하나 여쭤봐도 되나요?"

"뭔데요?"

"왜 에이나르가 여기로 온 거죠? 무슨 잘못을 했는데요?"

여자는 잠시 침묵했다. 알디스는 여자의 숨소리를 들었다. "삐끗했어요. 제대로 삐끗했죠."

"여긴 응급실이 아니에요. 무슨 짓을 한 거죠?" 알디스는 여자가 미끼를 물기를 간절히 바랐다.

"미안하지만 말할 수 없어요. 할 수만 있다면 말했을 거예요."

"누가 말을 못 하게 막는 건데요? 에이나르인가요?"

"아뇨. 에이나르는 아니에요." 여자가 얼버무리듯 대답하자 알디스는 여자가 전화를 끊어버릴지 모른다고 생각했다. 그렇지만 무슨 상관이란 말인가? 어차피 알디스는 통화를 계속할 이유가 없었다. 여자가 대답하지 않으면 또다시 자신은 메신저 역할만 하다가 끝날 것이다.

"나이도 많은데 왜 여기로 왔죠? 범죄를 저질렀으면 교도소에 가야 하잖아요?"

"그 질문에는 대답할 수 없어요. 나도 어쩔 수가 없어요." 여자의 목소리는 이제 속삭임에 가까워졌다. "아들에게 사랑한다고 전해주세요. 에이얄린을 봤다고도요. 여전히 많이 아파 보였어요. 에이나르가 집에 없는 게 차라리 다행이다 싶을 정도로." 알디스가 대답을 해주길 바라는 듯 여자는 잠시 숨을 고른 후 말을 이었다. "내 말을 전해주면 정말 고맙겠어요." 그러고는 대답을 기다리지도 않고 전화를 끊었다.

알디스는 통화 내용을 잊어버릴 만한 다른 관심거리가 없는지 주위를 둘러보았다. 대체 왜 기회가 있을 때 쉬지 않았을까? 침대에 틀어박혀 우울한 생각이나 하는 쪽이 이 상황보다는 나았을 것이다. 구미가 당길 만한 게 없을까 싶어 베이가르의 책장도 살펴보았지만 소용없었다. 종이뭉치와 서류철, 그리고 괴상한 장식품이 전부였다. 알디스는 뭐라도 부숴버리고 싶은 충동을 느꼈다.

바로 그때 좋은 생각이 떠올랐다.

주변에는 아무도 없었고 눈보라 때문에 베이가르나 릴리야가 사무실을 들여다볼 가능성도 낮았다. 답은 어쩌면 사무실 어딘가에 숨어있을지 몰랐다. 두 번 다시 이런 기회를 얻지 못할 수도 있었다. 평소라면 둘 중 하나가 그녀를 감시하러 사무실에 고개를 들이

밀었을 것이다. 서류를 모두 뒤져보는 데 걸리는 시간을 감안하면 이번이 마지막 기회일지도 몰랐다. 결과를 생각하는 대신 알디스는 책장에서 두툼한 서류철을 꺼냈다. 서류를 몇 장 넘겨본 그녀는 자신이 찾는 내용이 아니라는 걸 바로 알아챘다. 대부분은 아주 오래된 영수증과 계약서였고, 보호소와도 무관했다. 다음으로 살펴본 서류철 세 개 역시 별다를 게 없었다. 베이가르가 왜 이렇게 자질구레한 서류들에 집착하는지 이해할 수 없었다. 여러 정부 부처들과 산하기관에서 발송된 문서들은 하나 같이 통상적인 문체로 작성되어 있었다. 알디스가 이해한 바로는 크로쿠르는 없어서는 안 될 시설이지만 평판이 좋은 곳은 아닌 듯했다. 가능하면 보호소와 엮이고 싶어하지 않는 인상을 받았다. 다섯 번째 파일에는 채권추심 문서와 최후 독촉장 같은 것들이 들어있었다. 자세히 살필 것도 없었다. 알디스는 서류철을 닫아버렸다. 월급만 제대로 나온다면 돈 문제야 어찌 되든 상관없었다.

여섯 번째 파일을 보자 활기가 돌았다. 서류철 등에는 작년과 올해 연도가 적히고 안쪽은 알파벳 순서대로 정리가 되어, 가름지마다 소년들의 이름이 약자로 적혀있었다. 알디스는 에이나르 알렌의 약자인 EA로 표시된 곳을 활짝 펼쳤다. 달랑 종이 한 장만 붙어있었다. 공식문서처럼 보이지는 않았다. 창밖의 날카로운 바람 소리는 잊은 채 알디스는 내용을 읽기 시작했다.

21장

오딘은 자신이 미쳤다는 사실을 받아들이기로 했다. 한편으로 안도가 되었다. 최악의 상황을 인정해버렸으니 더 이상 최악을 두려워할 필요가 없는 것이다. 그의 귀에 들리는 환청이 지금껏 자각하지 못했을 뿐 늘 있던 주변 소음이라던 나나의 설명도 큰 도움은 되지 않았다. 그 외 다른 모든 것들도 현실과 어긋났기 때문이다.

지난 며칠 간 오딘의 머릿속을 가득 채운 것은 자신이 라라의 죽음과 연관이 있을지도 모른다는 두려움이었다. 택시 영수증의 정보와 경찰 수사보고서의 사건 시간이 의심을 뒷받침했다. 라라가 아파트에서 추락하던 시간에 그는 근처에 있었고, 추락 직후 그곳을 떠났다. 앰뷸런스와 사이렌 소리가 희미하게 떠올랐다. 그럼에도 불구하고 오딘은 자신이 그런 짓을 했을 거라고 상상조차 할 수 없었다. 그는 폭력적인 사람이 아니었다. 어릴 때부터 싸움질에 휘말린 적이 없었다. 게다가 라라와 함께 살던 시절에도 의견 충돌은 많았지만 라라에게 손 한 번 까딱한 적 없었다. 서로에게 욕을 하거나 문을 쾅 닫고 나가버린 적은 있어도, 뺨을 때리는 건 물론이고 더 심한 폭력을 사용한 적은 없었다. 그가 술 취한 상태로 사고 현장 근처에 있었다고 해도 그 사실이 변하는 건 아니었다. 더구나 이혼하고 시간이 한참 지난 뒤인데 무엇 때문에 전처를 살해하겠는가? 가장 가능성이 높은 시나리오는 그가 너무 피곤하거나 아니면 라라의 아파트 근처에 도착했을 때 제정신이 돌아와서 라라를 만나지 못한 경우였다. 총각파티에서 만난 술친구가 먼저 택시를 타고 가버리자 장난도 시들해졌으리라.

룬이 상담을 받기 시작한 뒤로 상태가 더 안 좋아지는 것도 걱정스러웠다. 엄마에게 쫓기거나 학교와 스포츠센터, 상점 등 일상적으로 방문하는 곳에서 엄마가 몰래 숨어 기다리는 악몽을 끊임없이 꾸었다. 룬이 악몽에 시달리지 않고 마음 편히 잘 수 있는 곳은 형의 집뿐이었다. 아이가 삼촌네 집에서 자게 해달라고 하도 조르는 통에 오딘이 난처할 지경이었다.

이런 증상을 두고 나나는 성급하게 결론 내리기를 주저했다. 룬은 아마도 이제야 엄마의 죽음을 받아들이기 시작했을 테고, 결코 그 과정이 쉬울 리도 없었다. 하지만 딸에 대해 생각하면 할수록 오딘은 훨씬 더 심각한 무언가가 룬을 괴롭히는 근원이라는 느낌을 지울 수 없었다. 그래서 그는 나나에게 직접 전화를 걸어 룬이 엄마의 죽음을 목격하고도 그 기억을 억누르고 있는 건 아닌지 물어보았다. 상담을 시작한 뒤로 그날의 기억이 되살아나면서 악몽을 꾸는 것일지도 몰랐다. 나나는 당혹스러운 말투로 억눌린 기억이라는 게 학계에서 논란의 여지가 큰 주제라고 했지만, 가능성 자체를 부인하지는 못했다.

그렇다고 룬에게 대놓고 물어보는 것은 상상도 할 수 없었다. 그는 텔레파시를 보내면 딸이 실토라도 할 것처럼 아이를 뚫어져라 바라보곤 했다. 하지만 아이가 딱 잘라 '아니'라고 대답했는데도 자신이 대답에 만족하지 못해 꼬치꼬치 캐물을까 두려워서 차마 대놓고 물어볼 수는 없었다. 그건 재앙이나 다름없었다. 오딘은 자신이 상황을 악화시켜서 딸의 기억을 왜곡하거나 망가뜨릴까봐 두려웠다. 물론 룬이 아빠가 사건 현장에 없었다는 걸 증명해줄 가능성도 있었다. 하지만 그 반대의 답이 나올 가능성도 배제하지 못했다. 어쩌면 아이는 아빠가 엄마에게 폭력을 휘두르는 모습을 목격했다고 증언할 수도 있었다.

가족 문제로 너무 골머리를 앓은 나머지 오딘은 직장을 옮긴 이후 처음으로 사무실 출근시간만을 손꼽아 기다렸다. 즐거운 마음으로 옷을 걸고 컵에 커피를 가득 채운 다음 헤드폰을 끼고 앉아 라디오를 켜고 서류철을 펼치는 것이다. 예전에는 폐쇄공포증에 걸릴 것만 같았던 좁은 자리가 이제는 안락한 피난처가 돼주었다. 자리에 틀어박혀 DJ들의 수다와 간간히 흘러나오는 음악이나 들으며 크로쿠르 사건에 몰두했고 아무 일도 없는 것처럼 행동했다. 그 결과 사건 조사에서 기대한 것보다 큰 진전을 보여서, 월요일 정례회의에서 2주 연속 주목받는 직원이 되었다.

"지금까지 이전 수감자 네 명과 인터뷰를 진행했는데요, 넷 다 비슷한 이야기를 들려줬습니다." 오딘은 동료들을 보며 말했다. "구체적으로 진술하지는 않았지만 보호소에 문제가 많았던 것만은 분명합니다." 보호소가 과거에 잘못 운영된 것이 자기들의 책임이라도 되는 양 동료들은 오딘의 눈길을 피했다. "지금껏 아무도 나서서 폭로하지 않은 게 신기할 정도입니다."

"관심 받고 싶어서 실제 있었던 일을 과장해 진술한 건 아니고?" 상석에 앉은 헤이미르는 적어도 시선을 피하지는 않았지만, 사시인 눈은 여느 때처럼 한쪽으로 치우쳐 있었다. "네 명의 증언만으로 단정할 수 있을지 모르겠네."

"물론 그럴 수야 없죠. 하지만 국가에 배상 책임이 있다는 걸 증명하는 데 중요한 근거가 될 겁니다."

"그런데 왜 지금까지 침묵하고 있었지? 누가 강요한 것도 아닌데 말이야?"

"여러 이유가 있겠죠. 네 사람 중 누구도 공개적으로 크로쿠르의 얼굴이 되고 싶어하지는 않을 겁니다. 보호소에서 지냈다는 게 자랑스러운 과거는 아니니까요. 브레이다비크와 달리 크로쿠르는 소년범들을 수용하는 시설이었습니다. 제가 인터뷰한 네 사람 중 셋은 번듯한 가정을 갖고 있어요. 저한테는 진실을 털어놓았더라도 언론사를 찾아가지는 않을 겁니다. 나머지 한 명은 알코올중독에 걸린 노숙자인데, 지금은 중독 치료를 받는 중입니다. 브레이다비크 사건이 터졌을 당시 아마 거리를 떠돌거나 갱생 시설 같은 곳에서 생활했기 때문에 그 사건에 대해 잘 알지 못했을 겁니다. 물론 뉴스를 듣기야 했겠지만 그걸 크로쿠르와 연결해 생각하지 못했겠죠. 설령 연결지었다고 해도 나설 수 있는 상태는 아니었을 거고요."

"좋아. 돌아가는 상황이 마음에는 안 들지만 꽤 진전을 보였으니 기쁘군." 헤이미르는 분발하라고 눈치를 주듯 다른 직원들을 한 번씩 쏘아보며 덧붙였다. "예전 직원들도 인터뷰해봤나?" 그는 말을 마친 뒤에도 입술을 계속 움직였다. 그 모습이 흡사 스피커의 볼륨만 낮춘 것처럼 보였다. 아마 전 직원들의 현재 나이를 계산하고 있었을 것이다.

"소장은 10년 전에 사망했으나 함께 보호소를 운영했던 미망인을 내일 만나기로 했습니다. 다른 직원들에 대한 정보는 찾을 수 없었습니다. 아무래도 로베르타가 직원 정보는 따로 보관해두지 않은 모양이에요." 오딘이 로베르타의 파일을 죄다 뒤졌지만 직원들 정보는 없었다. "제가 인터뷰한 남자들 모두 거기서 일한 사람들의 이름을 제대로 기억하지 못했습니다. 그래서 말인데, 직원 명단을 요청하고 싶습니다. 제가 생각하기에도 직원들을 인터뷰하는 게 적절할 듯해요. 분명 운영을 맡았던 소장 아내와는 전혀 다른 시각에서 보호소에 관해 증언해줄 겁니다."

헤이미르가 얼굴을 찡그렸다. "로베르타가 어딘가 명단을 보관해뒀을 거야. 확실해."

"그럼 찾을 수 없는 곳에 숨겨둔 게 분명합니다. 제가 살펴본 서류에는 직원들에 관한 정보가 없거든요. 낯선 이름이 여기저기서 보이지만, 성이 없거나 이름 자체가 너무 흔해서 소용이 없습니다. 검색 범위를 좁히려면 출생일자나 다른 추가 정보가 필요합니다. 희박한 가능성에 기대 같은 이름을 가진 사람들에게 전화를 돌리는 건 바라시지 않겠죠?"

"물론 아니지." 헤이미르가 대답했다. "내가 손 쓸 수 있는지 알아보지." 그가 짜증난 표정을 지었다. 회의가 끝난 후 그와 대화를 나누다 보니 짜증의 이유가 짐작됐다. 헤이미르는 이미 많은 양의 원본 서류를 받아서 로베르타에게 전달한 상황이었다. 이제 와서 그걸 어디에 뒀는지 모르겠다고 상부에 보고하고 싶지 않았던 것이다. 어쨌거나 헤이미르는 서류에 대해 다시 알아보겠다고 약속했다.

둘의 대화는 마치 친구들끼리 비밀이라도 나누는 것처럼 은밀하게 이어졌고, 오딘은 하마터면 상사에게 피티가 들려준 두 소년의 죽음에 관한 의혹을 털어놓을 뻔했다. 하지만 얘기 자체가 터무니없었다. 괜히 그런 얘길 전하다가 헤이미르에게 정신 나갔다는 인상을 주고 싶지 않았으므로 오딘은 입을 다물었다. 사건이 일어난 지 40여 년이 지난 지금에 와서 피티의 말이 진실인지 알아낼 방도는 없었다. 오딘과 인터뷰한 다른 두 남자는 사건이 일어나기 전에 보호소를 떠났고, 나머지 한 명은 사건 직후 수감된 사람이었다. 그는 다른 소년들을 통해 사건에 대해 들은 적은 있다고 말했다. 하지만 그가 들었다는 소문은 피티가 들려준 이야기보다 훨씬 더 기이했다. 오딘은 누구의 말을 믿어야 할지 알 수 없었다.

"지금 상황에서 가장 좋은 방법은 제가 로베르타의 컴퓨터를 살펴볼 수 있도록 허가해주시는 겁니다. 이메일과 기타 파일들을 확인할 수 있도록 말예요. 컴퓨터에서 뭔가 찾아낼 수도 있잖아요. 물론 로베르타가 서류를 모두 살펴보고도 시간이 빠듯해 제대로 분류하거나 저장하지 못했을 수도 있어요." 오딘은 여전히 상사에게 로베르타가 받은 협박 메시지에 대해 털어놓을 엄두를 내지 못했고, 이메일에 정식으로 접근할 권한을 얻기 위한 그럴싸한 구실도 찾지 못한 상태였다. 어쩌면 지금이 절호의 기회일지 몰랐다.

헤이미르는 죽상을 쓰면서도 접근 권한을 주겠다고 대답했다.

오딘은 자리로 돌아가 다 외울 정도로 꿰고 있는 서류를 다시 검토하는 대신 로베르타가 남긴 기록 가운데 자신이 놓친 것은 없는지 다시 한 번 확인하기로 마음먹었다.

"회의에 왜 안 들어왔어?" 오딘은 로베르타의 자리에 앉아 책상 아래 있는 문서 보관함 쪽으로 의자를 굴렸다. 회의 참석은 의무였다. 때문에 그는 딜리야가 병가라도 낸 줄 알았다.

"영 내키지 않더라고." 딜리야는 일어서서 칸막이 너머를 살펴보고 있었다. "물론 비밀을 누설하진 않겠지만 만약 헤이미르가 물어보면 중요한 전화를 기다리는 중이었다고 둘러대줘. 누구 전화를 기다렸는지까진 묻지 않길 바라야지."

"산부인과 주치의 전화였다고 말해. 그럼 더는 캐묻지 못할 거야." 오딘은 서랍을 차례로 열어 뒤져보았다. "혹시 로베르타가 일거리를 집에 가지고 간 적 있어?"

"내가 알기론 아니야."

"로베르타의 가방에 서류가 들어있는 걸 한 번도 본 적이 없어?"

"글쎄, 어쩌다가 서류 가방을 가져온 적은 있었지. 안 그런 사람 있어?"

오딘은 고개 들어 딜리야의 얼굴을 바라다보았다. 그녀는 비웃는 듯한 미소를 지었다. 자극적인 향수 냄새가 풍겼다. "내 말은,

빈 가방이나 상자를 들고 와서 서류를 가득 담아 집에 가져가는 걸 본 적이 있냐고?"

"내가 보안요원도 아닌데 어떻게 알아? 아침 일찍 빈 가방 100 개를 들고 와서 거기다 서류를 담아서 나 모르는 사이에 집으로 가져갔을 수도 있지. 로베르타는 보통 나보다 일찍 출근하고, 나보다 늦게 퇴근했다고." 딜리야가 이번에는 좀 더 상냥하게 미소를 지었다. 오딘은 갑자기 그녀의 향수 냄새가 싫지 않게 느껴졌다. 딜리야는 이런 변화를 눈치챘는지 마스카라를 짙게 바른 속눈썹을 깜빡거렸다.

오딘은 시선을 돌렸다. "젠장. 서류를 대체 어디다 둔 거야? 누락된 서류가 있는 건 분명한데." 그는 벽에 붙은 사진들 뒤에 비밀 금고라도 있기를 바라는 표정으로 사진을 빤히 보았다. 풀리지 않는 무언가가 그를 괴롭혔다. 뭔가 놓치고 있는 게 분명했다. 로베르타의 책상에 자꾸 오는 것도 아마 그런 이유 때문일 것이다. 딜리야가 추파를 던져서는 아니잖은가.

하지만 딜리야가 다시 입을 열었을 때 추파 같은 기색은 눈곱만큼도 없었다. "딸은 잘 지내?"

"잘 지내지, 뭐." 오딘은 내색하지 않으려 애썼지만 갑자기 손가락으로 책상을 두드리고 싶은 충동을 느꼈다. 그는 다시 벽을 응시하며 룬에게 그토록 불안감을 안겨준 두 소년의 사진을 바라보았다. 룬의 말이 맞았다. 이 망할 사진에는 어딘가 이상한 구석이 있었다.

"애가 참 착하더라."

"응, 그렇지." 오딘의 시선이 두 장의 사진 고리에 걸린 열쇠에 닿았다. 그는 열쇠를 빼들었다. 어느 집에서나 쉽게 볼 수 있는 출입문 열쇠였다. 하지만 사무실 문의 잠금장치는 모두 전자식이었다. "이거 혹시 어디 열쇠인지 알아?"

"로베르타의 집 열쇠야. 예전에 이틀 연속으로 집 안에 열쇠를 두고 나온 적이 있었어. 그 뒤에 비상용으로 가져다 둔 거야."

오딘은 열쇠를 빤히 쳐다보았다. 자신을 괴롭히던 게 이 열쇠였을까? 무의식이 열쇠를 기억해두었다가 그에게 어디로 통하는 열쇠인지 알아보라고 은근슬쩍 단서를 흘리는 걸까? 아니, 그건 아니었다. "로베르타 집이 어디지?"

"클렙스베구르. 그건 왜 물어?"

"아, 그냥 궁금해서. 쓸데없는 추측이지. 그 집에 뭔가 있을 리 없잖아. 벌써 다른 사람이 이사를 왔겠지."

"그건 모르지. 게다가 알아낼 방법은 딱 하나뿐이고." 딜리야의 눈이 커졌다. "가보자. 직접 가서 확인해봐야지. 아, 사무실을 벗어나고 싶어 죽는 줄 알았어. 업무일지에는 현장조사 다녀온다고 기록하고. 돌아오는 길에 카페나 바에 들러도 되잖아."

적극적으로 나서는 딜리야 앞에서 평정을 유지하기란 어려웠다. 어처구니없는 실수가 될지도 몰랐다. 총각파티에서 만난 남자와 새벽녘에 라라를 찾아가려던 얼토당토않은 계획처럼. 하지만 이번에는 혼자 곤경에 처하는 일은 없을 것이다. 적어도 딜리야는 막판에 그를 남겨두고 택시를 타지 않을 것이다. "좋아, 까짓것 가자." 상상할 수 있는 최악의 시나리오란 로베르타의 집에 들어섰다가 생판 모르는 사람들과 마주치는 것이지만, 들어가기 전에 크게 노크를 할 테니 그런 상황은 충분히 피할 수 있었다. 어차피 물러서기에는 너무 늦었다.

딜리야는 벌써 어깨에 가방을 메고 빨리 가자며 그를 재촉했다. 오딘은 로베르타의 책상을 다시 한 번 바라다보았다. 그를 괴롭히던 건 열쇠가 아니었다. 뭔가 다른 게 있었다. 하지만 대체 그게 뭐란 말인가?

22장

주중이라 클렙스베구르의 아파트 건물 앞에는 주차공간이 남
아돌았다. 로비에 들어선 딜리야는 꽃다발처럼 우편물 뭉치가 잔
뜩 비어져 나온 모양만으로 단번에 로베르타의 우편함을 알아보았
다. "아직 다른 사람이 이사 오지 않은 모양이네." 그녀가 조심스레
봉투 하나를 끄집어내자 봉투 몇 개가 덩달아 바닥으로 떨어졌다.
딜리야는 떨어진 우편물을 무시한 채 손에 쥔 봉투를 살펴보았다.
"연금공단에서 왔네. 작년 말 연금 내역서야. 이제 누가 로베르타
의 연금을 받게 될까?"

"아무도 못 받겠지." 오딘은 타일 바닥에 떨어진 우편물을 집어
들었다. 로베르타는 이제 속세의 문제 따위에 관심 없겠지만, 그렇
다고 사람과 개들이 오가며 우편물을 밟게 놔두는 건 고인에 대한
모욕이라는 생각이 들었다. "결혼도 안 했고, 아이도 없잖아. 그런
상황엔 연금이 지급되지 않을 거야."

딜리야는 갑자기 정신이 든 듯 봉투를 우편함에 우겨넣었다. "잘

됐네. 나도 미혼에 아이가 없거든." 그녀는 어떤 게 로베르타의 초인종인지 확인하던 오딘을 향해 말했다. "안 그래도 연금 붓기 싫었는데, 그 얘기 듣고보니 밑 빠진 독에 물 붓는 기분이야. 내가 만약 암에 걸려 죽으면 임종 때 나랑 결혼해서 내 연금 타먹어."

"그 상황이면 연금 따위 중요하지도 않겠지만, 뭐 고마워." 딜리야가 대답을 기다린다는 걸 눈치챈 오딘은 자기한테 딸이 있다는 사실을 환기시키려다 말았다. 대신 겨우 알아낸 로베르타의 집 호수를 입력했다. "분명 집에 누가 있을 거야." 그는 인터폰에서 나오는 벨소리를 조종할 수 있다는 듯 중얼거렸다. "받아라, 받아라."

"누가?"

"나도 몰라. 친구나 친척이 짐을 싸고 있을지도 모르지."

"꿈 깨셔. 누군가 우리를 기다리다가 업무 관련 서류라고 표시된 상자를 건네줄 일은 없으니까. 로베르타 장례식 때 두 번째 줄에 앉았거든. 몇 명 나타나지도 않은 친척들은 맨 앞줄에 앉아서 첫 번째 찬송가가 나오기 무섭게 휴대폰으로 인터넷이나 하더라. 다들 이 집 팔아서 돈 챙길 생각이나 하지, 로베르타 물건을 정리해줄 마음은 눈곱만큼도 없을 걸. 딱 그런 부류의 인간들이야."

오딘은 딜리야를 데려온 게 후회되기 시작했다. 혼자 오는 게 나았겠지만 만약 선택권이 그에게 있었다면 애초에 이곳에 올 결심도 못 했을 것이다. 그녀 덕에 둘은 이곳에 왔고 어쩌면 집을 뒤져보게 될지도 몰랐다. 물론 공식 절차에 따랐다면 더 좋았겠지만, 그랬다면 상황은 많이 복잡해졌을 것이다. 이제 아무도 관심 두지 않는 같은 집에서 같은 물건을 뒤지겠지만, 딜리야가 아닌 로베르타의 친척이나 집행인의 감시 하에 작업이 진행될 터였다. 게다가 모든 걸 원칙에 따라 엄밀하게 집행한다면 서류 입수 절차도 까다로울 게 분명했다. 자신의 행동을 정당화하는 이런 논리는, 이곳에 도착하기기 전까지만 해도 그럴싸하게 여겨졌다. "그냥 돌아가자."

"미쳤어?" 딜리야는 펄쩍 뛰었다. "바로 집앞이야. 최악이라고 해봐야 뭐가 있겠어? 내가 알려줄게. 아무것도 없어. 그러니까 이제 와 잔뜩 쫄아서 도망갈 이유가 없다고." 그녀는 오딘의 손에 들린 열쇠를 낚아채더니 입구로 걸어갔다. "요양원에서 너랑 결혼하는 거 다시 생각해봐야겠어." 딜리야는 열쇠를 구멍에 넣으려고 했지만 들어가지 않았다. "뭐야 이건?"

"여기가 아니라 현관문 열쇠인가봐." 로베르타는 이웃의 벨을 누르면 1층 입구는 통과할 수 있을 거라고 짐작한 모양이었다. 오딘은 잠시 안도했지만 이내 딜리야가 인터폰 앞으로 가 아무 번호나 눌러버렸다. 아무 응답이 없자 그녀는 다른 번호를 눌렀다. 오딘은 말없이 지켜보았다. 그가 뭘 할 수 있겠는가? 딜리야를 억지로 끌고 갈 수도 없는 노릇이었다. 이건 일종의 테스트였다. 만약 딜리야 덕분에 문이 열리면 그는 아무 말 없이 뒤따를 것이다. 그 반대라면 잔뜩 실망한 표정을 지으며 사무실로 돌아가면 된다. 그에게 선택권이 있었다면 어느 쪽을 택했을까? 오딘은 알지 못했다.

"여보세요?" 응답 소리가 들리자 딜리야는 크게 안도했다. 그녀는 무채색 플라스틱 스피커에 거의 입이라도 맞출 듯 바짝 다가가 말했다. '안녕하세요'라며 기어들어가는 목소리가 흘러나왔던 것이다. "로베르타의 집에서 가져갈 물건이 있어서 왔습니다. 사무실에서 서류를 가져갔는데, 그걸 회수해가야 하거든요." 그걸로 충분했다. 두 사람의 이름이나 직장이 어디인지, 집 안으로는 어떻게 들어갈 건지는 묻지도 않았다. "빙고." 버저가 울리자 딜리야는 안으로 들어갔다.

계단용 양탄자는 여기저기 밑 깔개가 훤히 보일 정도로 닳아빠진 상태였다. 현관문 앞이 특히 심했는데, 2층에 있는 로베르타의 집 현관은 깔끔하게 보이려고 애처롭게 노력한 흔적이 도드라졌다. 낡은 양탄자를 가리기 위해 문 앞에 놓은 매트에는 '웰컴!'이라는 글자가 새겨져 있었다. 문에는 '홈 스윗 홈'이라고 적힌 팻말이, 문 옆으로는 너무 번쩍거려서 가짜인 게 한눈에도 티 나는 조화가 꽃병에 꽂힌 채 걸려있었다. 사무실에 있는 조화들만큼이나 먼지가 뽀얗게 쌓인 꽃을 보면서, 오딘은 그것들 역시 로베르타가 가져다뒀을지 모른다는 생각을 했다. "이런 장식품들은 어떻게 될까?"

"자선 가게에 기증되겠지. 아님 쓰레기 신세가 되거나. 상속인들이 이런 잡동사니를 갖겠다고 달려들 리는 없잖아."

"그렇겠지." 오딘은 자신의 집 현관을 떠올렸다. 그의 집 현관 모습은 다른 층에 있는 빈 집들과 흡사했다. 사람 사는 흔적이 느껴지지 않는 곳, 룬과 그에게 그곳은 '홈 스윗 홈'이 아니었다. 아래층에 사는 디사 부인은 현관 앞에 매트를 깔아두고 있었다. 어떤 식으로든 자기 집이라는 표식을 해두는 게 일반적이라면, 그렇게 하지 않는 오딘이야말로 이상한 거였다.

"맙소사. 한동안 사람이 다녀가질 않았나 봐." 딜리야가 코를 찡그리자 넙적한 앞니가 드러나며 순간 그녀가 토끼처럼 보였다.

공기 중에는 먼지가 반짝거리고, 오랫동안 창문이 열리지 않은 듯 퀴퀴한 냄새가 났다. 딜리야가 불을 켠 후 둘은 안으로 들어갔다. 흠 잡을 데 없이 정돈된 집이었다. 다소 유치한 작은 조각상과 장식품들이 집 안 곳곳을 채우고 있었지만, 가지런히 정리된 덕에 지저분하다는 느낌은 전혀 들지 않았다. 문 바로 옆 신발 거치대에도 자로 잰 듯 신발들이 놓이고, 그 위쪽 벽에 박힌 못에는 작은 야회용 핸드백 두 개가 걸려있었다. 오딘은 로베르타가 그 핸드백을 들고 다니는 모습을 한 번도 본 적이 없었다. 어쩌면 직장에서 1년에 한 번 열리는 파티에 들고 왔을지도 모른다. 오딘은 지난번 파티에서 로베르타를 본 것만은 또렷하게 기억이 났다. 하지만 그녀가 어떤 가방을 들었는지는 고사하고 무슨 옷을 입었는지도 떠오르지 않았다. 그는 다른 동료들, 특히 남자들은 모두 자신과 비슷할 거라고 생각했다.

딜리야에게 핸드백을 본 기억이 나는지 물어보려 했지만 그녀가 한 발 앞섰다. "와, 자기가 돌아오지 못할 줄을 미리 알았던 것 같네. 이상할 정도로 정리가 완벽하게 되어있잖아. 살날이 얼마 안 남았다는 걸 분명 감지했을 거야."

오딘 역시 같은 생각이었지만 딜리야를 부추기고 싶지는 않아서 이렇게 대꾸했다. "원래 어지르는 성격이 아니겠지. 집 꾸미는 데 타고난 사람들이 있잖아. 항상 깔끔하게 유지하는 걸 좋아하고. 온 집 안이 다 이랬으면 좋겠어. 그럼 서류도 금방 찾을 텐데. 서류를 집으로 가져온 게 맞다면 말야." 그는 딜리야가 청색 조각상을 집어드는 걸 지켜보았다. 조각상은 미소 짓는 오동통한 아이의 모습이었는데, 아이는 보물이라도 되는 양 조개껍질을 안고 있었다.

"아무것도 깨뜨리면 안 돼. 되도록 만지지도 마."

딜리야는 눈을 굴리며 조각상을 떨어뜨리는 시늉을 하다가 원래 자리에 내려놓았다. "대체 무슨 생각으로 이런 허접한 물건을 돈 주고 사는 거지?" 그녀는 집이 대마초 화분으로 장식돼 있기라도 한 것처럼 못마땅한 얼굴로 고개를 저었다.

"모르지." 오딘은 이야기하고 싶지 않았다. 마음이 불편하고 무례하게 느껴졌다. 로베르타의 소지품이나 그녀의 취향을 캐내려고 여기 온 건 아니다. 적어도 오딘은 그랬다. "여기에 온 목적에 집중하자고. 업무 관련 물품만 찾아봐야지." 부엌에 들어서니 현관과 마찬가지로 모든 게 흠 잡을 데 없이 깨끗하게 정리돼 있었다. 공기 중의 먼지도 녹색 타일의 반짝거림을 퇴색시키지 못했다. 창문에는 프릴 커튼이 매달려 있었다. "여긴 아무것도 없을 거 같군." 식탁 위의 물건은 코바늘로 뜬 둥그런 그릇받침 위에 놓인 찻주전자가 전부였다. 작업대나 선반에는 아무것도 없었다. 로베르타 같은 사람이 서류를 식기 서랍이나 냉장고에 보관했을 리는 없었다.

"말도 안 돼." 딜리야가 오딘을 밀치고 들어왔다. "잡동사니 처박아두는 서랍 하나쯤 없는 주방이 어디 있어." 서랍을 하나씩 열어보았지만 주방 용품과 행주뿐이라는 사실을 깨달은 그녀는 실망스러운 표정을 지었다. "이 집은 예외인가 보네." 이 말을 하기가 무섭게 딜리야는 마침내 찾고 있던 걸 발견했다. "아하!" 그녀는 오딘도 볼 수 있게 옆으로 물러났다. "내가 뭐랬어?"

서랍에는 개봉된 편지봉투 여러 개가 들어있었다. 오딘이 봉투

뭉치를 집어들자 깔끔한 주방과 어울리지 않게 아무렇게나 쌓여있는 볼펜 자루들이 모습을 드러냈다. 봉투를 넘겨보던 오딘은 놀랍게도 로베르타에게 보내진 편지는 한 통도 없다는 사실을 알았다. 우표는 이상할 정도로 색이 바래서, 골동품에 관심이 없는 오딘도 편지가 오래되었다는 걸 알 수 있었다. "이것 좀 봐." 그는 딜리야에게 봉투 하나를 건넨 후 그 다음 봉투에 적힌 주소를 읽었다. 에이나르 알렌. 주소는 크로쿠르 보호소로 되어있었다. 나머지 편지도 모두 같은 소년에게 보낸 것이었다. "로베르타의 업무일지에 편지와 관련된 내용이 있었는데, 이 편지를 가리킨 건가봐. 한데 이 편지들을 왜 집으로 가져왔을까?"

딜리야는 봉투에서 편지를 꺼냈다. "집에서 혼자 심심했나 보지. 여가 시간에 읽어보고 싶었나? 자기한테 오는 편지는 없으니까. 내가 어떻게 알겠어?" 그녀는 조용히 편지를 읽었다. "이건 에이얄린이라는 사람이 보낸 거야." 딜리야가 오딘을 쳐다보며 말했다. "특이한 이름이네. 어디서 본 것 같은데. 회사 이름일까? 아니면 화장품 이름?" 딜리야는 얼굴을 찡그리며 편지 말미에 적힌 이름을 뚫어져라 보았다. "이 이름 들어본 적 있어?"

오딘은 고개를 저었다. 발신자의 이름이 무슨 상관이란 말인가? "편지 내용이 뭐야?"

"성인 여자가 아니라 10대 소녀가 쓴 것 같아. 글씨체 좀 봐." 딜리야는 편지를 내밀었다. 동그랗고 쾌활한 느낌의 글씨체는 청소년이 쓴 것처럼 보였다. 에이얄린Eyjalín의 i의 액센트가 점이 아닌 하트로 표시되어 있었다. "자기 편지에 왜 답장을 안 했는지 묻고 있어. 마음의 상처를 받았대. 이제 더 이상 자기를 사랑하지 않느냐면서 아빠가 밉다고 적었어."

"안 봐도 뻔한 10대들의 멜로드라마 아니야?" 오딘은 딸이 자신을 미워하기 시작하는 데는 몇 년이나 남았을지 궁금해졌다.

"나야 모르지. 그런데 전체 내용을 읽어보면 좀 이상한 구석이 있어. 아무것도 후회하지 않는다고, 나중에 함께 아이도 갖고 행복하게 살 거라고 했어. 의사가 한 말은 신경 쓰지 않는다고. 그러고는 다시 왜 답장을 하지 않느냐고 묻네."

"그게 왜 이상해?"

"내 짐작으로 에이얄린은 스무 살도 안 됐어. 기껏해야 열다섯이나 열일곱 살 정도겠지. 그 나이 때는 아이 문제에 대해 고민하지 않잖아. 그저 백만 탄 왕자가 나타나 주기를 바라지. 그리고 의사 얘기는 또 뭐야?" 딜리야는 편지와 봉투를 오딘에게 건넸다. 그가 알아서 정리해주길 기대하는 듯했다. "자, 다른 편지도 줘봐. 이제 재미있어지기 시작했어."

물론 거절할 수도 있었지만 오딘은 딜리야가 원하는 걸 얻을 때까지 쉽게 포기하지 않는 성격임을 잘 알았다. 그녀와 함께 시간을 보내노라면 반창고를 휙 잡아뜯을 때와 비슷한 기분이 들었기 때문에, 뭐든 빨리 끝내버리는 게 상책이었다. "그럼 나는 다른 방 둘러보고 있을게. 여기 너무 오래 있는 건 좋지 않아." 딜리야는 아무 대꾸 없이 그에게서 봉투를 받아들고는 의자를 끌고 왔다. 오딘은 그녀가 편지에 빠져있는 사이 다른 방을 살펴볼 생각이었다. 딜리야가 집 안의 모든 수납공간, 특히 개인적인 물건이 많은 침실을 이리저리 뒤지고 다니는 상황은 피하고 싶었다. 그는 곧장 침실로 향했다. 거실은 나중에 딜리야와 함께 살펴보아도 충분했다.

　침실은 다른 공간들과 마찬가지로 정돈이 잘 된 상태였다. 깔끔하게 정리된 침대 위에는 자수가 놓인 쿠션이 줄 맞춰 세워져 있었는데, 장미 문양 침대 덮개와는 전혀 어울리지 않았다. 오딘은 쿠션은 물론이고 침대 덮개 같은 걸 왜 사용하는지 도무지 이해할 수 없었다. 잠자리에 들 때 거치적거리기만 할 뿐이다. 그는 로베르타가 밤마다 이 거추장스러운 물건들을 어떻게 처리했는지 궁금해하다가 구석에 있는, 천을 씌운 안락의자에 쌓아두었을 거라고 추측했다. 거기 말고는 공간이 없었다. 서랍장 위는 액자와 장식품들이 빈틈없이 들어차고 침대 협탁에는 크고 무거워 보이는 램프와 책갈피가 꽂힌 책 한 권, 그리고 빈 유리잔이 놓여있었다. 협탁 서랍에는 수면용 안대와 마그네시아유 한 병, 족집게를 제외하고는 거의 텅 비어있었다. 서랍장도 빠르게 훑어보았다. 뜨개질바늘과 털실 뭉치, 반쯤 뜨다 만 털실 소매가 든 맨 아래 서랍을 제외하면 모든 서랍에 옷이 가득 들어있는 걸 확인하고 바로 닫아버렸다.

　그는 서랍을 모두 살펴본 뒤 몸을 바로 세웠다. 걱정과 달리 로베르타의 집은 소름 끼치지 않았지만, 그래도 고인의 집에 허락도 없이 들어와 있다는 게 꺼림칙했다. 로베르타가 자기 뒤에 서있는 것은 아닌지, 아니면 거울 속에 순간적으로 모습이 비치지 않을지 두려웠지만 그런 일은 일어나지 않았다. 소름 돋지도 않았고, 문 뒤나 옷장 속에 무언가가 그를 기다리며 숨어있을지도 모른다는 망상도 들지 않았다. 어쩌면 로베르타의 친척들이 집에 들이닥쳐 자신과 딜리야를 현장에서 급습할지도 모른다는 두려움이 다른 공포를 차단했는지도 모른다. 그는 이것이 정신적으로 회복되고 있다는, 머잖아 예전으로 돌아갈 수 있다는 신호이길 바랐다. 있지도 않은 환영과 소리를 보고 들으며 위장이 뒤틀린 채 걸어다니는 신경쇠약자가 아닌, 평범하고 지루한 오딘으로 말이다. 어쩌면 이 집이 그에게 좋은 영향을 끼치는 것인지 몰랐다. 만약 그렇다면 당장 이 집을 사들여야 했다. 지금 이 기운을 망치지 않으려면 가구며 물건들을 그대로 두는 게 좋을 것이다. 그는 말도 안 되는 생각에 혼자 미소를 지었지만, 딜리야가 다가오는 소리가 들리자 웃음기는 사라졌다.

"에이얄린이라는 여자애, 결국에는 정신이 나가 버렸나봐." 딜리야는 문간에 서서 편지를 부채처럼 흔들며 말했다. "편지를 순서대로 읽어보면 시간이 갈수록 에이나르한테 점점 더 화를 내고 있어. 마지막 편지에서는 완전히 정신착란 상태에 빠진 사람 같아. 자기를 배신했다는 둥, 더 이상 자기를 사랑하지 않는다는 둥 온갖 소리를 쏟아냈다니까. 편지 맨 아래에는 에이나르의 이름을 적고는 그 위에 줄을 미친 듯이 그어놨어. 얼마나 미워하는지 보여주려는 것 같아. 뭐라고 썼는지 잘 보이지 않을 정도야. 나도 뒷면을 보고서야 뭔지 알았다니까. 에이나르라는 애, 분명 보호소에서 나온 뒤에 신고식 제대로 치렀을 거야."

"걘 죽었어."

"아." 딜리야가 방 안으로 들어왔다. "차에 있던 남자애 중 하나가 얘야?" 주간회의 때 따분해 죽을 것 같은 표정을 지었던 것 치고는 생각보다 자세히 사건을 파악하고 있었다.

"응." 오딘이 옷장을 열자 오래 묵은 향수 냄새가 풍겨왔다. 원피스며 재킷, 셔츠들이 빼곡히 걸려있어서 옷장 안 가로대는 가운데가 아래로 휘어져 있었다. 그는 옷장 안 깊숙이 숨겨진 것이 없는지 확인하기 위해 몸을 구부리면서 내심 아무것도 없기를 바랐다. 절망스러울 정도로 유행이 다 지나간 정장구두 몇 켤레를 제외하면 그의 바람대로 안쪽에는 아무 것도 없었다.

"나 이 여자 장례식에서 봤어. 내 옆에 앉아있었는데," 딜리야가 서랍장 위에 놓인 사진들을 가리키며 말했다. "행동거지가 꽤 수상했거든."

오딘은 몸을 바로 세우고 말했다. "수상하다는 게 정확히 무슨 뜻인지 말해봐. 장례식에서는 다들 행동이 어색하지 않나? 어떻게 행동해야 할지 잘 모르잖아."

"나도 잘 모르겠어. 근데 이 여자는 좀 달랐어."

딜리야가 말한 사진은 스튜디오에서 촬영된 것이지만 어떤 목적으로 촬영한 것인지는 분명하지 않았다. 여자는 웨딩드레스를 입고 있었다. 대학을 갓 졸업한 20대라고 보기에는 나이가 많았다. 오딘은 사람 나이를 맞추는 데는 재능이 없었지만 여자는 예순 살 정도로 보였다. 로베르타와 비슷한 나이였다. "로베르타의 자매였나 보지." 닮은 구석이 전혀 없었기 때문에 이복자매라고 보는 게 더 정확했다. 로베르타는 회색 눈에 통통하고 볼품없는 외모였지만 사진 속 여자는 갈색 눈에 높은 광대뼈를 지니고 있었다. 한창 때에는 무척 아름다웠을 외모였고, 중년이 지난 듯한 사진 속에서도 여전히 매력적이었다.

"아니야. 가족들은 전부 반대편에 앉아있었어. 이 여자는 친구였어. 어쩌면 연인 사이였을지도 모르지. 정체가 뭐든 간에 아무튼 행동이 이상했어." 딜리야는 몸서리를 쳤다. "좀 소름이 돋았달까. 장례식 내내 앞만 응시하면서 동상처럼 꿈쩍 않고 앉아있었다니까. 눈도 한 번 깜빡하지 않았을 거야."

"자기 나름대로 슬픔을 이겨내고 있었겠지. 공개된 자리에서 눈물을 보이지 않는 사람들도 있잖아." 그는 옷장 맨 위의 선반으로 시선을 돌렸다. 상자와 봉지로 들어찼는데, 하나같이 문 닫은 지 한참 지난 슈퍼마켓의 로고가 찍혀있었다. "여기도 아무것도 없네."

딜리야가 침대 아래와 수납공간들을 뒤져본 후 두 사람은 거실로 나왔다. 거실과 거실에 딸린 작은 식사 공간에도 업무와 관련된 물건은 없었다. 오딘은 딜리야가 비교적 새 것으로 보이는 TV 옆의 수납장을 열어 일일이 확인한 후, 이동식 탁자에 달린 서랍까지 뒤지는 모습을 지켜보았다. 이동식 탁자는 작은 움직임에도 계속해서 쟁그랑거리는 소리를 냈다. "주방에서 찾은 편지가 전부인가봐." 딜리야는 실망을 감추지 못했다.

"응. 그런 것 같네." 오딘은 TV 앞에 놓인 큰 안락의자에 기대어 있었다. 의자의 머리받침대와 팔받침대에는 레이스로 만든 덮개가 올려져 있었다. "가자, 이제 다 둘러봤잖아."

"화장실만 빼고."

오딘은 아무 대꾸도 하지 않았지만 나가는 길에 딜리야가 화장실을 살펴보도록 내버려두었다. 결국 쓰레기통에 버려질 화장품과 자질구레한 용품을 눈으로 직접 확인하고 싶지 않았다. 죽은 사람이 남긴 비누나 화장품, 향수를 가져갈 사람은 없을 것이다. 현관 앞에 서서 기다리는 동안 오딘은 작은 후크에 걸린 열쇠를 발견했다. 열쇠에 달린 플라스틱 태그에는 '차고'라고 적혀있었다. 물에 젖기라도 했던 듯 글씨는 약간 번진 상태였다. 이 집에 발을 들이고 처음으로 그는 불안감을 느꼈다. 여전히 제정신이 아닌 것 같았다. 그는 불안에 맞서기로 마음먹었다. 더 이상 참을 수 없었다. 모든 본능이 그에게 열쇠를 내려놓고 잊어버리라고 말한다 해도 그는 정반대로 할 것이다. "딜리야! 차고가 있어. 화장실이나 보면서 시간낭비하는 것보단 차고를 보러 가는 게 낫지 않겠어?" 그의 목소리는 놀라울 정도로 차분하게 울렸다.

두 사람은 밖으로 나가 로베르타의 차고를 찾아냈다. 오딘이 육중한 목재 문을 들어올리는 동안 오래된 경첩에서 끼익 소리가 났다. 오래된 자전거 한 대와 뒤편 선반에 놓인 잡동사니를 제외하면 차고는 거의 비어있었다. "차는 어디 있지?" 딜리야는 안으로 들어가 두리번거렸다.

"여기 없는 건 확실하네." 오딘은 안으로 들어가는 게 영 내키지 않았다.

"아마 시내 어딘가에 주차되어 있겠지. 주차 딱지 잔뜩 붙어서." 딜리야는 자전거 쪽으로 걸어가더니 바닥에 놓인 쇼핑백을 집어들었다. 그녀는 오딘을 흘끔 쳐다보며 그가 들어오길 기다렸다. 오딘은 위장이 뒤틀리는 느낌을 받으며 콘크리트 차고 안으로 억지로 들어갔다. 차고 문이 닫히고 영원히 이곳에 갇히는 위험에 처하기도 한 듯 고개를 돌려 문이 열려있는지 확인하고 싶은 충동을 겨우 눌렀다.

그는 침을 꼴깍 삼키며 딜리야가 들고 있는 쇼핑백에 집중하려고 애썼다. 딜리야의 표정으로 짐작하건대 그의 얼굴은 창백한 게 틀림없었다. 딜리야는 무슨 말이라도 하려는 듯 입을 열다가 말고는 말없이 쇼핑백을 오딘에게 건넸다. 쇼핑백의 손잡이는 이중매듭으로 묶여있었다. 오딘은 매듭을 풀어 안에 있던 종이 뭉치를 꺼냈다. 유레카! 업무 서류였다. 종이상자도 하나 있었는데, 역시나 크로쿠르와 관련된 서류가 들어있었다. 상자는 로베르타가 차에 실으려다가 깜빡한 것처럼 벽 옆에 놓인 상태였다. 죽기 전 마지막 날 아침, 차고를 나오면서 거기에 뒀을지도 모른다.

차고 밖으로 나와 문을 닫자 오딘은 어깨의 무거운 짐을 내려놓은 듯한, 간발의 차로 달려오는 차를 피한 듯한 기분이 들었다. 그는 로베르타의 집에 다시 올라가느니 차라리 열쇠를 가져가기로 했다. 이웃 주민이 그들을 다시 건물 안으로 들여보내 줄지도 알 수 없었다. 무엇보다 여기를 벗어나고 싶은 마음이 견딜 수 없을 정도로 강하게 들었다.

23장

1974년 2월

토비는 꼼지락거리며 의자에 앉아있었다. 차라리 사라져버리기를 바라는 듯한 아이는, 죽은 사람처럼 창백한 안색 때문에 주근깨가 평소보다 더 도드라졌다. 하지만 알디스는 토비를 보내줄 생각이 없었다. 그녀는 대답을 들어야 했다. 마음 한편으로는 토비가 고통스러워하는 걸 즐겼다. 자신의 불쾌함을 토비에게 전가하기라도 한듯, 그녀의 기분이 조금 나아졌다. 알디스는 식당을 빠져나가던 토비를 구석으로 몰아, 본관 뒤편 작은 응접실로 끌고 왔다.

"거짓말하지 마. 그 인간들이 편지를 어디에 숨기는지 알잖아."

"몰라요, 정말이에요. 나는 그냥 편지를 전해주는 거지, 어디에 두는지는 몰라요. 맹세해요." 크게 뜬 파란 눈이 덥수룩하게 내려온 머리칼 아래 반짝거렸다. "거짓말 아니에요."

토비는 진실을 말하는 것 같았다. 아이는 알디스를 두려워했고 알디스의 질문 세례를 멈출 수만 있다면 어떤 말이라도 털어놓았을 것이다. 하지만 알디스는 답을 알아내고 싶은 마음뿐이었다. "내가 왜 널 믿어야 하지?" 그녀는 토비를 뒤흔들어 놓고 싶었다. "몇 달씩이나 너는 그 인간들이 남의 물건 빼돌리는 걸 도와줬어. 애들이, 바로 네 친구들이 부모로부터 온 편지를 못 받게 만든 거야. 그 인간들은 도둑이고 넌 그 도둑을 도와준 거지, 알아?" 토비는 알고 싶지 않은 얼굴로 고개를 저었다. "넌 그 인간들이랑 다를 게 하나도 없어. 너도 똑같은 도둑이야." 토비는 아랫입술을 물어뜯으며 불안하게 눈을 깜빡였다. 당장이라도 눈물을 터뜨릴 듯한 아이의 표정에 알디스의 마음이 약해지려 했다. "하지만 그 인간들이 편지를 어쨌는지 나한테 말해주면 넌 그들보다 훨씬 더 나은 사람이 되는 거야. 누구나 실수를 하지만 그걸 만회할 기회는 많지 않아. 넌 두 번째 기회를 얻은 셈이니까 운 좋은 거야."

토비의 눈에서 희망의 빛이 아른거렸지만 알디스가 여전히 같은 정보를 원한다는 걸 깨닫자 이내 사그라졌다. "그 사람들이 편지를 어떻게 했는지 난 정말 몰라요. 나도 알았으면 좋겠어요. 그럼 누나한테 말할 수 있잖아요. 난 정말 몰라요."

알디스는 몸을 바로 세웠다. 그녀는 지금껏 토비가 앉은 의자 팔걸이에 두 손을 올리고는 아이를 무섭게 몰아세웠다. 하지만 그래서는 안 되었다. 토비는 어린애일 뿐이고, 아무리 스스로 작게 느껴진다고 해도 그녀는 성인이었다. "그렇다고 치자." 토비는 무슨 말이라도 하려는 듯 입을 열었지만 아무 말도 하지 않았다. 그는 여전히 입을 벌린 채 고개만 끄덕였다. "분명 답을 알고 있으면 나한테 말해주겠다고 했지." 토비가 다시 고개를 끄덕이며 침을 꿀꺽 삼키느라 입을 닫았다. "그렇다면 방법이 하나 있어."

휘둥그렇던 토비의 눈이 가늘게 떠졌다. "그게 무슨 뜻이에요?"

"이따가 우편배달차가 오잖아, 그렇지?"

"네. 화요일이랑 금요일, 3시쯤 와요. 릴리야나 베이가르가 저를 3시 30분쯤에 내려보내요. 그러면 차가 늦게 와도 추운 데서 기다릴 필요가 없으니까요. 지난 여름에는 좀 더 일찍 내려 보내주는 것도 나쁘지 않았어요. 도로 옆에서 기다리는 게 여기 있는 것보다 나았거든요. 일찍 가있을 때도 차가 늦게 와주기를 바랐어요."

"네 인생담은 안 궁금해." 이렇게 내뱉던 알디스는 자신의 말을 후회했다. 토비에 대해 많은 걸 알지는 못했지만, 그의 삶이 행복하지 않았다는 것만은 잘 알았다. 그의 아버지는 감옥 밖보다 안에서 보낸 시간이 많았고, 그나마 집에 머물 때는 아들에게 화를 풀던 인간이었다. 토비의 뼈가 부러진 횟수가 보호소 소년들의 전체 골절 횟수보다 많다는 소문이 돌 정도였다. 그녀는 좀 더 부드러운 목소리로 말했다. "평상시처럼 베이가르와 릴리야에게 우편물을 전부 건네줘. 그게 편지든 소포든 상관없이 다 전해준 뒤 그 인간들 행동을 지켜봐. 그러면 편지를 어디에 숨기는지 알 수 있을 거야." 알디스는 팔짱을 끼고 덧붙였다. "하지만 내 편지는 안 돼. 내 편지는 바로 나한테 가져와. 알겠지?"

"그렇지만…."

"그렇지만은 없어. 무슨 방법을 써서라도 가져와." 베이가르의 사무실과 짐작 가는 장소들을 샅샅이 뒤져보았지만 알디스는 편지를 찾지 못했다. 낙담한 그녀는 편지 찾는 걸 포기하고 일에 집중하려고 노력했다. 그러다가 오늘 아침 토비를 쥐어짜보기로 마음을 고쳐먹은 것이다. 어떻게든 편지를 손에 넣어야 했다. 무엇보다 엄마가 보낸 편지 내용을 확인해야 그 역겨운 변태가 엄마와 어떻게 헤어졌는지, 엄마가 진심으로 후회하는지 알아낼 수 있었다. 그러고 나서 엄마에게 다시 연락을 할지 말지 결정할 마음이었다.

그 다음으로는 에이나르의 편지를 확인해야 했다. 사무실 서류철에서 찾은 한 장짜리 편지는 짜증 날 정도로 도움이 되지 않았다. 다만 뭔가 은밀한 일이 벌어지고 있다는 그녀의 의심만 키웠을 뿐이다. 베이가르에게 편지를 보낸 건 요하네스 올라프손이라는 남자였다. 그는 편지에서 스스로를 '판사'라고 적었다. 그러나 판사 직함으로 공식적인 서신을 쓰는 대신 그는 베이가르에게 오랜 친구, 혹은 지인으로서 부탁을 하는 듯했다. 편지의 목적은 베이가르에게 보호소 소년들보다 나이가 더 많은 남자아이를 받아달라고 요청하기 위함이었다. 나아가 문제의 소년을 정식절차 없이 받아달라고 부탁하고 있었다. 불법적인 행위는 아니니, 부탁을 들어주면 모두에게 이익이 될 거라고 했다. 판사는 더 자세한 사항은 전화상으로 설명하겠다고 덧붙이면서도, 이런 부탁을 하는 이유가 형사 행정체계를 통하지 않고 정당한 처벌을 집행하기 위해서라고 설명했다. 건강한 정신을 지닌 개인의 범죄는 재판을 통해 처벌하는 게 마땅하지만, 이 사건의 경우 무고한 피해자인 자신의 딸에게 피해만 입힐 것이라고 부연했다. 에이나르가 자신의 딸에게 무슨 짓을 했는지는 언급하지 않았다. 알디스는 에이나르가 소녀를 강간한 것이 아닐까 의심했지만, 그건 믿기 힘들었다. 그녀는 토비에게 다시 몸을 구부리고 말했다. "만약 그렇게 하지 않으면 다른 아이들한테 다 말할 거야. 걔네는 에이나르처럼 마음이 넓지 않을 걸. 내 말 믿어."

토비는 마른 입술을 핥았다. 큰 의자에 앉은 아이는 너무나 왜소했다. 마음이 아플 정도로 말라서 무릎과 팔꿈치가 팔다리보다 두 배는 더 두꺼워 보였다. 알디스는 부러졌다가 다시 붙은 토비의 뼈를 떠올렸고 하마터면 화를 풀고 토비에게 다 잊어버리라고 말할 뻔했다. 그러나 토비가 한 발 앞섰다. "해볼게요. 노력해볼게요." 아이의 목소리는 초겨울의 첫 얼음처럼 여리고 약했다. 토비의 숨결이 느껴졌다. 토비의 입에서는 점심 때 먹은 스튜 냄새가 났다.

"좋아. 끝나고 나면 나한테 와. 릴리야와 베이가르가 다른 일을 시키려고 하면 배가 아프다고 적당히 둘러대."

마치 전기 충격을 피하기라도 하듯, 알디스에게 닿지 않게 조심조심 자리에서 일어나 고개 숙이고 문으로 걸어가던 아이가 돌아서서 물었다. "만약에 베이가르나 릴리야한테 걸리면 어떻게 해요? 자기 아기도 죽인 사람들인데, 나는 그 사람들한테 아무것도 아니잖아요." 토비는 대답을 기다리지도 않고 뒤돌아 나가버렸다.

베이가르는 책에서 눈을 들어 알디스를 쳐다보았다. 알디스는 처음으로 그의 눈을 똑바로 보았다. 지금껏 그녀는 짙은 눈썹 아래로 베이가르가 노려볼 때마다 시선을 피했다. "무슨 문제라도 있나?" 목소리가 거만하기 짝이 없었다.

알디스는 계속 먼지를 털면서 시선을 고정했다. "문제 없는데요, 왜요?"

"글쎄." 그는 알디스를 향해 다시 인상을 구겼다. 그의 눈이 더 납작해지며 번득였다. 목청을 가다듬은 그가 들고 있던 책을 내려 놓았다. "아주 산만한 것 같아."

말도 안 되는 헛소리. 두 사람 다 그 점을 알았다. 알디스는 평소처럼 능숙하고 빠르게 청소를 하고 있었다. 베이가르가 앉아있는 걸 보고 평소보다 더 열심히 청소를 했다. 그 방은 강당으로 알려져 있지만 실은 널찍한 거실에 불과해서 소년들에게 설교할 때만 사용됐다. 일일 조회는 짧은 일과였음에도 불구하고 하나님이 손톱에 때가 낀 소년들은 거들떠도 안 본다는 듯, 그 방에 들어서기 전에 아이들은 손과 얼굴을 씻고 신발도 벗어야 했다. 그래서 방은 그리 더럽지 않았다. "평소랑 똑같이 청소하는 건데요." 처음이기는 해도 얼굴을 붉히고 죄송하다고 웅얼거리는 대신 말대꾸를 하는 건 기분이 좋았다. "제가 정확히 어떻게 하기를 바라세요?"

베이가르는 자리에서 일어나 걸어왔다. 그처럼 소심한 저항을 건방이라고 부를 수 있을지 모르지만, 그는 알디스의 건방진 태도에 매우 당황한 듯했다. 베이가르는 두툼한 손가락으로 피아노 뚜껑을 문지른 뒤 먼지가 없는지 확인하고는 있지도 않은 먼지를 불어 날렸다. "요즘 조회에 나오지 않더군. 조회에 나온다고 해서 손해 보는 일은 없을 거야. 기독교인이든, 이교도든 간에 하나님 말씀을 들으면 피가 되고 살이 되지."

알디스는 그의 눈에 자신이 이교도로 보인다는 걸 알았다. "당연히 그렇겠죠." 그녀는 자신의 의도가, 그러니까 '아니요, 됐거든요.'라는 메시지가 분명히 전달됐길 바랐다. "평소에 청소하던 곳들을 다 끝냈습니다. 더 청소할 데가 있을까요?" 그녀는 웃지도 않은 채 무표정한 얼굴이었다. 베이가르 같은 인간에게는 예의가 아까웠다. 알디스는 베이가르 뒤편 벽에 대고 이야기를 한다고 상상했다. 벽과 마찬가지로 그 역시 한창때가 지난 고물이었기 때문이다. 벽지는 색이 바래있었고, 벽과 맞닿은 벽지들은 벗겨지기 시작했다.

베이가르의 미간에 깊은 주름이 팼다. "성서대를 닦는 게 어때?" 베이가르 부부는 성서대를 제단이라고 불렀지만 그건 그냥 낡아빠진 목재 성서대에 불과했다. 성서대 앞에는 흰 천을 뒤집어씌운 이동식 탁자가 놓여있고 그 위에는 우스꽝스러울 정도로 큰 십자가와 짝이 맞지 않는 촛대가 있었다.

그 뒤 벽면에 십자가에 매달린 예수의 그림이 붙어있었다. 원화가 유럽 어딘가 웅장한 성당 안을 장식하고 있을 거라고 생각하니 기분이 묘했다. 알디스는 그림 속 구세주가 강인한 인내심을 보이는 듯한 표정을 짓는 게, 어쩌면 자신의 위치 때문은 아닐지 궁금했다. 이 공간에서 구세주의 귀에 들리는 것이라곤 베이가르의 위선적인 설교뿐이었다. "지금 이 정도로는 충분하지 않으신가요?"

베이가르가 자신을 향해 다가오자 알디스는 입을 다물지 않은 걸 후회했다. 당장이라도 여기서 도망치고 싶었다. 그녀는 토비가 한 말을 이제야 이해했다. 베이가르에게 그녀는 아무것도 아니었다. 그는 알디스의 뺨을 때리거나 그보다 더한 짓도 할 수 있는 인간이었다. 그와 알디스의 말이 엇갈린다면 과연 사람들은 그녀의 말을 믿어줄까? 그녀가 한 걸음 뒤로 물러서자 마룻장이 삐거덕거리는 소리가 방 안에 울렸다. 그 소리의 의미는 분명했다. 힘의 균형이 예전으로 돌아간 것이다. 알디스는 움츠러들었다.

"내 앞에서 건방지게 굴지 마, 아가씨." 베이가르가 적의를 드러냈다. 그의 눈이 조금 전보다 훨씬 날카로워졌고, 순간 알디스는 그와 그의 아기 눈이 얼마나 달라 보이는지 떠올렸다. 아기의 눈은 조그만 기형아라고는 믿기지 않을 정도로 크고 새카맸다.

"그냥 여쭤본 건데요." 그녀의 목소리는 만족스러울 정도로 차분했다. 얼른 여기서 벗어나야만 했다. 그의 면전에서 아기가 묻힌 장소를 알고 있다고 한바탕 소리를 질러볼까도 생각했지만, 그게 얼마나 위험한 계획인지 바로 깨달았다.

이제 뭐라고 덧붙여야 할까? 그만하라고 해야 할까? 순간적인 충동 때문에 갑자기 머릿속이 맑아졌다. 그런데 토비는 아기가 산 채로 태어났다는 것을 어떻게 알았을까? 그 사실을 아는 사람은 거의 없었다. 알디스는 아기가 살아있는 모습을 봤다는 얘기를 아무에게도 하지 않았다. 심지어 만취 상태로 에이나르에게 아기에 대해 떠들어댈 때도 그 이야기는 하지 않았다. 그가 아는 것이라곤 릴리야가 출산한 아기가 사라졌다는 사실뿐이었다. 사산된 아기. 살아서 눈을 뜬 아기가 아니었다. 알디스는 자기가 잘못 본 것일지도 모른다는 생각에 그 사실은 말하지 않았다. 어쩌면 사람이 죽은 뒤에도 근육 경직 때문에 눈이 떠지는 것일지 몰랐다. 충분히 그럴 만한 이유가 있거나 어두워서 잘못 본 것일 수도 있기 때문에 유난 떨어서는 안 됐다. 알디스는 토비가 편지를 가져다 줄 때 다시 한 번 아이를 취조해, 아기를 죽였다는 게 정확히 무슨 뜻인지 알아내기로 마음먹었다. 무사히 편지를 가져온다면 말이다.

베이가르의 표정이 부드러워지더니 수상할 정도로 나긋나긋한 미소를 지었다. "자, 말다툼은 하지 말자고. 우리 예수님 앞에서."

알디스는 할 말이 없었다. 표정으로 보건대 예수님의 마음속에는 두 사람의 말다툼보다 더 중요한 고민거리가 있는 듯했다. "저는 이제 커피 준비하러 가봐야 합니다." 시계를 보니 시간은 어느새 2시 반이 되어있었다. 견진성사 때 엄마에게 선물로 받은 손목시계는 줄이 낡아 교체할 때가 되었다. "늦고 싶지 않아서요."

하지만 베이가르는 쉽게 보내줄 생각이 없다는 듯 알디스를 막아섰다. "요즘 밤중에 농장 안을 돌아다닌 게 너였니?"

알디스는 식은땀이 나기 시작했다. 우사에 뭐라도 떨어뜨린 걸까? 그 일이 있은 지 시간이 꽤 흘렀지만 새로운 증거물이 발견됐을지도 몰랐다. 베이가르가 다른 일을 가리킬 가능성은 낮았다. 그날을 제외하고는 밤에 방 밖으로 나간 적이 없기 때문이다. 에이나르가 그 뒤로 밤에 또 빠져나가 단둘이 시간을 보내자고 넌지시 말했지만 알디스는 어물쩍 넘어갔다. 그녀는 불가피한 상황이 아니라면, 에이나르가 무슨 짓을 했는지 알아내기 전까지 그와 어떤 접촉도 하지 않겠다고 결심했다. 판사가 베이가르에게 보낸 편지를 읽고 난 뒤로는 모든 게 오해라고, 에이나르는 결백하며 좋은 사람이라고 스스로를 더는 속일 수 없었다. 이제는 그가 범죄를 저질렀다고, 그것도 어린 소녀를 상대로 나쁜 짓을 했다고 확신했다. 처음 봤을 때처럼 에이나르가 잘생겼다거나 흥미로운 남자라고 느끼지도 않았다. 알디스는 반쯤은 순수한 호기심에서, 반은 에이나르의 정체를 파악하기 위해서 비밀을 알아내고 싶었다. 한심하게 들리겠지만 그녀는 자신이 에이나르를 바꿀 수 있다고, 더 나은 사람으로 만들 수 있다고 여겼다. 엄마가 입버릇처럼 했던 말과는 정반대였다. *사람은 변하지 않아, 사람이 변한다고 생각하는 건 스스로를 속이는 짓이야.* "아뇨, 저는 방 밖으로 나간 적이 없는데요."

"확실해?" 베이가르에게서 애프터쉐이브 로션 냄새가 확 풍겨왔다. 아침에 처바른 로션 향은 보통 시간이 지나면서 연해졌지만 이제는 톡 쏘는 땀 냄새와 뒤섞여 처음 발랐을 때처럼 냄새가 진동했다. 알디스는 냄새를 들이마시지 않으려고 애썼지만 소용이 없었다. 그녀는 코라도 풀고 싶었다. "몇 번인가 밖에서 돌아다니는 여자애의 모습을 본 적이 있거든. 그런데 여기는 여자가 몇 명 없잖아, 그렇지?"

"그렇죠." 알디스는 몸을 살짝 뒤로 젖혔지만 그의 몸에서 나는 악취를 피할 수가 없었다. 그녀는 베이가르의 코에 박힌 작고 검은 반점들을 발견했다. 성인의 얼굴에서 검은 피지를 발견할 거라고는 예상하지 못했다. 검은 피지는 청소년의 얼굴에서나 나는 것이라고 생각했다. "저는 거의 제 방에만 있는데요. 그게 정확히 언제였죠?"

"어제 저녁에도 그랬지."

"아뇨. 저는 그때 밖에 나가지 않았습니다." 알디스는 안도했다. 베이가르가 본 건 다른 사람이었다. 하지만 그게 누구란 말인가? 보호소의 소년들은 딱히 여성스러워 보이지 않았지만, 멀리 떨어져서 착각했을지도 모르는 일이었다.

베이가르의 얼굴에 의심하는 기색이 비쳤다. 그의 얼굴 근육이 순간적으로 느슨해지면서 마치 얼굴이 녹는 듯한 인상을 풍겼다. "정말이야? 그럼 그건 누구였지?" 대답을 기대하기보다는 혼자 중얼거리는 것 같았다.

"저는 아닙니다." 베이가르가 뒤로 물러나자 알디스는 한결 숨쉬기가 편했다. 이제는 피지가 보이지도, 로션 냄새로 질식할 것 같지도 않았다. "릴리야였을지도 모르죠. 아니면 인부들 중 하나였을 수도 있고요. 어둡지 않았나요?"

"저녁엔 항상 어두워."

"그럼 꿈을 꾸신 건지도 모르겠네요." 알디스는 꽤나 상냥한 어조로 말했다. 두 사람 모두 예상 못한 반응이었다.

"그건 아니야." 베이가르는 인상을 쓰고 알디스를 바라다보더니 아무 말 없이 책을 집어들어 밖으로 나갔다.

토비가 알디스의 등을 톡톡 두드린 건 오후 4시가 지나서였다. 토비는 뛰어오기라도 한 듯 가쁘게 숨을 몰아쉬었지만, 알디스는 토비가 뛰어오는 소리를 듣지 못했다. 알디스는 토비를 보고 안도했다. 휴식시간에 토비를 찾아 돌아다니다가, 베이가르나 릴리야에게 잡힌 것은 아닌지 슬슬 걱정이 되던 참이었다.

"편지를 어디에 보관하는지 알아냈어요." 그는 불안한 눈으로 주위를 두리번거렸다. 오전에 창백하던 토비의 얼굴은 이제 새빨갛게 달아올라 주근깨가 거의 보이지 않았다. 두 사람은 진입로에 서 있었다. 알디스는 방금 전 새를 위해 눈 위에 빵부스러기를 뿌려두었고, 그녀에게 어서 자리를 뜨라고 재촉하듯 새는 건물 지붕 위에서 짹짹거리며 수선을 피웠다. 몇 달이나 먹이를 줬지만 새의 신뢰를 얻기에는 역부족이었다. 새는 알디스가 먹이에서 완전히 멀어지기 전까지는 절대 먹이 있는 곳으로 내려오지 않았다. 눈보라 속으로 며칠 사라졌다가 나타난 뒤로 새는 더욱 심약해진 듯했다. 마치 눈보라가 몰아친 게 그녀 탓이라고 생각하는 것 같았지만 알디스는 신경 쓰지 않았다. 새가 살아 돌아온 것만으로 반가웠다.

알디스는 바지에 묻은 빵가루를 털어냈다. "편지 가져왔어?" 질문의 답은 정해져 있었다. 토비의 더러운 손에는 아무것도 들려있지 않았다.

"아니요. 무서워서 못 가져왔어요. 편지만 넣어둔 상자가 있는데, 들키지 않고 그걸 통째로 가져올 수가 없었어요."

"편지는 어디에 있는데?"

"지하 창고요. 거기까지는 못 내려가요. 무섭단 말이에요." 토비는 입술을 핥으며 자갈밭 위에 선 채 두 발을 가만히 놔두지를 못했다. 토비 뒤편으로 해가 지기 시작했다. 지평선은 불이 붙은 것처럼 새빨갰다. 엄마는 어린 알디스에게 일몰이 아름다우면 다음날 날씨가 좋다는 신호라고 말했다. 밤의 붉은 하늘은, 양치기의 기쁨. 어쩌면 알디스와 엄마의 관계도 회복된다는 신호일지 몰랐다. 내일 당장이라도 말이다. 편지를 손에 넣어 모두 읽고 나면 알디스는 엄마를 용서할 수 있게 된다. 날은 추웠지만 알디스는 이런 생각에 마음이 따뜻해졌다.

"편지를 릴리야에게 넘겨주고 어떻게 하는지 지켜봤어요." 토비가 말했다. "릴리야는 편지를 사무실에 있는 베이가르에게 가져다 주고 빈손으로 나왔어요. 그래서 사무실 반대편 방에 숨어서 문틈으로 몰래 지켜봤어요. 한참 지나서 베이가르가 편지를 들고 밖으로 나왔죠. 본관까지 몰래 따라가 보니 베이가르가 지하 창고로 들어가는 게 보였어요."

"편지를 상자에 넣은 건 어떻게 봤어?"

"건물 밖으로 나와서 작은 창문을 통해 지하 창고를 들여다봤거든요. 하마터면 들킬 뻔했는데 아슬아슬하게 몸을 낮춰서 숨었죠. 날 못 봤어야 하는데." 토비의 눈이 커지더니 빨간 입술이 아래로 축 처졌다. "베이가르가 날 봤을까요?"

알디스가 단호하게 고개를 저었다. "절대 그럴 리 없어." 하지만 알디스가 그걸 어떻게 확신한단 말인가? "상자가 창고 어디쯤에 있는데? 창고 안을 죄다 뒤지고 싶지는 않아."

"계단 옆 선반에요." 토비가 뒤로 돌아 오른손을 들더니 선반이 어느 쪽에 있는지 가늠해보려 애썼다. "오른편에 있어요." 열기 때문에 홍조를 띠었던 토비의 양 볼이 옅어졌지만 여전히 얼굴에서 생기가 돌았다. "잘한 거예요?"

"그것도 아주 멋지게." 알디스는 토비를 보며 미소를 지었다. 머리칼을 쓰다듬어주고 싶은 충동을 간신히 눌렀다. 가끔 보호소에서 머릿니가 유행했다. 다행히 알디스는 지금까지 옮지 않았지만 보호소를 그만둘 때 소년들처럼 머리를 박박 깎여 나가고 싶은 마음은 추호도 없었다. 그랬다가는 항공 승무원에 지원할 때 면접도 볼 수 없을 것이다. "토비, 하나만 더 말해줘. 그럼 보내줄게."

토비의 어깨가 축 처지고 두 눈은 이리저리 흔들렸다. "지금 가야 해요. 숙제가 있는데 저녁 먹기 전에 끝내고 싶단 말이에요."

알디스는 아이의 저항을 무시하고 말했다. "왜 베이가르가 자기 아기를 죽였다고 말한 거야?"

토비는 다 닳아빠진 운동화의 발가락 부분으로 얼어붙은 자갈밭을 긁어댔다. "이유 없어요."

알디스는 토비의 턱을 잡아 억지로 시선을 맞췄다. 아이의 파란 두 눈은 소리 없이 이렇게 외치는 듯했다. *저리 가! 가까이 다가오지 말라고!*

"누가 알려줬는지 말해. 아무한테도 말하지 않겠다고 약속할게. 난 믿어도 돼."

"약속할 거예요?"

"약속해. 왜 베이가르가 아이를 죽였다고 생각하는지만 말해줘. 그럼 더 이상 귀찮게 안 할게."

"내가 봤어요." 토비는 알디스의 손아귀에서 벗어나려고 꿈틀거렸다. 그녀와 눈을 마주치지 않으려고 눈꺼풀을 실룩이며 사방으로 시선을 돌렸다. "베이가르랑 우사에서 일하고 있는데 사람들이 와서 릴리야가 아기를 낳을 거라고 말했어요. 베이가르가 뛰어나간 후에 난 어떻게 해야 할지 모르겠고, 내 맘대로 자리를 뜰 수도 없었어요. 베이가르가 바로 돌아올지도 모르니까요. 아기가 나오는 데 시간이 얼마나 걸리는지 몰랐거든요."

"보통은 아주 오래 걸리지."

"네, 지금은 나도 알아요. 베이가르가 돌아오지 않는다는 걸 알아차렸을 때는 밖이 너무 어두워져서 혼자 걸어다닐 수가 없었어요." 토비는 수치심에 얼굴을 붉혔다. 나이 많은 소년들이 토비가 어두운 걸 무서워한다고 놀린 게 분명했다. "우사 안 볏짚 위에서 자려고 마음먹었어요. 그런데 잠도 안 오고 밖에서 무슨 소리가 들리기에 커피 룸으로 가서 창문으로 밖을 내다봤어요. 달이 떠있어서 베이가르가 보였어요." 토비가 침을 꿀꺽 삼켰다.

"베이가르가 거기서 뭘 하고 있었어?"

"하얀 시트에 뭔가를 돌돌 말아서 안고 있었어요. 피도 묻어있었고요." 알디스는 안도했다. 토비가 피를 보고 착각한 것이다. "삽도 가지고 있었어요. 시트 뭉치를 내려놓더니 나무 옆에 구멍을 파기 시작했죠. 땅이 얼어서 딱딱했는지 욕을 많이 했어요."

"아기는 죽은 채로 태어났어, 토비. 피를 흘린 건 릴리야였어. 아기를 낳을 때는 피가 많이 나거든." 알디스는 아기를 낳는 게 어떤 건지 종종 상상해보곤 했다. 친구 엄마들로부터 끔찍한 경험담을 하도 많이 들어서 자기는 절대 아기를 낳지 않겠다고 다짐했었다.

"아기는 살아있었어요, 누나. 울었다고요."

"울었다고?" 이번에는 알디스가 침을 삼켰다.

"네. 베이가르가 아기를 구멍에 넣은 뒤에도요. 아기를 흙으로 덮고 나서야 우는 소리가 그쳤어요."

이건 알디스가 상상했던 것보다 훨씬 더 무시무시했다. 왜 굳이 지금 물었던 걸까? 나중에 알았어도 충분했다. 오늘밤 편지를 가지러 지하 창고에 내려갈 때 아기 얼굴이 눈앞에 어른거리거나 울음소리가 귓가에 맴도는 일은 원치 않았다. 하지만 토비가 달아나다가 미끄러운 돌에 두 번이나 넘어질 뻔하는 모습을 바라다보며 알디스는 너무 늦어버렸다는 걸 깨달았다. 죽은 아기는 이미 그녀의 머릿속에 깊이 박혀버렸다.

24장

노부인은 미소를 지으며 오딘에게 1,000크로나짜리 지폐를 건넸다. "도와줘서 고마워요." 디사 부인이 그에게 고장난 찬장 문을 고쳐달라고 부탁해서 내려와 보니 경첩이 늘어졌을 뿐이었다. 오딘이 사양하자 노부인이 덧붙였다. "돈을 안 받을 거면 딸한테라도 줘요. 모아뒀다가 사고 싶은 걸 살 수 있잖아요."

오딘은 난처한 마음으로 감사인사를 전한 뒤 돈을 주머니에 넣었다. 공구함을 챙긴 그는 찬장 문을 다시 여닫으며 말했다. "한동안 쓸 만할 겁니다. 적어도 1년은요."

"그 정도면 나에겐 충분해요." 노부인은 싱크대에 기대서 있었다. 오늘따라 유난히 노쇠해 보이는 그녀는 두꺼운 오버코트 차림이었다. "어차피 오래 살지도 못할 거니까."

오딘은 당황한 내색을 하지 않으려 애썼다. "너무 비관적으로 생각하시는 거 아닌가요?" 그가 공구함을 집어들었다.

"전혀요. 살 만큼 살았어요." 노부인은 슬퍼 보이지 않았다. "그

집이 더 힘들어지겠죠. 건물에 그 집만 남잖아요. 다만 운이 좋으면 다른 집들도 곧 팔리겠죠. 그 집 딸내미한테 같이 놀 친구가 있으면 좋겠는데. 내가 죽고 나면 이 집에 아이 딸린 가족이 들어올지도 모르겠네."

"룬이 오래 기다리는 일은 없으면 좋겠어요. 그러니까, 제 말은 생각하시는 것보다 오래 사실 거라는 뜻입니다." 오딘은 당장 집으로 올라가고 싶었지만 무례하게 보이고 싶지는 않았다.

"아뇨. 시간이 다 됐다는 게 느껴져요." 노부인은 한 손으로 코트의 칼라를 바짝 여몄다. 손이 놀라울 만큼 고왔다. 집 안은 추웠고 건물도 마찬가지로 서늘했다. "내가 그런 면에서는 어머니나 할머니를 닮았어요. 여러 가지로 징조를 느끼는 중이지요." 부인이 손을 놓자 칼라는 본래 자리로 돌아갔다. "계단에서 이상한 소리가 들린다고 그 집 형님까지 귀찮게 해서 미안해요. 그때는 무슨 일이 벌어지고 있는지 몰랐어요."

"죄송해요. 지금 뭐라고 하셨는지 못 알아들었어요." 오딘이 한숨을 내쉬었다. 공구가 많지도 않은데 공구함이 무겁게 느껴졌다.

"예상된 일이었는데." 노부인이 미소를 지었다. "그러니까, 우리 집안 사람들은 세상을 떠날 때가 되면 설명할 수 없는 일들을 경험하지요. 있지도 않는 것들을 보고 듣는 거죠. 그때 들었던 소리도 그 일부예요. 설명할 수 없는 게 어쩌면 다행일지 모르겠지만, 시간이 지나면 모든 게 분명해질 거예요."

오딘은 가슴이 서늘해지는 느낌이었다. "그렇군요." 그는 공구함을 다른 손으로 옮겨들었다. "그럼 환청을 들으시는 건가요? 혹시 건물에 있는 화학성분 때문에 환영을 보시는 건 아니고요?"

"오, 아니요. 이건 가족 내력이에요. 유령 같은 거라고 보면 되지요. 화학성분은 아무 상관없어요. 예전에 할머니가 말씀하시길, 한쪽 발을 저 세상에 두고 있기 때문에 일어나는 일이라고 했어요. 죽을 시간이 다가오면 저 세상에서 날 기다리는 것들과 이어지기 시작하죠. 할머니도 돌아가시기 얼마 전에 그런 경험을 하셨고, 어머니도 마찬가지였어요. 그때는 어른들 얘기를 믿지 않았는데 이제 보니 그 말이 사실이군요." 노부인은 환하게 웃었다. "죽기 전에 인생을 차분히 정리할 시간을 갖게 되는 셈이지요."

"정말 건물과는 상관이 없다고 생각하세요?" 오딘은 몸집이 쪼그라드는 노부인을 흔들어서라도 자기 말에 동의하게 만들고 싶었다. "왜냐면 저도 비슷한 경험을 하고 있거든요. 있지도 않은 걸 보거나 듣는 일이 자주 있어요."

노부인의 얼굴에서 웃음기가 사라지고 조금 전보다 더 늙고 연약해 보였다. "영 찜찜한 얘기군요. 그것 참 찜찜한 얘기예요."

그러니까 나는 이제 끝장났다는 뜻이군. 집에 돌아오고 두 시간이나 지나서야 오딘은 그 말에 웃을 수 있었다. 허튼소리 같으니. 거리에 탱크가 굴러가는 뉴스 영상이 나오는 내내 그의 얼굴에서 미소가 가시지 않았다. 어쩌면 저곳 사람들은 최근 그가 느낀 감정들을 그대로 느낄지도 몰랐다. 회전 포탑이 돌아가며 건물을 향해 발포하고, 건물은 검은 먼지 구름 속으로 모습을 감췄다.

"아빠한테 누가 편지 썼어?" 룬이 로베르타의 차고에서 가져온

303

쇼핑백을 들고 있었다. 딜리야가 동료들에게 편지에 대해 떠들지나 않을까 걱정스러웠던 오딘은 편지가 든 쇼핑백과 상자를 차에 보관했다. 비정상적인 현장조사에 대해 헤이미르에게 보고하는 상황은 만들고 싶지 않았다. 하지만 퇴근 후 집으로 왔을 때는 밖에 세워둔 차에 누군가 침입하지는 않을지 또 걱정스러웠다. 그렇다고 차를 지하주차장에 세울 엄두는 나지 않아서 쇼핑백과 상자를 들고 집으로 올라왔다. "편지가 엄청나게 많아. 오래된 편지야?"

오딘은 소파에 앉아 TV 화면에 집중하면서 룬을 향해 이리 오라고 손짓했다. 이제는 간추린 뉴스가 나오고 있었다. 중동의 불안한 상황과 아이슬란드 국회 내 갈등에 관한 소식이 전해졌다. 몇 달 전 소식이라도 해도 믿을 만큼 달라진 게 없었다. 쇼핑백을 받아드는 오딘과 룬의 손이 닿았다. 딸의 손가락은 부드럽고 차가운 반면 그의 손가락은 거칠고 따듯했다. "아빠 일이랑 관계된 거야. 중요한 건 아니야, 더 이상은."

"오래된 편지랑 아빠 일이랑 무슨 상관인데? 아빠는 새로운 일을 시작한 줄 알았는데."

"일 때문에 받은 편지는 아니고, 아빠가 담당하는 사건이랑 관련된 거야. 오래된 사건. 하나도 재미없는 거." 오딘은 리모컨을 집어들어 TV를 껐다. "숙제는 다 했어?"

룬은 묻는 말에 대답하지 않았다. "다른 사람들의 편지를 읽으면 안 되는 거 아니야? 할머니가 그랬는데."

"맞아. 그런데 어쩔 수 없는 상황도 가끔 있거든. 아빠도 아직 그 편지들 안 읽었어. 어쩌면 읽지 않을 수도 있고."

"난 한 번도 편지를 써본 적이 없어." 아이의 목소리는 해맑았다. 룬은 앞머리가 내려오는 걸 막으려고 머리에 클립을 꽂고 있었다. 그 모습을 보니 지난주 미용실에 데려갔어야 한다는 생각이 들었다. 룬을 키우는 데는 여러 모로 많은 손이 갔다. 오딘이 도저히 따라갈 수 없을 지경이었다. 아이가 둘 이상인 사람들은 대체 어떻게 감당하는 걸까? 하지만 룬도 더 크면 지금처럼 아빠에게 많이 의존하지는 않을 것이다. "아빠도 편지 많이 안 썼어. 너보다 나이가 훨씬 더 많은데도. 아빠는 그냥 이메일을 쓰거든." 그는 쇼핑백 안의 편지를 가지런히 정리한 다음 바닥에 내려놓았다. "너 머리 좀 어떻게 해야겠다. 머리 자르러 가기로 한 거 기억나지?"

"이 정도는 괜찮아." 아이는 밝은 색상의 클립을 만지작거렸다. "할머니가 전화했어."

"그래?" 오딘은 몸을 바로 세워 앉았다. "언제?"

"점심시간에. 학교에 있을 때."

"휴대폰으로?" 룬이 고개를 끄덕였다. 그는 룬에게 전화할 사람은 자기뿐이라고 생각했다. 예전 학교 친구들이랑 왜 연락하지 않느냐고 물었을 때, 룬은 그 아이들이랑 별로 친하지 않다고 간단히 대답했다. 많이 속상했지만 오딘이 해줄 수 있는 건 없었다. 라라였다면 분명 뭐라도 시도했을 텐데. "뭐라고 하셨어?"

"할머니 집에 놀러오랬어. 그런데 난 가기 싫어."

"아빠가 할머니한테 전화해볼게. 솔직하게 말씀드려야겠다." 겁먹은 룬의 표정이 너무 과장되어서 우스꽝스러울 정도였다. "너한테 쉴 시간이 필요하다고 말씀드릴게." 그래도 딸의 불안한 표정이

가시질 않자 그가 덧붙였다. "당분간 우리끼리 조용히 지내고 싶다고, 다른 사람 집에는 가지 않을 거라고 말할게."

룬의 표정이 누그러지기는 했지만 평온을 되찾은 건 아니었다. "그럼 발두르 삼촌은? 삼촌 집에도 가면 안 돼? 금요일에 피자 먹으면서 비디오 보자고, 놀러오라고 했단 말이야. 기억 안 나?"

지난번 형의 집에 갔을 때 발두르는 조카가 자신을 영웅처럼 떠받드는 데 기분 좋아서 그런 약속을 했다. "우리가 뭘 하는지 할머니가 일일이 다 아실 필요는 없어. 어쨌든 삼촌 집에 놀러가기로 한 건 그 전에 약속한 거니까." 상황에 따라 진실을 왜곡해도 된다고 가르치고 싶지는 않았지만 당장 중요한 건 딸의 행복이었다.

룬이 미소를 지었다. "좋아. 할머니한테 지금 전화해줄 수 있어? 내일 또 할머니 전화 받기 싫단 말이야."

장모는 오딘이 되도록 전화를 피하고 싶은 몇 명 중 하나였지만 이런 일은 빨리 해치우는 게 상책이었다. "지금 전화할게." 오딘은 딸의 모습을 찬찬히 살폈다. 가느다란 양 팔이 색 바랜 낡은 미키마우스 티셔츠 밖으로 튀어나와 있었다. 티셔츠가 너무 작아서 더는 입을 수 있는 상태가 아니었다. 티셔츠 아래로 배의 맨 살이 드러났다. 룬이 아기일 때 검게 딱지 진 탯줄 자국을 면봉으로 꼼꼼하게 소독해주던 라라의 모습을 보며 비위가 상했던 기억이 갑작스레 떠올랐다. 만약 그가 처음부터 혼자 딸을 키웠다면 룬은 그런 세심한 손길을 받지 못했을 것이다. "엄마 보고 싶니?"

"응. 그런데 너무 많이 생각하지 않으려고 노력하고 있어. 엄마 생각을 많이 하면 기분이 안 좋아지거든. 나나 선생님이 그러는데,

엄마랑 즐거웠던 시간을 떠올리려고 노력하래. 어른이 될 때까지는 그런 기억에 집중해야 한대. 그렇게 하면 엄마를 잊으려고 노력하지 않아도 되니까 기분이 좋아질 거래. 그런데 어려워. 엄마 생각을 많이 하면 악몽을 꾸니까. 평소보다 더 무서운 악몽."

"룬, 꿈을 무서워할 필요 없어. 꿈은 뇌가 잠자는 동안 뒤죽박죽인 상태에서 만들어낸 가짜일 뿐이야. 나나 선생님이 그렇게 말했을 텐데. 가끔 떨어지는 꿈을 꿀 때가 있지?" 룬은 자신 없는 얼굴로 고개를 끄덕였다. "날아다니는 꿈도 꾸고?" 아이가 다시 고개를 끄덕이자 클립이 아래로 흘러내렸다. 룬은 클립을 빼내 다시 앞머리를 고정했다. "것봐. 꿈을 꿀 때는 진짜 떨어지는 것도 아니고, 진짜 날 수 있는 것도 아니야. 그냥 허상일 뿐이지." 곧 죽을 사람들은 망자의 모습과 목소리를 보고 듣는다는 말도 허상일 뿐이었다.

"알아." 하지만 아는 것과 믿는 것은 다른 차원의 문제였다. "꿈 속에서 엄마는 화가 나있어."

"룬, 엄마는 화 안 났어. 죽은 사람들은 화를 낼 수가 없거든. 너도 알잖아. 죽은 뒤에는 나쁘거나 끔찍한 일들은 모두 다 잊히고 좋았던 일들만 남게 되거든." 오딘은 한 마디, 한 마디 조심스럽게 꺼냈지만 기대했던 것과 다른 말이 나와버렸다. 상담의 효과가 나타나는 것만은 분명했다. 그 전까지 룬은 자신이 엄마나 사고에 대해 꺼내기만 해도 입을 꾹 다물어버렸다. "아무리 화가 난 엄마의 꿈을 꿨다고 해도, 하늘나라에 있는 사람들은 누가 침대를 정리했는지 아니면 건방진 말을 했는지 따지지 않아. 중요한 건 나를 행복하게 했던 기억뿐이야."

"엄마가 떨어지고 나서 조금만 더 살았다면 좋았을 텐데. 내가
자러 들어갈 때 엄마는 나한테 화가 나있었거든."

오딘은 딸의 말에 동의할 수 없었다. 엄마의 임종을 지키는 게
아이에게 도움이 될 리 만무했다. "이제 뭘 하면 좋을지 알겠다. 아
빠가 할머니랑 통화하는 동안 너는 엄마한테 편지를 쓰는 거야."

"엄마가 편지를 어떻게 읽어?" 룬은 팔짱을 끼었지만 걱정과 달
리 아빠의 제안을 곧바로 무시하지는 않았다.

"아빠도 잘은 모르겠지만 방법을 찾아보자. 엄마 무덤에 올려둘
수도 있고, 편지를 태워서 연기를 하늘나라로 올려보내거나 아니면
방 안에 편지를 두고 다음에 악몽을 꿀 때 엄마한테 읽어보라고 말
할 수 있잖아. 어때? 시도해보자."

룬은 내키지 않는 듯 그러겠다고 했다. 오딘은 딸에게 A4용지 몇
장과 펜을 들려준 뒤 방으로 들여보냈다. 그가 장모와 통화하는 동
안 룬은 방 안에서 방해받지 않은 채 제 감정을 글로 풀어내고 엄
마에게 작별인사도 할 수 있을 것이다. 룬이 거실을 나가기 전 오
딘은 요즘 들어 그를 괴롭혀온 질문을 던졌다. "룬, 뭐 하나 물어봐
도 돼? 마음이 불편하면 대답하지 않아도 괜찮아."

"뭔데?" 룬이 얼굴을 찡그렸다.

"혹시 엄마가 죽던 날 아침에, 자다 깨서 엄마가 누구랑 이야기
하는 소리 들었니? 네가 아는 사람이랑?" 아이는 알 수 없는 표정
으로 아빠를 빤히 쳐다보았다. 그가 정말 하고 싶고, 듣고 싶은 질
문과 답은 머릿속에서만 맴돌았다. *아빠가 거기 있었니? 아니, 아*

빠는 당연히 거기 없었어.

"그걸 왜 물어보는데?" 아이의 눈이 슬픔으로 가득 찼다. *아빠가 엄마를 다치게 했다는 말은 하지 마. 제발 부탁이야. 엄마는 그냥 혼자 떨어진 거야.*

"특별한 이유는 없어. 그냥 궁금해서 그래." 아이에게 그런 질문을 하다니 멍청이가 따로 없었다.

"아무도 못 봤어. 난 자고 있었고 깨지도 않았거든. 그치만 아무도 없었던 건 분명해." 아이는 메모장을 방패처럼 끌어안은 채 뒤돌아 자기 방으로 사라졌다.

오딘은 정신이 멍해져서 소파에 앉아있었다. 두 손으로 머리를 감싸쥐고 눈을 감았다. 룬은 거짓말을 했다. 딸을 그 정도는 알고 있었다. 룬은 뭔가를 보거나 들은 게 틀림없었다. 두 말할 것 없이 그건 끔찍한 일이었다. 아이가 엄마의 죽음을 받아들이는 걸 왜 이토록 힘들어하는지도 설명이 됐다. 하지만 룬은 왜 거짓말을 하는 걸까? 아이가 보호하려는 사람이 많을 리도 없었다. 물론 그 중에는 오딘도 포함되었다.

생각할 시간을 갖지 않고 바로 장모에게 전화를 걸었다. "여보세요." 그는 소파에 기대 천정을 올려다보았다.

"누구시죠?" 장모는 오딘 외에도 자기 집에 전화할 남자가 많다는 듯 대꾸했다.

"접니다. 오딘."

"오." 장모는 실망감을 감추지 않았다. "무슨 일이라도 있나?"

"별 일 없습니다." 오딘은 너무 갑자기 몸을 일으켜 세워서 머리가 어지러웠다. "룬이 학교에 있을 때 전화하셨다고 들었습니다."

"그렇다면 어쩔 텐가?" 장모의 반응은 유치했다. 손녀와 통화하고 싶으면 학교가 끝난 이후에 하는 게 상식이었다.

"아, 규칙상 학교에 있을 때는 전화를 쓰면 안 되거든요." 오딘은 대화가 불행한 방향으로 흐르기 시작한다고 느꼈다. 두 사람의 대화는 늘 그런 식이었다. 마치 사이가 틀어지지 않고는 대화가 불가능한 것 같았다. 어제오늘 일이 아니었다. 장모는 최악의 타이밍에 오딘이 딸을 버렸다는 사실을 용서하지 않았고, 그는 그 사실을 환기하고 싶지 않았다. 항상 이런 식이어야 하나? "말씀드릴 게 있어요. 오래 전에 말씀드렸어야 하는데."

"그래?" 장모의 목소리에서 의심이 묻어났다.

"라라한테 일어난 일 때문에 제가 얼마나 후회하고 있는지 말씀드리고 싶었어요. 저희가 헤어진 게 잘못된 결정이라는 뜻은 아니지만, 제가 더 성숙하게 행동했어야 해요. 라라와 룬을 떠난 뒤에도 두 사람에게 더 잘 했어야 합니다. 이제는 너무 늦어버렸지만 제가 후회하고 있다는 걸 말씀드리고 싶었습니다. 말로 표현할 수 없을 정도로요."

"알겠네." 장모는 싸움이라도 기대한 것처럼 실망한 기색을 보였다. 어쩌면 그를 미워하는 것이 그녀의 삶에 의미를 주는 몇 안 되는 일인지도 몰랐다. "진심이길 바라네."

"진심입니다."

"그 말 하려고 전화했나?"

"아니요. 다만 진작 드렸어야 할 말인 것 같아서요."

"그럼 하려던 말은 뭔가?"

"룬이 슬픔치유 상담을 받고 있다는 말씀을 드리려고요." 그는 차마 장모에게 라라의 죽음이라는 말을 꺼낼 수는 없었다. "룬이 힘든 시간을 보내고 있어요. 잠도 제대로 못 자고 기운도 없고요. 상담이 도움이 되길 기대하고 있습니다." 전화선 반대편에서 침묵이 흘렀다. 오딘은 급하게 말을 이었다. "상담 받는 동안 룬이 최대한 여유를 갖는 게 중요해요. 그래서 당분간 아이가 장모님 댁에 못 가더라도 이해해주십사 부탁드립니다." 다시 무거운 침묵이 흘렀다. 오딘은 전화가 끊어진 게 아닌지 궁금했다. "듣고 계세요?"

"그래."

"이런 결정이 장모님과는 아무런 상관도 없어요. 다만 룬을 더 건강하게 만드는 일이라는 걸 이해하시죠?"

"룬한테 필요한 건 상담사가 아니야. 아이한테 필요한 건 자네와 나야. 자네가 제대로 된 아빠라면 그걸 이해할 테지. 사람이 한 번 그런 사기놀음에 엮이기 시작하면 절대 거기서 빠져나오지 못해. 자네는 지금 딸이 평생 병원 신세나 지도록 부추기고 있는 거야."

"상담은 사기놀음이 아닙니다. 그곳은 전문적인 아동심리 상담병원이에요. 상담도 여자가 한다고요. 의사도 절대 룬을 필요 이상으로 잡아두지 않아요. 제가 직접 만나봤으니 장모님보다는 더 정확하게 판단할 수 있습니다."

"자네는 정말이지 멍청이야." 장모는 전화를 끊어버렸다.

누군가 전화를 이렇게 일방적으로 끊어버린 건 정말 오랜만이었다. 물론 전 남편에게 실망한 라라 역시 전화를 끊어버리곤 했다.

311

덕분에 오딘은 화가 나거나 기분이 나쁘지도 않았다. 그는 장모와의 통화가 안 좋게 끝나리란 걸 잘 알았다. 다만 룬을 장모 집에 보내는 문제로 다툴 거라고 생각했다. 아이를 위해 상담 받는 문제를 두고 욕을 먹으리라고는 예상치 못했다. 장모 역시 아이가 뭔가를 보거나 들었다고 의심했을까? 장모는 라라의 아파트에서 고작 두 건물 떨어진, 같은 거리에 살고 있었다. 장모는 그날 아침 자기 집 창문에서 오딘이 비틀거리며 라라의 집으로 향하는 걸 목격했을지도 몰랐다. 아니면 라라의 아파트 지하 세탁실에서 빨랫감을 넣고 있다가 오딘이 오는 모습을 목격하고도 그 사실을 숨기기 위해 전날 밤에 세탁물을 전해줬다고 거짓말했을 수도 있었다. 만약 그렇다면 다른 사람이 룬의 머릿속을 헤집어놓는 걸 반대하는 이유가 분명해진다. 아이가 어떤 기억을 떠올릴지 장담할 수 없기 때문이다. 아빠가 엄마를 살해했다는 것이 사실로 밝혀지면, 룬은 되돌릴 수 없는 상처를 받는다. 손녀에 대한 장모의 사랑은 두 말할 나위 없이 그에 대한 증오보다 강했다. 하지만 이 모든 추측은 오딘의 과대망상일 공산이 높았다. 장모가 전화를 그렇게 끊어버린 건 사실 놀랄 일도 아니었다.

그날 아침을 기억할 수만 있다면. 당시 그가 술에 취해있기는 했지만, 최면 치료를 받으면 기억이 떠오를지도 몰랐다. 파편적인 기억은 분명 그의 머릿속 어딘가에 저장되어 있었다. 관건은 그걸 어떻게 끄집어내느냐였다. 생각을 거듭할수록 기억을 끄집어내는 일은 위험했다. 범죄 사실이 드러날 경우, 최면치료사가 비밀을 지켜줄지 확신할 수도 없었다.

오딘은 자리에서 일어섰다. 해결책이 없었다. 만약 라라의 죽음에 그가 직접적으로 관련되어 있다면 차라리 모르는 게 낫다는 결론에 도달했다. 어쩌면 그의 무의식이 기억을 어딘가에 가두고 잠근 열쇠를 던져버리는 게 최선이라고 판단했을지 모른다. 온갖 이상한 환영과 환청에 시달리는 것도 그의 인생이 끝장났기 때문이 아니라, 두뇌가 기억을 밝은 곳으로 끄집어내려는 시도일 수 있었다. 어쩌면 자신은 사건현장에 얼씬도 하지 않았다고 스스로에게 선언한 뒤 더 이상 그 문제에 대해 고민하지 않는 게 상책일지 몰랐다. 나나에게도 더 이상 룬에게 라라가 죽은 날에 대해 묻지 말라고 하는 게 최선일지도 모른다. 룬의 회복이 그 문제에 달린 게 아니라면 말이다.

"다 했어." 룬이 봉투에 넣을 준비를 끝낸 종이를 들고 거실로 들어왔다. "그런데 어떻게 해야 엄마가 읽을 수 있을지 모르겠어." 아이는 아빠를 쳐다보았고, 오딘은 순간 라라를 너무도 닮은 딸의 모습에 당황했다.

오딘은 편지를 건네받았다. 손가락 사이에 닿는 편지지의 느낌이 영 불편했다. 어쩌면 편지에는 사건의 진상을 밝혀줄 진실이 담겼을지도 모른다. 이 생각 때문에 오딘은 진실을 알고 싶지 않다는 마음을 확고하게 굳혔다. 최악의 시나리오가 사실로 드러나는 것보다 더 끔찍한 일은 없을 것이다. 한동안 왜곡된 기억을 안고 살아야 할지라도 말이다. "어떻게 해야 좋을지 생각이 났다." 그는 억지 미소를 지었다. "편지를 태우는 거야. 편지를 태운 연기가 하늘나라에 있는 엄마에게 닿게 말이지. 그렇게 하면 악몽도 사라지고 모든 게 괜찮아질 거야. 아빠는 직감으로 알 수 있어."

룬도 그를 향해 미소를 지었다. 두 사람은 함께 발코니로 나갔다. 오딘은 바비큐 그릴을 열고 편지가 바람에 날아가지 않도록 조심스럽게 그릴 위에 올려놓았다. 하얀 종이 위에 석탄 하나를 올려 고정한 후 불을 붙였다. 두 사람은 말없이 편지 전체로 불길이 번지면서 종이가 쪼그라드는 모습을 지켜보았다. 룬의 시선은 하늘로 올라가 어둠속으로 자취를 감추는 연기를 따라갔다.

"기분 좀 나아졌어?"

"응. 훨씬 좋아." 룬은 언젠가는 작아질 넓적한 앞니를 드러내며 씩 웃었다. "아주아주 좋아. 앞으로는 엄마가 화 안 낼 거야."

"맞아, 우리 딸." 추위를 피해 두 사람은 안으로 들어왔다. 룬의 얼굴은 어느 때보다 더 행복해 보였다. 오딘도 그럴 수 있었다면 좋았을 텐데. 그는 무거운 발걸음을 거실로 옮겼다. 편지가 불길에 타들어가는 동안 그는 편지의 일부를 읽고 말았다. 아빠를 꼭 용서해 주세요, 아빠는 그럴 생각이 아니었⋯⋯

25장

1974년 2월

밤의 풍경은 일몰만큼이나 아름다웠다. 구름 사이로 드러난 검은 하늘에는 별들이 반짝이고, 반달이 눈밭을 헤치고 걸어가는 알디스의 길을 밝혀주었다. 학교 선생님이 말했었다. 옛날 사람들은 하늘이 천국과 땅을 나누는 장막이고, 별은 장막에 난 구멍을 통해 천국의 환한 빛이 쏟아져 나온 것으로 믿었다고. 그때 그녀는 마법에 걸린 듯 이야기에 몰입했다. 이야기가 끝난 뒤에는 손을 들고 왜 하나님이 천사들을 시켜 구멍을 막지 않았는지 묻기까지 했다. 알디스의 엄마는 구멍난 천을 꿰맬 줄 알았고 하늘나라에도 천을 꿰맬 수 있는 엄마들은 많았을 것이다. 반 친구들은 키득거렸지만 선생님은 상냥하게 웃으면서 하나님의 집이 얼마나 환하고 아름다운지 땅에 사는 사람들에게 알려주려고 구멍을 막지 않은 거라고 대답했다. 하늘나라로 간 사람들은 절대 땅으로 돌아오지 않으니,

우리 인간들이 천국의 찬란한 빛을 볼 수 있는 건 이 방법뿐이라고. 어린 알디스는 하나님이 천국의 찬란함을 조금이라도 땅에 사는 사람들에게 나눠줬으면 좋겠다고 생각했다. 그런다고 해서 천국의 찬란함이 줄어들지는 않을 테니 말이다.

얼어붙을 듯한 추위에 알디스의 코와 입에서 하얀 김이 구름처럼 피어올랐다. 발아래 눈이 뽀드득거리며 소리를 냈으므로 알디스는 아직 깨어있는 사람들이 그 소리를 듣기라도 할까 조심스레 발걸음을 옮겼다.

베이가르에게는 더더욱 들켜선 안 됐다. 어쩌면 밤에 몰래 돌아다닌다는 소녀의 정체를 밝히려고 침실 커튼 뒤에 숨어있을지도 몰랐다. 알디스는 계속 부부의 침실 창문을 흘끔거렸다. 건물 벽면 끄트머리에 난 창문은 그녀를 뚫어지게 쳐다보는 듯했다. 창문의 흰 커튼에서 도저히 시선을 뗄 수가 없었다. 베이가르가 어두운 곳에 몸을 숨긴 채, 알디스가 방 청소를 할 때마다 낑낑거리며 옮겨야 했던 무거운 의자에 앉아 돼지 같은 눈으로 그녀에게 시선을 고정하고 있을 것만 같았다. 만일 알디스가 지금 덜미를 잡힌다면, 그동안 밤중에 돌아다닌 게 그녀라고 다들 생각할 것이다.

몸을 따뜻하게 하기 위해 두 팔로 감쌌지만 갑작스런 오한이 시작된 건 자기 내부라는 사실을 그녀는 잘 알았다. 부부의 집을 돌아보는 대신 그녀는 목표물을 향해 걷기로 마음먹었다. 코앞인 본관이 한없이 멀게만 느껴졌다. 대체 어쩌자고 오밤중에 별빛을 받으며 이런 짓을 하기로 결심했을까? 하지만 어두운 창고에 감춰진 편지를 손에 넣겠다는 갈망이 너무 강해서 도리가 없었다.

편지가 어디에 보관돼 있는지 알려준 토비에게 고마운 마음을 가져야 마땅했으나 알디스는 여전히 아이에게 화가 났다. 분노는 자기 자신을 향해야 옳건만, 알디스는 스스로에게 화낼 줄을 몰랐다. 그녀 인생의 거의 모든 불운은 다른 사람들의 잘못이었다. 때문에 자신의 불행을 전부 다른 사람 탓으로 돌리는 게 버릇이 돼있었다. 토비에게 아기에 대한 이야기를 듣지 않는 편이 나았을 텐데. 하지만 토비가 이실직고할 수밖에 없도록 몰아붙인 건 다름 아닌 그녀였다. 나무를 보지 않으려고 애썼지만 이미 그녀의 마음속에서 나무가 커다랗게 어른거렸다. 나뭇가지에 매달린 시든 잎사귀 몇 개가 바스락거렸다. 바스락거림은 농장 건물들끼리 속삭이는 소리처럼 들렸다.

어디에서도 새의 모습은 찾을 수 없었다. 새의 존재라도 느낄 수 있다면 마음이 놓였을 것이다. 마지막으로 보았을 때 그 작은 생명체는 몹시 마른 데다가 털도 듬성듬성 난 상태였다. 그날 알디스는 저녁을 먹고 난 후 빵부스러기 사이에 버터 한 조각까지 놓아두었지만 다음날 아침에도 먹이는 그대로 남아있었다. 그녀는 새가 아무 탈 없이 봄을 맞기만 바랐다.

알디스는 베이가르의 차를 지나쳤다. 지난 며칠 간 내린 눈이 차 주변에 쌓이고, 그 눈을 치우는 일은 고스란히 소년들의 몫이 되었다. 눈을 파던 삽이 하늘색 차 표면 근처에 가기만 해도 삽을 던져놓고 손으로 마지막 남은 눈을 긁어내도록 소년들은 강요받았다. 알디스는 소년들의 손이 얼얼한 채 감각이 없는 동안 그들의 장갑에 붙은 얼음 조각을 털어내주었다. 그녀가 크로쿠르를 떠나는 날,

못을 가져다가 베이가르의 차에 흠집이라도 낼지 또 누가 알겠는가? 그건 소년들을 위한 복수일 터였다. 보호소를 떠날 때쯤 소년들의 손은 대부분 인부들의 손처럼 거칠게 변해버렸다.

달이 차창에 비치자 알디스는 불현듯 차 안을 볼 수 없다는 사실을 깨달았다. 건물 창문을 수시로 쳐다보는 것보다 훨씬 더 나쁜 상황이었다. 적어도 건물 안에서 밖을 내다보는 사람은 그녀 뒤를 몰래 급습할 수 없지만 차 안에 있는 사람은 알아채지 못하게 밖으로 나와 알디스를 붙잡는 게 가능했다. 그녀는 차를 시야에 두기 위해 몇 걸음 뒤로 물러섰다. 차 주위에 발자국이 전혀 없는 걸로 보아 며칠 간 차에 접근한 사람은 없는 듯했다.

목적지에 도착했다는 게 이번처럼 기쁜 적은 없었다. 알디스는 삐걱거리는 소리가 나지 않도록 천천히 본관 문을 열었다. 이제 달은 구름에 뒤덮였다. 주머니에서 양초와 성냥을 꺼내는 동안 아무것도 보이지 않았다. 현관문 근처에 서있는 괘종시계의 똑딱거리는 소리 외에 건물 안에서는 어떤 소리도 들리지 않았다. 어린 시절, 괘종시계 소리는 알디스의 마음을 편하게 해주었다. 화물선을 타던 외할아버지가 마지막 항해에서 돌아오면서 엄마에게 선물로 준 목재 탁상시계가 떠올랐기 때문이다. 집에 돌아온 다음날 갑자기 돌아가셔서 알디스는 외할아버지를 만날 수 없었지만 똑딱거리는 시계 소리가 항상 할아버지의 심장 소리라고 생각했다. 그 소리를 듣고 있노라면 자신을 사랑해줄 아버지는 없어도 할아버지가 하늘나라에서 항상 지켜보고 계실 거라는 느낌이 들었다. 이곳의 괘종시계 소리가 그런 안정감을 주었다면 좋았겠지만, 따뜻한 심장 소리는커녕 무시무시한 진실에 직면할 순간이 다가오고 있다는 예감을 지울 수 없었다.

알디스는 본관 내부를 샅샅이 꿰고 있었지만 너무 어두워서 방향 감각을 상실해버렸다. 문틀에 부딪히는가 하면, 복도에 세워진 작은 테이블을 넘어뜨릴 뻔했다. 흔들리는 촛불은 바로 코앞에 있는 것만 비추었다. 때문에 양초를 최대한 들고 조심조심 앞으로 나아가야 했다. 익숙한 환경이 촛불을 따라 일렁였다. 지하 창고에 가까워질수록 발걸음은 무거워졌다.

마침내 지하로 연결된 복도 끝 뚜껑문 앞에 다다르자 알디스는 당장이라도 꼬리를 내리고 도망치고 싶은 마음이 굴뚝같았다. 하지만 마음을 가다듬고 문을 연 후 나무 계단을 내려다보며 사정없이 헐떡거리는 자신의 숨소리에 귀를 기울였다. 맨 위 계단 몇 개는 촛불 덕분에 잘 보였지만 그 아래는 칠흑처럼 어두웠다. 곰팡이 악취에 숨이 턱 막혔다. 알디스는 몸을 수그리고 조심스레 계단 아래로 발을 내디뎠다. 뚜껑문이 쿵하고 닫히는 소리가 어두운 지하실 안에 울렸다. 줄행랑을 치지 않으려면 문을 닫는 것 외에 할 수 있는 일이 없었다.

알디스는 서둘러 편지를 찾기 시작했다. 여기서 벗어나고 싶은 충동이 너무 강했으므로 빠르게 움직일 수밖에 없었다. 상자는 선반 위 백열전구와 세제, 휴지 옆에 놓여있었다. 일상적인 물건들을 보고 있으니 마음이 놓였다. 촛불 때문에 흔들려 보여도 그 물건들은 결코 생경하거나 위협적이지 않았다. 알디스는 한 손으로 상자를 꺼내면서 다른 한 손에 쥔 촛불을 떨어뜨리지 않으려고 안간힘을 썼다. 자신에게 온 편지는 가져가기로 했지만, 에이나르에게 온 편지는 그 자리에서 모조리 읽어보기로 마음먹었다. 읽기만 하는 게 훔쳐가는 것보다는 나았다.

상관없는 편지들은 꺼내 계단에 올려놓았는데, 소년들의 수에 비하면 편지는 얼마 되지 않았다. 오래된 편지는 다른 상자에 담겨 구석에 처박혔거나 그도 아니면 집에서 아이를 보고 싶어하는 가족 자체가 없다는 뜻이리라. 일부 편지에는 소포가 붙었던 흔적이 남아있었다. 물론 상자 안에서 소포를 찾을 수는 없었다. 뻔뻔하게도 릴리야와 베이가르는 소년들에게 온 사탕이나 작은 사치품들을 가로챈 것이다.

엄마의 손글씨가 적힌 봉투도 하나씩 나타났다. 그 봉투가 개봉 돼 있는 것을 본 알디스의 분노가 끓어올랐다. 엄마의 편지를 점퍼 주머니에 구겨넣은 다음 에이나르에게 온 편지를 살펴보기 시작했다. 편지를 시간 순서대로 정렬시켜 보려고 노력했지만 우편 소인이 너무 희미했다. 편지의 내용은 세월의 흐름과 무관하다는 듯 날짜가 적혀있지도 않았다.

첫 번째 편지와 가장 최근의 편지는 에이나르의 어머니에게서 온 것이었다. 첫 번째 편지에는 아들에 대한 좋은 말과 함께 아들이 얼마나 보고 싶은지 적혀있었다. '너희 둘이 한 일'이라는 암시가 있었지만 그게 정확히 무슨 뜻인지, 에이나르의 공범은 누구인지 언급하지는 않았다. 시간이 지나면 모든 걸 용서받을 테니 죄책감 때문에 스스로를 괴롭히거나 지나치게 고민할 필요는 없다고 했다. 알디스는 눈썹을 치켜 떴다. 에이나르는 딱히 회개하는 죄인처럼 보이지 않았다. 죄인과는 거리가 멀었다. 정말 자신의 잘못 때문에 에이나르가 괴로워하고 있다면, 그런 내색을 전혀 하지 않는 게 분명했다. 물론 가끔 잠 못 드는 밤을 보낼 수는 있겠지만 겉으로 보기에 그는 과거의 잘못에 대한 죄책감 같은 건 쉽게 털어버리는 듯했다. 편지를 읽을수록 호기심도 커졌지만 가장 최근의 편지까지 모두 살펴보아도 궁금증은 풀리지 않았다.

마지막 편지에서 그의 어머니는 아들에게 메시지를 전해주려고 했지만 잘 전달됐는지 모르겠다고 썼다. 베이가르나 릴리야 둘 중 한 사람은 분명 이 편지를 읽었다는 생각에 알디스의 위장이 요동쳤다. 다만 표현이 너무 모호해서 누구에게 메시지를 부탁한 건지 알 수 없었다. 심지어 공무원 중 누군가에게 부탁한 걸로 읽힐 수도 있었다. 그럼에도 알디스는 몇 번이나 문장을 반복해 읽고 나서야 자신이 의심받을 가능성은 없다고 확신했다. 그 외에는 아들이 얼마나 보고 싶은지, 아들이 내린 결정이 얼마나 자랑스러운지 되풀이할 뿐 관심을 가질 만한 내용이 없었다. 에이나르가 내린 결정이라는 게 정확히 무엇인지는 드러나지 않은 채 그 결정이 그의 미래와 평판을 구했다고만 언급했다.

모호한 편지 내용에 짜증이 난 알디스는 에이나르에게 온 다른 편지를 집었다. 전혀 다른 글씨체였다. 알디스는 소녀스러운 글씨체를 보고 멈칫했다. 손끝으로 글씨를 만져보며 에이나르의 누이가 보낸 것인지 추측했지만, 그럴 리 없다는 걸 스스로도 잘 알았다. 누이가 남자 형제에게 이렇게 부지런히 편지를 썼을 리 없었다. 편지는 열 통쯤 되었다. 에이나르가 보호소에서 지낸 기간에 비해 많은 양이었다. 게다가 봉투 한 귀퉁이에는 하트까지 그려져 있었다. 하늘색 편지지가 똑같은 재질의 봉투에 담겨있었다. 상자에 든 다른 편지들보다 훨씬 더 값비싸 보였다. 외국에서 구입한 게 틀림없었다. 코펜하겐이나 파리, 런던 같은 도시에서 샀을 것이다. 알디스는 부러워 죽을 지경이었다.

편지는 모두 에이얄린이라는 소녀가 보낸 것이었다. 그녀는 자신의 이름 철자 가운데 i의 액센트를 점이 아닌 하트로 표기했다. 에이나르의 어머니가 전화로 말했던 바로 그 이름이었다. 알디스는 씁쓸함에 사로잡혔다. '에이얄린'이라는 이름은 '알디스'보다 훨씬 더 화려하고 이국적으로 들렸다. 알디스는 에이나르의 지갑 속 사진에서 본 눈부시게 아름다운 소녀를 떠올렸다. 틀림없이 그녀가 에이얄린일 것이다. 흔치 않은 미모와 잘 어울리는 이름이었다. 보나마나 우아한 성을 가졌을 것이다. 편지에 코를 킁킁 대보았다. 향수 냄새가 날 거라는 기대와 달리 지하 창고 곳곳에 스민 눅눅한 냄새만 났다. 알디스는 묘한 쾌감을 느꼈다.

편지를 읽어 내려가면서 봉투에 그려진 하트에 숨겨진 의미가 있다는 사실을 알아차렸다. 화살이 하트를 관통하면 발신자가 미친 듯이 사랑에 빠져있다는 뜻이고 부러진 화살이 관통하면 마음이 아프거나 분노하고 있다는 뜻이었다. 시간이 지날수록 부러진 화살의 수가 늘어났다. 특히 마지막 편지 네 통에는 모두 부러진 화살 여러 개가 꽂혀있었다.

알디스는 모든 것을 잊은 채 편지에 빠져들었다. 호기심과 질투, 의문이 번갈아 그녀를 괴롭혔다. 그 덕에 어둠이 주는 두려움은 잠시 비켜섰다. 처음에 소녀는 자신의 사랑이 얼마나 깊은지 장황하게 늘어놓았지만 시간이 지나면서 에이나르에게 왜 답장을 하지 않는지, 자기를 잊은 건 아닌지 따져묻기 시작했다. 아빠에 대해서도 언급했다. 아빠가 너무 밉다거나 아빠가 받아들이도록 애쓰고 있다는 내용이었다. 아빠가 에이나르를 인정해주지 않으면 둘이 북쪽 지방이나 외국으로 도망가자고 했다. 소녀는 그 중에서도 미국을 가장 선호하는 듯했다. 몇 년 전 부모님과 함께 뉴욕으로 여행 갔던 일을 들려주면서, 거기서는 부모님의 간섭 없이 결혼해서 함께 살 수 있다고 했다. 아이를 가질 수는 없겠지만 어차피 자기도 아이를 원치 않고 그건 에이나르도 마찬가지라고 했다. 질문이 아닌 서술형 문장으로 미루어, 두 사람은 벌써 미래에 대해서도 의논한 게 틀림없었다. 그러나 다른 편지에서는 또 아기를 갖는 문제에 대해 언급하는 걸로 봐서 에이얄린의 미래 계획은 수시로 바뀌는 듯했다. 엄마에 대해서는 딱 한 번 언급했는데, 늙은 암캐가 아직도 자기 얼굴을 똑바로 쳐다보지 못한다고만 썼다. 자신의 건강에 대한 감질나는 언급들이 군데군데 보였는데, 마치 글쓴이도 모르는 사이에 살짝 섞여 들어간 것 같았다.

의사가 그러는데 난 운이 좋은 거래. 아직 피가 나고 있어. 기분이 너무 안 좋아. 진통제만 먹으면 정신이 몽롱해져. 날 다시 입원시키려나 봐.

아쉬운 건 여러 통의 편지 어디에도 에이나르가 저지른 범죄에 대해서는 언급이 없다는 점이었다. 알디스는 에이나르의 편지 뭉치를 다시 상자에 넣고는 훔쳐본 티가 나지 않도록 살짝 뒤섞었다. 알디스는 원하던 답을 속 시원하게 얻지 못했다는 사실에 좌절했다. 하지만 상자를 덮은 후 종이의 바스락거림이 멈추고 다시 정적이 찾아오자 좌절감은 순식간에 사라졌다. 으스스한 주변을 또다시 의식한 것이다. 양초에서 연기가 나기 시작했다. 심지에 불순물이 들어간 듯했다. 불빛만 비춰준다면 검은 연기가 올라오든 말든 알디스는 상관없었다. 그게 오히려 주변 환경과 어울렸다. 한 손에 초를 들고 상자를 팔 아래 끼운 채 일어나려는데, 계단에 떨어져 있는 편지 한 통이 눈에 들어왔다. 하늘색 봉투로 미루어 발신자가 누군지 바로 알 수 있었다. 봉투에 그려진 하트에는 미친 듯이 줄이 그어져 있었다. 알디스는 상자를 다시 내려놓고 봉투를 열었다.

그 걸레 누구야? 둘이 같이 있는 거 봤어. 절대 널 용서하지 않을 거야. 날 사랑한다고 믿었는데. 어떻게 나보다 걔를 더 좋아할 수 있어? 더러워 보이는 데다 한심하고 못생긴 옷까지 입고 있는데 말야. 유행에 안 맞게 금발을 하나로 묶은 건 또 어떻고. 틀림없이 머릿니도 있을 거야. 머리끈도 없어서 신발 끈으로 머리를 묶었다고. 그 추하게 생긴 보라색 점퍼는 분명 자선 가게에서 공짜로 나눠준 옷일 거야. 걔는 그냥 흔해빠진 걸레일 뿐이야.

알디스는 고개 들어 촛불 너머로 어두운 허공을 응시했다. 자신에게도 살짝 닮은 보라색 점퍼가 있었다. 그렇지만 자선 가게에서 공짜로 나눠주는 옷처럼 보일 정도는 아니었다. 그녀도 머리를 하나로 묶고 다녔다. 머리끈을 찾을 수가 없어서 딱 한 번 신발 끈으로 머리를 묶은 적은 있었다. 눈물이 차올랐다. 엄마는 언젠가 몰래 엿듣는 사람은 결코 좋은 소리를 듣지 못한다는 말을 한 적이 있었다. 부족한 게 많다는 건 자신도 알았다. 유행을 따라가지 못했고, 부잣집 여자애의 눈에는 한낱 흔해빠진 걸레로 보였을지 모른다. 항공 승무원이 되는 건 어림없는 일이었다. 다시 편지에 시선을 고정하고 나머지 부분을 겨우 읽어 내려갔지만 끝까지 읽을 수는 없었다.

한 번만 더 걔랑 말을 섞으면, 에이나르, 내 손으로 걜 죽여버릴 거야. 넌 나를 사랑해야 하잖아. 아빠가 이제는 아무도 나랑 결혼해주지 않을 거랬어. 그러니까 네가 나랑 결혼해야 해. 안 그럼 걜 죽여버릴 거야.

그 순간, 머리 위 마룻장이 삐걱거렸다.

26장

　노인병동과 요양시설을 방문할 때면 음울한 기운이 온몸을 휘감았다. 행여 자기와 시간을 보내러 와준 건 아닌지, 빤히 바라보는 불편한 시선들이 느껴지기 때문이다. 오딘은 정면을 보려고 노력했지만 그가 지나칠 때마다 베개에 파묻혀 있던 허약한 머리들이 누가 왔는지 확인하려고 고개 드는 모습을 곁눈질하지 않을 수가 없었다. 형의 회사에서 견적서 뽑는 일을 하던 시절이 생각났다. 당시 인부들을 위해 임시 숙소를 마련하는 일도 그의 업무였다. 관련 규정에 의하면 인부 한 명당 반드시 별도의 방을 제공하도록 되어 있었다. 그런데 이 시설은 병실 하나에 무려 네 명의 환자가 생활하고 있었다. 오딘은 보행 보조기에 의지해 복도를 따라 앞으로 나아가던 할머니를 앞질렀다. 할머니의 목에는 병동 이름과 전화번호가 적힌 명찰이 걸려있었다.

　바쁘게 이리저리 오가던 간호사는 오딘을 복도 끝 휴게실로 안내했다. 그곳에서 릴리야 사이바르스도티르가 기다리고 있었다. 대화 내용을 누군가 엿들을까봐 환자의 병실에서는 도저히 인터뷰를 진행할 수 없었다. 휴게실에는 이런 시설에서나 볼 수 있는 전형적인 가구들이 배치되어 있었다. 단조로운 색상의 목재 소파 위에 원통형 쿠션이 놓여있어서 일반 가정집 거실보다 대기실을 떠올리게 했다. 벽에는 군나구르 스케빙Gunnlaugur Scheving의(20세기 아이슬란드 화가—옮긴이) 복제화가 걸렸는데, 노란 방수복을 입은 남자가 배 위에서 물고기를 힘들게 끌어당기는 그림이었다. 그 옆에 얼룩으로 화면이 지저분한 TV가 걸리고, 연관성이라고는 조금도 찾아볼 수 없는 잡다한 책이 책장에 꽂혀있었다. 보아하니 다른 시설로 옮기거나 세상을 떠난 환자들이 남겨둔 게 틀림없었다. 내지가 비어져 나온 채 선반 위에 아무렇게나 쌓인 책들도 보였다. 환자들의 상태로 짐작하건대 책을 서로 읽겠다고 다투는 일은 없을 듯했다.

노파는 휠체어에 앉아서 걷힌 커튼 사이로 커다란 창문 밖을 내다보고 있었다. 길 아래에 위치한 교회 첨탑에 시선이 고정된 상태였다. 오딘은 문서를 통해 소장 부부가 무척 신앙심이 깊은 사람들일 거라고 짐작했지만, 어디까지나 짐작일 뿐이었다.

옆모습만으로는 젊었을 때 어떤 모습이었을지 상상하기 어려웠다. 세월을 비켜가지 못한 것만은 분명했다. 생기 없는 살가죽은 심하게 주름져서 광대뼈와 아래턱의 윤곽을 흐리멍덩하게 만들었다. 검버섯이 핀 두피가 성긴 머리칼 사이로 드러났다. 보풀 일어난 점퍼 소매 아래로 손이 보였다. 피부는 얼룩덜룩하고 손등엔 정맥이 불거져 나왔으며 손가락은 뒤틀려 있었다. 노파가 그를 향해 고개를 돌리자 흐릿하고 눈곱 낀 눈이 보였다. "요즘 사람들, 아무것도 몰라."

"네. 그럴지도 모르죠." 오딘은 억지로 정중한 미소를 지었다. "할머니가 릴리야이신가요?"

노파는 질문을 무시하고 말을 이었다. "하나님이 버린 이 나라는 비굴하게 굴 수밖에 없었지." 그녀는 오딘을 못마땅하다는 듯 쳐다보았다.

"저는 그렇게 생각지 않습니다." 복도에서 달가닥거리는 접시 소리가 들려왔다. 직원들이 점심식사 뒤처리를 하고 있었다. 휴게실로 걸어올 때, 직원들이 다 먹은 접시를 실어나르는 철제 카트가 통로를 막다시피 세워져 있어서 오딘은 그 사이를 비집고 와야만 했다. 오딘이 남은 음식을 치워야 하는 직원들 입장이라고 해도 다른 방도는 없었을 것이다. "제 이름은 오딘이고, 크로쿠르 보호소 운영과 관련한 보고서를 작성하고 있습니다."

"나도 알아. 그 여자는 어떻게 된 게야?"

"여자요?"

"여기 찾아왔던 여자. 자기도 보고서를 쓰고 있다고 하던데. 다들 그 일에 매달려 있는 거야?"

"그 일을 제가 맡게 됐습니다. 로베르타가 죽고 난 이후에요."

노파는 비보에도 꿈쩍하지 않았다. 이런 곳에서는 죽음이 너무도 흔해빠진, 유난 떨 것 없는 일인 듯했다. "난 어차피 남자한테 말하는 게 더 좋으니, 상관없어. 같은 질문만 되풀이하지 말라고, 알겠어? 따분해 죽겠으니까."

"어쩔 수 없이 반복되는 질문이 있겠지만, 그렇다고 너무 거슬려

하지는 마십시오."

노파가 코웃음을 쳤다. "아마추어들 같으니. 한심해."

오딘은 세 점짜리 목재 소파세트 중에서 육중한 일인용 소파를 끌고 와 노파 맞은편에 놓았다. 어떤 반응을 보일지 몰라서 감히 노파의 휠체어를 돌릴 수는 없었다. 그는 소파에 앉아 서류를 꺼냈다. "언론에 보도된 소식을 접하셨는지 모르겠네요. 브레이다비크와 여타 보호시설에 대해 들으셨나요?"

"빌어먹을 시간낭비지." 노파는 운동신경에 이상이라도 생긴 것처럼 고개를 홱 돌렸다가 다시 창밖을 내다보았다. 오딘은 노파가 죄책감 때문에 감히 자신의 눈을 똑바로 쳐다보지 못하겠거니 짐작했지만 매섭게 쏘아붙이는 모양을 보자 생각이 달라졌다. "정부가 그런 시설들을 대하는 걸 보면 수치스럽기 짝이 없어, 이제 무슨 일이 벌어질지 안 봐도 뻔하지. 정부 하수인들이 나랑 베이가르를 중상모략해서 벼슬자리나 얻으려고 할 거야. 우리 남편은 이미 세상을 떠나서 자기 변호도 못하는데 말야. 이게 얼마나 졸렬한 짓거리인지 안 봐도 뻔하다고. 당신이나 그쪽 부류들은 우리를 희생양 삼아 라디오며 신문에 대고 떠들어대겠지만, 다 헛소리야. 뭐, 잘들 해봐. 내가 할 말은 그뿐이야. 심판의 날이 오면 당신들도 정의의 저울에 올라가 형벌을 받게 된다는 것만 기억해두라고."

"저희는 희생양을 찾을 의도가 전혀 없었습니다." 오딘이 대꾸했다 "부인과 남편 분이 크로쿠르 보호소를 운영했던 그 시기에 정부가 아동을 어떻게 관리했는지 전반적으로 조사하는 것뿐입니다. 부인 평판을 망가뜨릴 생각은 조금도 없습니다. 당시 상황을 부인

입장에서 말할 기회를 드리려고 찾아온 거고요. 저희는 당연히 이번 조사를 통해 모든 게 공정하게 운영되었다는 걸 증명하고 싶습니다." 노파가 무슨 말을 하든 자신의 생각을 바꾸지 못한다는 사실은 생략했다.

"그럼 대체 그런 보호소들이 어떻게 운영되었어야 한다는 거야?" 노파는 그를 향해 몸을 돌리며 물었고, 잠시 동안 노파의 머리는 흔들거렸다.

정말이지 노파는 남의 신경을 거스르는 데 일가견이 있었다. 오딘은 노파를 발코니에서 밀어버리고 싶은 강한 충동을 느꼈지만, 침착함을 되찾았다. 어제 저녁 이후 그의 머릿속에는 라라의 죽음에 자신이 어떻게 관련되어 있을까 하는 생각뿐이었다. "저희가 확인하고 싶은 건 아이들이 존중과 애정을 받으며 생활했다는 사실입니다."

"한심해. 전부 다." 노파가 정부 조사원들을 말하는 건지, 아니면 보호소 소년들을 가리키는 건지 알 수 없었다. 어느 쪽이든 상관없었다. 노파는 황야에 홀로 서있는 셈이었고 자신과 남편, 그리고 정부 관계자들의 과거 행위에 대해 혼자 외로이 대답해야만 했다. 노파가 질문에 대한 대답만 해준다면, 오딘으로서는 그녀가 흥분을 하든 말든 관심 없었다.

"보호소와 관련해 몇 가지 여쭤볼 게 있습니다. 남편 분은 세상을 떠나셔서 대답하실 수가 없고, 또 예전 직원들 중 몇 명이나 인터뷰를 할 수 있을지도 불분명한 상황입니다. 문서에서 몇몇 이름을 확인했지만 살아계신 분이 얼마 안 되더군요. 대부분 부인이나 부군보다 연세가 많은 것 같고요." 로베르타의 차고에서 가져온 상자에 급여 기록은 있었지만, 소수의 직원 명단만 확인 가능했다. 따라서 오딘은 누락된 직원들이 있을 거라고 의심했다. 주민등록 기록을 담당하는 부서에 전화로 확인해보니 예전 직원 중 현재 생존자는 세 명에 불과했다. "제가 작성한 명단에 빠진 직원들이 있을 겁니다. 4년 동안 보호소에서 근무한 직원은 몇 명인가요?"

"기억이 안 나. 금방 관두고 나가는 사람들이 많았으니까."

"열 명? 스무 명? 아니면 서른 명쯤 됐나요?" 그가 작성한 명단에는 열두 명의 이름뿐이었다.

노파는 힘겹게 두 손을 들어 손가락으로 수를 헤아리며 작게 웅얼거렸다. 그러더니 두 손을 다시 휠체어에 내려놓고는 흡족한 표정으로 말했다. "열다섯 명. 아마 그쯤일 거야. 내가 기억을 잃은 건 아니지만 이름은 유독 생각해내기가 힘들어." 그녀는 검지로 힘없고 건조해 보이는 이마를 두드렸다. 손가락은 관절 부위가 붓고 손톱은 누렇게 변색돼 있었다.

"제가 지금까지 취합한 명단을 불러드리면 누가 빠졌는지 기억할 수 있으시겠어요?"

"그런 멍청한 질문이 어딨어. 내가 그걸 어떻게 미리 알아? 일단 이름이나 불러봐. 그럼 알게 되겠지."

오딘은 어금니를 악물고 이름을 부르기 시작했다. 노파는 머리를 한쪽으로 기대었다. 그가 이름을 읽는 동안 노파의 아래턱이 축 늘어져 있더니 마침내 말을 하려는 것처럼 입을 떡 벌렸다. 그녀는 눈을 감은 채 몇몇 이름들에서 고개를 끄덕였지만 오딘이 이름을 읊는 동안 한 마디도 하지 않았다. "누가 빠졌는지 모르겠어. 게다가 한 번도 들어본 적 없는 이름도 있고. 그 사람들이 정말 보호소에서 일했던 게 맞아?"

오딘은 자기가 아는 한 그렇다고 대답했다.

"빠진 사람이 하나 있어." 노파가 인상을 쓰자 얼굴에 깊은 주름이 졌다. "그 쓸모없는 여자애."

"쓸모없는 여자요?" 명단에는 남자 이름뿐이었다. "그 여자 이름은 기억 안 나세요?"

"어. 말했잖아, 이름은 잘 기억이 안 난다고. 아주 질 나쁜 걸레였어."

"그것만으로는 도움이 안 되는데요." 노파의 기억을 되살리려는 오딘의 노력은 실패로 돌아갔고, 노력한 보람도 없이 노파는 예전 직원에 대한 욕설만 늘어놓았다. 예전 여직원을 '걸레'라고 부른 이유가 뭔지 물어서 노파를 득의양양하게 만들고 싶지 않았으므로 오딘은 마음을 고쳐먹고 화제를 돌렸다.

다음으로 물은 건 소년들의 처우 문제였다. 보호소에서 소년들의 일과는 어떠했고, 무얼 먹었고, 기타 욕구는 어떻게 충족했는지 물었다. 노파는 계속해서 빈정거리며 대답했지만 기본적인 사항은 확인할 수 있었다. 노파의 증언에 의하면 소년들은 필요할 때 적절한 처벌을 받았다. 말을 빙빙 돌리기는 했지만 어두운 방에 가둔다든지, 아니면 화장실 청소를 한다든지 하는 방식으로 소년들이 정신적으로나 육체적으로 처벌받았다는 걸 파악할 수 있었다. 오딘은 찜찜한 기분이 들었다. 그도 어렸을 때 잘못을 저지르면 부모님으로부터 혼이 났다. 하지만 그의 부모님은 아무리 화가 나도 오딘이나 그의 형에게 손찌검을 하거나 모욕감을 주지는 않았다. 대신 수없이 꾸중을 듣고 잘못을 반성할 때까지 외출 금지를 당했다. 노파가 말한 훈육 같은 건 절대 직접 겪고 싶지 않았다. 더구나 가족도 아닌 사람들에게 그런 일을 당한다면 더 견디기 힘들 것이다. 연민도, 사랑도, 온기도, 위로도 받을 수 없다.

"보호소 운영이 겨우 손익을 맞추는 수준이었던 걸로 알고 있습니다. 그래서 보호소를 파신 건가요?" 오딘은 요령 있게 질문을 던졌다. 보호소는 파산 직전 상황이었고, 돈 문제가 생기기 시작하면 사람들은 악랄해지게 마련이었다. 어쩌면 소년들의 증언대로 부부의 가혹한 행동 역시 그 때문이었는지 모른다.

"말도 안 되는 소리." 노파는 혐오스럽다는 표정으로 쏘아보았다. "겨우 손익을 맞춰? 그런 소리는 들어본 적도 없어."

"그럼 왜 보호소를 닫으셨나요?"

오딘이 소파에 앉고 처음으로 노파는 당황한 기색을 보였다. "베이가르가 시내에서 근무하는 아주 좋은 일자리를 제안받았거든. 공직 말이야. 보호소를 팔았는데 새 주인은 농장으로 운영하고 싶어했어. 보호소를 운영할 생각이 없으니 소년들을 다른 곳으로 보낸 거지. 아니면 가족에게 돌아갔거나."

"그럼 보호소는 폐쇄된 게 아니네요?"

"폐쇄?" 노파의 머리가 다시 흔들리기 시작했다. "고작 생각해낸 게 그거야? 우리가 운영하는 게 불만족스러워서 강제로 문 닫았다고? 정반대였어. 나라에서는 계속 운영해주길 바랐지만 우리가 질려버린 거지. 우린 시내로 돌아가고 싶었고, 한 번도 그 결정을 후회한 적이 없어."

"그렇군요. 저는 두 소년의 죽음 때문에 영향을 받은 줄 알았거든요. 당국이 그 일을 안 좋게 보았을 거라고 생각했습니다."

"속이 시원했지. 나이 많은 남자애 말이야. 다른 애는 딱하게 됐지만. 개중에 그나마 괜찮은 애였어."

오딘이 서류를 살펴보고 있었기 때문에 노파는 그에게서 경멸의 눈빛을 읽어내지 못했다. 이 노파는 감정이라곤 없는 건가? 아니면 자신에게 등 돌린 시스템에 대한 저항의 의미로 가식을 떠는 걸까? 그가 만난 네 명의 남자들은 소장 부부를 냉혈한으로 묘사했지만, 그들의 증언을 있는 그대로 믿어도 될지는 장담할 수 없었다. "그일은 어쩌다 일어난 건가요? 부인이나 부군께서 그 사고를 막을 수도 있었을까요?"

"지난번에 온 여자보다 더 최악이군."

"네?"

"그 여자는 전혀 다른 질문을 했거든?"

"어떤 질문이죠?"

"죽은 남자애에 대해서만 계속 질문했지. 나이 많은 애, 걔 이름이 뭐랬지?"

"에이나르입니다. 에이나르 알렌요."

"외국 피가 섞인 애였어. 그걸 까먹고 있었네. 분명 그거랑 관련이 있었을 거야."

"그렇군요. 그런데 로베르타가 그 소년에 대해 어떤 걸 알고 싶어했나요?"

"질문을 좀 많이 했어야 말이지. 정확히는 기억이 안 나." 노파는 시선을 아래로 떨어뜨렸다. 온몸에 기운이 빠진 듯했다. "어떤 사람들은 모든 걸 다 가졌으면서도 은혜를 몰라. 아무것도 내놓지 않으면서 용서받을 수 없는 짓을 저지르지. 다른 사람들은 열심히 기도하지만 아무런 기회도, 그 어떤 것도 얻지 못하는데 말이야. 하나님은 알 수 없는 방식으로 우리를 시험하시지. 종종 하나님의 뜻을 이해하는 게 불가능할 때도 있어."

오딘은 한숨을 쉬었다. 도대체 무슨 소리를 지껄이는지 이해할 수 없었다. 에이나르를 두고 하는 말일 리는 없었다. 그는 편모 가정에서 자랐다. 모든 걸 다 가진 것과는 거리가 멀었다. 그렇다고 로베르타를 가리키는 것도 아니었다. "혹시 이메일 쓰세요?" 생뚱맞은 질문이었지만 알아야 했다. 노파는 협박 메시지를 보내고도 남을 사람 같았다. 게다가 조사가 중단되는 걸 누구보다 반길 사람이었다. 조사가 계속될 경우 잃을 게 있는 사람도 노파뿐이었다.

"이메일? 그런 거 없어. 컴퓨터도 없고. 한 번도 가져본 적 없어. 내가 뭣 하러 이메일을 써? 이제는 편지 한 통 받는 일도 없는데. 우편물 받을 주소도 없어."

"그 조사가 중단되기를 바라는 사람이 있을까요?"

"정의의 도구."

"정의의 도구요?"

"그래. 하나님이 멈추길 원하시니까. 나도 마찬가지고. 다른 사람은 생각 안 나. 아까 말한 대로 다들 한심한 종자들이야."

휠체어에 앉은 노파가 몸을 바로 세워 앉았다. 한쪽 발이 바닥에 닿으면서 두툼한 진갈색 나일론스타킹이 드러났다. 세월이 흐르는 동안 노파의 장딴지가 발목까지 늘어져버린 것처럼 발목은 퉁퉁 부어있었다. 오딘은 고개를 돌렸다. "아무도 없으세요?" 노파가 대꾸를 하지 않자 그는 다시 두 소년에 대한 이야기를 꺼냈다. "에이나르와 토르비요른의 죽음에 대해 아직 답을 안 하셨습니다. 무슨 일이 있었는지 설명해주시겠어요?"

"한 놈은 죽어도 쌌고, 다른 녀석은 운 나쁘게 얽혀든 거지."

"우연한 사고가 아니라는 말씀이신가요?"

"우연히 일어나는 일은 없어. 하나님이 모든 걸 결정하시지. 그분의 방식은 불가사의한 거야."

"무슨 일이 있었던 거죠?" 오딘도 신을 믿었지만 이렇게 말끝마다 하나님을 운운하는 건 불편했다. "하나님 얘기는 빼고요."

"두 녀석이 그날 저녁에 몰래 기숙사를 빠져나왔어. 베이가르는 밤에 누군가 몰래 농장 안을 어슬렁거린다고 의심했는데, 그게 그년인 줄로만 알았지. 그 괘씸한 창녀 말이야. 설마 에이얄린일 거라고는 상상도 못 했어. 걔가 보낸 편지에 워낙 헛소리들만 가득했으니, 진심일 거라고 생각도 못 했지. 정신적으로 문제가 있고 망상에 시달린다고 여겼어. 뭐 실제로도 그랬고. 그런데 알고 보니 밤에 돌아다닌 게 그애만이 아니었어. 에이나르와 그 어린 녀석도 규정상 그날 밤 자기 방에 있어야 했어."

"소년들이 밤에 숙소 밖을 나가는 게 허용됐나요? 감시하는 사람은 없었고요?"

"농담해? 우리가 갑부인 줄 알아? 밤에는 기숙사를 밖에서 잠갔는데, 그 녀석들이 창문 빗장을 풀어놨더라고. 그 사건 후에 베이가르가 경찰과 함께 보호소 안을 살펴보다 비로소 알게 됐지. 겉으로 봤을 때는 티가 안 나게 빗장을 적당히 세워뒀던 거야. 하지만 창문 청소를 하다보면 분명 알아챘을 거야. 그 창녀 같은 계집애가 우리한테 말을 안 한 거지. 그 일이 있고 나서 바로 잘렸지만."

"그럼 두 소년이 탈출한 거네요. 왜 그랬을까요? 대체 차 안에서 뭘 하고 있었고, 엔진은 왜 돌아가고 있었던 거죠? 차 키는 어디서 났고요?"

"나도 속속들이 알진 못해. 내가 다 알 거라 생각했는지 모르겠지만. 키는 차에 꽂혀있었어. 베이가르가 항상 꽂아놨거든. 그 무렵 아이슬란드에는 아이슬란드인들밖에 안 살았어. 우리나라 사람들은 다른 사람의 차를 훔치지 않아." 오딘은 이의를 제기하려 입을 열다가 참았다. 노파는 개선이 불가능한 사람이었다. "도망칠 계획이었겠지. 차를 몰아 시내로 나가려고 말이야. 아니면 그냥 따듯한 곳을 찾아 들어갔거나. 누가 알겠어. 어차피 중요한 것도 아니고. 눈이 날려서 배기관을 막아버리는 바람에 차 안에 가스가 가득 찬 거지. 두 녀석은 질식해버렸고." 노파는 오딘을 노려보며 말을 이었다. "차 뒷좌석 바닥에서 누운 채 발견됐어. 얼굴이 새파랗게 질려있었지. 꼭 잠을 자고 있는 것 같았어." 오딘은 소년들이 차를 몰아 시내로 도망갈 계획이었다는 노파의 말이 전혀 앞뒤가 맞지 않는다고 생각했다. 정말 시내로 도망갈 생각이었다면 소년들은 앞좌석에서 발견됐을 것이다.

"항간에는 배기관을 막은 게 눈이 아니라 천 조각이었다는 얘기가 떠돌던데요. 그렇게 의심할 만한 근거가 있나요?"

노파는 어느 때보다 심하게 머리가 흔들려서 오딘의 눈을 똑바로 쳐다보는 게 어려운 듯했다. "아니. 아니야, 아니고말고."

오딘은 노파의 말을 믿지 않았다. 하지만 그가 아무리 애를 써도 노파는 딱 잘라 모든 걸 부인했다. 노파는 점점 지쳐가고 있었다. 휠체어에 앉은 노파의 등은 더욱 굽었고, 목소리는 쉬어버렸다.

"한 가지만 더 여쭙겠습니다. 로베르타가 아까 말씀하신 에이얄린이라는 여자애에 관해 묻던가요? 저희 문서에 그애가 쓴 편지들이 있던데, 로베르타가 무척 관심을 보였던 것 같더라고요."

노파는 이제 너무 기력이 약해져서 말도 제대로 하지 못했다. "어떤 사람들은 모든 걸 가지고도 그걸 제 발로 차버리지. 다른 사람들은 간절하게 원하고, 원하고, 또 원하는데 말이야." 오딘은 좀더 명확하고 자세한 답을 들으려고 노력했지만 헛수고였다. 그는 자리에서 일어나 인사를 한 뒤 병실로 모시고 갈 직원을 보내겠다고 말했다. 복도에서 그는 아까 본 간호사를 만났다. 이제 그녀는 다소 여유가 생긴 듯했다.

"어떻게 됐어요?" 간호사는 동정 어린 미소를 지으며 말했다. "다루기 꽤 어려운 분이에요. 낮에는 신경질을 부리고, 밤에는 아무도 모르는 아이를 찾으면서 소리를 지르거든요. 병실에 빈 침대를 남겨두면 안 된다는 상부 압력만 없었어도 혼자 병실을 쓰게 했을 거예요. 저희로선 어쩔 수가 없죠." 간호사는 복도를 따라 걸어갔고, 오딘은 산 자들의 세계로 돌아가는 길이었다. 그런데 그가 출구에 다다랐을 때 간호사가 허겁지겁 달려왔다. "뭔가 말하실 게 있나봐요. 잠깐 들어가서 만나보실 수 있나요?"

오딘은 탁 트인 곳으로 벗어나고 싶은 마음이 굴뚝같았지만 얘기를 들어보는 것도 나쁘지 않을 듯했다.

"걔 이름이 기억났어. 그 쓸모없는 계집애." 노파의 촉촉한 파란 눈이 오딘에게 꽂혔다. "알디스라는 애였어."

"알디스요?" 순간 오딘은 기침을 하고 싶은 강한 욕구에 사로잡혔지만 잘 참았다. "혹시 성은 기억 안 나세요?"

"알디스 안나 아그나르스도티르Aldís Anna Agnarsdóttir. A가 연달아 세 개. 그래서 기억난 거야."

오딘은 고개를 끄덕인 뒤 인사도 없이 자리를 떴다. 아무 말도 할 수 없었다. 알디스 안나 아그나르스도티르가 누구인지, 너무도 잘 알고 있었다.

27장

1974년 2월

알디스는 본능적으로 촛불을 껐다. 모든 게 암흑속으로 빠져들었다. 지금 이 순간만큼은 그게 누가 되었든 보호소 식구들과 마주치고 싶지 않았다. 다만 어둠속에 조용히 홀로 남겨지고 싶었다. 그녀는 계단에 걸터앉아 머리 위로 점점 가까워지는 발자국 소리에 귀를 기울였다. 심장이 쿵쿵 뛰고 숨소리가 거칠어졌다. 불현듯 지하실 불이 켜지면 자신은 꼼짝없이 잡힐 거라는 생각이 들었다. 숨을 곳을 찾으려면 불빛이 필요하다는 생각에 주머니에 손을 넣어 성냥을 찾아 뒤적거리다가 마음을 바꿨다. 만약 머리 위에 있는 누군가가 아래층에 내려올 생각이 없는데 괜히 촛불을 켜면 자기 위치만 노출될 것이다. 위층 뚜껑문 주변에서는 희미한 촛불도 눈에 띌 수 있었다. 반면 잡다한 물건들이 쌓여있는 어두운 지하 창고를 무턱대고 돌아다니다가는 뭔가를 넘어뜨릴 위험이 컸다.

주머니를 뒤적거리는데 사탕 포장지가 만져졌다. 바스락거리는 소리가 참을 수 없을 정도로 크게 들리고, 잠시 후 성냥을 마찰시켜 불을 켜는 소리 역시 만만치 않게 컸다. 촛불마저 지금은 너무나 밝은 느낌이었다. 알디스는 자리에서 일어나 계단에 놓인 편지 상자를 어떻게 처리할지 고민했다. 누구든 지하에 내려와 이걸 발견한다면 이곳에 누군가 숨어들었다는 사실을 알아챌 것이다. 하지만 상자를 옮기다가 소리가 나기라도 하는 날에는 위층까지 다 들리고 말 것이다. 그녀는 상자를 계단에 두기로 하고 아주 조심스럽게 뚜껑만 닫았다.

축축한 곰팡이 냄새가 갑자기 더 강렬하게 코를 찔렀다. 촛불이 지하 창고 안 사방으로 그림자를 일렁이게 만들었다. 알디스는 허둥지둥 숨을 곳을 찾아 두리번거렸다. 타이어나 상자, 판자 더미 뒤에 숨으려고 해보았지만 누군가 그 옆을 지나기만 해도 바로 들통날 게 뻔했다. 더 안으로 들어갈수록 피난처를 찾을 것이란 희망이 흐릿해지는 찰나, 창고 가장 안쪽에서 작은 문을 발견했다. 머리 위에서 들려오는 발자국 소리와 마룻장의 삐걱대는 소리 덕분에 정체불명의 누군가가 뚜껑문 바로 위에 서있다는 사실을 알 수 있었다.

알디스는 잠겼을지도 모른다는 생각을 할 새도 없이 문을 향해 다가갔다. 문손잡이를 잡으면서 입술을 깨물자 피 맛이 감돌았다. 천만다행으로 문은 잠겨있지 않았다. 금속 맛과 입술의 쓰라림 때문에 정신이 번쩍 들었다. 공황 상태였음에도 불구하고 그녀는 얼른 안으로 들어가 아무 소리도 내지 않고 문을 닫았다. 촛불을 끄고 두 눈을 감았다. 칠흑 같이 어두운 작은 동굴에 갇혀 운명의 시간만을 기다린다는 생각 대신 빛에 둘러싸여 있다고 상상하는 편이 나았다.

그녀는 감히 꿈쩍할 수도 없었다. 촛불을 끄기 전에 이 방 안에 뭐가 있는지 미리 살피지 못했기 때문이다. 잘못 건드렸다가 쨍그랑하고 깨질 수 있는 잼 병이 가득 차있을지도 모르는 일이었다. 알디스는 가만히 웅크린 채 정체불명의 누군가가 내는 소리에 귀를 쫑긋 세웠다. 궁지에 빠질 때면 항상 기도하고 싶은 마음이 든다는 게 우스울 뿐이었다. 평소에는 신에 대해 생각지도 않았지만, 모든 게 실패로 돌아갔을 때 신에게 기댈 수 있다는 건 다행스런 일이었다. 물론 자신이 구조신호를 보낼 경우를 대비해 전지전능한 신이 대기하고 있기를 바라는 건 좀 건방진 생각이었다. 신은 사고가 나기 전까지 까맣게 잊혀 먼지만 뽀얗게 쌓이는, 정작 사고가 터지면 그제야 지난번에 사용한 구급용품을 채워놓지 않았다는 점을 깨닫게 되는 구급상자 같은 존재가 아니었다.

뚜껑문에서 끼익 소리가 들리자 알디스는 숨을 멈췄다. 폐가 터지기 직전이 돼서야 그녀는 숨을 내쉬고 다시 들이마셨다. 방 안 깊은 곳으로 들어가면 어둠이 더 짙어지듯 그녀는 문에서 멀어져 좀 더 짙은 어둠속으로 숨어들고 싶은 충동을 가까스로 억눌렀다. 그 자리에서 꼼짝 하지 않으면서 숨을 고르는 데 집중하자 마음이 다소 안정되는 기분이었다. 하지만 문에 한쪽 귀를 대자 계단 아래로 내려오는 발걸음의 무게에 목재가 삐걱거리는 소리가 들렸다.

마침내 올 것이 왔다. 문 아래와 열쇠구멍을 통해 빛이 새어 들어왔고, 그녀는 숨을 곳을 찾았다는 사실에 신에게 감사했다. 빛이 불안정하게 흔들리는 것으로 보아 지하실 천정에 달린 백열전구가 아닌 손전등 빛인 듯했다. 베이가르나 릴리야가 아닌, 알디스만큼 이나 여기에 볼 일이 없는 다른 누군가였다.

열쇠구멍을 통과한 불빛이 알디스의 옷소매로 떨어졌다. 그녀는 우중충한 파란색이 아니라 사방을 감싼 어둠속에서도 눈에 띄는 노란색이나 붉은색 옷을 입었어야 했다는 뜬금없는 후회가 들었 다. 아무것도 넘어뜨리지 않으려고 온몸의 신경을 곤두세운 채 아 주 천천히 무릎을 꿇었다. 다행히 아무것도 건드리지 않고 오른쪽 눈을 열쇠구멍에 밀착시킬 수 있었다. 구멍은 아주 작았지만 아무 것도 안 보이는 것보다는 나았다. 거친 콘크리트 바닥이 무릎을 아 프게 했지만, 입술의 쓰라림처럼 고통은 어딘가 위안을 주는 일상 적 체험과 같이 느껴졌다. 심지어 눅눅한 한기마저 상쾌하게 느껴 질 정도였다.

손전등 빛이 지하실 안을 꼼꼼하게 휘젓고 있었다. 알디스의 시 야 안팎을 가로지르며 이리저리 움직였지만, 손전등을 든 사람의 모습은 볼 수 없었다. 신발이나 머리칼, 바짓가랑이라도 슬쩍 볼 수 있다면 누군지 알아낼 텐데. 자기 빨래는 물론이고 소년들의 옷 까지 모두 알디스가 세탁해왔기 때문에 옷만 보면 누군지 알 수 있 었다. 소년들 중 하나로 확인되면 주저 없이 뛰쳐나가 기절초풍하 게 만들 생각이었다. 그렇게 해서라도 억눌린 감정을 해소할 곳이 필요했다. 하지만 에이나르라면 얘기가 달랐다. 알디스는 그럴 경 우 어떻게 해야 할지 판단할 수가 없었다. 아마도 눈을 감고 들키지 않기만을 바랄 것이다.

지난 2주 간 그녀는 에이나르와 단둘이 있는 상황을 만들지 않으려고 애를 썼다. 어쩌다 한 번씩 그가 알디스를 한 곳에 몰아세웠을 때도 아무 일 없는 척 행동하면서 영어 공부를 하느라 너무 바빠서 밤에 도저히 빠져나갈 수가 없다고 둘러댔다. 영어 시험과 아이슬란드항공 승무원 인터뷰 준비로 바쁘다는 거짓말이 아무렇지도 않게 튀어나와서 알디스마저 그게 진짜라고 여겨질 정도였다. 그러나 에이나르는 그녀가 자기를 피한다는 걸 감지했다. 그가 알디스의 영어 실력을 검사하려고 들지 않은 게 다행이었다. 사실 몇 주 동안 그녀는 영어책을 들춰보지도 않았다.

지하실 맞은편 끝에 있는 계단 쪽을 진작 살피기만 했더라면 문제는 해결되었을 것이다. 그녀는 좀 더 일찍 열쇠구멍을 내다보지 않은 스스로를 원망했다. 만약 그랬다면 계단 아래로 내려오는 사람의 모습을 포착했을 것이다. 얼굴은 못 보더라도 최소한 몸과 다리는 확인했을 텐데. 그 순간, 계단 맨 아래쪽에 놓인 옅은 색 상자가 눈에 들어와 그녀는 경악하고 말았다. 본능적으로 엄마의 편지를 찾아 주머니를 뒤적거렸다. 손끝에서 두툼한 편지가 느껴졌다. 아마도 머리 위에서 발걸음 소리를 들은 그 순간, 때마침 다 읽은 에이얄린의 편지일 가능성이 높았다. 운이 좋으면 불청객이 상자를 발견하지 못하겠지만 그가 뒤돌아 계단 아래를 보기만 해도 알아채고 말 것이다.

불빛이 점점 밝아지는 걸로 보아 손전등을 든 불청객이 다가오고 있었다. 불빛이 이리저리 튀었다. 잡동사니 사이를 걸어다니는 게 쉽지 않은 모양이었다. 알디스는 불청객이 자기 쪽으로 향하는 것이 아니기를 간절히 바랐다. 아직까지 불빛이 저장고 문을 직접 비추지 않았지만 지하실 안으로 더 들어올수록 알디스가 들통날 확률도 높아졌다.

갑자기 커다란 물체가 넘어지는 듯 요란한 소리가 나면서 숨 막히는 정적이 깨졌다. 알디스는 소스라치게 놀랐지만 손으로 입을 틀어막아 비명이 나오는 걸 용케 막았다. 손전등 빛을 배경으로 먼지구름이 일어나는 모습이 열쇠구멍 사이로 보였다. 그리고 처음으로 정체불명의 방문자가 당황해서 뭐라고 중얼거리는 소리가 들렸다. 자신의 서투른 행동이나 바닥에 넘어진 물건을 향해 욕을 하는 듯했다. 정확히 무슨 말인지 알아들을 수 없었지만 불청객 역시 겁을 먹은 목소리였다. 그 덕에 알디스는 불청객과 자신의 처지가 다르지 않다고 직감했다. 불빛이 여기저기를 마구 비추는 걸로 보아 불청객은 지하실에 누가 숨어있는지를 서둘러 확인하려는 모양이었다.

"거기 누구 있어요? 꼭꼭 숨어라, 머리카락 보일라." 알디스의 심장이 요동쳤다. 속삭이는 목소리는 여자의 것이었다. 소녀인지 성인 여성인지는 분간이 안 되었다. "여기 있는 거 다 알아." 목소리에서 약간 주저하는 게 느껴졌다. 말 사이마다 멈칫거리며 시간을 끄는 것으로 보아 지하실에 숨어있는 누군가의 존재를 확신하지 못하는 모양이었다. 알디스는 무의식적으로 기도를 했지만 용기를 북돋워주는 데는 역부족이었다. "어서 나와. 너한테 줄 게 있어." 불청객의 제안은 불길하게 들렸다. "너랑 볼 일을 다 보고 나

345

면 다들 니가 얼마나 걸레인지 알게 될 거야. 빌어먹을 년 같으니."
알디스는 두 눈을 있는 힘껏 감았다. "어서 나와. 나 칼 가져왔어.
작고 날카로운 칼. 사이즈가 전부는 아닌 거 알지."

정적이 이어졌다. 눈물이 알디스의 볼을 타고 흘러 입을 틀어막
고 있던 손 위로 떨어졌다. 그녀에게는 자신을 방어할 어떤 무기도
없었다. 설령 이곳에 마체테(날이 길고 큰 칼—옮긴이)와 총기가 가
득하다고 해도 자신의 위치를 노출시키는 게 두려워 감히 무기를
집어들지 못했을 것이다.

시야를 더 확보하려고 쓸데없이 얼굴을 열쇠구멍에 너무 세게
들이민 탓에 아마 며칠 동안은 눈 주변에 자국이 남을 것이다. 하
지만 차가운 금속과 나사의 압박은 알디스의 정신을 분산시킬 만
큼 고통스럽지 않았다. 여전히 아무 소리도 들리지 않았고, 마침내
불빛이 계단을 비추자 알디스는 안도감에 웃음을 터뜨릴 뻔했다.
또다시 입술을 너무 세게 깨문 나머지 익숙한 피 맛이 혀 전체에 퍼
졌다. 불청객은 마침내 자리를 뜨고 있었다. 그는 수색을 포기했거
나 아니면 알디스가 이곳에 숨어있지 않다고 확신했을 것이다. 이
제 알디스가 할 일은 그 자리에 꼼짝 않고 앉아 뚜껑문과 현관문이
순서대로 닫히는 소리가 들릴 때까지 기다리는 것뿐이었다.

온몸의 신경을 곤두세운 알디스는 계단에 시선을 고정한 채 맨
아래 계단과 바닥 사이에 놓인 편지 봉투를 바라다보았다. 불빛이
바닥을 향했다. 불청객은 밖으로 나가기 위해 계단을 비추려는 것
같았다. 모든 게 순조롭게 흘러가는 듯했다. 어서 올라가, 어서! 그
때 불빛이 바닥에 놓인 편지봉투를 비췄다. 두 다리가 알디스의 시

야에 들어왔다. 몸을 구부리는 모습과 짙은 빛깔 긴 머리칼이 휙 하고 지나가는 게 알디스의 눈에 들어왔다. 마침내 옆모습이 시야에 잡혔지만 에이나르의 지갑에서 본 그 소녀가 맞는지 확인하기도 전에 사라져버렸다. 그러나 알디스는 불청객이 소녀거나 나이 어린 여자라고 확신했다. 몸의 움직임과 가느다란 다리는 어른의 것이 아니었다. 소녀가 편지봉투를 집어들고 불빛을 위로 비추자 알디스는 아무것도 볼 수 없었다. 불빛이 다시 바닥을 향하고 다른 편지들을 찾는 듯했다. 불빛은 편지 상자에서 딱 멈추었다. 소녀가 상자 뚜껑을 열어 바스락거리며 편지를 뒤적거리는 모습이 보이고 잠시 후 낮게 '헉' 하는 소리가 들려왔다. 몇 분이 지난 뒤 소녀는 다시 상자 뚜껑을 닫았다. 알디스는 두 다리가 계단 위로 올라가는 모습을 지켜보았다.

지하실이 다시 어두워졌다. 암흑을 반기며 그녀는 아무도 볼 수 없는 곳에 홀로 남겨졌다는 사실에 안도했다. 소녀가 완전히 사라졌다는 게 확실해질 때까지 옴짝달싹하지 않을 생각이었다.

몸이 너무 뻣뻣해서 알디스는 꼼짝도 할 수 없었다. 그녀는 저장고 콘크리트 바닥에서 자궁 속 태아처럼 몸을 웅크린 채 잠에서 깼다. 마지막으로 기억나는 장면이 벽에 기댄 채 꾸벅거리며 졸던 것이다. 잠결에 이런 자세로 움츠린 게 분명했다. 다른 사람들이 깨어날 때까지 아예 이곳에서 밤을 보내다가 아침이 되면 방금 출근한 사람처럼 지하실 밖으로 나가는 게 더 안전하다고 생각한 것이다. 어젯밤 잠옷에 점퍼만 걸치는 대신 옷을 모두 껴입고 나온 게

그나마 다행이었다. 그녀의 머리가 평소보다 부스스하고 양치를
안 했다고 해서 바로 눈치챌 사람은 없었다. 나중에 언제든 숙소로
돌아가 잽싸게 단장을 하면 그만이었다.

어두컴컴한 지하실에서 시간을 짐작하는 건 불가능했지만 아침
일 거란 확신이 들었다. 하지만 위층에서 사람들이 움직이는 소리
가 들리기 전까지 감히 뚜껑문을 열어볼 엄두가 나지 않았다. 얼마
지나지 않아 위층 두 곳에서 발걸음 소리가 들려오기 시작했고, 희
미하게 사람 목소리도 들렸다. 알디스는 안도감에 눈물이 터질 것
만 같았다. 그럼에도 여전히 안전한지 확신할 수 없었으므로 방심
하지 않고 천천히 저장고 문을 열었다. 추위 때문에 얼어붙은 발가
락이 저렸다. 한 손의 손가락은 아예 감각이 없었지만 어두운 곳에
있었기 때문에 시야는 또렷했다. 뻣뻣해진 몸을 일으켜 두 다리로
서자 관절이 딸깍거리며 소리를 냈다.

그녀는 저장고 밖으로 빠져나왔다. 눅눅한 곰팡이 냄새 따위는
이제 신경 쓰지 않았다. 아마 지금쯤은 그녀에게서도 곰팡이 냄새
가 날 것이다. 이런 생각이 들자 알디스는 멈칫했다. 누구도 그녀
에게서 악취가 난다는 걸 알아채거나 물어보지 않기를 바랄 수밖에
없었다. 맨 위 계단에 선 채 문 주변에 아무도 없다고 확신한 후에
야 비로소 지하실 밖으로 나올 수 있었다. 지상의 빛과 온기에 감
격한 그녀는 무릎을 꿇고 감사기도라도 하고 싶었지만, 대신 뚜껑
문을 닫고 옷에 붙은 먼지를 털어냈다.

잠시 후 누군가 그녀의 어깨를 가볍게 두드렸다. "어디서 튀어나
온 거예요?" 돌아보니 에이나르가 놀란 얼굴로 입을 떡 벌린 채 그

녀를 바라보고 있었다. "무슨 일이에요?"

알디스는 손가락으로 헝클어진 머리를 펴면서 아무렇지도 않은 척했다. 시선을 마주치면서 그의 날카로운 광대뼈와 짙고 숱 많은 속눈썹의 매력에 빠져들지 않겠다고 단단히 마음먹었다. "아무 일도 없어. 그냥 늦잠을 자서 준비할 시간이 없었어."

에이나르는 믿지 않는 눈치였지만 더 이상 캐묻지 않았다. "보고 싶었어요. 못 본 지 한참 된 거 같아요."

"말했잖아. 공부하느라 바빴다고." 알디스의 목소리는 마치 지하실 상자에 처박혀 있다가 이제 막 발견된 것마냥 쉬고 잠겨있었다. 그녀는 기침을 했다. "여기서 썩고 싶지 않아."

에이나르가 미소 짓자 그녀는 왜 자신이 그에게 빠져들었는지 기억났다. 그는 크로쿠르에 있는 그 누구보다 훨씬 더 잘생겼다. 실은 어디에 내놔도 꿀리지 않을 만큼 잘생긴 얼굴이었다.

"나도 그래요." 그는 부드러운 손길로 알디스의 볼까지 흘러내린 머리칼을 귀 뒤로 넘겨주고 손을 내렸다. "오늘 저녁에 잠깐 쉬는 게 어때요? 한 시간 정도만요. 우사에 숨어서 잠깐 이야기를 해도 좋고요. 여기서 지내니까 뇌세포가 죽는 거 같아요." 에이나르가 뭘 원하는지는 분명했다.

"그래도 되고. 아직 잘 모르겠어."

"언제 확실하게 알 수 있어요? 누나도 안 오는데 나 혼자 빠져나갈 생각은 없어요. 무슨 생각으로 그러는 건지 모르지만, 밤에 누군가 농장 안을 몰래 돌아다닌다고 베이가르가 안절부절 못 하더라고요. 우리 중에 누군가가 그랬다고 믿는지 어제는 잡아먹을 듯이 화를 냈어요."

알디스는 웃거나 대답할 수가 없었다. 여전히 신경이 곤두서 있었고, 무엇보다 에이얄린이 이곳에 왔었다는 사실을 그에게 알려도 좋을지 확신하지 못했다. 그 점을 이용해 에이나르가 비밀을 털어놓도록 만들 게 아니라면 말이다. "휴식시간에 알려줄게."

그녀는 인사도 없이 자리를 떠났다. 하늘은 잔뜩 흐렸다. 가차 없이 음울한 아침이었다. 알디스는 달리듯이 숙소로 향했다. 세수와 양치를 하고 싶었다. 그리고 먹은 걸 게워내고 싶었다. 견딜 수 없을 정도로 욕지기가 치밀었다.

28장

"그 이름 어디서 봤는지 알아냈어." 딜리야가 한 손으로 허리춤을 짚은 채 오딘을 내려다보고 있었다. 언제나처럼 그녀는 좀 과하게 치장을 한 상태였다.

"무슨 이름?" 오딘은 자신이 얼마나 몽롱해 보일지 짐작하며 멍하니 딜리야를 올려다보았다. 노인병동에서 돌아온 후 그는 하는 일도 없이 컴퓨터 스크린을 바라보면서 머릿속을 스쳐 지나가는 수많은 질문들로 혼란스러워 했다. 자기 직장이 이렇듯 지루한 곳이라는 게 이번처럼 고맙게 느껴진 적이 없었다. 누구도 그에게 다가와 돌처럼 굳은 채 앉아있는 이유를 물으며 귀찮게 하지 않았다. 딜리야가 나타나기 전까지는 말이다.

"에이얄린. 그 이름 어디서 본 것 같다고 했잖아. 기억 안 나? 어디서 봤는지 알아냈다고." 딜리야는 프린터에서 갓 뽑아 아직도 따듯한 종이 한 장을 내밀었다. "로베르타의 부고를 쓴 사람이야."

오딘은 부고 내용에 집중했다. 부고는 짧았고, 두 여자가 특별히 가까웠다고 간주할 만한 근거는 찾을 수 없었다. 모두가 등을 돌려 힘들 때 로베르타가 에이얄린에게 도움을 준 듯했다. 그리고 그것 때문에 에이얄린은 로베르타에게 영원히 고마운 마음을 가질 거라고 썼다. "이것만으로는 알아낼 수 있는 게 없어."

딜리야는 약간 짜증이 난 표정이었다. 그녀가 종이를 낚아챘다. 그 갑작스런 움직임에 허리까지 주렁주렁 내려오는 목걸이들이 서로 부딪히며 쟁그랑거렸다. "그럼 뭘 기대했어?" 딜리야가 인상을 쓰며 물었다. "그런데 괜찮은 거야? 오늘 행동이 좀 이상하다는 얘기를 들었는데, 컴퓨터 앞에만 앉아있다고."

"난 괜찮아. 그냥 생각 좀 하느라고."

"그럼 지금부터는 이 부고에 대해서 생각해." 그녀는 출력물을 흔들어보였다. "이 여자한테 전화해서 로베르타와 어떤 사이였는지 물어보는 게 어때?" 딜리야가 고개를 양 옆으로 격렬하게 젖자 다시 목걸이에서 크게 쟁그랑 소리가 났다. "아니면 내가 전화를 해볼까?"

오딘은 자신이 원하는 게 무엇인지 알지 못했다. 이 사건을 둘러싼 두 가지 측면에 동시에 집중하는 건 불가능했다. 게다가 관련자 중 하나가 그와 가족관계로 엮여있으니 더욱 그랬다. "그래, 부탁할게." 그는 미소를 지으려고 했지만 마음대로 되지 않았다. "그런데 언제부터 이 사건에 지대한 관심을 갖게 된 거야? 이 사건이 불운을 가져온다고 떠들어댔잖아."

"지루해서 그래. 그뿐이야. 보아하니 내 도움이 필요한 것 같기도 하고. 게다가 이래저래 골치 아픈 일도 많잖아?"

"그건 그래." 오딘은 책상 위 연필꽂이에 연필을 골인시키려고 했지만 빗나가고 말았다. "대신 전화를 해주겠다면 나야 고맙지."

"좋아." 딜리야는 뭔가 덧붙이려는 표정을 짓다가 다시 한 번 쟁그랑거리는 소리를 내고는 뒤돌아 자기 자리로 갔다. 코너에서 완전히 모습을 감추기 직전, 그녀가 고개를 돌려 오딘과 눈을 마주쳤는데 시선에서 연민이 느껴졌다. 오딘은 발끈했다. 다른 사람들이 자신을 불쌍하게 여기는 건 참을 수 없었다. 자신을 미워하거나 좋아할 수는 있지만 동정하는 건 견디기 힘들다.

순간적인 분노 때문에 그는 정신이 번쩍 들었다. 대체 이게 뭐라고 이토록 동요하지? 룬의 외할머니가 과거 크로쿠르에서 일한 사실을 숨긴 게 이상하다고 여겨지면 당장 전화 걸어 이유를 물으면 그만이다. 멍하게 컴퓨터만 쳐다본다고 문제가 해결되지 않는다. 그럴 만한 사정이 있었는지도 모를 일이다.

어쩌면 최근 들어 그를 대하는 장모의 행동이 부자연스러웠던 것도 그 일 때문인지 몰랐다. 처음 기회가 생겼을 때 진실을 털어놓을 타이밍을 놓쳐버리고 그 이후 적당한 기회를 잡지 못했을 수 있잖은가. 그가 어디서 근무하는지 장모는 잘 알고 있었다. 그러므로 로베르타가 장모에게 연락했을 때 곧바로 자신을 떠올렸으리라. 그 당시야 그렇다 치더라도, 지난번 룬을 데리고 갔을 때 오딘은 새로 맡은 업무에 관해 장모에게 이야기를 한 터였다. 그런데도 솔직하게 털어놓지 않은 건 이해가 되지 않았다. 자신이 크로쿠르에서 일했다는 게 창피했을까? 아니면 행여 자기로 인해 사위가 업무에서 밀려날까 두려웠던 걸까? 생각할수록 그 가능성이 높아보였다. 긴축의 시대에 장모는 사위가 직장을 잃을까, 그리고 그 영향이 손녀에게 미치지나 않을까 걱정했을 것이다. 다소 극단적인 걱정일지 몰라도, 그 가능성을 배제할 수는 없었다.

오딘이 조용히 전화를 하려고 소회의실로 향하는 동안 동료들은 고개 들어 그를 힐끗힐끗 훔쳐보았다. 소회의실 안이 너무 추워서 그는 창문을 닫은 후 장모에게 전화를 걸었다. 장모가 응답하기를 기다리면서 지난번에는 없었던 포스터 액자를 천천히 살펴보았다. 저걸 농담 삼아 걸어놓은 것인지, 아니면 헤이미르가 포스터의 의미를 잘못 이해한 것인지 궁금해졌다. 포스터에는 장엄한 모습의 독수리가 창공을 향해 솟아오르는 모습이 담기고 그림 아래 이런 문구가 나와 있었다. 리더는 독수리와 같다. 여기서는 리더를 전혀 찾아볼 수 없기 때문이다. 오딘의 시선이 화이트보드로 옮겨갔다. 그 사이 누군가가 보드를 깨끗하게 지워놓았다. 오랫동안 손대지 않은 채 남아있던 희미한 자국들까지 완전히 사라져 있었다. 거기 적힌 날짜의 의미를 그가 파악하기도 전에 말이다.

"여보세요." 장모는 낮잠을 자다 일어난 듯 목소리가 잠겨있었다. 전화한 사람이 오딘이라는 걸 알자 그녀가 한숨을 내쉬었다. 오딘은 드디어 판을 뒤집을 수 있다는 생각에 희열을 느꼈다. 이번에 잘못을 인정할 사람은 장모였다. 그는 바로 본론으로 들어갔다.

"왜 크로쿠르에서 일하셨다는 사실을 숨기셨어요?" 아무 대꾸도 없었다. "이런 상황에서 저한테는 말씀하시는 게 상식 아닌가요?"

그는 장모가 평정심을 찾을 때까지 기다렸다. 마침내 장모가 입을 열었을 때는 평소보다 좀 더 높고 부드러운 목소리였다. "그랬다고 해도 뭐가 달라졌겠는가? 청소부로 몇 달 일한 게 전부야. 죽은 아이들과는 상관없어."

"하지만 무슨 일이 벌어졌는지는 아셨잖아요?"

"그 일을 알고 있는 사람은 나 말고도 많아."

"거기서 일했던 사람들 대부분은 이미 죽었어요. 장모님이 직원 중에서는 가장 어린 축이라고요."

"내가 그걸 어떻게 알았겠나, 오딘? 보호소를 그만둔 이후로 한 번도 그곳에 대해 생각해본 적이 없어. 그 이전이나 이후에 일했던 사람들에 대해 아는 게 전혀 없다고."

"그래도 말씀하셨어야죠. 저는 이제 보호소 예전 직원과 혼인관계로 엮여있다고 상부에 보고하고, 지금까지 왜 그 사실을 숨겼는지 해명해야 합니다. 처음에 솔직히 말씀하셨으면 문제가 안 됐겠지만 이제는 의심스러워 보일 게 뻔해요. 적어도 이상하게 생각하겠죠." 엄밀하게 말하면 이건 사실이 아니었다. 오딘이 관련자와 연관돼 있다는 걸 알았다면 헤이미르는 그 즉시 그를 사건에서 배제했을 것이다. 헤이미르의 말을 빌리자면, 오딘이 엔지니어 출신답게 사건을 객관적으로 다룬다고 해도 말이다.

"어떻게 알아냈나?" 누가 배신이라도 했다는 듯 원망스러운 목소리였다.

"그건 중요하지 않습니다." 아무리 라라의 어머니라고 해도 기밀사항을 알려줄 생각은 없었다. 곧 다른 사람이 사건을 인계받을 텐데 그를 위해서라도 비밀을 누설하고 싶지 않았다. 정의라는 게 있다면 사건은 딜리야에게 배정되어야 마땅했다. 아마도 이 까칠한 여자를 상대하느라 혼이 쏙 빠질 것이다. "어차피 사실이 드러난 김에 거기서 일하실 때 무슨 일이 있었는지 말씀해주실래요?"

"자네가 직접 알아낼 수는 없나?"

오딘은 지난 통화에서 장모에게 자신의 잘못에 대해 사과한 게 사무치게 후회스러웠다. 사과 받을 자격이 없는 여자였다. "네, 그럴 수야 있지만 제 수고를 덜어주실 수도 있죠. 무리한 부탁이 아니라면요."

전화선 반대편에서 짧은 침묵이 이어졌다. "1973년 9월에 일을 시작해서 1974년 2월인가, 3월까지 일했네."

"그럼 사고가 일어났을 때 거기 계셨네요?"

"사고?" 장모는 사고가 뭘 가리키는지 정확히 알고 있었다. 시간을 벌어보려는 빤한 수작이었다. 어쩌면 그에게 거짓말하는 게 너무 익숙해져서 자동적으로 튀어나왔을지도 모른다.

"잘 아시지 않습니까. 두 소년이 죽은 사건요. 에이나르 알렌과 성은 기억나지 않지만 토르비요른이라는 소년 말입니다."

"요나손. 토비 요나손." 장모의 목소리가 너무 작아서 오딘은 귀를 쫑긋 세워야만 했다.

"기억하고 계셨군요?"

"그래. 이것도 보고서에 넣을 텐가?"

"그뿐만이 아니겠죠. 하지만 자세한 내용은 다른 직원이 인터뷰할 겁니다." 오딘은 꼬치꼬치 캐묻고 싶었지만 그랬다면 장모가 전화를 끊어버릴 게 분명했다. "로베르타한테 연락받으셨잖죠?"

"아니." 거짓말이었다. 정말 연락을 받은 적이 없다면 로베르타가 누구인지부터 물었을 것이다.

"알겠습니다."

"아니. 자네는 아무것도 몰라." 두 사람의 대화는 거기서 끝났다.

"가지 마. 곧 손님이 올 텐데 우리 사무실에서 그나마 여기가 제일 나은 곳이야." 딜리야의 태도는 집에 쥐나 새를 물어오던, 오딘이 예전에 키웠던 고양이를 연상시켰다. "커피 내려서 가져올 거라면 또 모를까. 도움 되는 정보라도 얻으려면 잘 해줘야 한다고."

"그게 무슨 말이야?" 오딘은 소회의실에서 나오던 참이었다. 장모에게 다시 세 번이나 전화를 걸었지만 받지 않았다.

"에이얄린이 우리를 만나고 싶어해. 사무실로 와달라고 했어. 그간 생각이 많았는지 바로 온다고 하더라."

"딜리야, 내가 그 자리에 있어도 되는지 모르겠어. 일이 좀 생기는 바람에 내 입장이 난처해졌거든. 난 아무래도 다른 사건을 맡아야 할 것 같아."

"다른 사건? 다른 사건이 어딨어." 딜리야는 초록색 매니큐어를 칠한 긴 손톱으로 오딘을 쿡쿡 찌르며 물었다. "무슨 일이야? 정신이라도 나간 거야?"

"응, 맞아." 오딘은 릴리야와의 인터뷰에서 알게 된 사실을 털어놓았다. "내가 사건에 더 이상 관여하는 건 부적절해. 나도 이 사실을 이제야 알았다는 걸 믿어줬으면 좋겠어."

"아, 맙소사. 그만 좀 징징거려." 딜리야는 짜증스러운 표정을 지었다. "아이슬란드에서 가족끼리 얽힌 게 대체 언제부터 문제였다고 그래? 미쳤어? 이 나라는 온 국민이 가족관계로 얽혀있어. 나 혼자는 절대 에이얄린이랑 대화하지 않을 거야. 난 사건에 대해서도 잘 몰라. 그러니까 윤리니 도덕 같은 건 잊고 다른 사람들처럼 적당히 타협하면서 살라고." 그녀는 오딘을 회의실 밖으로 떠밀며 말했다. "가서 컵이나 가져와. 난 커피 내릴 테니까."

얼마 지나지 않아 접수계원이 에이얄린의 도착을 알렸다. 두 사람은 자리에서 일어났고, 에이얄린은 가죽장갑을 벗은 후 악수했다. 오딘에게 그녀의 손은 이상할 정도로 가늘고 우아한 데다가 따뜻했다. 가녀린 손이 바스러지기라도 할까 그는 조심스럽게 손을 잡았다. "안녕하세요?" 딜리야가 로베르타의 침실에서 들어보였던 사진 속 그 여자였다. 이 사건과 개인적으로 얽힌 직원이 또 있었던 것이다.

여자는 오딘의 장모처럼 나이가 60대 언저리인 듯했지만, 10년은 젊어보였다. 아마도 옷을 맵시 있게 차려입어서였을 것이다. 진짜 모피로 보이는 코트 아래 담채색 케이블니트와 짙은 갈색 바지를 입었는데, 한눈에도 고가 의상임에 틀림없었다.

목에 건 금목걸이 두 개는 딜리야의 모조 액세서리와는 비교도 되지 않게 고급스러웠다. 어깨까지 내려오는 짙은 색 머리칼에서는 희끗희끗한 부분을 찾아보기 힘들고, 머리숱도 젊은 여자들처럼 풍성했다. 어쩌면 가발일지도 모른다. 얼굴에서는 고상함이 배어나왔다. 높은 광대뼈에 두 눈은 크고 입술은 도톰했다. 유일한 노화의 흔적은 눈가의 미세한 주름뿐이었다. 눈에 보이는 거의 모든 것이 꼭 맞춘 듯 조화로웠다. "반가워요." 여자는 어색하게 웃으며 회의실 안을 둘러보았다. "아늑하네요."

딜리야가 에이얄린의 뒤에서 인상을 쓰더니 의자에 앉으라고 권했다. 그리고 커피를 제안하자 에이얄린은 흔쾌히 받아들였다.

그녀는 투박한 구내식당용 컵이 최고급 본차이나 잔이라도 되는 양 우아하게 커피를 한 모금 마셨다. "따뜻하고 좋네요." 그러고는 컵을 받침에 올려놓고 허공을 멍하니 바라보았다. 오딘은 그녀가 정신적으로 약간 문제가 있는 게 아닌가 하는 생각이 들었다. 갑자기 울음을 터뜨리거나 그보다 더 당황스러운 행동을 하지 않을까 걱정스러웠다. 딜리야가 옆에 있는 게 다행이었다. 그녀라면 예기치 않은 상황에 어떻게 대처해야 할지 잘 알 것이다.

"이렇게 신속하게 방문해주셔서 감사합니다. 로베르타 다음으로 오딘이 사건을 맡게 되었고, 저는 그저 오딘을 돕는 역할을 맡고 있다는 걸 말씀드리고 싶어요. 아시다시피 로베르타가 매우 갑작스럽게 세상을 떠나서 저희도 혼란스러워하던 참이었어요. 로베르타가 부인께 어떤 문제를 상의했고, 또 말씀드리지 않은 내용은 어떤 게 있는지 정확히 파악하지 못한 상태입니다. 그래서 질문이 다소 반복될 수도 있다는 점 양해를 구하고 싶어요." 딜리야가 오딘에게로 시선을 옮기자 에이얄린 역시 그를 쳐다보았다. 딜리야가 의기양양한 표정으로 그를 바라보는 반면, 에이얄린은 좀 더 순진한 얼굴로 두 눈을 크게 뜬 채 오랜 세월 기다려온 중요한 질문에 대한 답을 그가 들려주기라도 할 듯 바라다보았다.

"에이얄린." 오딘이 입을 열었다. 에이얄린은 자신의 이름을 확인이라도 해주듯 고개를 끄덕였다. "로베르타와 어떻게 만나셨고,

또 어떤 이야기를 나누셨는지 간단하게 설명해주시겠어요?"

"로베르타가 전화했어요." 에이얄린은 컵 안에 답이 들어있기라도 한 것처럼 가만히 내려보았다. "크로쿠르 관련 문서에서 제 편지를 발견했는데, 제 이름이 워낙 특이하잖아요. 물론 저희 집안에서는 예전에 많이 사용했던 이름이에요. 제가 태어나고 나서는 아무도 이 이름을 쓰고 싶어하지 않았지만요. 제 이름을 따서 지었다고 오해받기 싫어했거든요."

"아." 딜리야가 무심결에 탄식을 하고는 입을 꾹 다물었다.

"로베르타는 소년들의 우편물이 왜 보호소 창고에 보관돼 있었는지 알아보려고 전화했던 거였어요. 가족과 친구들이 보낸 편지를 소년들이 아예 받지 못한 건지 궁금해했죠." 에이얄린은 헛기침을 하더니 허리를 곧게 폈다. "연인들이 보낸 편지도 그렇고요."

오딘은 상대의 품위 있는 자세를 흉내내보려고 어깨를 넓게 폈다. 그는 에이얄린이 자신과 비슷한 환경에서 자란 사람에게 질문을 받으면 좀 더 협조적으로 나올 것 같다는 느낌을 받았다. "그래서 로베르타에게 답을 알려주셨나요?"

"네. 소년들은 단 한 번도 편지를 전달받은 적이 없어요. 보호소를 운영한 소장 부부는 비열하기가 이루 말할 수 없는 사람들이었어요. 짐작하시겠지만 편지를 보낸 사람들은 당연히 어째서 답장이 오지 않는지 궁금했고요. 그 중에는 아직도 그 사실 때문에 괴로워하는 사람들이 있어요."

딜리야는 의심스럽다는 듯 눈썹을 치켜올렸고 오딘은 곁눈질로 그걸 목격했다. 그는 에이얄린이 그 모습을 보지 못했기를 바랐다.

"저희도 편지를 읽었습니다. 물론 내용을 세세히 뜯어보지는 않았지만, 부인께서 크로쿠르에서 사망한 에이나르 알렌에게 편지를 썼다는 사실 정도는 알고 있습니다." 에이얄린이 말없이 고개를 끄덕이자 오딘은 말을 이었다. "에이나르의 죽음은 사고사로 처리됐고 그 결론에 의심의 여지가 없겠습니다만, 제가 들은 소문이 있어서요. 근거는 없지만 사고가 아니었다는 말이 들리더군요. 혹시 그 소문을 들은 적이 있나요?"

"네." 에이얄린은 이번에도 허리를 곧추세웠다. 그녀는 오딘이 말할 때는 줄어드는 듯하다가도 대답할 때가 되면 다시 부풀어오르는 것처럼 보였다. "에이나르와 토르비요른은 살해당한 겁니다. 전 확신해요. 그리고 저희 아버지만 아니었다면 당시에 수사가 제대로 진행돼 진실이 밝혀졌을 거예요."

"부인의 아버지요?" 딜리야가 테이블로 몸을 기울이자 목걸이가 쟁그랑 소리를 냈다. 에이얄린은 딜리야의 모조 액세서리를 흘끔 보았고 오딘은 그 시선에서 약간은 경멸적인 기색을 느꼈다. "부인의 부친께서 어떻게 이 사건과 연관된 거죠?"

"저희 아버지는 판사였어요. 원하시면 저희 집안 계보에 대해 말씀드릴 수도 있지만 두 분께는 무척 지루한 이야기가 될 거예요. 이렇게만 말씀드릴게요. 저희 가족 구성원들은 오랜 세월 동안 사회에서 높은 지위를 유지해왔고……," 적당한 단어를 찾던 에이얄린이 이렇게 덧붙였다. "그러니까 유력한 가문으로 여겨져 왔다는 뜻입니다."

"그렇다고 해도 부친이 이 사건에 대한 수사를 중단한 이유가 설명되지 않습니다. 그런 분이라면 더욱 더 모든 일을 원칙대로 처리하지 않았을까요?"

"아버지는 제가 그 두 사람을 죽였다고 생각했어요." 에이얄린이 커피 한 모금을 마셨다. "새로 간 원두로 내린 커피인가요?"

오딘과 딜리야 모두 무슨 말을 해야 할지 몰랐다. 딜리야가 먼저 침묵을 깼다. "부친이 왜 그렇게 생각하셨을까요?"

"당시 제 상태가 별로 좋지 않았고, 에이나르를 만나려고 몇 번이나 몰래 보호소를 찾아갔었어요. 만나지는 못했지만요. 그저 에이나르를 보고 싶은 마음뿐이었어요. 그날 밤에도 보호소에 간 건 맞지만 두 사람의 죽음과는 아무 상관이 없어요. 에이나르의 머리털 하나도 건드리지 않았어요. 저는 그를 사랑했고, 그도 나를 사랑했거든요." 에이얄린은 서글픈 미소를 지었지만 그녀의 눈에서는 광기가 느껴졌다. "우린 서로에게 푹 빠져있었죠." 그녀는 컵을 내려놓더니 손가락으로 입술을 가볍게 두드렸다. "그에게 편지를 쓰고 또 썼지만 한 번도 답장이 오지 않았어요. 제가 어떤 기분이었을지 이해하시겠죠?" 오딘은 진심을 가장하려 열심히 고개를 끄덕였고, 딜리야 역시 똑같이 행동했다. "만약 그 끔찍한 인간들이 편지를 가로채지만 않았어도 모든 게 달라졌을 거예요. 에이나르는 제 편지에 답장을 썼을 테고, 저는 의사의 조언에 따라 마음 편히 쉬면서 회복했겠죠."

오딘은 감히 그녀의 병에 대해 물을 엄두도 내지 못했다. 에이얄린은 정중함과 솔직함이 묘하게 뒤섞인 사람이었다. 어떤 진실이 드러날지 예측할 수 없었다. 그는 잠자코 그녀의 말을 들었다.

"다들 제가 미쳤다고 생각해요. 제가 그 일에 대해 입을 뻥긋하기만 해도 저를 다시 입원시키려고 해서 침묵하는 법을 배웠죠." 그녀는 미소를 지었다. "침묵하는 방법을 안다는 건 많은 도움이 되더군요. 하지만 로베르타를 만나고서야 저는 마침내 말할 자유를 얻었죠. 저희는 둘도 없는 친구가 되었고, 로베르타는 저를 이해해줬어요. 무엇보다 제 말을 믿어줬죠. 그런 친구를 잃은 건 참으로 감당하기 힘든 일이에요. 진실을 밝히기 위해서 자기가 할 수 있는 건 뭐든 하겠다고 약속했거든요."

"그럼 누가 그 사건에 책임이 있는지 아시나요? 그 일이 사고가 아니라면 말입니다." 오딘은 창문을 닫은 걸 후회했다. 회의실은 덥고 숨이 턱턱 막혔다.

"확실치는 않지만, 의심 가는 사람은 있어요."

"저희에게 알려주실 의향이 있나요?" 딜리야는 민망할 정도로 모든 단어를 또박또박 발음해서 마치 바보에게 질문을 하는 것처럼 들렸다.

"저는 베이가르가 범인이라고 생각해요. 차 배기관에 분명 천 조각이 끼어있었는데, 누군가 그걸 빼내고 눈을 넣어뒀어요. 그날 벌어진 일 중에서 가장 이해하기 힘든 건, 제가 의심받는 상황을 어떻게든 피하려고 아빠가 진짜 살인범인 베이가르와 거래했다는 점이에요. 당신이 무슨 짓을 저지르는 건지 알지 못한 채로. 아빠는 항상 제가 범인이라고 생각했죠. 그래서 베이가르에게 시내에 있는 좋은 직장과 싼 아파트를 얻어주고 농장을 매입할 사람까지 찾아줬어요. 모두 원하는 걸 얻었죠." 에이얄린은 얼굴을 일그러뜨렸다. "저만 빼고요."

"부친께서 매우 신속하게 움직이셨겠네요." 오딘은 사건이 일어난 순서를 정확히 파악하지 못하고 있었다. "천 조각을 찾아낸 사람은 누구이고, 부친은 어떻게 그게 경찰 손에 들어가지 않게 손을 썼을까요? 경찰이 즉시 현장에 출동했을 텐데 말입니다."

"그걸 찾아낸 건 베이가르예요. 아니면 베이가르와 아빠가 동시에 찾은 거라고 말할 수도 있겠죠. 저도 그 자리에 있었고요." 오딘과 딜리야가 무슨 말인지 이해하지 못하는 표정을 짓자 에이얄린은 더 자세히 설명했다. "천 조각을 발견하기 직전에 베이가르가 건물 뒤에 숨어있던 저를 찾아냈어요. 저는 에이나르를 만나길 포기하고 근처 도로에 세워놓은 엄마 차로 돌아가던 중이었죠. 종종 밤에 보호소를 몰래 찾아가곤 했거든요. 가족들 중 누구도 그 사실을 눈치채지 못했어요. 제가 낮에 왜 그렇게 잠을 많이 자는지도 몰랐고요. 병 때문에 그런 거라고만 넘겨짚었어요. 어쨌든 베이가르가 저를 찾아냈고 저를 사무실로 끌고 가 뭘 하고 있었는지 캐묻더군요. 제가 누구인지 알고는 아빠에게 전화를 해서 저를 데려가라고 했어요. 그래서 그날 그 일이 벌어졌을 때 아빠가 현장에 있게 된 거예요."

"그러니까 부친과 베이가르가 가장 먼저 현장에 나타난 셈이네요?" 오딘은 이제야 상황이 이해되기 시작했다.

에이얄린이 고개를 끄덕였다. "저도 같이 있었고요. 저를 차가 있는 곳으로 끌고 간 건 사실 아빠였어요. 제가 에이나르와 다른 소년을 발견했을 때, 아빠가 저를 밀쳐내려고 했지만 소용없었죠.

이미 두 사람을 본 뒤였으니까요. 끔찍했죠."

"그러고 나서 베이가르가 천 조각을 발견했다는 말씀이시죠?"

"네. 제 기억이 맞을 거예요." 에이얄린은 눈을 감더니 잠시 그 상태로 정지했다. 그러더니 다시 눈을 크게 떴다. "네, 맞아요. 베이가르가 찾아냈어요."

"그런데 천 조각을 배기관에 숨긴 게 베이가르였다면, 부인과 부친이 있는 데서 왜 굳이 그걸 꺼냈을까요? 두 분을 안으로 안내한 다음 보는 눈이 없을 때 치울 수도 있는데 말이죠. 경찰이 도착하기까지 시간이 좀 걸렸을 테니 시간은 충분했을 겁니다."

에이얄린의 얼굴에서 흡족한 표정이 서서히 사라졌다. "그 생각은 못 했어요." 그녀는 혀로 입술을 핥더니 여러 개의 금반지를 낀 손가락으로 테이블을 불안하게 두드렸다. 그러고는 갑자기 오한이라도 느끼는 듯 어깨를 떨었다. 하지만 회의실 안은 점점 온도가 오르면서 후끈해진 상태였다. 따라서 오딘은 그녀가 추워서 떤 것은 아니라고 생각했다. "그렇다면 그 여자가 범인일 거예요." 에이얄린은 이를 악 문 채 낮은 목소리로 말했다.

"그 여자요?" 딜리야가 어리둥절해하며 물었다.

"그 여자요, 그 창녀." 에이얄린은 떨리는 손을 심장에 갖다대며 덧붙였다. "알디스가 그런 거예요."

29장

1974년 3월

　마침내 겨울의 끝이 보이기 시작했다. 공기에서 느껴지는 희미한 봄기운만으로도 숙소를 나와 서둘러 본관으로 향하는 알디스의 발걸음은 가벼워졌다. 해가 뜨려면 아직 한 시간이 남았지만 어둠은 며칠 전처럼 완고하지 않았다. 마치 물을 탄 듯 희석된 느낌이었다. 폐에 들어찬 공기는 예전만큼 차지 않고, 볼과 손가락도 에이지 않았다. 미묘한 변화를 감지한 듯 새도 머리 위에서 파닥이며 날갯짓을 했다. 이제 가장 힘겨운 시간은 끝났다. 겨울의 끝이 멀지 않은 것처럼, 새는 며칠 사이 활기를 되찾았다.

　봄이 가까이 왔다는 걸 기념하기 위해 알디스는 조금 덜 낡은 옷을 입고 머리도 길게 풀었다. 오랜만에 마스카라까지 바른 자신의 얼굴을 거울에 비춰보자 만족스러운 기분마저 들었다. 단장한 외모도 마음에 드는 데다 날씨도 좋았다. 하지만 날씨 때문만은 아니었다. 얼마 전과 마찬가지로 기분이 울적했다면 맨날 입는 구질구질한 옷을 입은 채 날씨나 빛의 변화조차 알아채지 못하고 일어났을 것이다. 이제 고통은 사라졌다. 이 모든 건 엄마의 편지 덕분이었다. 알디스는 엄마의 편지들을 단 한 글자도 빼놓지 않고 순서대로, 적어도 열 번씩은 반복해 읽었다. 편지를 읽을 때마다 눈물이 차올라 시야가 흐려졌다. 엄마에 대한 그리움이 사무쳐서 더 이상 분노가 머물 자리도 없었다. 그녀는 무엇보다 엄마와 자신을 갈라놓은 부당한 운명에 슬퍼했다.

돌이켜보면 불가사의한 힘이 작용하기라도 한 듯, 둘 중 누구에게도 자신의 운명을 좌우할 힘이 없었다. 엄마가 보낸 편지도 그랬다. 만약 알디스가 자신에게 용서를 구하고 슬픔과 상실감을 끊임없이 호소한 엄마의 편지를 진작 읽었다면, 분노는 끓어오르는 대신 사라져버렸을 것이다. 여전히 엄마가 그 역겨운 놈을 쫓아낸 이유는 분명치 않았지만, 적어도 알디스의 가출 직후 쫓겨난 것만은 틀림없었다. 다시 말해 엄마는 딸의 말을 믿었고 그가 얼마나 몹쓸 인간인지 깨달았다는 뜻이다.

오늘 알디스는 사표를 낼 것이다. 내일 청소하기로 되어있는 베이가르의 사무실로 당당히 들어가 엄마에게 전화도 할 것이다. 사실 엄마와의 통화가 걱정스럽기는 했지만, 조금이라도 남아있는 분노의 흔적에서 자유로워지고 싶었다.

새가 머리 위에서 지저귀며 보호소를 그만둔다는 생각에 빠져 흡족해하는 알디스에게 그림자를 드리웠다. 그녀가 떠나면 저 불쌍한 새는 어떻게 될까? 베이가르와 릴리야에게 소식을 전할 생각을 하자 머리가 지끈거렸다. 둘 중 누가 더 차분하게 퇴사 통보를 받아들일까. 아니면 부부가 함께 있을 때 알리는 것이 더 나을까? 결심을 하고 나니 하루도 더 이곳에 머물고 싶지 않았다.

오늘 밤 당장 짐을 싸서 내일 해가 뜨자마자 떠날 수 있다면 좋겠지만 희망사항일 뿐이었다. 그녀를 대신할 새로운 직원이 대기하는 것도 아니고, 릴리야가 알디스의 빠른 퇴사를 위해 청소 일을 맡겠다고 나설 가능성은 더더욱 낮았다. 알디스는 소장 부부가 억지로 퇴사 날짜를 미루지나 않을까 걱정스러웠다. 게다가 그 기간이 얼마가 될지 장담할 수도 없었다. 1주? 2주? 한 달? 아니면 후임자가 구해질 때까지? 그러다가 이곳에 영원히 발목이라도 잡히면? 그럴 수 없었다. 알디스는 눈 더미를 우회하면서, 소장 부부가 그런 태도로 나올 경우 그 길로 이곳을 떠나자고 마음먹었다.

커피 향이 부엌 안을 감돌았다. 평소와 달랐다. 하콘이 김이 모락모락 나는 컵을 두 손으로 들고 앉아있었다. 조리대는 물로 뒤덮이고, 하콘이 쏟은 걸로 보이는 커피가루가 테이블에 흩어져 있었다. 알디스는 아침부터 기분을 잡치지 않으려고 마음을 다잡으며 싱크대에서 행주를 가져왔다. "일찍 일어났네요."

"응." 그는 허공을 응시하며 커피를 한 입 가득 마셨다. 집이 있는 북쪽으로 돌아가거나 레이캬비크로 이사를 하면 더 이상 자기를 본 척도 하지 않는 사람들과 살지 않아도 됐다.

"무슨 특별한 일이라도 있어요?" 알디스는 조리대의 물기를 행주로 닦아냈다.

"아직 자러 안 갔어. 이제 들어가려고." 이렇게 말하고 그는 다시

한 번 커피를 들이켰다. "베이가르가 주변을 감시해달라고 했거든. 아직도 밤에 이곳을 어슬렁대는 사람이 있다고 생각하는 모양이야." 그는 커피를 더 마시며 컵 너머로 알디스를 바라다보았다. "베이가르는 그 사람이 너라고 생각해."

알디스는 얼굴이 화끈거리는 것을 느끼며 몸을 옆으로 돌려 행주를 잡아 비틀었다. "어젯밤에 밖에 안 나갔어요. 묻고 싶은 게 그거라면 말이에요." 단둘이 만나자던 에이나르의 요청을 거절한 게 천만다행이었다. 알디스는 솔직히 그와 또다시 시간을 보내고 싶은 마음이 굴뚝같았다. 그녀가 망설이는 이유는 그에 대해 꼭 알아야 할 사실이 있기 때문이었다. 지금껏 혼자서는 알아낸 게 전혀 없는 상황이므로 차라리 그에게 직접 묻는 편이 나을 것이다. 어쩌면 이곳을 떠나는 마지막 순간에 묻게 될지도 모른다. "도대체 무슨 이유로 내가 밤에 돌아다닌다고 생각하는 거래요? 그리고 내가 밤에 나가면 안 될 것도 없잖아요. 베이가르가 감시할 이유가 전혀 없다고요."

"베이가르는 그게 네가 아닐까봐 더 걱정하는 눈치야."

"혹시 누굴 봤어요?"

"개미 한 마리도 못 봤어. 달 사람도 쳐준다면 모를까." 하콘은 컵을 내려놓고 허름한 점퍼에서 코담배를 꺼냈다. 그는 왼손 손등에 코담배가루를 일직선으로 충분히 쏟아냈다. 그러고는 담배가루를 코로 들이마시기 전에 알디스를 똑바로 쳐다보았다. "걔는 너와 어울리지 않아, 알디스."

"누구요?" 알디스는 하콘이 누굴 가리키는지 알고 있었다.

"혹시라도 네가 밤에 걔 만나러 몰래 빠져나갈까 걱정이 돼서 말하는 거야. 걔한테 넌 너무 과분해." 검은 담배가루가 콧구멍 사이에 들러붙었다.

"글쎄, 아니라니까요." 알디스의 반박은 설득력이 없었다. "그리고 어째서 걔가 나랑 어울리지 않는다고 확신하는 거예요?" 이곳과 멀리 떨어진 어딘가에서 새로 펼쳐질 미래에 대한 상상 속에 에이나르는 등장할 때도, 그렇지 않을 때도 있었다. 가령 학교 친구들과 재회하는 장면에서는 에이나르가 등장하는데, 같은 학교를 다닌 또래 남자애들이 얼마나 시시한 족속들인지 이미 깨우친 알디스의 여자 친구들은 알디스를 부러운 눈으로 쳐다보는 것이다. 에이나르는 알디스가 항공 승무원으로 일하는 상상에도 등장하지만, 엄마와 만나는 장면에서는 전혀 모습을 보이지 않았다. 상상이 현실적일 필요는 없다.

"둘이 정말 그런 사이인가 보지?" 하콘의 한쪽 콧구멍에서 튀어나온 담배가루가 윗입술에 묻었고, 그걸 본 알디스의 속이 뒤집힐 것 같았다. 시선을 돌리고 두 손으로 싱크대를 잡은 채 격렬하게 구역질을 했지만 나오는 건 끈적한 침뿐이었다. 등 뒤에서 다시 하콘의 목소리가 들렸다. "둘이 그런 사이냐니까?"

알디스의 이마에 식은땀이 맺혔다. 얼굴은 새하얗게 질려있을 게 뻔했다. 구역질 때문에 두 눈에 눈물이 맺히고 마스카라는 아마 번졌을 것이다. "나 속이 안 좋아요."

"아니. 넌 헛구역질을 한 거야." 자리에서 일어난 하콘이 다가와서 알디스 옆 싱크대에 빈 컵을 내려놓았다. "지금은 아침이고."

알디스는 침을 더 뱉은 다음 이해 못 하겠다는 표정으로 하콘을 쳐다보며 물었다. "그게 무슨 말이에요?"

"알게 될 거야." 그는 부엌을 나갔다. 헐렁한 바지 속 막대기처럼 깡마른 두 다리의 움직임은 밖으로 드러나지도 않았다.

알디스는 개수대에 몸을 숙이고 다시 구역질을 했다. 이번에는 갈색 담즙이 무섭게 쏟아져 나왔다.

엄마에게 전화하려던 계획은 미뤄졌다. 마침내 보호소를 그만두 겠다고 결심하던 때의 기쁨과 엄마와의 통화에 대한 기대감은 모두 사라져버리고, 지난 몇 주 간 그녀를 무력하게 만들었던 허탈감만 남았다. 뭔가를 게워낸 건 이번이 처음이지만 아침에 종종 메스꺼움을 느끼기는 했다. 콧물 범벅인 아이나 먹다 만 그릇 속의 죽을 볼 때, 혹은 화장실 하수구 냄새만 맡아도 욕지기가 치밀기 일쑤였다. 물론 위장에 기생충이 생겼거나 하룻밤 자고 일어나면 오늘 아침처럼 상쾌하고 낙관적인 기분이 들 수도 있었다. 하지만 알디스는 그게 자신의 바람일 뿐임을 잘 알았다. 가슴은 말랑말랑해지고 생리도 늦었다. 증거는 이걸로 충분했다. 머리를 쥐어짜 마지막 생리가 언제였는지 기억해냈다. 생기 주기가 최소 2주는 지나 있었다. 좀 더 일찍 알아차리지 못한 건 크로쿠르의 단조로운 일상 때문이었다. 이곳에서의 삶은 매일이 똑같았다. 하루하루 시간이 흘러가도 어제와 오늘을 구분할 길이 없었다.

그렇다고 지금 무너질 수는 없었다. 저녁식사 후 설거지가 남아 있었다. 오늘 아침에 그랬던 것처럼 점심식사 이후에도, 오후 내내 그랬던 것처럼 지금도 아무렇지 않은 척해야 했다. 그녀를 지탱하는 건 일이었다. 일은 그녀가 눈물 쏟으며 무너지지 않게 잡아주는 생명줄이었다.

"곧 집에 돌아가요." 뒤로 돌아서자 토비가 알 수 없는 미소를 지으며 서있었다. 토비는 특별한 선물이라도 되는 양 접시를 내밀었다. 베이가르가 우사 지붕의 구멍난 곳을 수리하는 동안 아이는 연장을 건네주느라 저녁을 늦게 먹으러 왔다.

"테이블에 올려놔." 알디스는 너무 덥수룩해진 아이의 머리칼을 살폈다. 추운 곳에 있다가 실내에 들어온 탓에 아이의 볼은 새빨갛게 홍조를 띠고 있었다. "축하해. 집에 돌아갈 날만 기다리고 있겠네?" 그녀는 아이에게 무슨 말을 해줘야 할지 몰랐다. 맥이 풀린 상태라 다른 생각을 할 수가 없었다.

토비는 발을 꼼지락거리며 말했다. "네, 그럼요." 아이는 머리를 긁적였다. "엄마가 아파요. 그래서 보내주는 거예요."

"좋아지실 거야." 알디스는 이렇게 말했지만 위독한 상태일 거라고 짐작했다. 부모가 고작 감기 정도에 걸렸다고 아이를 집에 보내주지는 않았다. "언제 가는데?"

"내일 아침에요." 아이의 양쪽 엄지발가락이 양말 밖으로 나와 있었다. 너무도 짧아 보이는 토비의 바지 덕분에 알디스는 자신이 지난 가을 크로쿠르에 온 이후로 아이의 키가 얼마나 컸는지 깨달았다. 하지만 몸무게는 늘지 않은 듯했다. 처음 봤을 때처럼 위아래 옷은 지금도 헐렁했다. "누나를 다시 못 볼 수도 있을 거 같아서 미리 인사하려고요."

"내일 아침 먹을 때 보겠지." 말이 의도했던 것보다 무뚝뚝하게 튀어나왔다. 토비가 보여준 우정의 몸짓이 견디기 힘들 정도로 알디스의 마음을 뒤흔들었다. 요즘에는 작은 일에도 울음이 터졌다. 하지만 아이 앞에서 눈물을 보일 수는 없었다. "고마워, 토비. 보고 싶을 거야." 그녀는 억지로 미소를 지었다. "나도 곧 여길 떠나. 그러니까 어쩌면 시내에서 마주치게 될지도 몰라."

"언제요? 레이캬비크로 떠나는 거예요?" 아이의 얼굴에 드러난 간절함 때문에 알디스의 마음은 또 미어졌다. 보통 저 또래 남자아이들은 친하지도 않은 사람과 우연히 마주칠 가능성 따위에 이렇게 기뻐하지 않는다. "아니면 누나네 집에 놀러갈 수도 있고요."

"그래, 놀러와." 알디스는 설거지를 마무리하려고 뒤로 돌았다.

하지만 토비는 자리를 떠날 생각을 하지 않았다. 등 뒤에서 아이의 숨소리가 들려왔다. "에이나르한테 말해도 돼요?"

알디스는 더러운 설거지물 속에서 움직이던 손을 멈췄다. 고무장갑에 난 구멍에서 작은 기포가 올라왔다. "그럼, 왜 안 되겠어?" 그녀는 토비가 말할 것이 생겼다는 기쁨에 들떠 밖으로 뛰어나가는 소리를 들었다. 또다시 고무장갑에서 기포가 올라왔다. 알디스는 계속 설거지를 했다. 유리잔 두 개가 부딪히더니 한 개가 두 동강나 버렸다. 알디스는 유리 조각을 건져 쓰레기통에 던졌다. 평소였다면 유리 조각을 다른 쓰레기로 덮으려고 했겠지만 이번에는 그러지 않았다. 더 이상 베이가르나 릴리야의 꾸중이 두렵지 않았다. 이미 머릿속은 다른 생각들로 복잡했다. 토비는 내일 아침 집으로 돌아가는 차 안에서 분명 베이가르에게 자신의 퇴사에 대해 말할 것이다. 그 전에 퇴사 의사를 밝혀야만 했다. 알디스는 더러운 거품이 떠다니는 물에서 마지막 유리잔을 건져내 건조대에 올려놓았다. 여전히 유리잔에 거품기가 있고 잔 바닥에는 우유 눌러붙은 자국이 남아있었지만 신경 쓰지 않았다.

알디스는 소장 부부가 평소처럼 저녁식사 이후 강당에 기도하러 갔다는 걸 알고 있었다. 어쩌면 기도는 핑계일지 모른다. 저녁식사 후 함께 치우는 게 귀찮아서 수작 부리는 것일 수도 있었다. 하루의 일을 모두 마치고 강당에 앉아 쉬면서 책을 읽고 있을지 누가 알겠는가.

그녀는 부엌 불을 끄고 복도로 나왔다. 강당 문은 닫혀있었지만 안에서 웅얼거리는 소리가 들리는 것으로 보아, 부부는 기도를 하는 듯했다. 알디스는 심호흡을 한 뒤 머리 모양새를 가다듬었다. 마음이 바뀌기 전에 얼른 문을 두드렸다. 문득 학교에서 수영을 배우던 때가 떠올랐다. 때로는 몸을 물에 천천히 담그는 것보다 풍덩 빠져드는 게 나을 때도 있었다. 알디스는 대답을 기다리지 않고 바로 문을 열었다. 맨 앞자리에 앉아있던 부부는 누가 대담하게 자기들을 이처럼 놀라게 했는지 확인하기 위해 고개를 돌렸다. 릴리야는 아직도 양손을 맞잡고 있었다.

"무슨 일이야?" 베이가르는 화가 났다기보다 놀란 얼굴이었다. 심지어 불안한 기색까지 보였다. 우사 지붕에 또 무슨 문제가 생겼다고 예상했을 것이다.

"저 그만둡니다. 미리 말씀드리려고 온 거예요." 준비한 말은 이게 전부였다. 침묵이 흐르고, 누구도 그걸 깨려고 하지 않았다. "언제 떠날 수 있죠?"

"그만둔다고?" 릴리야는 상처라도 받은 얼굴이었다.

베이가르는 차분함을 잃지 않았지만 알디스가 터무니없는 요구를 한다고 생각하는 게 틀림없었다. "이렇게 다짜고짜 그만둔다고 하면 안 되지."

"그래서 미리 말씀드리는 거예요. 언제 떠날 수 있죠?" 알디스는 자신의 얼굴이 빨갛게 상기되었다는 걸 잘 알았다. 어서 빨리 이 순간이 지나가 버리길 바라면서도 드디어 용기를 내어 말한 스스로가 대견했다. "퇴사 의사를 밝힌 후 얼마간 더 일해야 한다는 건 저도 알고 있어요. 그게 얼마나 걸릴까요?"

베이가르는 당황해 말을 잇지 못했다. 알디스는 그가 이번처럼 당황한 모습은 한 번도 보지 못했다. "알디스, 다시 생각해보지 않을래? 안 그래도 우리 둘이서 급여랑 다른 조건들을 조정해줄 때가 되었다고 얘기하던 중이야. 성급하게 결론 낼 필요는 없잖아."

"저 임신했어요. 여기서 더는 머물 수가 없다고요. 언제 떠날 수 있죠?" 오늘 아침의 구토처럼 말이 쏟아져 나왔다. 이 말을 하고 나면 주워담을 수 없다는 걸 직감적으로 알았다. 하지만 한시라도 빨리 여길 벗어나고 싶은 마음이 주체할 수 없을 만큼 강했다. 그녀는 그럴싸하게 들리는 제안에 휩쓸리지 않기로 이미 마음을 단단히 굳혔다.

부부는 충격을 받아 꼼짝도 하지 않았다. 베이가르는 고개를 돌린 채 예수의 그림에 시선을 고정하고 있는 아내를 한 팔로 감싸안았다. "방금 임신했다고 했니?" 베이가르가 입술을 핥았다. 그는 알디스와 시선을 마주치지 않았다.

"네, 그런 거 같아요. 아니, 확신해요. 그래서 여길 그만둬야 하고요." 알디스는 줄행랑치지 않으려고 문설주를 붙잡았다.

"아빠는 누구야? 이곳 사람들 중 하나니?"

"그건 두 분이 상관할 바가 아니에요." 얼굴의 홍조가 더욱 짙어졌다. 그녀는 있는 힘껏 문설주를 움켜쥐었다.

"아기를 낳을 거니?" 릴리야는 마치 예수에게 질문을 던지듯 시선을 그림에 고정한 채 물었다.

"네. 뭐, 두고 봐야겠지만요." 갑자기 알디스는 이 상황이 우스꽝스럽게 여겨졌다. 아기를 낳겠다는 결심도 서지 않은 데다, 앞으로 아기나 자신에게 무슨 일이 생길지는 더더욱 알 수 없었다. 하지만 임신을 한 게 맞는다면 어떻게든 결과를 감당해야 했다. 에이나르가 자신의 행동에 책임을 지겠다고 나설 수도 있었다. 그가 도와준다면 상황은 말할 것도 수월해진다. 경험을 통해 알디스는 편모 가정에서 자란다는 게 어떤 일인지 너무도 잘 알았다. 엄마를 사랑하지만 결코 엄마처럼 살고 싶지는 않았다. 어떻게든 에이나르와 함께 이 상황을 헤쳐나가야 했다. 그게 아기와 그녀 자신을 위한 최선이며 에이나르에게도 마찬가지일 터였다. 하지만 그러기 위해서는 먼저 바로잡아야 할 것들이 있었다.

베이가르가 알디스의 속마음을 읽은 듯했다. "만약 내가 짐작하는 사람이 아기 아버지라면, 알디스 네가 마음먹기에 따라 그가 아기 처리하는 일을 도와줄 거야." 베이가르가 자리에서 일어났다.

알디스는 말의 의미를 정확히 이해할 수 없었지만 좋은 의도가 아니라는 점만은 분명했다. 엄마의 편지를 가로채고 비열한 행동으로 일관해온 부부에 대한 분노가 한 대 얻어맞기라도 한 것처럼 난데없이 타올랐다. "아니요. 제 아이는 적어도 농장 어딘가에 파묻히는 수모는 당하지 않을 거예요." 분노가 이성을 제압했다. "그것도 산 채로 말이에요." 베이가르의 대답을 기다리지도 않고 알디스는 복도로 뛰쳐나왔다. 건물 밖으로 나올 때까지 숨도 쉬지 않았다. 등 뒤에서 릴리야의 비명 소리가 뼛속까지 찌를 듯 울려퍼졌다. 알디스는 두 손으로 귀를 틀어막았다. 상쾌한 공기에 정신이 든 그녀는 씁쓸한 미소를 지었다. 이제는 자기에게 더 있어달라고 매달리지 못할 것이다.

달은 여전히 하늘에 걸리고, 별들은 여느 저녁처럼 하늘에 흩뿌려져 있었다. 자연은 알디스의 삶에 일어난 중대한 변화에 아랑곳하지 않는 듯했다. 그녀는 숙소 뒤 벤치에 앉아 어둠을 응시했다. 주위에서 눈이 서걱거리는 소리가 들렸지만 몸을 돌리지 않았다. 어차피 그게 누구든 그녀를 지나쳐 가거나 멈춰서서 말을 걸겠지. 누구든 뭐가 달라지겠는가?

"그만둔다고 토비에게 들었어요." 에이나르가 두 손을 점퍼에 넣은 채 옆에 앉았다.

"응. 여길 벗어나야 하거든." 코와 입에서 뿜어져 나오는 김을 보자 담배 생각이 간절해졌다. 하지만 이제부터는 담배를 피울 수 없었다. 만에 하나라도 임신이 아닌 걸로 밝혀지면 축하하는 의미에서 그때 담배를 한 대 피울 수는 있었다.

에이나르가 한숨을 쉬었다. "사실이 아니길 바랐어요."

두 사람은 함께 농장 너머 검은 허공을 응시했다. "에이나르, 베이가르가 너에 대해 한 말이 있어. 그리고 네가 그 부분에 대해 설명을 해줬으면 해." 알디스는 그를 쳐다보지 않은 채 말을 이었다. "네가 무슨 잘못을 저질렀고 왜 이곳에 오게 됐는지 말해줘. 나에게는 너무나 중요한 문제라 꼭 알아야겠어. 그 이유를 지금 털어놓을 수는 없지만, 나중에 말할 기회가 있을 거야." 에이나르의 호흡이 거칠어지는 소리가 들렸다. 고개를 푹 숙인 그의 모습을 곁눈으로 보았다. "난 꼭 알아야만 해, 에이나르. 진실이 뭔지 알려줘."

더 이상 상황이 나빠질 수도 없다고 생각했을 때, 최악의 일이 벌어지고 말았다. 그러나 숙소 현관 앞 눈밭에 죽어있는 새를 발견하고 나서야 알디스의 얼굴에는 눈물이 흐르기 시작했다.

30장

딜리야가 다가와 로베르타의 책상 한쪽에 걸터앉았다. 에이얄린을 만나고 돌아온 뒤 오딘은 줄곧 그 자리에 숨어있었다. 도저히 자기 자리로 돌아가 동료들과 대화를 나누거나 보고서 작성에 집중할 수 없을 것 같았다. 어차피 이제는 보고서를 마무리할 입장도 아니었다. 마음 같아서는 당장이라도 건물 밖으로 뛰쳐나가고 싶었지만 마땅히 갈 곳이 있는 것도 아니었다. 딜리야가 그의 어깨에 따뜻한 손을 올리며 위로했다. "내가 그랬잖아. 아이슬란드는 작은 나라라고. 모퉁이를 돌 때마다 옛날 친구나 친척, 아니면 전 남자친구를 마주치는 게 이 나라야. 거의 온 국민이 어떤 식으로든 연결되어 있다고."

오딘은 허탈한 웃음을 지었다. "상관없어."

"말도 안 돼. 아무리 생각해도 네가 사건에서 손을 뗄 이유가 없어." 딜리야가 팔짱을 끼자 맵시 있는 가슴이 위로 올라갔다. 그 덕에 잠깐 동안 시름을 잊었던 오딘이 죄책감을 느끼며 고개를 돌렸다. "진심이야. 이 사실을 꼭 알아야 할 사람이 있어? 헤이미르는 네가 이마에 큰 글씨로 타투를 새기고 다녀도 알아채지 못할 사람이야."

"내가 자진해서 보고해야지. 우리 장모에 대해 다른 사람이 알게 된다고 해도 상관없어. 그럴 만한 이유가 있어서 포기하는 거니까." 컴퓨터 앞에 앉아서 오늘 새로 알게 된 사실을 보고서로 작성하는 건 그가 상상도 할 수 없는 일이었다. 사건과 관련된 인물을 안다는 사실만으로도 보고서를 객관적으로 작성하는 게 쉽지 않았다. 한데 그걸로도 모자라 예전 장모이자 딸의 외할머니가 40년 전에 사망한 두 소년의 죽음에 책임이 있을지 모른다는 사실을 알고도 사건을 맡는다니. 당치도 않은 일이었다. 이런 주장을 한 인물이 약간 제정신이 아니라는 점은 중요치 않았다. "안 그래도 객관적인 태도를 유지하느라 힘들어 죽겠는데. 내가 아무리 에이얄린의 주장을 공명정대하게 검증하려 애쓴다고 해도 결국은 사실을 왜곡하려는 유혹에 끊임없이 부딪힐 거야."

"장모랑 친해?"

"아니, 전혀. 장모는 날 꼴도 보기 싫어해, 나도 마찬가지고." 오딘이 숨을 내쉬었다. "내가 걱정하는 건 룬이야. 가뜩이나 정신적으로 괴로운 시간을 보내고 있다고. 아빠는 사건을 부적절하게 처리했고, 할머니는 살인사건 용의자라는 게 드러나 언론에서 떠들어대기 시작하면 룬은 또다시 치명적인 내상을 입을 거야."

"아, 그만해. 에이얄린이 뭘 안다고 그래. 설령 에이얄린 말대로 장모가 에이나르라는 소년을 좋아했다고 쳐도 그게 뭐가 문제야?

내가 알기로 어린 여자애들은 절대 자기가 푹 빠져있는 남자애를 죽이고 돌아다니지 않아. 게다가 가만 생각해보면 에이얄린이 그렇게 오래 전에 죽은 소년을 아직도 사랑한다는 게 말이 돼?" 딜리야는 자리에서 일어났다. "그 여자는 맛이 갔어. 그걸 알아야 해." 오딘은 어깨를 으쓱했다. 지금 이 상황에서 누가 미치고, 누가 미치지 않았는지 그가 판단할 입장은 아니었다. "다만 로베르타를 만난 게 엄청 기뻤겠지. 로베르타도 마찬가지였을 테고."

"무슨 뜻이야?"

"로베르타는 친구도 없는 외톨이였잖아. 그런데 갑자기 이 상류층 여자가 나타나서 자기를 단짝처럼 대하고 구원자처럼 떠받들어준 거야. 딱한 로베르타에게 에이얄린의 등장은 마약이나 다름없었을 거라고. 그래서 관련 문서도 집까지 가져간 거야. 편지를 친구에게 돌려주거나 아니면 두 사람에게 의심의 화살이 돌아가지 않게 손을 써서 에이얄린에게 잘 보이려는 속셈이었겠지. 아니면 사건을 개인적으로 조사해볼 생각이었을 수도 있고. 어찌되었든 로베르타가 이 사건에 관심을 갖기 시작한 건 에이얄린 때문임이 틀림없어. 너도 사진 봤잖아. 세상에 어떤 사람이 잘 알지도 못하는 여자한테 자기 사진을 액자에 끼워 선물하겠어? 그걸 자기 침실에 고이 보관하는 사람은 또 어떻고? 둘 다 제정신이 아니란 뜻이야. 에이얄린이 장례식에 나타난 모습을 봤어야 해. 쌍둥이 동생 장례식에라도 온 것처럼 슬퍼했다니까."

"그런다고 해도 내 마음은 안 바뀌어. 이건 내가 맡아선 안 되는 사건이야." 오딘은 두 눈을 비볐다. 눈꺼풀이 사포마냥 까끌거렸다. "딜리야, 이 사건은 네가 맡아야 해. 너라면 나보다 훨씬 더 훌륭하게 처리할 수 있을 거야. 개인적으로 연관된 사람도 없잖아."

그는 벽에 붙은 두 소년의 사진을 바라보았다. 두 소년 역시 사진이 촬영된 1974년에 영원히 붙박인 채 그를 응시했다. 소년들이 살아 있었다면 지금쯤 몇 살이 되었을지 머릿속으로 가늠하려는 순간, 어떤 생각이 불쑥 떠올랐다. 화이트보드에 적힌 날짜. 에이나르는 사망 당시 열여덟 살로 다른 아이들보다 나이가 훨씬 많았다. 하지만 더 중요한 건 따로 있었다. "맙소사!" 그는 벽에 붙은 사진을 뗐다.

"왜 그래?" 딜리야가 사진을 자세히 들여다보려고 몸을 구부렸다. "처음 본 사진도 아니잖아."

"그렇지. 지금껏 몰랐던 게 보이기 시작했어." 에이나르와 토르비요른의 사진은 그들이 크로쿠르에서 함께 지내던 1974년 초부터 사망일인 3월 5일 사이 어느 시점에 촬영된 것이었다. 그리고 라라의 출생연월은 1974년 11월이었다. 에이나르와 라라의 소년 같은 얼굴은 오해의 여지없이 닮아있었다. 오딘은 탄식했다. 알디스에 대한 에이얄린의 증오심도 이제 설명이 됐다. 에이얄린이 들려준 것 이상으로 알디스와 에이나르의 관계는 친밀했던 게 틀림없었다. 그녀는 에이나르에 대한 알디스의 감정이 짝사랑에 불과했다고 주장했었다. 바로 그 이유 때문에, 베이가르가 범인일 리 없다는 사실을 깨닫자마자 에이얄린은 두 소년의 죽음을 알디스의 탓으로 떠넘겼던 것이다.

오딘은 라라가 자신의 아버지에 대해 들려준 말을 떠올려보려고 머리를 쥐어짰다. 아내의 가족들에게 무관심했던 데다 둘 다 가족 얘기는 거의 하지도 않았었다. 다만 라라가 태어나기도 전에 그녀의 아버지가 사망했고 양친이 함께 산 적이 없다는 사실만은 기억이 났다. 아버지의 가족이 미국에 산다고 말했던 것도 희미하게 떠올랐다. 잘못된 기억일 수도 있었다. 라라의 부계 성은 일반적으로 쓰이는 칼스도티르였다. 칼스도티르는 그 당시 아버지가 불분명하거나 어머니가 아버지의 정체를 숨기고 싶을 때 자주 사용하던 성이기도 했다. 성은 다르지만 둘의 관련성만큼은 의심의 여지가 없었다. 에이나르는 라라의 아버지이자 룬의 외할아버지였다. "나 이제 사건에서 손 뗄게. 더 이상은 못 하겠어."

오딘은 대기실에 앉아 또 다른 잡지를 무심하게 이리저리 넘겨보았다. 스스로도 자기가 왜 이러는지 알지 못했지만, 평화로운 표정의 외국인들 사진을 보는 게 아주 살짝 도움이 되는 듯했다. 어쩌면 외국에서 새 삶을 시작하는 게 오딘과 룬에게도 해결책일 수 있었다. 라라의 죽음을 비롯해 그녀와 관련된 모든 것, 그리고 장모와 장모의 골치 아픈 과거로부터 멀리 떨어져 사는 것이다. 오딘은 잡지를 내려놓았다. 외국으로 도망치는 건 정답이 아니었다. 그와 룬은 결코 사진 속 아름답고 행복한 사람들처럼 될 수 없었다. 게다가 골프 잡지에 등장하는 아버지와 딸 역시 그들과 비슷한 트라우마에 시달리고 있을지 모르는 일이었다. 아버지는 자신이 딸의 엄마를 죽인 것은 아닌지, 장모가 딸의 외할아버지를 살해한 것은 아닌지 걱정할 수도 있었다. 그리고 골프채를 내려놓는 순간, 부녀는 그 모든 악몽에 짓눌려 버릴지도 몰랐다. 그래, 분명 그럴 거야.

오딘은 환자들이 똑딱거리는 소리에 초조함을 느낄까봐 병원 의사들이 일부러 대기실에 시계를 두지 않았을 거라고 짐작했다. 룬을 기다리는 것 외에 달리 할 일이 없었기 때문에 주머니에 든 휴대폰을 꺼내 시간을 확인하지 않고는 도저히 배길 수가 없었다. 예고 없이 문이 열리더니 나나가 상기된 얼굴의 룬과 함께 모습을 드러냈다. 휴대폰을 보던 그가 고개를 들었다. 아직 상담 시간이 10분 남아있었다.

"잠깐 저랑 얘기 좀 하실래요?" 나나가 룬을 향해 따스하게 미소 지으며 말했다. "룬은 그동안 여기서 기다리고 있어. 선반에 디즈니 만화책이 몇 권 있을 거야."

룬은 고개를 숙인 채 말없이 아빠를 지나쳐 의자로 가서 앉았다. 오딘은 딸을 혼자 두기가 마음 아팠지만 나나의 요청대로 따를 수밖에 없었다. 진료실 문이 완전히 닫히는 순간, 앉아있던 룬이 고개 들어 아주 잠깐 두 사람과 시선을 맞추었다.

"앉으세요. 오래 걸리지 않을 겁니다."

"다행이군요. 가볼 데가 있어서요." 오딘은 최대한 빨리 딸의 곁으로 돌아가고 싶어 거짓말을 했다.

"알겠습니다." 나나는 누군가의 사망 소식이라도 전할 듯 굳은 표정을 지었다. "어제 말씀하신 조건에 대해 아버님과 상의를 좀 하고 싶어서요. 룬에게 엄마의 죽음에 대해 말하지 말라고 하신 그 조건 말입니다."

"네. 애 엄마 얘기는 안 하셨으면 좋겠습니다." 나나가 그 이유를 묻는다면 어떻게 대답해야 할까.

"어떤 의도로 그러시는지 모르겠지만 현명하지 못한 조건이라고 말씀드릴 수밖에 없습니다. 물론 아버님의 의사를 존중하지만 다시 생각해보셨으면 좋겠어요."

"그럴 수가 없습니다. 지금으로서는요."

나나가 놀란 표정을 짓다가 눈을 가늘게 뜨고 말을 받았다. "상담을 받게 하려고 아버님이 룬을 제게 데려오셨어요. 상담은 아이의 의사에 완전히 반하는 행위였을 테고, 룬은 대부분의 아이들이 그렇듯 저에게 상담받고 싶지 않았을 거예요. 룬이 저에게 온 건 주치의의 조언이나 상담치료를 받아야 한다는 법정명령 때문이 아니에요. 바로 아버님의 결정이었죠. 제가 어머니의 죽음에 대해 언급하지 않고는 치료를 이어갈 수 없다고 말한다면, 아버님은 룬을 더 이상 데려오지 않으시겠죠. 제가 정확히 파악했나요?"

"네, 맞습니다." 오딘은 당장이라도 나나에게 자신의 고민거리에 대해 쏟아놓고 마음의 짐을 덜고 싶었다. 하지만 그럴 수는 없었다. 오딘이 라라를 창밖으로 밀었을 가능성이 있다고 파악되면, 나나는 경찰에 그 사실을 알려야만 한다. "시간이 지나면 자세한 상황을 말씀드릴 수 있겠지만, 지금은 때가 아닙니다."

"그렇다면 안타깝게도 제가 룬을 위해 해줄 수 있는 게 거의 없군요." 나나는 진심으로 실망한 표정이었다. 나나가 기도하듯 두 손을 모으자 아주 작고 가는 손가락이 오딘의 눈에 들어왔다. "그 사고는 룬의 마음에 엄청난 짐이 되고 있어요. 룬을 힘들게 하는 요인이 그것만은 아니지만, 엄마의 사고가 가장 심각한 문제예요."

"그것만이 아니라고요?" 오딘이 몸을 바로 세웠다. "무슨 말씀이 시죠?"

"가령 할머니와의 관계도 처음 예상했던 것보다 더 문제적이었 어요. 룬은 할머니에게 엄청난 공포를 느끼고 있어요. 엄마와의 관 계에서도 해결되지 않은 문제들이 많고요. 엄마의 죽음과는 별개로 요. 아시다시피 룬은 쉽지 않은 삶을 살아왔어요. 아버님에게도 어 느 정도 책임이 있고요. 그건 알고 계시겠죠."

오딘은 두 손으로 귀를 막고 싶었다. 라라와 장모가 룬을 실망 시켰다는 말은 아무렇지 않았지만 자신에게도 책임이 있다는 말을 면전에서 듣고 있자니 상처를 들쑤시는 듯 아팠다. 사실을 인정한 다고 해도 마찬가지였다. "저도 잘 압니다. 그 시간을 보상하기 위 해 노력하고 있고요. 불행히도 과거를 되돌릴 수는 없습니다."

"그렇게 말씀하시는 걸로는 충분치 않아요. 아버님은 주말 아빠 로서 아이와 즐거운 시간만 보냈을 뿐 나머지 부분은 외면하셨어 요. 이제는 어렵고 지루한 일상들까지 책임지셔야 해요. 그리고 이 번에는 절대 룬에 대한 책임을 져버리면 안 됩니다. 룬에게 남은 사 람은 아버님뿐이라는 걸 유념하셔야 해요."

"저도 잘 알고 있습니다."

나나가 숨을 너무 크게 내쉬어서 흡사 한숨 소리처럼 들렸다. "아버님 결정이 아쉽기는 하지만 상담은 계속할 겁니다." 나나는 고개를 한쪽으로 기울이고 말했다. "이게 얼마나 드문 사례인지 알 고 계시나요? 부모들은 아이들 상담치료에 개입하지 않거든요. 사 실 이런 경우는 한 번도 없었습니다."

"저야 알 수 없죠." 오딘이 작게 말했다. 나나의 의견은 상관없었다. 그에게 중요한 건 룬과 자신뿐이었다.

"네, 물론 그러시겠죠." 나나는 생각에 잠긴 듯 혀로 입술을 핥았다. "엄마의 죽음과는 별개로 룬의 다른 문제들 그러니까 아버님과의 관계, 나아가 할머니와의 관계도 전반적으로 다룰 생각입니다. 일반적으로 아이들은 조부모와 시간을 보내면서 긍정적인 영향을 받거든요. 물론 누군가의 조부모가 된다고, 자동적으로 좋은 사람이 되는 건 아닙니다. 즉 룬의 할머니가 손녀와 함께 시간을 보내기에는 적절한 사람이 아닐 수 있다는 뜻이죠. 만약 그렇다는 판단이 들면, 누군가 감독하는 상태에서만 할머니를 만나도록 해야 합니다. 되도록 자주 만나지 않는 게 좋을 수도 있고요." 나나는 오딘의 의사를 확인하기 위해 그의 얼굴을 쳐다보았다. "어떻게 생각하세요? 할머니가 룬에게 미치는 영향에 대해 걱정할 필요가 없나요? 할머니는 어떤 분이죠?"

"저도 잘 모르겠습니다. 별로 가깝게 지내지 않아서요."

룬은 여전히 시선을 떨군 채 우물거리며 나나에게 인사를 했다. 오딘은 아무 말 없이 녹은 눈을 헤치며 집을 향해 차를 몰았다. 차들 사이를 이리저리 빠져나오는 동안 그는 차에 탄 사람들이 하나같이 앞을 바라보고 있다는 사실을 알아차렸다. 그런데 유독 룬만 얼굴을 옆으로 돌린 채 앉아있었다. 다른 사람들이 봤다면 아이가 골이 났다고 여길 테고, 자기 마음대로 안 된다고 심통부리는 버르장머리 없는 아이라고 생각했을 것이다.

아파트 건물 앞에서 평소와 다른 움직임이 포착됐다. 오딘은 룬의 옆구리를 살짝 찌르며 말했다. "저것 좀 봐. 불이 번쩍거리고 있어, 우리 집 앞에서."

룬이 고개를 돌려 목을 쭉 뺐다. "앰뷸런스다."

이 상황에서 주차장에 차를 몰고 요란하게 진입하는 건 부적절했으므로 오딘은 액셀러레이터에서 발을 뗐다. 그는 마트에 들르는 걸 깜빡한 척 차를 다시 빼거나 아니면 룬에게 아이스크림을 먹겠냐고 물을까 고민했다. 룬이 마지막으로 앰뷸런스를 가까이서 본 건 엄마의 시신이 실려가던 때였다. 하지만 이미 엎질러진 물이었다. 룬이 아빠의 속셈을 모를 리 없었다. 천천히 차를 주차공간에 세운 뒤 차에서 내린 그는 어리둥절한 표정으로 비상등이 번쩍거리는 앰뷸런스로 다가갔다. 앰뷸런스의 양쪽 문이 휙 열리더니 응급대원들이 모습을 드러냈다.

"안녕하세요." 오딘이 운전석에서 나온 대원의 팔을 잡고 물었다. "무슨 일이죠?" 대원이 뻔한 질문을 늘어놓으려는 걸 알아챈 오딘은 얼른 말을 이었다. "이 건물에 사는 사람은 세 명뿐입니다. 저랑 제 딸, 그리고 노부인 한 명이 전부죠. 혹시 노부인한테 무슨 일이라도 생겼나요?"

대원이 룬을 힐끗 보고는 어두운 표정으로 고개를 끄덕였다. 그는 다시 차에 올라 비상등을 끈 뒤 차를 몰고 떠났다. 룬이 아빠를 보며 물었다. "왜 불을 끈 거야?"

"고장나서 그런 거겠지." 오딘은 딸의 작은 손을 움켜쥐었다.

이제 건물에는 둘뿐이었다. 룬과 오딘. 노부인의 말이 옳았다. 그녀는 곧 죽을 운명이었던 것이다. 오딘에게는 나쁜 징조일 수밖에 없었다.

안으로 들어가고 싶지 않았다. 오딘이 고개 숙여 딸을 바라보자 룬 역시 고개 들어 아빠를 올려다보았다. 노란 조명등 아래 서있으니 룬이 얼마나 할아버지인 에이나르를 빼다 박았는지 실감이 났다. 오딘은 몸을 구부려 딸의 머리에 가볍게 뽀뽀를 했다. "룬, 아빠한테 뭐 하나만 말해줘."

아이가 불안한 듯 얼굴을 찡그렸다. "뭔데?"

"네가 말하고 싶어하지 않는 건 잘 알지만, 아빠한테 정말 중요한 문제니까 이번에는 꼭 말해줬으면 좋겠어. 그러면 앞으로 다시는 묻지 않겠다고 약속할게. 절대로." 오딘은 딸의 정수리에 다시 입을 맞추었다. 딸의 머리에서 희미하게 샴푸 냄새가 났다. 오딘은 손도 대지 못하게 할 만큼, 룬이 아끼는 그 샴푸였다. 그럴 만했다. 오딘이 쓰기에는 아까울 정도로 향이 좋았다. "왜 할머니랑 얘기하기 싫어해? 할머니가 너한테 못되게 굴었어? 할머니가 널 아프게 하거나 네가 원치 않는 행동이라도 한 거야?"

룬이 고개를 저었다. "아니. 정말 다시는 안 물어볼 거지?"

"그럼." 오딘은 양손을 들고 말했다. "맹세해."

룬은 아빠의 맹세를 받아들인 듯 말을 이었다. "할머니는 자꾸만 나한테 질문을 해. 나를 꽉 붙잡고 안 놔주면서. 나는 대답하게 싫은데."

"할머니가 뭘 물어보는데?"

"엄마가 죽은 날 아침."

오딘은 머뭇거리며 물었다. "네가 그 시간에 깨어있었는지 물어보시는 거야?"

룬이 시선을 바닥에 떨궜다. 급수탕 관 때문에 눈이 녹으면서 축축한 회색 포석이 모습을 드러내고 있었다. 오딘은 딸이 그걸 보며 엄마가 추락한 아파트 바닥을 떠올리지 않기만을 바랐다. 룬은 높고 가느다란 목소리로 대답했다. "응."

오딘은 단도직입적으로 묻기로 했다. 이번이 마지막 기회일지 몰랐다. "네가 그날 아파트에서 아빠 목소리를 들었거나 모습을 봤는지 알고 싶어하셔?"

룬이 갑자기 고개를 홱 돌리더니 놀란 표정으로 오딘을 바라보며 말했다. "아빠를? 아니. 할머니는 다른 걸 물어봤어. 그날 할머니가 아파트에 도착했을 때 내가 깨어있었는지 알고 싶어해."

오딘은 진작 이 생각을 못 했다는 사실에 자책하고 놀라워했다. 그는 그날 아침 라라의 집에 가지 않았다. 사건과 어떤 식으로든 연관이 된 건 다름 아닌 장모였다. 이제야 그 사실을 깨달은 오딘은 상황이 명확하게 보이기 시작했다. 그날 아침 장모는 아마 커피나 한 잔 할 생각에 빨랫감을 가지고 딸의 집에 들렀을 것이다. 하지만 라라와 말싸움이 벌어졌고 이성을 잃은 상태에서 창턱에 앉아 담배를 피우던 딸을 민 것이 분명했다. 의도적이었든 실수였든, 틀림없었다.

안도감에 온몸이 녹아내리는 듯했다. 다시 태어난 기분이었다. 다른 사람으로서가 아니라, 이 모든 일이 벌어지기 전의 그 자신으로 다시 태어난 것만 같았다. 그는 어떤 범죄도 저지르지 않았다. 과거에 저지른 잘못들로 인해 당당하지는 않겠지만, 장모의 잘못과 비교하면 자신을 책망할 이유가 전혀 없었다.

오딘은 더 이상 한기를 느끼지 않았다. 잊고 있었던 용기와 희망이 마음속에서 움트는 기분이었다. 왜 이 문제를 진작 해결하지 못했던 것일까? 그가 최근 경험한 이상한 일들은 무의식이 그에게 정신 차리라고, 일이 이런 식으로 흘러가서는 안 된다고 경고하는 신호였다. 절대로 죽은 자들이 그와 접촉하려 한 게 아니었다. 자신은 죽을 운명이 아니었다! 이제 오딘은 새 출발을 할 수 있었다.

더 이상 우물쭈물할 이유가 없었다. 곧 모든 게 정리될 것이다. "룬, 그거 알아? 오늘은 룬이랑 아빠가 새롭게 출발하는 날이야. 내일 아빠가 할머니한테 가서 말할 거야. 너를 가만히 내버려두라고. 이번에는 정말 제대로 해결해보자." 두 사람을 축복하는 태양이 떠오르기를 기대하는 마음으로 동쪽을 바라다보았지만, 밤을 준비하는 어두운 하늘만 눈에 들어왔다. "새롭게 시작하는 거야. 바로 오늘부터."

룬은 활짝 웃는 아빠를 미심쩍은 얼굴로 쳐다보다가 함께 미소를 지었다. 오딘은 집 열쇠를 꺼내기 위해 한 손을 점퍼주머니에 넣었다. 하지만 손에 걸려 나온 건 로베르타의 열쇠였다. 돌려놓는다는 걸 깜빡한 차고 열쇠. 알 수 없는 오한이 등줄기를 타고 흘러내렸다. 그는 열쇠를 얼른 주머니에 넣었다. 내일은 돌려놓을 것이다. 새 인생의 첫날에.

31장

1974년 3월

혓바닥이 말라비틀어진 플란넬처럼 느껴졌지만 도저히 몸을 끌고 화장실로 가서 목을 축일 수가 없었다. 알디스는 알록달록한 침대보 위에 엎드려 있었다. 더 이상 흘릴 눈물도 없었다. 그녀의 삶은 무너지고 미래는 사라졌다. 하지만 그녀는 그 사실을 이미 알고 있었다. 정말 중요한 단 하나의 질문을 에이나르에게 던지기도 전에 말이다. 그에게 편지를 모두 읽었으며 정신이 완전히 나가버린 에이얄린과도 우연히 마주쳤다고 털어놓았다. 그가 아무런 반박도 하지 않자 에이얄린이 저지를 행동에 대한 두려움은 증폭됐다. 하지만 그건 대화 중 알게 된 새로운 사실에 비하면 아무것도 아니었다.

그간 얼마나 어리석었던가. 그래도 한 가지는 옳은 일을 했다. 에이나르에게 임신 사실을 털어놓지 않은 것이다. 그가 말을 마칠

즈음, 그에게 이 사실을 알린다는 건 상상조차 할 수 없는 일이 되었다. 알디스는 잿빛이 된 얼굴로 자리에서 일어나 숙소로 향했다. 눈밭에 새의 사체를 묻을 때만 잠시 멈췄을 뿐이다. 그제야 그녀는 딱하기 그지없는 새에 대한 연민을 주체하지 못하고 눈물을 흘렸지만, 실은 자신의 어리석음에 대한 자책 때문이었다. 에이나르와 함께 아이를 키우며 행복하게 살 것이라는 장밋빛 환상이 산산조각 났다는 절망 때문이었다.

에이나르는 에이얄린과 자신 사이에서 벌어진 일을 들려주는 동안, 어떻게든 자기의 책임을 축소하려고 애썼다. 은연중 에이얄린에게 책임을 전가하기도 했다. 그러면서도 그는 교묘하게 알디스의 시선을 피했고, 마침내 그녀는 에이나르의 실체를 꿰뚫었다. 그는 다른 사람의 꾐에 넘어가 그런 짓을 저지르기에는 너무나 교활한 인간이었다.

알디스는 고통스럽게 흐느끼며 등을 대고 누웠다. 엎드려 있었던 탓에 가슴이 욱신거렸다. 문득 에이얄린이 안쓰럽게 여겨졌다. 그녀 역시 임신 사실을 알고 난 후 이렇게 고통스러웠을지도 궁금했다. 틀림없이 괴로워했겠지만 알디스와는 다른 이유였을 것이다. 자신의 인생이 어디로 향할지 알 수 없었으므로 그녀는 더욱 비참했다. 아는 거라곤 자신의 미래가 결코 밝지 않다는 사실뿐이었다. 에이얄린은 에이나르와의 관계를 반대하는, 나아가 그의 아이를 갖는 걸 더욱 완강하게 반대한 아버지 때문에 괴로웠을 것이다. 아빠 없이 자란 알디스로서는 에이얄린의 상황이 잘 이해되지 않았다. 설령 아빠가 있었다 해도, 알디스라면 임신을 중단하려고 절대 그런 짓을 하지는 않았을 것이다.

자세한 이야기를 들려주는 에이나르는 마치 방관자처럼 무심한 얼굴이었다. 알디스는 두 눈을 감은 채 철사옷걸이의 이미지를 떠올렸다. 철사옷걸이로 낙태를 하는 방법이 전 세계에서 널리 사용되고 있다는 에이나르의 말을 들을 때는 본능적으로 자신의 배를 움켜쥐었다. 벤치에 앉아있는 동안 알디스는 에이나르가 옷걸이를 꺼내 한 번 써보라고 할까봐, 자기도 모르게 다리를 꼬고 말았다.

에이나르가 눈치를 보며 입을 다물자 알디스는 계속 하라고 요청했다. 하지만 도저히 끝까지 들을 수가 없었다. 그녀는 눈물을 닦았다. 에이얄린에게 비하면 알디스는 불평할 이유가 전혀 없을 지경이었다. 낙태는 성공과 실패, 두 개의 결과를 낳았다. 태아를 살처분했다는 점에서 성공이었지만, 옷걸이를 서툴게 움직이다가 내출혈을 일으키고 말았다. 에이얄린은 부모님에게 사실을 숨겼고, 그 상태로 시간이 흐르면서 건강은 급속도로 악화됐다. 시술 후 48시간이 지나고 에이얄린이 과다출혈로 의식을 잃고 쓰러졌을 때에야 그녀의 부모는 사실을 알고 경악했다. 목숨을 잃지 않은 게 천만다행이었다. 엎친 데 덮친 격으로 감염까지 일어났다. 병원에서 오랜 시간을 보내고 나서야 에이얄린은 다시는 아이를 가질 수 없을 거라는 통보를 받았다.

에이나르의 말에 의하면 에이얄린은 과다출혈로 인해 뇌손상까지 입었다. 병치레를 한 이후 그녀는 전혀 다른 사람이 돼버렸다고 했다. 알디스는 엄밀히 말해서 그런 걸 병이라고 부르지 않는다는 점을 지적하고 싶었지만 참았다. 그에게 사실을 직시하도록 하는 건 부질없는 짓이었다.

알디스는 모든 상황을 이해했다. 에이얄린의 아버지가 손을 쓴 덕분에 에이나르는 많은 나이에도 불구하고 교도소가 아닌 보호소로 보내졌다. 그렇게 해야만 에이나르를 처벌하면서도 에이얄린의 평판을 지킬 수 있었다. 재판이 열렸다면 사건은 세간에 알려질 상황이었다. 에이얄린의 아버지에게 신세를 졌던 사람들이 그녀의 의료기록을 없애주었다. 그러는 사이 에이나르의 어머니는 아들을 보호소에 보내는 것이 최선이라는 설득에 넘어갔다. 당시 낙태는 산모의 목숨이 위험한 상황이거나 태아의 몸이 훼손된 경우가 아니라면 모두 불법이었다. 그러므로 재판이 열릴 경우 에이나르는 처벌을 면할 수 없었다. 더구나 옷걸이 낙태 시술이 이루어졌던 곳이 상어잡이 어부의 작업장이었고, 태아를 바다에 유기하기까지 했다. 여러 모로 상황은 좋지 않았다.

두 사람이 그런 짓을 저지르지 않았다면 애초 에이나르는 크로쿠르에 오지도 않았을 것이다. 그리고 알디스는 지금쯤 엄마에게 전화를 한 후 항공 승무원이 되겠다는 꿈을 좇아 레이캬비크로 갈지 아니면 고향으로 돌아갈지 고민했을 것이다. 하지만 모든 가능성이 사라진 지금, 그녀는 잠들어 다시 깨지 않고 싶은 심정이었다. 어쩌면 행복하고 포동포동해진 작은 새가 영원히 여름만 이어지는 저세상에서 그녀를 기다리고 있을지도 모른다. 하지만 에이나르와 에이얄린이 저지른 잘못 때문에 그녀가 목숨을 끊는 것은 부당했다. 죄악이 벌어지면 누군가는 항상 형벌을 받게 마련이지만, 항상 죄인이 형벌을 받는 것은 아니었다.

침대에 누워 자신의 운명을 한탄하는 사이, 알디스는 적어도 자신이 한 가지는 현명하게 판단했다는 사실을 깨달았다. 에이나르에게 임신 사실을 말하지 않은 것. 앞으로도 영원히 말하지 않을 것이다. 그와는 어떤 식으로든 다시 얽히고 싶지 않았다. 아기의 부계 명은 나중에 생각해도 충분했다. 나중에 거리에서 에이나르와 마주친다고 해도 눈 하나 깜짝하지 않을 것이다. 설령 에이나르가 모르는 여자와 함께 있고, 자신은 혼자라고 해도 말이다. 물론 그녀는 홀로일 것이다. 남자들은 다른 남자의 아이를 가진 여자를 원치 않는다. 다른 사람들은 몰라도, 알디스의 엄마는 한 번도 결혼하지 않았다. 딱 한 번 엄마를 원했던 남자는 엄마를 사랑하지 않은 걸로도 모자라 알디스를 건드리기까지 했다. 아마 그녀는 엄마처럼 빵집에서 일할 것이고, 일주일 중 가장 기다려지는 순간은 팔다 남은 프렌치 와플을 집에 가져오는 날이 될 것이다.

침대에서 벌떡 일어나자 두통과 어지럼이 동시에 몰려왔다. 이제 자기 연민에서 벗어나야 할 때였다. 차가운 수돗물을 떠올리는 것만으로도 정신이 번쩍 들었다. 머리는 여전히 깨질 듯 아프지만 어지럼증은 가라앉았다. 알디스는 바닥에 내던져둔 점퍼를 집어들고는 작아보이는 옷을 불안한 눈으로 살폈다. 배가 불룩하게 부풀어 오르면 옷을 끝까지 잠글 수 없겠지. 지금껏 모은 돈을 다시는 입을 일 없을 임부복을 사는 데 써야 한단 말인가? 그러느니 차라리 불룩한 배를 내놓고 다니는 편을 택할 것이다.

이상하게도 그녀는 자신이 임신했다는 사실을 조금도 의심하지 않았다. 오늘 아침까지만 해도 몸 상태가 이상한 데는 다른 이유가 있을 거라고 여겼다. 생각해보면 얼마나 순진했던가. 임신 사실을 진작 알아챌 수도 있었다. 하지만 부엌에서 하콘이 암시하지 않았더라면 그녀는 여전히 자명한 사실을 외면했을 것이다.

누군가 방문을 두드렸다. 낮게 울리는 소리가 퍼지자 알디스의 심장은 빠르게 뛰었다. "누구세요?" 에이나르가 찾아온 거면 어떻게 하지? 대화 말미에 그가 덧붙인 말이 떠오르자 욕지기가 치밀었다. 만약 자신을 보내주지 않으면 아기 사체를 파내서 그 사실을 폭로하겠다며 베이가르와 릴리야를 협박할 계획이라고 했다. 그것으로 끝이었다. 그는 어딘가 단단히 잘못되어 있었다. 그의 내면에 자리한 냉혹함을 이제야 알아본 것이다. 잠깐이었지만 알디스는 창밖으로 몸을 던져 바닥으로 추락할 생각마저 했다.

"나야, 하콘."

그가 어떤 말을 할지 궁금해하면서 알디스는 문을 살짝 열었다. 지금 자기 꼴이 어떨지는 신경 쓰지 않았다. 인부들 가운데 그녀의 방문을 두드린 사람은 지금껏 한 명도 없었다. 그녀도 그런 사실에 개의치 않았다. 누군가 방에 찾아올지도 모른다는 걱정 없이 혼자 조용히 방에 남겨지는 게 좋았기 때문이다. "무슨 일이에요?" 알디스는 약간 쉰 목소리로 물었다.

하콘은 부스스한 알디스의 모습에 놀란 듯 그녀를 쳐다보았다. "귀찮게 해서 미안해." 맨발에다 허리띠 밖으로 잠옷바지가 나와 있었다. "알디스, 무슨 일인지 모르겠지만 릴리야가 방금 찾아왔어. 너랑 얘기하고 싶다고 했는데, 상태가 말이 아니기에 들어오지는 못하게 했어."

"그래요?" 다리에 힘이 풀리는 걸 느끼자 알디스는 문을 꽉 붙들었다. 하필 이런 상황에서 릴리야와 한바탕 소란을 일으키고 싶지 않았다. 게다가 자기 학대는 혼자서도 충분했다. 릴리야가 그걸 대신해줄 필요는 없었다. "원하는 게 뭐래요?"

"어떻게 말해야 좋을지 모르겠는데, 너보고 여기서 나가달라고 하네." 하콘은 헝클어진 머리를 손으로 쓸어넘겼다. 까칠하게 자란 수염은 회색 빛을 띠고 여기저기 갈라진 볼은 정맥 자국으로 뒤덮여 있었다. "당장 오늘 저녁에."

"오늘 저녁에요?" 숨이 턱 막혔다. 알디스는 빨랫줄에 자기 옷이 걸려있지나 않은지, 옷장에 옷이 얼마나 있는지 머릿속으로 떠올리려 애썼다. 이곳에 오면서 그녀가 가져온 것이라곤 낡아빠진 여행가방 하나가 전부였지만 그마저 이제 다 망가져 못 쓸 지경이었다. 그 이후 새로운 물건은 거의 하나도 사지 않았다. "어디로 가라는 거예요?" 하콘이 답을 알 리 없었지만, 그가 아니면 누구에게 물을 수 있겠는가?

"시내에 사는 친구나 가족들 없어?"

알디스는 고개를 저었다. 그녀는 어린아이가 된 기분이었다.

"내가 릴리야한테 가서 다시 말해볼까? 최소한 준비할 시간은 줘야지."

"아니에요." 알디스가 입술을 깨물자 지하 창고에서 보낸 그날 밤에 찢어진 부위가 다시 갈라졌다. 피비린내가 났지만 지금 그녀의 상황을 잊게 해주지는 못했다. "갈게요. 어차피 여기서는 1분도 더 있고 싶지 않아요." 홧김에 알디스는 릴리야가 이 결정을 후회하게 될 거라고 생각했다. 행여 자신이 여행가방을 들고 혼자 걷다가 동사라도 하면 다들 그 부부를 손가락질할 것이다.

"갈 데가 없으면 절대 지금 떠나서는 안 돼. 설마 오늘 같은 날 밖에서 밤을 보낼 생각은 아니지?"

"무슨 수라도 내볼게요." 두 다리에 힘이 빠져 당장이라도 주저앉을 것만 같았다.

"대체 무슨 일이야?" 하콘은 두 손을 바지주머니에 찔러넣다가 그제야 잠옷바지가 삐져나왔다는 사실을 알아챘다. 당황한 얼굴로 그는 허리띠 안쪽으로 잠옷을 어설프게 밀어넣었다. "릴리야가 완전히 이성을 잃어서 금방이라도 폭발할 것만 같았어. 너에 대해 하도 입에 담지 못할 욕설을 퍼붓기에 내가 입 닥치라고 소리쳤을 정도라니까. 나도 너무 놀랐어."

"늙고 멍청한 년이라서 그래요. 나도 더는 여기 있기 싫어요. 혹시 그 년이 다시 찾아오면 이렇게 전해주세요. 짐을 다 싸는 대로 떠난다고요." 순간 목구멍에서 무언가가 울컥 치밀었지만 눈물이 흐르지 않게 꾹 참았다.

"걸어서 떠날 수는 없어. 제정신이야? 릴리야 말로는 베이가르가 널 시내까지 태워다 준다고 했어. 준비가 되면 차에 타고 기다리래. 베이가르는 20분 뒤에 준비될 거라고. 그런데 짐을 그렇게 빨리 쌀 수 있겠어?"

"네." 자기가 가진 물건이 몇 개 되지도 않는다는 사실을 그에게 말했다가는 눈물이 넘쳐흐를 것 같았다.

"중앙 버스터미널까지 태워달라고 해. 아침까지는 대합실에서 쉴 수 있을 거야. 내일 아침에 버스를 타고 집으로 돌아가면 되잖아." 하콘은 손을 내밀며 말했다. "함께 지낼 수 있어서 좋았어, 알디스. 행운을 빌어. 지금 눈에 보이는 것처럼 상황이 암울하지만은 않다는 사실, 잊지 마."

하콘의 거친 손바닥 촉감이 느껴졌다. "고마워요. 아저씨도 행운을 빌어요." 알디스는 문을 닫고 여행가방을 침대 위에 던진 다음 옷가지를 마구 넣기 시작했다. 그런 다음 화장대와 서랍장을 깨끗이 비우고 맨 위에 영어 교재를 올렸다. 찬물로 목을 축이고 세수를 한 알디스는 화장실에 남아있는 화장품까지 모두 넣고 가방을 닫았다.

그녀는 점퍼를 입고 신발을 신은 채 침대에 걸터앉아 마지막으로 방 안을 둘러보았다. 어느 것 하나 그리워질 게 없었다. 창가로 가서 밖을 내다보았다. 차 엔진이 작동 중이었지만 그녀를 위해 차 안을 데울 리는 없었다. 그녀는 멀리서 작은 형상이 불안한 듯 주변을 두리번거리며 숙소를 향해 다가오는 모습을 발견했다. 창가에 선 그녀를 발견한 토비가 손을 흔들며 달리기 시작하더니 그녀의 창문 아래 숨을 헐떡이며 멈춰섰다. 토비는 그녀에게 창문을 열어달라고 손짓했다. "작별인사 하려고 왔어요. 릴리야가 오늘 저녁에 누나를 쫓아내기로 했다는 말을 들었거든요."

알디스는 창가 아래에 서있는 토비를 들어올려 두 눈을 맞추며 말하고 싶었다. "고마워, 토비. 또 만날 일이 있겠지. 난 아무래도 고향으로 돌아갈 것 같아. 언젠가 그쪽을 지나게 되면 연락해."

토비는 주위를 둘러보더니 다시 그녀를 쳐다보며 말했다. "그날 밤 식당에서 본 그 무서운 여자에 대해 솔직하게 털어놓지 못해서 미안해요. 그 여자가 너무 무서웠거든요. 내가 우편물을 가지러 갈 때 숨어서 날 기다리다가 갑자기 나타나서는 에이나르의 방이 어딘지 억지로 말하게 했어요. 그런 다음 식당에서 만나자고 하더니 거기서 에이나르를 만나게 도와주지 않으면 날 해치겠다고 협박했고요. 그러던 중에 누나가 나타난 거예요. 너무 끔찍했어요. 피 냄새도 났고요." 토비는 여전히 가쁘게 숨을 쉬며 물었다. "그것 때문에 릴리야가 누나를 해고하는 거예요?"

"아니, 그것 때문 아니야. 네 잘못 아니야. 내가 잘못해서 그런 거야." 말을 이어가려는데 건물 모퉁이에서 누군가가 모습을 드러냈다. 바람을 맞으며 목을 잔뜩 움츠린 채 걸어오는 모습을 보고 알디스는 그가 누군지 단박에 알아챘다. 토비에게 급히 작별인사를 하고 창문을 닫아버리고 싶었다. 만약 그녀가 해고당한 사실을 그가 들었다면 틀림없이 이유를 물을 테지만, 그녀는 도저히 답할 수가 없었다. 그래도 창문을 사이에 두고 말하는 쪽이 그녀의 방 안에서 대면하는 것보다는 나았다.

"둘 다 여기 있었네요. 안 그래도 둘 다 찾고 있었는데." 에이나르 역시 토비처럼 목소리를 낮추고 말했다. 그가 토비의 후드를 홱 벗겨내고는 머리를 쓰다듬었다. 덕분에 토비의 머리는 평소보다 훨씬 더 대걸레처럼 보였다. 에이나르가 고개를 들었다. "경고해주려고 왔어요. 걔가 여기 있어요. 방금 전 건물 뒤에서 봤거든요. 걔 눈에 띄지 않는 게 좋을 거예요." 더 설명할 필요도 없었다. 토비는 후드를 뒤집어쓴 뒤 겁먹은 표정으로 주위를 살폈다. 다행히 에이나르는 아직 알디스가 쫓겨난다는 사실을 모르는 듯했다. 다시는 그를 볼 일이 없을 것이다. 앞으로는 자신의 인생을 수습하는 데만 집중할 것이다.

알디스의 속마음을 눈치챘을까. 에이나르는 울어서 퉁퉁 부은 그녀의 얼굴을 저장이라도 하듯 빤히 바라다보았다. 그러다가 알디스의 상태를 알아챈 듯 그가 물었다. "어디 아파요?"

그녀는 고개를 저으며 얼굴을 두 손으로 북북 문질렀다. 에이나르가 질문을 더 하려는 표정을 짓자 알디스는 짧게 인사를 한 뒤 창문을 닫아버렸다. 그리고 두 사람이 차가 세워진 진입로를 가로지르는 걸 지켜보았다.

본관 한쪽 모퉁이에서 움직임이 포착되자 알디스는 두려움으로 속이 뒤틀렸다. 음울한 배경 위로 연녹색 형체가 빠르게 지나갔다. 알디스가 움직임을 다시 확인해볼 요량으로 커튼을 조금 더 열어젖히는 순간, 어디선가 고함소리와 함께 소동이 일어난 듯한 소음이 들렸다. 에이나르와 토비 역시 그 소리를 들었는지 차 옆에 얼어붙은 듯 멈춰섰다. 본관 뒤에서 두 사람이 모습을 드러내자 두 소년은 얼른 차 뒤로 숨었다. 정체를 알 수 없는 두 사람이 뜰을 향해 걸어갈 때, 예상치 못한 움직임에 깜짝 놀란 에이나르와 토비가 조심스럽게 차 문을 열고 뒷좌석에 올라탔다. 정체를 알 수 없는 두 명 중 큰 사람이 작은 사람을 힘겹게 질질 끌고 가고 있었다. 두 사람이 숙소 쪽 방향으로 좀 더 가까이 다가오고 나서야 알디스는 그들의 정체를 파악했다.

알디스는 젖혔던 커튼을 내리고 창가에서 물러났다. 두 팔에 소름이 돋았다. 밖에서 안을 볼 수 없도록 얼른 불을 껐다. 에이얄린이 베이가르의 손아귀에서 벗어나면 어쩌지? 그날 밤 지하실에서 알디스를 위협할 때 사용했던 칼을 지금도 가지고 있을지 모른다. 알디스는 호기심을 이기지 못하고 다시 창가로 다가섰다. 베이가르는 에이얄린을 억지로 끌고 가느라 애를 먹었고, 에이얄린은 베이가르의 사무실이 있는 건물로 끌려가면서 온 힘을 다해 소리 지르며 발길질을 해대고 있었다. 경찰이 오기를 기다리는 동안 베이가르는 에이얄린을 지하실의 작은 저장고에 가두어둘 생각인 듯했다. 가끔 문제를 일으킨 소년들도 기운을 빼놓으려고 그곳에 가두곤 했다. 어두운 곳에서 에이얄린이 입을 닫은 채 갇혀있는 모습을 상상만 해도 알디스는 한없이 기분이 좋아졌다.

발길질을 하고 주먹을 휘두르던 에이얄린이 운 좋게 문을 여는 베이가르의 얼굴을 할퀴었다. 베이가르는 순간 통제력을 상실하고 에이얄린의 뺨을 후려갈겼다. 에이얄린은 자리에 주저앉아 버렸고 베이가르는 그녀를 끌고 안으로 들어갔다. 문이 닫히자 모든 것은 원래대로 돌아갔다. 모든 게 꿈처럼 느껴졌다. 두 사람이 들어간 건물의 불이 켜졌다.

알디스는 시선을 차가 있는 곳으로 옮겼다. 눈에 보이는 움직임은 없었다. 두 소년 중 누구도 차 밖으로 고개를 내밀어 모든 위험이 사라졌는지 확인하지 않았다. 어쩌면 그녀가 베이가르와 에이얄린을 지켜보는 데 정신이 팔린 사이 빠져나갔을지도 몰랐다. 틀림없이 그랬을 것이다. 차 주변은 이상할 만큼 고요했고, 알디스는 그게 무엇을 의미하는지 알아채지 못했다.

알디스는 침대에 앉아 문 옆에 세워둔 가방을 바라보았다. 버스를 타고 고향에서 이곳으로 내려오는 동안 운전기사가 그녀를 위해 가방 손잡이를 끈으로 묶어 고정시켜준 일이 떠올랐다. 어쩌면 집으로 돌아가는 길에 그 기사를 다시 만나게 될지도 몰랐다. 고향 말고는 달리 갈 곳이 없었다. 지금껏 모은 돈으로는 레이캬비크에서 몇 달밖에 버틸 수 없었다. 게다가 임신까지 한 무책임한 여자애를 고용해줄 회사는 찾기 어려울 것이다. 최악인 건 아직 엄마에게 전화조차 하지 않았다는 사실이었다. 전화기 뒤에 숨는 한이 있더라도 엄마에게 전화를 걸어 소식을 전했어야 마땅하다. 어른이되면 결코 고향에 돌아갈 수 없게 된다는 문구를 어디선가 읽은 기억이 났다. 병아리가 다시 알 속으로 돌아갈 수는 없는 법이다. 이제 모든 게 예전과 달라졌다.

사실 그 문제는 나중에 가서 생각해도 충분했다. 어쩌면 버스터미널에서 엄마에게 전화를 걸 수 있을 것이다. 당장 무엇을 할지부터 결정하는 게 급선무였다. 베이가르가 에이얄린과 볼 일을 다 보는 동안 차에 앉아 기다리고 싶은 마음은 없었다. 밤새도록 앉아있어야 할지도 모르는 상황이었다. 조금 전에 벌어진 상황으로 보건대 내일 아침에나 떠날 수 있을지도 몰랐다. 알디스는 다시 침대에 벌러덩 드러누웠다. 눈을 감고 모든 잡념을 떨쳐내려고 애썼다. 지금 그녀에게 필요한 건 평온뿐이었다.

꾸벅꾸벅 졸던 알디스는 차 소리에 화들짝 놀라 잠에서 깨어났다. 베이가르가 에이얄린을 시내로 돌려보내기 위해 시동을 건 게 틀림없었다. 하지만 그의 차는 같은 자리에 그대로 세워져 있었다.

또 다른 차가 뜰에 멈춰서더니 오버코트를 입은 낯선 남자가 차에서 내렸다. 그는 어디로 가야 할지 모르겠다는 듯 주위를 두리번거렸고, 잠시 후 나타난 베이가르가 그를 향해 손짓을 했다.

한동안 아무 일도 일어나지 않았다. 하지만 창문에서 눈을 뗄 수 없었던 알디스는 밖을 내다보다가 마침내 베이가르와 에이얄린, 낯선 남자가 함께 밖으로 나오는 모습을 목격했다.

에이얄린은 고개를 숙인 채 한 손으로 그녀의 어깨를 감싼 남자를 따라 얌전히 걸어나왔다. 자신의 차 앞에 다다른 베이가르는 시동을 끄려는 듯 운전석 문을 열다가 손으로 코와 입을 가린 채 몸을 뒤로 휙 뺐다. 다시 차 안으로 몸을 넣었던 베이가르가 이번에는 시동을 끄고 나서 낯선 남자를 향해 소리를 질렀다. 남자가 그쪽으로 다가갔다. 에이얄린은 남자의 만류에도 불구하고 결국 그의 품에서 벗어나 차 안을 들여다보았다.

고막을 찢을 듯한 소녀의 비명으로 정적이 깨졌다. 세 사람은 말을 잃은 채 그 자리에 못박이고, 잠시 후 하콘이 잠옷 바람으로 달려나왔다. 그가 에이얄린을 옆으로 밀치고 차 안을 들여다보더니 뒷문을 활짝 열었다.

알디스는 손으로 입을 틀어막았다. 하콘이 차에서 시신 한 구를 끌어내 눈 위에 뉘였다. 에이나르였다. 잠시 후 토비의 시신이 끌려나왔다.

죽음을 암시하듯, 두 사람은 꿈쩍도 않고 눈 위에 누워있었다. 마치 작은 새처럼.

알디스는 창가에 선 채 눈물을 흘리며 베이가르가 차 배기관에서 검은 헝겊 같은 것을 꺼내는 광경을 지켜보았다. 그제야 깨달았다. 차 뒷좌석에 앉아있어야 했던 사람은 바로 자신이었다. 초점 없는 눈으로 밤하늘을 바라보며 눈밭에 누운 건 그녀여야 했다. 불쌍한 토비가 죽어서는 안 됐다. 죄를 저지르면 누군가는 벌을 받게 마련이지만, 때로 무고한 사람이 그 형벌을 대신 받기도 했다.

32장

"오딘, 자네가 내 말을 믿든 말든 난 상관 안 하네. 다른 사람들이 날 어떻게 생각하는지 걱정하는 건 오래 전에 그만뒀어. 라라와 룬이 아니었다면, 난 이미 오래 전에 경찰을 찾아갔을 거야. 크로쿠르를 떠나고 첫 몇 년 간은 누구도 내 말을 믿어주지 않을 거라고 확신했네. 나이 어린 미혼모의 말을 누군들 진지하게 들어줄까. 내가 사람들에게 그곳에서 어떤 일이 벌어졌는지 알렸더라면 아마 난 정신병원에 갇혀버렸을 거야." 장모는 마른 몸을 두 팔로 감싸며 소파에 등을 기댔다. 장모의 양 옆에는 자수가 놓인 쿠션들이 도열해있었다. 레드와인 색과 진녹색이 어우러진 색색의 꽃문양과 수사슴 그림이 화려하게 표현된 디자인이었다. 오딘과 라라도 집들이 때 비슷하게 생긴 쿠션 두 개를 선물받았다. 이혼 후 어쩌다 한 번 라라의 아파트를 방문할 때, 오딘은 그런 쿠션의 수가 늘어나는 걸 보며 혀를 찼었다. 그 촌스럽고 우스꽝스러운 쿠션들은 어떻게 됐을까? 어쩌면 그 중 하나는 관에 누운 라라의 머리를 받치고 있을지도 모른다. "어쨌든 당시는 새로운 뉴스를 접하는 게 지금처럼 간단한 시대가 아니었어. 내가 수사 소식을 듣지 못했다고 해서 수사가 이뤄지지 않았다는 뜻은 아니겠지. 하지만 그 일이 있고 2년이라는 시간이 흐르는 동안 신문에서 어떤 기사도 보지 못했으니, 나는 사건이 완전히 묻혀버렸다고 체념하기 시작했네."

"이제 저와는 상관없는 일입니다. 장모님 입장에서 사건에 대해 진술하실 거라면 제 후임자에게 하시면 됩니다. 경찰에게도 마찬가지고요." 오딘은 커피 생각이 간절했지만 장모는 아무런 음료도 권하지 않았다.

"내 입장에서 하는 진술이 아니야. 난 목격자였어. 내가 본 걸 그대로 이야기할 뿐이네."

"그렇더라도 그 이야기는 다른 사람에게 하셔야 합니다. 이번 주 안으로 인계자가 결정될 겁니다. 보고서 마감일에 맞추려면 우물거릴 시간이 없거든요."

"자네는 이게 겨우 보고서 하나의 문제라고 생각하는 겐가?"

"아니라는 거, 저도 알고 있습니다." 오딘은 화를 눌렀다. 둘의 대화는 언제나 서로에 대한 공격으로 변질됐다. "이 사건을 대중에게 알릴 기회는 되겠죠. 그게 장모님이 원하시는 거라면요. 장모님 덕분에 로베르타도 힘든 시간을 보낸 걸로 알고 있습니다."

"그 여자는 한심하기 짝이 없는 인간이었어. 정확한 의도가 뭐였는지 모르지만 에이얄린을 대신해 내 사생활을 염탐할 속셈이더군. 그게 어떤 기분인지 자네도 짐작하겠지."

협박 메시지를 보낸 게 장모였다는 사실이 점점 분명해졌다. 수

십 년 동안 억눌러온 분노를 로베르타에게 분출한 것이다. 식당 옆 방의 열린 문 사이로 커다란 모니터가 달린 구식 컴퓨터가 눈에 들어왔다. "장모님이 로베르타를 협박하셨나요?"

알디스는 두 팔로 자기 몸을 꽉 껴안았다. "말하고 싶지 않다고 하는데도 내 말을 듣지 않았어. 집 전화와 직장 전화로 끊임없이 전화를 해대는데 견딜 수가 없었네. 나 같은 사람은 여차하면 잘리는 운명이야. 예순 살이나 먹어서, 요구조건도 없는 이민자들이랑 경쟁하는 입장이라고. 전화통에 매달려 있는 나이든 여자를 누가 쓰려 하겠나? 연금을 받으려면 6년이나 남았고, 실업수당은 길어야 2년밖에 못 받는단 말이네. 자네처럼 교육을 많이 받은 남자는 어떻게든 살 길을 찾겠지. 나 같은 사람은 버틸 수가 없어." 장모는 팔짱을 풀고 깊은 한숨을 내쉬었다. "내가 그 여자한테 메시지를 보낸 거 맞아. 달리 내가 뭘 할 수 있었겠나?"

"글쎄요." 오딘이 자세를 바꾸자 의자에서 삐걱거리는 소리가 났다. 이 의자에 마지막으로 남자가 앉은 건 분명 오래 전일 것이다. "오래 전 일을 두고 장모님 행실에 대해 이러쿵저러쿵 떠들려 찾아온 게 아닙니다." 룬과 그가 정상적인 삶을 살아가기 위해 바로잡아야 할 몇 가지 사실을 제외하면 과거는 더 이상 문제 되지 않았다. "릴리야가 정말 장모님을 살해할 목적으로 배기관에 헝겊을 집어넣었다면 기소되는 게 마땅하지요. 하지만 저라면 큰 기대는 갖지 않을 겁니다. 장모님이 그날 차에서 기다리기로 했다는 사실을 알고 있던 사람이 릴리야뿐이었다고 해도, 수십 년 전에 일어난 사건을 검찰이 재조사하도록 하려면 증언 외에 확실한 증거가 필요

합니다. 더구나 에이알린이 장모님을 범인으로 몰아가려고 수단과 방법을 가리지 않을 테니까요. 제가 변호사는 아니지만 분명한 살해 동기도 있어야 합니다. 이유도 없이 살인을 저지르는 사람은 없으니까요. 만약 릴리야에게 장모님을 죽이려는 뚜렷한 동기가 없다면, 아무도 장모님 말을 믿어주지 않을 겁니다."

"그 이유에 대해 내가 생각을 안 해봤겠나?" 장모는 베이가르가 시트에 품고 나와 나무 아래 묻은 기형아에 관한 이야기를 오딘에게 들려주었다. 아기를 어떻게 처리했는지 다 알고 있다고 부부에게 폭로한 일이며, 릴리야의 반응으로 보아 그때까지 아기의 최후가 어땠는지 몰랐던 사정까지 자세히 설명했다. 아기가 살아서 태어났지만 다른 사람도 아닌 남편이 그 아기를 죽였다는 사실이 릴리야를 미치게 만들었을 거라고.

그녀의 광기는 알디스를 죽여서라도 입을 틀어막겠다는 생각에 이르렀을 것이다. 바빌론의 창녀, 릴리야의 눈에 알디스는 그런 존재였다. 모든 것이 무너져버리자 차라리 메신저를 죽이기로 마음먹은 것이다.

"고향으로 돌아가는 버스 안에서 그 일에 대해 몇 번이고 곱씹었네. 이후로 몇 년 동안 밤마다 그 일을 생각했어. 엄마와 살면서 라라를 키우다보니 자연스레 딴 생각을 할 때가 많아졌지. 그렇지 않았다면 모두 잊었을 거야. 실은 로베르타가 연락을 해오기 전까지 오랫동안 그 일을 잊고 살았어."

장모는 쿠션을 하나 끌어안더니 그게 고양이라도 되는 양 부드럽게 쓰다듬었다. 그녀는 법정에서 사건의 전말을 모두 설명한 피고 측 변호인처럼 몹시 지쳐보였지만, 그걸로 충분치 않다는 걸 잘 알고 있었다.

"그 때문에 온 게 아닙니다." 오딘이 흘끗 바라보자 장모는 쿠션을 내려놓았다. "라라와의 관계에 대해 드릴 말씀이 있어서 왔습니다. 그리고 룬에 대해서도요."

"그 문제라면 신중하게 말하는 게 좋을 걸세." 분노로 인해 장모의 얼굴에 혈색이 돌았고, 오딘은 그때 처음으로 장모가 젊은 시절에 어떤 모습이었을지 가늠할 수 있었다. 예쁘장한 얼굴이지만 아주 아름답지는 않은, 대부분의 남자들이 좋아할 만한 얼굴이었다.

"그게 무슨 말씀이죠?" 장모의 끝 모를 적대감에 오딘의 목소리에서 피로가 묻어났다.

"무슨 수작인지 다 알고 있어. 다른 사람도 아니고 바로 자네가 아무런 자격도 없는 문제를 두고 날 원망하려는 거지." 장모는 콧방귀를 뀌었다. "라라가 나나 내 어머니 같은 삶을 살지 않게 하려고 온갖 발버둥을 치며 딸을 키웠어. 자네가 라라를 버리고 떠났을 때 내 기분이 어땠는지 짐작이나 하나? 그 모든 몸부림에 불구하고 지긋지긋한 운명이 반복된 거야." 장모가 경멸에 가득 찬 시선으로 오딘을 노려보자 그의 볼이 빨갛게 달아올랐다. "자네가 나와 딸의 관계를 망쳤어. 라라는 내 모든 노력을 오해했고, 내가 하는 말을 죄다 비난으로 받아들였어. 자네도 똑같은 운명을 경험하게 될 거야. 물론 그런 일을 없기를 간절히 바라네. 그러기에는 내가 룬을 너무도 아끼니 말이야."

"그럼 그날 아침에 무슨 일이 있었는지 아시겠군요." 바로 반박

411

하지 않았다면 그 자리에 앉아 줄곧 비난을 들었을 것이다. "수작 같은 거 없습니다. 저는 단지 장모님이 더 이상 룬을 만나지 않기를 바랄 뿐입니다. 혹시라도 룬이 뭔가를 기억하고 있더라도 다 잊어버렸으면 좋겠습니다. 저는 정의 같은 것에 관심 없습니다. 그저 룬을 잘 키우고 싶고, 아이를 위해 최선을 다하고 싶을 뿐입니다. 앞으로 어떤 결정을 내리시든 그건 장모님께 달려있지만, 적어도 저는 다른 사람들에게 그 일에 대해 말하지 않았습니다. 그러니 제가 경찰에 신고할 거라는 걱정은 안 하셔도 됩니다."

장모의 얼굴에서 경멸의 흔적이 사라지더니 두려움이 아닌 놀라움이 그 자리를 채웠다. "그게 대체 무슨 소린가?"

"라라 말입니다. 장모님이 라라를 민 것, 다 알고 있습니다. 어차피 되돌릴 수 없는 일이니 그게 고의든 사고든 이젠 상관없습니다. 경찰에 찾아가지 않을 겁니다. 대신 장모님은 저희를 가만히 내버려두십시오."

"자넨 정말이지 어리석기 짝이 없군." 오딘의 예상과 정반대로 장모의 목소리에서는 연민과 동정만이 묻어났다. 순간 장모의 눈가에서 눈물이 반짝이는 듯했다. 하지만 소파 옆에서 불안하게 흔들리는 스탠드 램프 불빛 때문일 거라고 오딘은 생각했다. 그녀가 고개 들어 천정을 바라보며 낮은 신음을 토했다. 그러고는 다시 오딘을 바라보다가 마침내 그날의 비밀을 모두 털어놓기 시작했다. 말없이 앉아 이야기를 듣던 오딘은 더 이상 견딜 수 없어지자 인사도 하지 않고 자리를 떴다. 그의 점퍼주머니에는 여전히 로베르타의 차고 열쇠가 들어있었다.

연필이 텅 빈 A4 메모지 위를 양 옆으로 오가며 흔적을 남겼다. 종이 위에는 회색 연필 자국 곳곳에 좀 더 연한 자국이 명암을 이루며 찢겨나간 앞장에 어떤 내용이 적혀있었는지를 드러냈다. 얼마 전 발코니에서 오딘이 룬을 대신해 태웠던 바로 그 편지였다. 원래는 한 바닥 전체를 연필로 모두 칠한 다음 처음부터 차근차근 편지 내용을 읽어 내려갈 생각이었다. 하지만 중간중간 눈에 띄는 단어나 표현을 못 본 체 그냥 지나칠 수는 없었다. 바닥 전체를 다 칠하고 났을 즈음에는 내용 전체를 파악하고픈 마음이 달아난 뒤였지만 꾹 참고 연필 자국을 끝까지 읽어 내려갔다. 의심의 여지가 없었다. 너무나 많은 것을 잃어버릴 위기에 처했다. 오딘은 짓밟힌 기분을 참지 못하고 연습장을 찢어 구겨버렸다. 다시 읽을 엄두도, 종이를 쳐다보고 싶은 마음도 들지 않았다.

그는 구겨진 종이를 손에 쥔 채 주방에 앉아 어떤 선택이 남았는지 생각했다. 이제부터 어떤 일이 벌어지게 될까? 지금 상황에서 할 수 있는 최선은 무엇이고, 어떻게 해야 이제라도 구제 가능한 것들을 지킬 수 있단 말인가? 아무리 대안을 떠올리고 새롭게 접근해보아도 출구는 보이지 않았다. 그가 어떤 행동을 취하는지는 중요하지 않았다. 무슨 일이 있어도 자신은 결과를 받아들이지 못할 것이다. 스스로를 구하기 위해 불 속에 뛰어들 준비가 되어있을까? 치명적인 화상을 입은 상태로 모든 것이 끝났을 때, 그를 기다리는 삶과 고통을 받아들일 수 있을까? 아니다. 룬이 그 모든 일을 겪게 할 마음의 준비가 되어있을까? 그럴 수는 없었다.

그는 종이를 갈기갈기 찢어버린 후 발코니로 나가 종잇조각을 바람에 날려보냈다. 그런 다음 거실 안을 배회하며 머리가 지끈거리릴 때까지 생각을 거듭했다. 이마를 문지르고 양 볼을 가볍게 두드린 다음 딸을 불렀다. "룬, 발두르 삼촌 보러 가야지." 그는 신발을 신고 형에게 전화를 걸어 자신의 방문을 예고한 다음 룬이 점퍼 입는 모습을 지켜보았다. 아이는 예상치 못한 횡재에 기뻐하며 아빠에게 미소를 지었고, 오딘도 딸을 향해 웃어보였다.

라라의 죽음 이후 처방받은 수면제를 햄버거 가게에서 딸의 콜라 안에 몰래 털어넣는 동안 그가 기억한 건 바로 그 미소였다. 형의 집에 잠깐 들렀을 때도 그는 룬의 미소와 근심 없는 웃음소리만 기억하려고 했다. 룬이 형 부부의 집을 나오면서 주말에 놀러 오겠다고 인사할 때도, 그는 아이의 천진한 목소리가 주는 행복감만 기억하려고 애썼다. 차 안에서 딸에게 핸드볼 수업을 그만둬도 된다고 말했을 때에도, 햄버거 팩토리에서 저녁을 먹자고 제안하자 딸이 뽀뽀로 화답했을 때에도, 그는 오로지 그 순간만을 가슴에 간직했다. 지극히 평범한 아빠와 딸처럼. 어느 누구도 그가 이제 곧 자신과 딸의 삶을 영원히 끝내려 한다고 짐작조차 못 하도록.

수면제가 약효를 보이며 룬의 고개가 자꾸만 끄덕거릴 무렵 지나가던 행인 두 사람이 차 안을 흘끔 살펴보았다면, 아마 이상하다고 여겼을 것이다. 딸이 완전히 곯아떨어지는 동안 아빠의 얼굴에 눈물이 쏟아져 내리는 걸 보았다면, 더더욱 수상쩍게 여겼을 것이다. 하지만 누구도 그를 막지 않았다. 그가 잠든 딸을 조수석에 태운 채 로베르타의 차고 안으로 들어가 문을 닫던 순간에도 그를 막아선 사람은 아무도 없었다. 하지만 차고 문을 열 때 어느 집 창문에 드리운 커튼이 살짝 흔들리는 걸 본 듯도 했다.

차고 문이 닫히는 동안 엔진을 꺼둔 채, 오딘은 잠든 딸 옆에 앉아 마지막 결단을 내렸다. 엔진을 다시 켜고 나면 되돌릴 수가 없었다.

악몽 같은 편지가 영화처럼 그의 눈앞에서 아른거렸다.

사랑하는 엄마, 엄마를 밀어서 미안해요. 하지만 엄마가 잘못한 거니까 나한테 화내면 안 돼요. 난 엄마가 시킨 대로 깨진 유리를 치우려고 했던 건데, 엄마가 야단만 치지 않았어도 빗자루로 엄마를 밀지 않았을 거예요. 난 힘이 약해서 엄마가 잡고 있던 빗자루를 위로 끌어올릴 수가 없었어요. 하지만 내가 그릇을 깬 것도 엄마 잘못이잖아요. 그때는 엄마한테 너무 화가 났어요. 엄마는 내가 이야기를 지어냈다고 했지만 아빠를 창밖에서 본 건 거짓말이 아니었어요. 아빠는 정말 창밖에 있었어요. 내가 말한 대로 나를 데리러 왔을 거예요. 엄마가 아빠는 멍청하고 그렇게 일찍 일어나지도 못하는 데다 나를 데리러 오지도 않는다고 말했을 때 너무 화가 났어요. 아빠에 대해 항상 그렇게 나쁜 말만 잔뜩 하면 안 되는 거잖아요. 어쩌면 아빠도 엄마한테 혼나는 게 싫었을 거고 그래서 우리를 떠난 거예요. 그러니까 아빠를 꼭 용서해주세요, 아빠는 절대 그럴 생각이 아니었을 거예요. 아빠는 나를 사랑하잖아요. 엄마, 이제 내가 미안하다고 했으니까 내 꿈에 그만 나타나면 안 돼요? 사랑해요, 엄마. 커다란 키스를 보내며, 엄마의 딸 룬.

편지는 장모의 말이 사실임을 증명했다.

그날 아침 장모가 떨리는 손으로 라라의 집 문을 열었을 때 룬은 충격을 받은 채로 깨어있었다고 했다. 상황을 잘못 이해한 장모는 룬이 엄마의 추락을 목격한 거라고 추측했고 서둘러 손녀를 방안으로 들여보냈다. 경찰이 현장에 도착했을 때, 장모는 손녀로부터 자신이 엄마를 떠밀었지만 그게 자기 잘못은 아니었다는 말을 듣고 충격을 받은 채 룬의 침대에 걸터앉아 있었다. 겁에 질린 장모는 경찰에게 방금 전에 손녀를 깨웠다고 거짓말을 했다. 그 말을 믿은 경찰은 현장에서 룬의 진술을 받지 않았다. 그 이후 단둘이 남자 장모는 룬에게 누가 물어보면 자고 있었다고 대답하라 당부했다. 그러자 룬이 장모를 빤히 쳐다보며 그게 무슨 말이냐고 되물었다는 것이다. 자기는 실제로 자고 있었으니 그런 말을 하지 않아도 된다면서. 손녀의 반응에 얼이 빠진 장모는 오히려 자기가 착각을 한 거라 믿기 시작했다. 하지만 진실은 그게 아님을 잘 알았다. 기회가 생길 때마다 장모는 룬에게 진실을 마주하도록 다그쳤지만 소용이 없었다고 했다. 다만 손녀를 걱정하는 마음에 경찰은 물론이고 아무에게도 그 사실을 알리지 못했다는 얘기였다.

차고 문이 완전히 닫히자 오딘은 다시 시동을 켠 후 차창을 모두 내렸다. 만약 이 사실이 알려지면 룬의 인생은 끝난 것이나 다름없었다. 청소년 정신병동에 강제 입원되었다가 다시 성인이 될 때까지 시설에 갇혀 지내고, 또 다른 시설로 보내질 게 틀림없었다. 성인은 징역형 기간이 지나면 석방되지만, 아이들은 달랐다.

그는 룬에게 모종의 결함이 있는 건 아닌지 두려웠다. 그 결함이 내면의 냉담함이라면 자신이 딸을 돕기 위해 아무리 애를 써도 룬은 결국 같은 행동을 반복하고 말 것이었다. 같은 반의 못된 아이를 달리는 차 앞으로 밀어버리거나, 형 부부가 입양한 아이를 욕조에 익사시키거나, 비슷한 수준의 흉악 범죄를 저지를 수도 있었다. 라라의 죽음은 어떻게든 은폐하더라도 두 번째 범죄까지 그가 덮어줄 수는 없었다. 게다가 룬을 생각하면 더더욱 그래서는 안 되었다.

오딘은 딸의 작은 손을 잡았다. 작은 손가락이 살짝 움찔거리자 그는 손을 더 세게 쥐었다가 서서히 힘을 뺐다. 안개에 휩싸인 듯 공기는 점점 탁해지며 잿빛으로 물들었다. 그는 더 이상 비참함을 느끼지 않았다. 이제는 날아갈 듯 기분이 좋았다. 미소를 지으며 심호흡을 했다. 그는 곧 행복감을 느꼈고, 모든 걸 잊었다. 자신이 왜 유독가스로 가득 찬 낯선 차고 안에서 딸과 함께 앉아있는지 모두 잊어버렸다.

입이 귀에 걸린 듯 활짝 웃으며, 딸이 자신과 함께 한다는 사실만으로 그는 이루 말할 수 없는 행복감을 느꼈다. 눈꺼풀이 점점 무거워지자 눈이 감기도록 내버려두었다. 눈을 감기 직전 그는 라라가 화난 얼굴로 차 앞 유리를 지나가는 걸 본 듯했다. 남은 힘을 끌어모아 다시 눈을 떴지만 차 앞에는 아무도 없었다. 또다시 미소가 그의 얼굴에 번졌다. 딸과 단둘이 이곳에 함께 있었다. 이유는 떠오르지 않았다. 그가 아는 거라곤 기분이 좋다는 사실뿐이었다. 이보다 더 좋을 수 없을 만큼.

뉴스 앵커가 오딘의 죽음을 둘러싼 경찰수사 결과 소식을 마무리했다. "망할 TV 좀 꺼줘." 발두르는 가운을 입고 식탁에 앉아 시가가 커피 만드는 모습을 지켜보았다. 그의 앞에는 주말 신문이 놓여있었다. 동생의 죽음이나 크로쿠르 소년보호소에 관한 새로운 단신과 특집기사를 발견할 때마다 그는 신문을 향해 성마르게 혀를 찼다. "이 쓰레기 같은 신문들 모조리 끊어버려야겠어. 부끄러운 줄을 몰라."

"지나갈 거야." 시가가 하품을 하며 포도 한 알을 입에 넣었다. "얼마 안 가 다른 사건이 터지면 미디어는 거기에 매달리기 시작하겠지. 이번 달은 딱히 큰 사건이 없어서 그래."

"누군가의 명예를 짓밟기 전에 최소한 남아있는 가족들은 배려해줄 줄 알았어."

시가는 포도를 삼키며 컵 두 개를 꺼내왔다. "당신도 다른 누군가한테 상처 줄 만한 뉴스를 수도 없이 봤으면서 뭘 그래. 그 사람들한테 미안해한 적 없잖아. 아무도 모르는 사람 감정까지 배려주지는 않아. 우리도 다를 거 하나 없고." 그녀는 서둘러 커피를 따르려는 듯, 커피머신 앞에서 대기하고 있었다. "그냥 치워버려. 룬이 보게 할 순 없잖아. 나도 더는 못 봐주겠어."

큰 소리를 치고도 발두르는 신문을 계속 읽어 내려갔다. "대관절 어떤 영리한 놈 머리에서 나온 건지, 이제는 소장 부부가 아기를 죽인 게 아니라는 주장까지 실렸네. 경찰이 보호소 뜰에서 파낸 유골을 조사한 결과 죽은 애한테는 뇌가 없는 걸로 밝혀졌다고. 그래서 엄밀히 말하면 그 아기는 인명으로 쳐주지 않는대. 인체만큼 커다란 장기 하나를 죽인 셈이라나? 이 나라에는 가령 간을 죽였다고 해서 처벌한 근거가 없대. 그 아기를 낳은 노파한테는 좋은 소식이겠군. 어딜 가도 동정은 못 받겠지만 말이야." 그는 경멸스럽다는 듯 코웃음을 쳤다. "여기 현재의 배기가스와 1974년의 배기가스 구성물을 비교한 기사도 나왔어. 기사에 따르면 오딘이 죽은 건 운이 나빠서라고. 과거에 비해 요즘 배기가스는 훨씬 덜 유독해서 아주 오랜 시간 동안 노출되어야 사망에 이른다는군." 발두르는 고개를 들고 덧붙였다. "어떻게 감히 이런 기사를 써댈 수가 있지? 지금 이게 중요해?"

시가는 다시 한 번 남편에게 동생의 죽음이나 크로쿠르 관련 기사는 빨리 넘겨버리라고 핀잔을 주려다가 참았다. 언론은 두 사건을 동시에 언급하지 않고는 기사를 쓸 수 없다고 믿는 모양이었다.

"이제 무료신문은 안 받을 거고, 돈 내고 보는 신문들은 내일 당장 끊어버릴 거야. 더 이상은 못 참아." 발두르는 신문을 접더니 쓰레기통에 처박았다. "신문사에서 처음 연락이 왔을 때 끊어버렸어야 하는데." 그는 가운을 더욱 타이트하게 여몄다. 집 안은 썰렁했다. 밤새 하늘이 맑았던 덕분에 땅에는 얼음이 얼었고, 중앙난방 시스템은 그런 기온 변화에 뒤늦게 반응했다. "이런 시기에 미디어에 대고 정보를 나불대는 건 대체 어떤 인간들이지?"

"뭐, 일단 오딘이 이웃집 차고에 들어가는 걸 목격하고 경찰에 신고한 여자가 떠들어댔겠지. 그 망할 보고서를 오딘과 같이 작성했다는 딜리야라는 동료도 있고. 룬의 외할머니도 있지. 나야 잘 모르지만 그 외에 여러 명 더 있을 거야. 어쩌면 그 기자가 사건을 좀 더 명확하게 파악하려고 당신한데 연락을 취하려다가 그 사람들과 연결된 걸지도 몰라. 내가 기자라면 그렇게 했을 거야." 커피가 다 내려졌다. 아직은 필터에서 커피 방울이 떨어지고 있었지만 시가는 주전자를 들어 커피를 따랐다. 향기로운 커피 향 덕분에 이제야 잠에서 제대로 깨는 기분이었다. "다른 사람들만큼이나 당신도 사건에 대해 아는 게 없는데, 신문사가 그걸 모르잖아."

발두르는 말없이 커피를 받아들더니 우유를 섞기 위해 잔을 휘휘 돌렸다. "내가 막을 수도 있지 않았을까?" 그는 커피를 한 모금 마시더니 카페인이 흡수되는 동안 잠시 눈을 감았다. "오딘이 마지막으로 우리 집에 왔을 때 뭔가를 말하거나 암시하지는 않았는지 자꾸 곱씹게 돼. 미리 알았더라면 사건을 막을 수도 있었을 그런 단서 말이야."

"발두르, 그 얘긴 이미 여러 번 했잖아. 오딘은 평소와 다른 행동을 하지 않았어."

"도저히 이해할 수가 없어서 그래."

"그렇지. 누구든 마찬가지일 거야." 시가는 다시 커피 한 모금을 마신 후 뜨거운 컵으로 양 손을 데웠다. "아, 그런데 깜빡하고 있었네. 룬의 외할머니가 어제 또 전화를 하셨어. 여전히 당신이랑 통화하고 싶어서 안달이더라." 발두르는 믿었던 사람에게 배신당한 일은 결코 잊지 않았다. 알디스가 언론에 크로쿠르 사건에 대해 폭로했을 때 그는 사돈과 영원히 말을 섞지 않겠다고 다짐했다. 그래서 알디스는 지금 시가를 통해서라도 그와 연락을 해보려 안간힘을 쓰고 있었다.

"그건 이미 끝난 일이라고 말해주지 그랬어?"

"말했지. 당신이 더는 사돈과 말하고 싶지 않다고 했으니 앞으로 전화하지 말라고 했어."

"그랬더니 뭐래?"

"결국 납득하는 눈치였어. 그런데 자기가 언론을 찾아간 건 순전히 경찰이 자기 말을 믿어주지 않아서 그런 거라고 당신한테 전해달랬어. 다른 방도가 없었다고."

"그래, 어련했겠어." 발두르는 쓰레기통에 처박힌 신문을 가리키며 성을 냈다. "오딘이 죽고 나서 조금만 더 기다려줄 수도 있었잖아. 그랬으면 내가 이렇게 언론에 시달리지도 않았을 거야. 그랬다면 어디가 덧나기라도 하는 거야? 그 오랜 세월 잘도 숨겨왔으면서, 갑자기 촌각을 다투는 문제가 됐을 리 없잖아. 멍청한 노인네같으니."

"그분 말로는 에이얄린이라는 사람보다 먼저 나서야만 했대." 발두르가 다시 언성을 높이려 하자 시가가 한 손을 들어 만류했다. "나한테 뭐라고 하지 마. 난 그냥 들은 대로 전해줄 뿐이야. 어쨌든 당분간 또 전화하는 일은 없을 거야."

발두르의 표정이 좀 더 차분해졌다. "좋아, 잘 됐군."

"그러길 바라야지. 다시 연락하지 않겠다고 약속은 했는데, 당신이 모르면 후회할 만한 정보를 가지고 있다고 했어. 이상하기 짝이 없었어." 시가가 포도 한 알을 입에 넣었다.

"그렇게 중요한 문제라면 왜 당신한테 메시지를 남기지 않고?"

"가족한테만 말할 수 있는 문제겠지. 난 언제든 이혼할 수 있는 사이니 못 믿는 거야." 시가가 발두르를 향해 미소를 지었다. "불쌍한 사람, 제정신이 아닌 게 분명해."

"누가요?" 주방 문 쪽에서 들려온 아이의 목소리는 방금 잠에서 깬 것 같지 않았다. 시가와 발두르는 당황했다. 이 집에 더 이상 둘만 사는 게 아니라는 사실에 익숙해져야 했다. 부부는 룬이 얼마 동안이나 거기 서있었는지 알 길이 없었다. 아이가 무슨 말을 엿들었는지 우회적으로 알아낼 만큼 아이들을 능숙하게 다루지도 못했다.

"안녕하세요, 작은 아가씨?" 발두르가 두 팔을 들고 인사했다. "편안히 주무셨나요?"

"네." 룬은 발두르 옆 의자로 기어올랐다. 아이는 퇴원 직후 시가가 사준 새 잠옷을 입고 있었다. 발두르는 오딘의 집에서 어떤 것도 가져오지 않겠다고 선언했고 룬이 과거와 연결된 모든 것과 작별해야 한다고 강조했다. 열한 살짜리 마음에 들도록 서둘러 방을 장식했고 옷장에 옷도 새로 채워넣었다. 룬은 이제 새로운 삶을 시작해야 했다. 따라서 오래된 것들은 모두 카펫 아래에 숨겨야만 했다. 시가는 이렇게 단호한 접근법에 의문이 들었지만 아무 말도 하지 않았다. 비극을 연달아 경험한 아이에게 어떤 방법이 최선일지 그들이 어찌 알겠는가? 그런 질문에 대답할 수 있는 건 전문가들뿐이었지만, 발두르는 무슨 일이 있어도 그들이 룬 곁을 얼쩡대지 못하도록 하겠다며 고집을 꺾지 않았다. 의사들은 룬이 몸을 회복하는 대로 상담을 받아보라고 조언했지만 발두르는 콧방귀만 뀌었다. 시가는 남편의 이런 결정에 대해서도 의문이 들었다. 오딘마저 생전에 전문가의 도움을 받았던 걸 생각하면 더욱 그랬다. 물론 상담을 받은 게 그의 목숨을 구해주지는 못했지만 말이다.

"아빠 꿈을 꿨어요."

부부는 시선을 교환했다. 침묵이 너무 길어 어색해지는 걸 막기 위해 시가가 얼른 입을 열었다. "룬, 있잖아. 큰엄마도 어제 아빠 꿈을 꿨어. 우리 모두 아빠에 대해 워낙 많이 생각하니까 그랬을 거야." 거짓말이 아니었다. 그녀는 정말 오딘이 나오는 꿈을 꾸었다. 자세한 내용은 떠오르지 않았지만 불안한 감정을 불러일으켰다는 것만은 똑똑히 기억했다.

"아빠는 기분이 안 좋아 보였어요." 룬은 양쪽 팔꿈치를 식탁에 올리고 두 손으로 얼굴을 받쳤다.

"뭐?" 발두르가 조카의 어깨를 부드럽게 토닥였다. "말도 안 돼. 아빠는 당연히 행복할 거야. 하늘나라에 있잖아. 하늘나라에서는 모두가 굉장히 즐겁게 지내거든. 지금은 아빠에 대해 생각하지 말

자. 뭔가 신나는 얘기를 해보자. 예를 들어서, 큰엄마가 운동하러 간 사이에 삼촌이랑 둘이서 영화 보러 가면 어떨까?"

두 손으로 얼굴을 받치고 있던 룬이 억지로 미소를 짓더니 턱을 들고 고개를 끄덕였다. 살짝 몸을 떨던 아이가 옷을 갈아입고 오겠다고 했다. "너무 추워요."

문간에서 룬이 뒤를 돌아보았다. 분홍색 잠옷이 너무 헐렁하고 바지는 금방이라도 흘러내릴 것 같았다. 어딘가 비쩍 마른 떠돌이 소녀처럼 보였다. 시가는 가슴이 아려왔다. 속으로 사이즈를 제대로 고르지 못한 스스로를 원망했지만, 룬이 금세 쑥쑥 자라서 새옷을 사줄 생각을 하며 위안을 삼았다. 시가가 룬을 향해 눈을 찡긋하자 룬은 희미하게 웃어보이고는 복도로 사라졌다.

"모든 게 다 좋아질 거야." 시가는 식탁에 몸을 구부려 남편의 두 손을 잡았다. 화강암으로 만든 식탁에서 느껴지는 냉기가 가운을 뚫고 시가의 피부에 닿는 바람에 소름이 돋았다. "모든 게 다 괜찮아질 거야." 간밤의 꿈이 남긴 찜찜함을 털어내며 그녀는 스스로에게 용기를 주기 위해 마지막 말을 반복했다. "다 괜찮아질 거야."

발두르가 아내의 손등에 입을 맞추자 손등에 갈색 커피자국이 남았다. "그럼, 왜 아니겠어?" 하지만 남편의 대답은 시가가 바란 것만큼 확신에 차있지 않았다.

룬은 주방 문 바깥쪽에 선 채 안에서 하는 말에 귀를 기울였다. 아이는 행복감인지 불안감인지 모를 한숨을 내쉬었다. 룬은 이곳에서 행복했다. *발두르 삼촌은 나를 사랑해. 큰엄마도 그렇고. 정*

말이지 아빠와 사는 것보다 훨씬 더 좋고, 엄마와 사는 것과는 비교도 되지 않게 좋았다. 엄마 아빠가 그걸 이해하지 못했다는 게 안타까울 뿐이었다. 사랑한다고 말한 것만큼 엄마 아빠가 자기를 사랑했다면 기쁜 마음으로 자기를 내버려뒀을 것이다.

룬은 조심스럽게 자기 방문을 열고 안을 들여다보았다. 침대 옆 작은 조명만 켜져 있었다. 삼촌과 숙모가 있는 곳으로 급하게 뛰어나가다가 중앙 조명을 켜놓는다는 걸 깜빡했다. 이 예쁜 방에서 홀로 그림자들과 있는 것보단 어른들과 함께 있는 게 훨씬 좋았다. 룬은 중앙 조명 스위치를 켰다. 그림자가 자취를 감추면서 모든 게 훨씬 더 나아졌다. 룬은 한결 편안하게 숨을 쉬며 안으로 들어갔다.

숙모의 말대로, 모든 게 괜찮아질 거다. 룬은 삼촌이 다시 일을 하러 나가기 시작할까봐 걱정스러웠다. 삼촌은 일을 하러 나가면 언제나 오래 집을 비웠다. 아빠가 그랬다. 룬은 뒷목에서 소름이 돋는 걸 느꼈다. '아빠'라는 단어를 떠올리기만 해도 기분이 좋지 않았다. *아빠에 대해 생각하지 말자. 아빠에 대해 생각하지 말자. 모든 게 다 괜찮아질 거라고 생각하자. 물론이지, 왜 아니겠어?*

룬은 서둘러 옷을 갈아입었다. 옷장 안은 갖가지 색상의 옷들로 가득 차있었지만 룬은 항상 같은 바지에다 앞면에 커다란 십자가가 그려진 점퍼만 입었다. 그 옷을 입으면 마음이 편안했다. 다른 옷은 입고 싶지 않았다. 하나님이 옷에 그려진 십자가를 보면 룬이 착한 아이라고 생각해서 잘 돌봐줄 것 같았다. 시가 숙모가 쇼핑하러 갈 때 따라가서 십자가 목걸이를 사달라고 하는 게 좋을지도 몰랐다. 그러면 하나님은 룬이 정말 착한 아이라고 믿어줄 것이다.

425

모든 게 다 괜찮아질 거다.

룬은 다시 서둘러 방 밖으로 나와 문을 닫았지만 불은 끄지 않았
다. 빠르게 복도를 걸어가다가 거의 뛰는 지경에 이르렀을 때, 삼
촌과 숙모가 왜 그렇게 서두르는지 묻기라도 할까봐 아이는 순간
멈칫했다. 자기를 쫓는 게 무엇인지 어른들에게 말하고 싶지 않았
다. 하지만 다짐에도 불구하고 룬은 주방으로 뛰어 들어갔다.

"서둘러서 오셨네." 조카를 보고 기분이 좋아진 발두르가 눈을
크게 뜨고 미소를 지었다. 삼촌은 룬을 사랑했다. 의심의 여지가
없었다. 룬의 마음이 따뜻해졌다. 이제 룬은 바라는 모든 것을 얻
었다. 그 순간 따스한 느낌이 흐려지더니 차가운 기운이 등줄기를
타고 흘러내렸다. 발두르 삼촌과 단둘이만 있다면 모든 게 더 좋
아질 텐데. 시가 숙모가 없으면 삼촌이 나를 돌봐줄 거고, 밖에 일
하러 나가는 대신 온종일 집에서 나랑 놀아줄 텐데. 그렇게만 되면
언제까지나 우리는 함께 할 거야.

룬은 삼촌을 향해 활짝 웃었다. 발두르도 룬을 향해 미소지었다.
모든 게 다 괜찮아질 거야.

옮긴이 박진희

대학에서 영어영문학을 공부하고 지금은 외서를 한국에 소개하고 번역하는 일을 하고 있다. 옮긴 책으로는 《내 영혼을 거두어주소서》《마지막 의식》《부스러기들》《커피의 정치학》《더 좋아져요》《소박한 자유》《스파게티는 인생의 교훈》《어쿠스틱 해변 라이프》 등이 있다.

아무도 원하지 않은

첫판 1쇄 펴낸날 2018년 8월 17일

지은이 | 이르사 시구르다르도티르
옮긴이 | 박진희
펴낸이 | 지평님
본문 조판 | 성인기획 (010)2569-9616
종이 공급 | 화인페이퍼 (02)338-2074
인쇄 | 효성프린원 (031)904-3600
표지 후가공 | 이지앤비 (031) 932-8755
제본 | 서정바인텍 (031)942-6006

펴낸곳 | 황소자리 출판사
출판등록 | 2003년 7월 4일 제2003-123호
주소 | 서울시 영등포구 양평로 21길 26 선유도역 1차 IS비즈타워 706호 (150-105)
대표전화 | (02)720-7542 팩시밀리 | (02)723-5467
E-mail | candide1968@daum.net

ⓒ 황소자리, 2018

ISBN 979-11-85093-75-8   03850

이 도서의 국립중앙도서관 출판예정도서목록(CIP)은 서지정보유통지원시스템 홈페이지 (http://seoji.nl.go.kr)와 국가자료공동목록시스템(http://www.nl.go.kr/kolisnet)에서 이용하실 수 있습니다.(CIP제어번호: CIP2018022838)